ROSIE CARPE

MARIE NDIAYE

ROSIE CARPE

LES ÉDITIONS DE MINUIT

En application de la loi du 11 mars 1957, il est interdit de reproduire
intégralement ou partiellement le présent ouvrage sans autorisation de l'éditeur
ou du Centre français d'exploitation du droit de copie,
20, rue des Grands-Augustins, 75006 Paris

ISBN 2-7073-1740-3

I

Mais elle n'avait cessé de croire que son frère Lazare serait là pour les voir arriver, elle et Titi, que Lazare, frère aîné, aurait le bon goût de lui épargner l'attente inquiète et légèrement humiliante parmi la foule de vacanciers que des hôtes rétribués, eux, venaient chercher, surgissant de toutes parts avec leur grand sourire blanc et, aux pieds, leurs claquettes de plastique qui les annonçaient d'un bruit mouillé, et leurs bermudas sans soucis et leurs joyeuses chemisettes ornées d'injonctions humoristiques. Il lui avait même paru d'une telle évidence que son frère Lazare, quoi qu'il fût devenu, se mettrait en frais pour elle et l'accueillerait dès sa descente d'avion avec les signes d'une attention quelconque (pas de fleurs, car elle n'était que sa sœur, mais tenue élégante pour l'honorer et peut-être, cadeau pour Titi), qu'à deux reprises elle marcha vers un jeune homme qui aurait pu être Lazare tel qu'elle l'espérait, en souriant et tendant sa joue de loin, tirant Titi qui trébuchait de fatigue.

Elle s'écriait gaiement : « Lazare ! Yaouh ! » Puis elle chatouillait le creux de la main de Titi et Titi, brave et obéissant, criait : « Tonton ! Yaouh ! »

Mais pas de Lazare, rien que de la confusion et de l'embarras, ensuite une sorte de colère mauvaise lorsqu'elle se rappela qu'elle était venue précisément pour en finir avec ces sentiments-là, de gêne et de honte, et c'était son frère Lazare qui les lui faisait éprouver de nouveau, alors qu'elle débarquait à peine et ne voulait, sur cette terre nouvelle, rien connaître de ce qu'elle quittait, en fait de tracas et de pesanteur. Voilà que son frère Lazare lui recollait le nez dedans, avant même de s'être montré, et voilà qu'elle était, encore et de nouveau, mortifiée.

Rosie entoura les épaules du garçon, Titi, dont les yeux se fermaient malgré lui, elle le poussa doucement vers une banquette, dans un coin de la salle d'attente.

Son frère Lazare n'avait guère connu Titi.

Qu'allait penser Lazare, se demanda-t-elle, lorsqu'il arriverait enfin et découvrirait cet enfant maigre et pâle, aux jambes si blanches, si osseuses, sous le large short colonial qu'elle lui avait acheté et qui lui semblait maintenant, à elle (kaki et bardé de nombreuses poches à soufflets), parmi les tenues bariolées, austère et vieillot ? Son frère Lazare verrait un petit monsieur de six ans démodé et fragile, qui, dans son short et son polo, n'avait rien de la vivacité internationale, de l'espèce d'enjouement démocratique qui faisaient bondir et sauter entre les sièges, malgré la fatigue, les autres enfants, là, se dit Rosie. Lazare remarquerait tout de suite que Titi n'était ni gai ni pétulant ni léger, qu'il n'avait pas de mots charmants ni de sourires malins, et que, comme par un fait exprès, ses sandales marron, ses socquettes blanches, en attestaient.

Rosie observa que les autres gosses ne portaient que des chaussettes imprimées et des chaussures de sport. Et son frère Lazare n'allait-il pas, comme elle maintenant, comprendre immédiatement qu'une petite existence qui débutait sous le signe de la correction bourgeoise, maladroitement imitée (l'idée qu'elle s'en faisait de loin !), n'avait que peu de chances de se déployer naturellement vers la réussite, l'harmonie tranquille, l'équilibre des désirs et des moyens ? Tout cela, c'était certain, son frère Lazare le saisirait au premier regard, se dit Rosie.

Elle s'assit près de l'enfant, la grosse valise bien calée entre ses cuisses. Elle posa la main sur le bras maigre, presque transparent, de Titi, il tourna vers elle son visage anxieux, et Rosie lui souffla :

– Je vais t'acheter de vrais vêtements de vacances, tout un tas, oui. Tu seras content ?

– Et Lazare, où est Lazare, maman ?

– T'en fais pas, le voilà.

Et Rosie n'avait répondu ainsi que pour gagner un peu de temps, car l'inquiétude constante et sinistre de Titi la troublait (depuis toujours, disait-elle, l'enfant avait peur, sans motif, comme une chouette, un petit augure détraqué), et aussi dans le vague espoir que les mots feraient apparaître celui dont il était question, mais à présent ses yeux se plissaient et une chaleur soudaine rougissait sa nuque et ses joues, comme elle apercevait, dans la porte à battants, la longue silhouette de son frère Lazare. Une éternité s'était écoulée depuis l'arrivée de l'avion, lui semblait-il. Elle pensa qu'elle s'était assoupie sans doute, car la salle était déserte et son propre crâne bourdonnait. Et la nuit était venue.

– Il est là, mon Titi. C'est lui, dit-elle sans joie, brusquement intimidée.

Titi avança les lèvres, hésitant, fronça le nez puis murmura :

– Yaouh, tonton.

Elle remarqua comme les cheveux ternes de l'enfant paraissaient clairsemés, comme on apercevait bien son crâne bleuté, entre les mèches raides. Mais, songea-t-elle, elle prendrait soin de Titi à présent, le nourrirait convenablement, ferait de lui

11

un garçon pétillant et dynamique, dont la décontraction, la légèreté, interdiraient de deviner d'où il venait. Son impatience à transformer Titi et l'impossibilité de commencer tout de suite la rendirent rêveuse. L'enfant lui pinça doucement la hanche.

– Il est là, maman. Lazare.

Elle sentit qu'il était mal à l'aise, effaré. Dans un effort pénible, elle adapta son regard à la forme mince qui s'approchait d'eux sans hésiter. Puis elle sentit monter dans sa gorge l'envie de vomir, elle pressa les lèvres, ferma les yeux.

Mais était-ce bien son frère Lazare ?

– Je ne sais pas si c'est lui, Lazare, glissa-t-elle à Titi. Ne t'en fais pas, hein.

Il eut un petit cri de déception que l'autre, le jeune homme qui était peut-être Lazare, entendit certainement.

Les poings serrés, elle se concentrait de toutes ses forces sur la nécessité de faire refluer la nausée. Titi, coutumier de la situation, soudain plein de sang-froid, lui tapotait le dos. La tête vide, elle rouvrit les yeux.

Comment pouvait-elle douter de l'aspect de son propre frère ?

Le haut-le-cœur était dompté mais toujours en faction, plus bas, au creux de l'estomac.

Et qui était Lazare, qu'était-il devenu, Lazare, frère aîné ? Il y avait maintenant cinq ans qu'ils ne s'étaient vus, depuis le jour où il avait choisi de s'exiler vers cette terre inconnue d'eux, dans l'espoir d'y prospérer. Mais, à présent, comment être certaine que celui-là n'était pas Lazare, avec sa peau sombre, ses cheveux ras à la ligne bien nette sur le front et les tempes ?

Elle et Titi frissonnaient dans la salle climatisée, étant là depuis longtemps, sans bouger, et Rosie redoutait que l'enfant n'eût déjà pris froid. Elle l'étreignit, le frictionna un peu. Ses gros yeux pâles tout agrandis d'incompréhension et de crainte, l'enfant lui dit à l'oreille :

– C'est un Noir. Je le vois bien. Est-ce qu'il peut toujours être Lazare ?

– Un Noir ? Chut. Et toi, est-ce que tu connais Lazare ? Tu n'as jamais vu Lazare, pas vrai, dit Rosie, alors chut, mon Titi, chut.

Elle se leva, les bras écartés, souriant d'un air vague et amical, mais troublée soudainement par la certitude qu'ils formaient tous les deux, Rosie et Titi, quelque chose de pathétique, d'incertain, elle dans ses vieux vêtements de Paris qui l'engonçaient déjà, et Titi tout perclus d'appréhension, raide et inquiet jusqu'à paraître stupide.

Es-tu Lazare ? pensait Rosie, considérant la nouvelle figure qui se penchait vers elle. Car il devait s'incliner, étant si grand, pour l'embrasser, quatre fois, comme en famille.

– Maman, ça ne peut pas être tonton ! s'écria l'enfant, sur le point de pleurer.

– Ah, et qu'est-ce que tu en sais, que je ne suis pas tonton ?

Le jeune homme ouvrit grand la bouche et se mit à rire, cependant ses yeux restaient sérieux et allaient de Rosie à Titi avec une attention un peu froide, songea Rosie.

– Je m'appelle Lagrand, dit-il. Lazare m'envoie vous chercher. Il n'a pas pu venir. Il est en expédition.

– En expédition ?

– Pour ses affaires.

Rosie se sentit froissée, car elle avait prévenu Lazare, son frère unique, trois mois auparavant, de leur arrivée, et Lazare savait qu'elle avait mis presque tout son argent dans les billets, qu'elle ne venait pas le cœur léger ni pour s'offrir un repos pourtant nécessaire.

Quel genre d'affaires pouvait bien l'empêcher, un soir, d'aller à leur rencontre ? se demanda-t-elle.

Elle était soulagée malgré tout que ce garçon aux jambes hautes ne fût pas Lazare, son propre frère : Titi ne se trompait pas et le jeune homme avait la peau très foncée, le nez large, et Titi l'avait vu tout de suite et pas elle, tant elle s'était convaincue que Lazare devait avoir changé en cinq ans, qu'il pouvait même avoir revêtu toutes sortes d'aspects inédits. Mais de ne pas le découvrir immédiatement, dès le premier jour, dans la peau d'un nègre, la rassurait tout au fond d'elle.

J'ai connu assez de surprises, j'ai vécu assez de miracles, songea-t-elle pauvrement, alors, si Lazare pouvait être Lazare...

L'autre attrapa la valise, se tourna pour sortir, puis il se ravisa et fit une sorte de courbette, ironique, bien que son visage lisse, tendu, délicat (peau soyeuse et miroitante), eût un air d'affection un peu goguenarde.

— Bienvenue parmi nous, dit-il avec emphase. Je suis sûr que Lazare m'a confié ce qu'il a de plus précieux. Allez, je vous emmène.

Ses narines fines se dilataient au rythme de son souffle, vibrantes, sensibles. Face à lui si précis et délié, Rosie percevait clairement sa propre silhouette, alourdie, un peu ample et floue, et la moindre majesté de sa peau marbrée de rose, piquetée de fatigue, qui allait cuire et violacer sans bronzer. La petite main glacée de Titi au creux de la sienne, elle emboîta le pas à Lagrand.

— N'interrogez pas trop Lazare sur ce qu'il fait, lui dit-il d'une voix tranquille. Oui, c'est un conseil que je vous donne : ne lui demandez rien quand il rentrera, soyez juste contente de le retrouver.

– J'avais prévu d'être contente. C'est mon frère et j'aime mon frère, dit Rosie.

Mais, inquiète, embarrassée, elle pensa : je parle haut et sur un ton coupant. Oh, que se passe-t-il avec Lazare ?

– Chacun mène sa barque, reprit Lagrand. Votre frère Lazare est le seul Blanc que je fréquente. Les autres !

Sans quitter son calme, il fit mine de cracher à terre, puis il regarda Titi en coin et sourit gentiment, voyant l'enfant tout désorienté.

Titi et moi n'avons pas un sou devant nous, se dit Rosie.

– Je n'ai pas d'argent, murmura-t-elle, cinquante francs tout au plus.

Lagrand sifflotait et ne l'entendit pas. Leurs jambes allaient à la même cadence, revêtues d'un jean semblable, mais celui de Rosie, élimé, était marqué de blanc aux cuisses et large de partout tandis que le pantalon de Lagrand s'ajustait docilement à sa silhouette, emblème bleu profond d'une élégance distraite.

Plus à l'aise que moi, et il porte des marques, pensait Rosie. Notre valise médiocre au bout de son bras, mais quoiqu'elle soit pesante, bourrée de tous nos biens, il la promène avec détachement, indiquant aussi clairement qu'involontairement qu'elle ne lui appartient pas, assortie ni à son allure ni à ses capacités. Bien plus à l'aise que moi, alors que signifient ces histoires de Blancs qu'il ne fréquente pas et aux pieds desquels il crache, devant nous, crachant sur nous ? Et pas sur Lazare, mon frère, pourquoi ? Quelle merveilleuse espèce de Blanc est Lazare, alors ?

Ils passèrent la porte vitrée, Titi devant, tremblotant de fatigue. L'obscurité lourde et moite tomba sur eux d'un coup. Rosie inspira par saccades, au bord d'une nouvelle envie de rendre. La sueur immédiatement embua son front, colla les mèches de cheveux qu'elle avait là. Elle se donna un air confus et souriant, exagérément embarrassé, et dit à Lagrand dans un petit rire : – J'espère que Lazare pourra me dépanner. J'ai bien peur d'être à sec en ce moment.

Mais il n'y a aucune raison pour que qui que ce soit m'envoie de l'argent plus tard, songea-t-elle. Et cependant j'ai droit à toutes les aides possibles, car je suis une pauvre fille accablée de signes prodigieux, de manifestations surnaturelles. Les filles comme moi, envahies d'enfants, l'Etat les soutient à bout de bras plutôt qu'elles deviennent folles et brutales. Oui, je véhicule mon petit capital, et je suis une espérance de subsides, un parti qui en vaut un autre. Mais pourrai-je seulement m'appuyer sur Lazare, après cinq ans ?

Elle rattrapa Lagrand qui avançait à grands pas sur le parking à peu près vide, elle tenta de se rappeler les termes exacts qu'avaient employés Lazare dans une lettre récente pour évoquer sa situation, puis, soudain décidée à bien prendre les choses, s'écria d'une voix gaie :

– Mon frère Lazare m'a parlé d'une « piscine élisabethtaylorienne » dans son jardin. Ne trouvez-vous pas que c'est un peu vulgaire, Lagrand, pour un célibataire ? Une piscine, et tout ce qui va avec ?

– Ouais. Ne comptez pas trop là-dessus, Rosie, répondit très doucement Lagrand, en la regardant bien droit, l'œil soucieux.

Il fit, même, une courte halte dans la nuit sombre que barraient ici et là les faisceaux des réverbères éclairant pour personne le parking immense de l'aéroport, pour effleurer l'épaule de Rosie d'un geste presque tendre, et cette main sur elle, si bienveillante, son regard préoccupé comme la pause de quelques secondes effrayèrent Rosie au plus

16

haut point. Elle éprouva l'angoisse qui enveloppait continûment le cœur et l'esprit de Titi, cet effroi morne, secret, sauvage, qui ne trouvait d'apaisement que dans la croyance lugubre, amèrement satisfaite, en l'inéluctable tristesse de la vie.

– Lazare m'a bien parlé de ça, répéta-t-elle, un peu butée. Il m'a écrit que sa villa donne sur la piscine par trois portes-fenêtres.

– On s'en fiche de ces histoires, Rosie, on s'en fiche des piscines et des portes-fenêtres, hein ? fit Lagrand. Vous n'êtes pas venue pour ces babioles, n'est-ce pas ?

– Mais Lazare est dans l'import-export, alors, pourquoi pas... Est-ce que je peux savoir ? J'ai des ennuis et j'ai besoin de mon frère Lazare, j'ai besoin de ce qui permet, pourquoi pas, d'avoir une piscine dans son jardin, par cette chaleur. Qu'est-ce que je peux savoir d'autre ? s'exclama Rosie, furieuse de sa propre anxiété.

– Ouais, ouais. C'est bon. Tout va bien, murmura-t-il en se détournant.

Il ajouta, le dos tourné, et sa voix comme étouffée par la moiteur de l'air :

– Pas la peine de se tracasser avant, Rosie, d'accord ?

Il sent mon affolement comme je sens celui de Titi, pensa-t-elle, il sent nos haleines un peu âcres, il voit la poule et son poussin chétif et se demande comment les acheminer à bon port sans les faire crever d'effroi. Mais il ne veut pas mentir et Lazare ne lui a pas donné de consignes, Lazare l'a peut-être simplement supplié de lui épargner cette corvée d'aller chercher les deux volatiles sans qualités, Rosie et Titi. Seulement il ne sait pas que tout a changé, que la maigre petite poule peu assurée sur ses pattes ne veut plus de... Et je vais engraisser mon poussin, qu'il dresse un peu la tête. Il faut que Lazare nous voie. Mon dieu, mon dieu, qu'a-t-il fait, qu'a-t-il raté, Lazare, mon frère ?

Lagrand atteignit un pick-up quatre places flambant neuf sur le hayon duquel les lettres de Toyota étincelaient, curieusement hautes. Le plateau était vide, propre, inemployé. Lagrand portait un polo blanc et, au-dessus du col bien repassé, son visage s'effaçait dans la nuit, happé par l'obscurité. Mais sa voix était proche maintenant, amicale, badine.

Une pudeur, pour faire oublier la valeur insensée de son pick-up, se dit Rosie. Ce Noir à peau claire et douce, Lagrand, est un jeune homme gâté, quoique convenable, bien élevé, et jusqu'à la nuance de sa peau qu'il semble avoir choisie par coquetterie, pour aller avec le Toyota et les mocassins de daim.

— Allez, grimpe là-dedans, dit Lagrand en soulevant Titi puis l'installant sur le siège arrière.

Rosie se hissa à l'avant. Maintenant la sueur coulait sous son pull, et elle sentait ses joues rouges et brûlantes. L'odeur de plastique chaud qui imprégnait l'intérieur lui donna une fade sensation de vertige. Elle souhaita alors s'en remettre au bon sens de Lagrand, dont elle distinguait dans la pénombre, à sa gauche, tout près, le profil sans aspérité, la ligne égale et presque plate du visage. Elle renversa la tête, ferma les yeux. On entendait d'ici les grillons crisser. Elle voyait en Lagrand un être sérieux et se prit à regretter que ce même garçon n'eût pas été Lazare, comme elle l'avait cru tout d'abord, et quand bien même son frère Lazare aurait eu l'apparence d'un nègre.

Oui, quelle importance ? se dit-elle. Mon véritable frère Lazare a peut-être commis les pires sottises, il m'a peut-être trompée, espérant que je ne viendrais jamais.

– Je suis enceinte, dit Rosie tout bas. Voilà pourquoi j'ai l'air un peu fatiguée, Lagrand.

Puis elle se demanda s'il s'agissait bien de grillons ou si, entendant crisser, elle se représentait des grillons qui n'existaient peut-être pas ici.

– Impeccable. Je suppose que Lazare sera enchanté de l'apprendre, dit Lagrand, mondain, sans chaleur mais sans hésitation non plus.

– Vous ne croyez pas un instant qu'il sera enchanté d'apprendre que je suis enceinte, car je ne suis pas mariée ni rien, et qu'il va se retrouver avec Rosie et ses deux gamins sur les bras, dit Rosie calmement. Et je n'ai pas d'argent et je suis seule au monde.

Il avait mis le moteur en marche mais on l'entendait à peine. Le pick-up s'éloigna de l'aéroport sur la route tranquille, bientôt bordée de chaque côté par les champs de canne obscurs. Et Rosie avait cru que pas un souffle de vent ne remuait l'air mais, par la vitre baissée, elle entendait la canne bruire et chuinter. C'était la douce respiration des maïs ou des blés et cependant différente, pensait Rosie, ni les maïs ni les blés ni même le feulement de l'avoine ou de l'orge, mais autre chose encore, l'haleine plus sonore de la canne.

– Oui, des allocations, disait Lagrand qui avait parlé sans qu'elle s'en aperçût. Il faudra vous renseigner...

– J'ignore ce qui m'a rendue enceinte, dit Rosie.

Elle lui lança un bref coup d'œil mais il regardait la route avec attention, sans sourire, sans s'étonner. Alors elle se retourna et vit que Titi dormait.

– Croyez-moi, je l'ignore.

– Ce sont des choses qui arrivent, dit-il, impassible, bienveillant.

Rosie songea : il attend simplement que je m'explique et

son attente n'est pas un temps mort ou nerveux ou embarrassé de questions, son attente ne fait qu'un avec sa patience. Il n'émet aucune conjecture, car ce Noir qui aurait pu être mon frère Lazare semble estimer qu'il n'est pas utile de se hâter pour porter un jugement sur ce que je suis.

– Quelque chose s'est passé à quoi je n'ai pas assisté, et après j'étais enceinte, dit Rosie.

Mais pourquoi cracher à nos pieds de malheureux Blancs à peine débarqués, se demandait-elle en même temps, et n'ayant causé de tort à personne sur cette terre de Guadeloupe ?

Elle reprit, opiniâtre, le visage ruisselant malgré l'air de la nuit :

– Quelque chose est arrivé qui me concernait certainement mais hors de ma présence, et après j'étais enceinte, et je ne sais pas comment ni par qui ni quand exactement. Je ne sais qu'une chose, c'est que je porte ce bébé.

– Très bien, Rosie, dit Lagrand. Si vous pensez que c'est arrivé d'une certaine façon et pas d'une autre, c'est vous qui avez raison à ce propos, et vous seule. Moi, j'entends ce que vous me dites et je le prends comme vous me le dites.

Le Toyota filait tout au long des cannes plaintives. L'anxiété revint d'un coup s'abattre sur Rosie, trempée de sueur. Elle percevait sa respiration bruyante et se sentait importune, sale, surabondante.

En fin de compte, qu'avait-elle appris sur Lazare ?

Elle craignait que ce garçon si correct et soigné, Lagrand, n'eût déjà compris qu'elle-même se débattait dans la confusion et l'éternelle tentation de l'hébétude face aux ébranlements de l'existence, à tel point qu'il lui semblait parfois que les plus grands efforts de sa pensée n'avaient d'autre but que de résister aux assauts du *n'importe quoi*, si bien que lorsque se présentait l'occasion d'émettre une opinion ou de prendre une décision, elle l'affrontait épuisée, ses ressources de spéculation taries. Que savait-elle sur Lazare, sinon ce qu'il lui avait écrit ?

– Lazare m'a dit dans sa dernière lettre que son salaire chez Danisko avait encore augmenté, commença Rosie d'une voix prudente.

– Il vous a dit ça ?

– Et qu'il envisageait de rester ici car c'est là qu'est son avenir professionnel, m'a dit Lazare, dans sa lettre, poursuivit Rosie. Aussi je suis venue.

– Oui. En fait, Rosie, Lazare ne travaille plus chez Danisko depuis un petit moment déjà, dit Lagrand lentement.

Les champs de canne laissèrent place à des maisons, de plus en plus nombreuses et serrées, et Rosie pouvait voir des familles attablées sous les galeries de bois ou de béton, à la lumière dure d'une ampoule ou d'un néon. Des visages se levaient pour les regarder passer et souvent Lagrand saluait de la main, sans quitter des yeux la route étroite. Rosie croyait entendre battre le cœur de Titi mais c'était le sien, constata-t-elle, qui frappait durement sous son sein. En même temps que les cannes, l'odeur de sucre avait disparu.

– Et que fait mon frère Lazare à présent ? demanda-t-elle, posée, tendue.

– J'ai rencontré Lazare chez Danisko, nous étions collègues, dit Lagrand. Il a eu ces petits ennuis, il a dû partir, et moi je suis resté mais nous avons continué de nous voir. Je l'aime bien. Il n'est pas comme les autres Français.

– Mais que fait-il à présent ?

Cette question va me conduire tout droit à la perte, pensa Rosie, et il me voit indélicate et têtue puisque aussi bien, au lieu de l'ennuyer, lui qui me véhicule, je pourrais attendre de

21

retrouver Lazare pour l'interroger. Mon frère Lazare, oh, comme je lui ai fait confiance !

— Que fait-il ? répéta Rosie, machinalement et presque malgré elle.

— Des excursions, des affaires. Il n'est jamais bon de trop parler de ses affaires dans un petit pays. Rosie, ne lui demandez rien avant qu'il vous en parle ou vous aurez toutes sortes d'ennuis.

— Pas un pays, murmura-t-elle, une région et un département, pas un pays.

Lagrand pinça les lèvres et resta muet mais elle vit ses pommettes se durcir, hautes et pointues sous la peau plus pâle à cet endroit. Atterrée de sa propre inconséquence, elle s'empourpra, probablement cramoisie maintenant, se dit-elle, du front au menton, et le visage humide et gonflé. Pourquoi ne suait-il pas, lui ? Et les maisons monotones se succédaient et le béton brut hérissé de tiges métalliques rouillées remplaçaient de plus en plus fréquemment les murs peints, les toits achevés. C'était l'après-dîner.

— Vous parlez des Français comme si vous n'en étiez pas un tout autant que moi, dit Rosie avec irritation. Vous crachez à mes pieds mais c'est sur vous que vous crachez pareillement, sur vos pieds bien chaussés de jeune Français huppé et dans le coup. Je suis sûre que les raisons d'en vouloir à quelqu'un comme vous, au genre d'individu que vous semblez être pour une part, sont plus nombreuses que celles d'en vouloir à une fille de ma sorte.

Elle donna une pichenette à la portière matelassée de cuir. Ses cuisses tremblaient nerveusement, tressautaient sur le siège avec un petit bruit liquide qui lui paraissait démesuré dans le silence. Elle appuya ses deux poings dessus pour les immobiliser.

Semblable au bruit que ferait, si on pouvait l'entendre, la pure énigme qui barbote en moi, songeait Rosie, ce bruit d'eau tiède, et pourtant c'est une conception immaculée, la graine jetée par un parfait esprit un soir ou un autre de décembre, mais avant Noël, un peu avant Noël. Celui-ci sera mon saint enfant.

Derrière, Titi ronflotait, la bouche grande ouverte et les yeux mi-clos. Son petit visage blême se tenait sur ses gardes au cœur même du sommeil : front crispé, soucieux, et le nez légèrement plissé comme d'un dégoût général et précautionneux pour tout ce qui pouvait survenir durant son repos.

– Votre frère Lazare n'est pas comme ça, dit enfin Lagrand, sèchement. Il faudra parler moins, Rosie. Attendez de voir. Ne questionnez pas trop, n'envoyez pas de chiquenaude aux voitures de ceux qui vous conduisent.

Elle réunit tout le courage qu'elle avait l'impression d'avoir en elle de manière éparse et inefficiente, inspira profondément, jusqu'à s'étourdir presque. Elle se pencha un peu vers la silhouette précise de Lagrand, vers la tache blanche de son polo que pas une ombre de transpiration ne déparait, puis elle dit à voix basse, lente, distincte, pour s'assurer de n'avoir pas à le redire, et l'eau amère de son visage s'écoulant dans son cou, picotant ses oreilles et ses yeux :

– Une toute dernière question, Lagrand, je vous en prie, et je vous laisse tranquille, et je vous remercie et vous demande de me pardonner. Mais juste cela : avez-vous des nouvelles de mes parents ?

– Quels parents ? fit-il, impavide.

– Mon père et ma mère. Ils sont ici.

– Ah.

Le pick-up ralentit, tourna dans un chemin obscur.

Un long mugissement rauque et accablé montait d'un pré en contrebas et Titi geignit dans son sommeil. Rosie aussi frissonna, atteinte et, le temps d'une seconde, glacée par l'appel inconnu, funèbre, de ces vaches qu'elle ne pouvait distinguer dans le noir.

Lagrand s'arrêta sur le bas-côté de la route, puis coupa le moteur. Il tourna vers Rosie son regard luisant et calme, ses yeux de pierre fine à l'éclat contenu, il frotta doucement ses mains l'une contre l'autre et croisa ses longues jambes un peu osseuses.

Comme sont certainement, songea Rosie, ces bœufs ou ces vaches qui se lamentent là en bas, car c'est un cri de maigreur et d'aridité, et ce sont des sanglots de carne. Maigre et sec était mon frère Lazare il y a cinq ans, Lazare, mon frère...

— Moi, Rosie, disait Lagrand, je n'ai jamais entendu parler de vos parents, Lazare ne m'a jamais confié qu'il avait ses parents ici, en Guadeloupe. Mais il faut que je vous dise, Rosie, que Lazare a évoqué sa sœur, vous, devant moi, pour la première fois hier, parce qu'il ne pouvait pas aller vous chercher et qu'il était donc bien obligé de me parler de vous pour que je le fasse à sa place. Vous voyez, alors, qu'il n'y a rien d'anormal, ou rien de particulier en ce qui concerne Lazare, à ce qu'il ne m'ait jamais rien dit de vos parents, puisque c'est tout simplement quelque chose qui n'est pas dans ses habitudes, de faire allusion à sa famille de France. Et même lorsqu'il m'a parlé de vous sa sœur, hier, il n'a rien dit de votre garçon, et en vous voyant tous les deux j'ai d'abord pensé qu'il ne savait peut-être pas que vous aviez cet enfant.

— Etienne, murmura Rosie, abasourdie, ou Titi. J'ai envoyé de nombreuses photos de Titi à Lazare, et Titi a connu Lazare jusqu'à l'âge d'un an environ.

– Ouais, pas de doute, Rosie, mais Lazare est très discret avec ses amis et on ne lui demande pas d'explications. Chacun raconte ce qu'il veut de sa vie, pas vrai ?

– Mais de quoi a-t-il honte ? souffla-t-elle.

– Ne vous tracassez pas pour ça. Attendez de comprendre, dit Lagrand avec gentillesse.

– Qu'est-ce qui en nous lui fait honte, ici, au point de cacher le fait même que nous existions, Titi et moi ? demanda Rosie un peu plus fort.

– Attendez de voir, répéta Lagrand.

Soudain le grondement d'un avion qui venait de décoller couvrit la plainte entêtée des ruminants. Lagrand et Rosie levèrent les yeux, en même temps, vers les petites lueurs clignotantes en route vers Paris, et Rosie s'étonna que l'aéroport fût encore si proche, après le trajet qu'ils venaient de parcourir.

– On est dans les Grands-Fonds, dit Lagrand, autant dire dans la brousse, dans la pampa.

Mais il semblait à Rosie que les maisons n'étaient guère moins nombreuses au bord de ce chemin. De chaque côté, sur la crête des mornes ou pendues aux flancs raides, des maisons encore se signalaient par une myriade de lumières diverses qui frappaient crûment des empilements de parpaings, des blocs de béton tout juste percés de fenêtres puis laissés en l'état, austères et lamentables, d'une désolante ténacité, au cœur de la végétation profuse. Elle regardait tout cela, elle regardait les clôtures de barbelés et les murs de ciment, ici et là la haute enceinte blanche d'une villa au toit de tôle complexe, et elle avait une assez douce sensation de familiarité, teintée d'un regret encore diffus, pas encore douloureux.

Je vais revoir Lazare, mon frère aux épaules étroites mais

solides, et tout va s'éclaircir, se dit-elle. Pourquoi, en défini-
tive, Lazare m'aurait-il tenue au courant de tout ce qui lui
arrivait ?

Comme Lagrand sortait du pick-up, Rosie en fit autant,
passa à l'arrière pour réveiller Titi, le prit dans ses bras puisque, malgré ses six ans, il ne pesait pas plus qu'un ballot de
linge – ses os si légers qu'ils paraissaient creux, et sa chair un
peu molle, un peu rare sous la peau translucide. Mais une
souffrance aiguë lui coupa le souffle. Elle s'immobilisa près
de la portière, pressant contre elle Titi qui protesta.

Elle pensait soudain : En vérité Lazare ne voulait pas que
je le rejoigne, et il croyait bien certainement qu'après cinq
ans il ne courait plus trop le risque de me voir débarquer.
Et la même chose, c'est évident, pour papa et maman, qui ne
veulent pas de moi ici, et surtout pas de moi avec Titi, tous
les deux, se disent-ils, car ils ne savent pas que c'est différent
maintenant, tous les deux, moi et Titi, tout englués de poisse.
Ils ne veulent pas de ça, ni les uns ni les autres, sur cette
terre de réussite, ils nous veulent en France, moi et Titi, coin-
cés dans les ennuis qui sont autant qu'eux n'auront pas. Si,
dans notre famille, c'est à Rosie que la débine et la médiocrité
s'intéressent, se disent-ils, il serait extraordinaire que la
débine et la médiocrité se préoccupent de nous également,
ça ne s'est jamais vu, se disent papa, maman et Lazare, oh,
Lazare ! Eux, je veux bien qu'ils m'aient abandonnée, mais
Lazare, mon frère, comment est-ce possible ? Comment est-ce
possible ?

– Est-ce que vous venez ? cria Lagrand, de l'autre côté de
la petite route.

Elle suffoquait. Elle posa Titi à terre et lui prit la main pour
traverser.

Comment cela peut-il être, Lazare, comment ?

26

Lagrand l'attendait devant une vaste maison plongée dans les ténèbres. Rosie le rejoignit à pas lents, le visage baigné de sueur et de larmes. Sa peau la démangeait à la taille, là où le pantalon humide l'enserrait. De grosses gouttes salées perlaient à son menton, au bout de son nez qu'elle avait un peu long et fin. Sa figure était ordinaire. Elle lui semblait flotter maintenant dans une poche d'eau aigre, irritante. Mais Lagrand ne manifestait pas qu'il remarquait quoi que ce fût. Poli et d'une cordialité un peu distante, il ne faisait rien pour l'aider, ne lui prêtait pas sa main pour descendre du pick-up ni le moindre mouchoir pour sécher sa figure, mais il était là, poli, attentif et bienveillant, et se dispensait de remarques ou de questions qui auraient ouvert la voie à une comparaison de leurs deux aspects – lui, Lagrand, dans le blanc sans faille de son polo, tout en retenue, tandis qu'elle coulait et s'épanchait. Et comme il était ainsi, bon, lointain, compréhensif, Rosie ne trouva pas dégradant qu'il la vît s'essuyer les joues et les yeux, se moucher, dégager son front des mèches mouillées qui, plaquées là, devaient ressembler, se dit-elle, à de petits vers sombres.

Ce Noir qui n'est pas mon frère Lazare mais celui qui m'a accueillie à la place de Lazare se comporte avec moi comme avec un autre lui-même, se dit Rosie dans un doux étonnement.

Lagrand ne bougeait pas, mains dans les poches, attendant quelque chose.

Rosie distingua alors l'écho d'un chant en provenance d'une sorte de garage accolé à la maison, mais l'effort qu'elle fit pour tenter d'en comprendre les paroles fut anéanti par le fracas d'un avion qui s'envolait de nouveau. Puis les bœufs répétèrent leur interminable sanglot, leur déploration macabre et résignée, pareille, songea Rosie, à celle qui s'échappait silencieusement de la poitrine de Titi, dont elle pouvait voir si souvent le reflet dans l'œil dilaté, pensif, méfiant, de Titi. Les bœufs imploraient comme l'enfant, pessimistes et opiniâtres, ils avaient sûrement, pensa-t-elle, la maigreur pâle et sans charme de son enfant.

Elle se rappela qu'ils n'avaient pas encore mangé, elle et Titi, et qu'il était maintenant presque l'heure d'aller dormir. Elle n'osait demander à Lagrand ce qu'il attendait, ou qui, et ce que, par conséquent, il les forçait d'attendre. Elle se tenait comme lui, mains dans les poches, appuyée à l'un des piliers de la galerie. Elle soupira discrètement, tendit l'oreille. Quelques mots lui parvinrent alors depuis le garage sous la porte métallique duquel un rai de lumière blanche filtrait, éclairant un peu l'herbe sèche au ras de la route, quelques ordures, papier d'emballage, bouts de carton.

Jésus, berger de toute humanité,
tu es venu sauver ceux qui étaient malades
prends pitié de nous
fais-nous revenir
fais-nous revenir à toi
prends pitié de nous

– Ils ne vont pas tarder à sortir, dit Lagrand.

Tranquillement il changea d'appui, se soutenant maintenant de l'épaule droite contre le pilier, et Rosie pouvait voir la ligne renflée de son torse qui se levait légèrement au rythme lent, profond, de sa respiration. Elle ne discernait rien d'autre de Lagrand que son polo clair dans la nuit, et sous le polo son buste se soulevait paisiblement, donnant à l'attente une scansion sereine et inaltérable. Lagrand parla de nouveau, non précisément pour l'informer, elle, se dit Rosie, mais peut-être plutôt pour ponctuer l'heure, dans une sorte de souci esthé-tique, de sa voix basse et neutre.

– Ils vont sortir et nous mangerons un morceau, dit Lagrand. Il est temps de manger à présent.

– Que font-ils ? demanda Rosie, remettant à plus tard de savoir de qui il parlait.

Christ est venu donner l'amour
donne l'amour à ton frère
Christ est venu donner la joie
donne la joie à ton frère

Car, si Lagrand peut m'apprendre tout ce que j'ignore, pensa-t-elle, et m'apprendre ce que je ne savais même pas que j'ignorais concernant mon frère Lazare, les renseignements sont d'une approche délicate, effarouchables comme des mouettes ou des pigeons vers lesquels on s'avance avec pré-caution, comme des mouettes sous le polo blanc de Lagrand qui à chaque fois que je questionne s'envolent pour se poser un peu plus loin, tout près mais inaccessibles, sans rancune mais défiantes, se défiant de moi et de ma peau claire et de mes doléances à peau claire.

– Ce sont des adventistes, répondit Lagrand. Ils ont un service ce soir, là, dans l'église adventiste du coin.

– Dans ce garage ?

– Eh bien, c'est là que les adventistes font leurs affaires, dit Lagrand après un silence, là qu'ils prient et chantent et font leur messe, c'est donc leur église et ce n'est plus un garage.

Les petites plumes font trembler le polo de Lagrand, songea Rosie, les mouettes imperceptibles et craintives sous son polo si parfaitement blanc qu'il ne peut être en contact avec son corps, étant donné qu'il fait si chaud et que je suis, moi, trempée de sueur, et que Titi, lui aussi, est tout sali, tout gris de transpiration.

– Il était prévu que je passe prendre Anita pour l'amener chez Lazare avec vous, reprit Lagrand.

– Anita, oui, murmura Rosie, songeant : Qu'il est humiliant de ne rien savoir, de quémander, bribe par bribe, ce qu'on devrait pourtant connaître. Lazare, Lazare, comment cela peut-il être, que Rosie ne sache rien à ce point ?

– Oui, Anita, répéta-t-elle plus fermement.

Mais elle sentait bien que toute sa chair chaude et moite se figeait à nouveau dans l'impression éprouvée durant longtemps, temporairement chassée (car la Guadeloupe, la Guadeloupe ! se disait-elle depuis des mois, rêvant d'un rêve comme poudré d'or), de se mouvoir, elle et Titi, à côté du récit, en dehors d'une vaste et complexe histoire que les autres, même les moins bien lotis, vivaient activement. Rosie et Titi, lui semblait-il, n'étaient tout simplement pas là, sans que leur absence fût même signalée par deux ombres ou deux silhouettes fantomatiques, et Rosie pensait savoir maintenant que leurs rôles n'avaient été prévus par personne, qu'ils ne pouvaient, elle et Titi, qu'entrer en force dans le cours d'existences qui coulait sans eux et sans nul besoin d'eux. Et là, près de Lagrand, dans l'air humide d'une végétation qu'elle sentait épaisse et immobile autour d'eux, près de Titi immobile, blême et fin, il lui semblait que son corps durcissait, lentement repris par la glace de cette impression ancienne. Il lui apparaissait nettement qu'elle n'avait eu aucune attribution dans la vie de son frère Lazare ici, au loin, qu'il ne l'avait jamais nommée même comme l'obscure figurante de sa vie d'autrefois avant d'y être contraint par son arrivée, et la partie d'elle-même dont il avait pu éviter de parler, Titi, il l'avait volontairement délaissée.

Nous nous sommes pourtant aimés autant qu'il est possible de le faire, se dit Rosie, perplexe, et songeant encore douloureusement : Nulle trace de nous ici pendant ces cinq années alors que je croyais vivre un peu là-bas par la voix de Lazare, mon frère. Qui a parlé de moi ? Personne. J'étais morte ici et j'étais morte là-bas, sans le savoir. Comment croire une chose pareille, Lazare ?

Titi éternua. Il avait des frissons de chaleur. Les bœufs s'étaient tus.

– Ils ont fini, dit Lagrand.

Rosie vit se lever la porte du garage et plusieurs personnes sortir d'un pas sûr dans la nuit, d'abord brutalement éclairées par les néons de la salle puis disparaissant le long du chemin, sans bruit, rapides. Les derniers éteignirent, abaissèrent la porte. Ils franchirent le bref espace d'herbe jaune et souillée qui les séparait de la galerie. Lagrand ne bougeait pas, n'appelait pas. Il semblait, se dit Rosie, si bien pénétré de l'évidence que son polo blanc se distinguait de loin dans la pénombre et que, par ailleurs, il ne pouvait, lui Lagrand, se trouver ailleurs qu'ici au jour convenu, qu'il demeurait paisible adossé au pilier, indéchiffrable et serein dans l'accomplissement de son attente. Rosie, elle, changea de pied et inclina légèrement la tête pour mieux voir s'avancer ceux qu'elle pouvait identifier maintenant comme deux femmes, un homme et une petite fille vêtue de blanc. L'enfant était toute mousseuse, aérienne, minuscule dans un déploiement de dentelle et d'organdi, son visage clair le cœur jaune d'une blanche, d'une luxuriante floraison de tulle.

Un avion rugit derrière la colline. Plus bas, un bœuf lança son râle, et c'était, se dit Rosie, comme si les bœufs n'avaient jamais cessé de hurler, comme s'ils ne devaient jamais cesser de hurler, car dès lors qu'ils commençaient on était incapable de se rappeler qu'il y avait eu un moment pendant lequel ils s'étaient tus. Si bien que la supplication des bœufs était ici la matière même du silence, pensa Rosie, froide et raide et trempée, et se disant encore : Titi mugit comme les bœufs mais on ne l'entend pas, moi seule l'entends meugler et meugler de crainte intarissablement, mais qui peut l'entendre, qui peut savoir que cette lamentation est la substance de ses journées ?

Plus tard, dans la pièce principale de la maison qui en comptait de nombreuses, crut observer Rosie en voyant aller et venir beaucoup de gens, la mère apporta un riz au poulet nappé d'une sauce brûlante. Ils étaient attablés, Rosie et Titi à côté de Lagrand, le père et la jeune fille qui s'appelait Anita bien droits et graves en face d'eux, puis la mère s'assit à son tour, en bout de table, souriant d'un air encore un peu perdu d'extase. La fillette s'était endormie tout de suite sur le canapé. Son visage blond était plein et frais, ses petits mollets charnus, jaune pâle sous la robe empesée. Rosie avait compris qu'elle était l'enfant d'Anita. Mais Anita elle-même lui semblait être à peine plus âgée qu'une enfant. Ils étaient assis sous la lumière un peu chiche d'une ampoule plaquée au plafond haut, sur des sièges de jardin en plastique moulé, et pendant ce temps des personnes diverses entraient, jetaient un œil à la télévision allumée dans un coin, le son coupé, ou venaient échanger quelques mots avec le père ou la mère d'Anita, puis sortaient d'un pas lent, en faisant claquer leurs savates, vers une région de la maison différente de celle d'où elles étaient arrivées. Leurs pas résonnaient un bon moment encore entre les murs de béton, avant de s'évanouir, comme très loin, au bout d'interminables couloirs, constatait Rosie faiblement étonnée, fatiguée, si fatiguée qu'il lui était pénible de mastiquer. Elle entendait Lagrand parler, de sa voix affable. Elle était trop lasse pour faire l'effort de comprendre ce qu'il disait et la voix de Lagrand flottait au-dessus de la table, accessible, confiante, peut-être riche d'informations nécessaires, mais, cette fois, elle ne pouvait rien en attraper, trop épuisée même pour le regretter. Elle avait pourtant l'impression vague qu'il ne se méfiait plus d'elle, qu'il l'avait oubliée, ou qu'il avait oublié qu'elle ne savait rien et qu'il ne lui était pas permis de lui en apprendre trop. Elle entendit le nom de Lazare, celui de la société Danisko, d'autres encore qu'elle ne connaissait pas mais qui avaient sans doute un lien avec son frère Lazare.

Lagrand laisse aller les mouettes et les pigeons et tous les moineaux, songea-t-elle, qu'il dissimulait sur sa poitrine, voilà qu'il les laisse aller librement et qu'ils m'échappent encore, à moi qui voulais tant savoir.

Près d'elle, Titi dormait. Il n'avait pas touché à son assiette et s'était endormi assis, le dos droit, ses épaules frêles et dures pointant sous la chemisette. Rosie constata qu'il avait les paupières bleues. Elle était ennuyée qu'il n'eût pas mangé, mais son propre harassement baignait l'inquiétude d'une irréalité apaisante. En même temps, elle était gênée un peu qu'il apparût ainsi, gâchant son repas, muet et maigre, montrant la couleur de ses veines, de son sang pauvre.

— Est-ce que vous allez tout à fait bien, Rosie ? demanda Lagrand.

Il se penchait vers elle, lui touchait le bras. Il souriait de son sourire serré, retenu. Rosie vit qu'on la regardait autour de la table, les parents, Anita, d'un air bienveillant et préoccupé, et quelque chose de particulier dans l'expression de leurs visages semblablement sombres, jeunes, inaltérés, lui fit comprendre que Lagrand leur avait dit qu'elle était enceinte. Ils la fixaient légèrement soucieux, mais un contentement plein de sollicitude et d'obligeance affleurait sous l'appréhension, une sorte de sympathie impersonnelle, sans faille ni arrière-pensée, pour elle telle qu'elle se présentait à eux en ce moment. Des larmes lui piquèrent les yeux. Car c'était la première fois depuis longtemps (et la dernière fois que c'était arrivé, elle n'en avait pas le souvenir), qu'on lui manifestait qu'on prendrait soin d'elle s'il le fallait, qu'elle ne méritait pas moins que quiconque d'être aidée et, surtout, qu'on se réjouît pour elle de ce qui était censé la rendre heureuse ou fière. C'était la première fois depuis des années qu'on était content pour elle.

J'ai fait tout ce chemin, se dit-elle, je suis venue de si loin, et ce n'est pas Lazare, ce n'est pas mon frère, non. Qu'importe.

– Je suis simplement fatiguée, dit Rosie.

Et Lagrand avait confié à ces inconnus qu'elle était enceinte tout comme l'aurait fait le père de son enfant s'il y en avait eu un, Lagrand l'avait fait sans crainte, ce dont elle lui fut brutalement et violemment reconnaissante.

Et pourquoi pas Lagrand, puisque ce n'est personne ? se dit-elle encore, sentant cependant qu'elle s'excitait, qu'elle s'échauffait intérieurement comme à chaque fois qu'elle pensait à l'inexplicable survenue de ce qui était là.

Elle s'agitait alors jusqu'à atteindre l'épouvante. Son cœur se mettait à battre intensément, les veines de son cou se dilataient au point qu'il lui semblait étouffer. Elle voyait comme une abomination ou une punition (mais qui devait être puni, elle l'ignorait), que les questions qu'elle se posait au sujet du bébé risquaient très probablement de faire du mal à celui-ci, comme une infamie qu'il ne lui fût pas permis de tourner son esprit vers le bébé sans que la part nocturne de ce même esprit anéantît la douceur, la joie simple et les souhaits de bienvenue dont elle voulait entourer cet enfant-là aussi, quel qu'il fût, d'où qu'il vînt, de qui ou de quoi fût-il l'objet.

La mère d'Anita emporta le plat, revint avec des fruits. Elle sourit vers Rosie tout au long de son trajet de la cuisine à la table, avec insistance, sans quitter Rosie des yeux. Rosie s'apaisa, reprit son souffle. La mère et Anita étaient toutes deux petites et fluettes. La robe imprimée de l'une et la salopette en jean de l'autre distinguaient presque symboliquement la mère et la fille, car leurs deux visages lustrés, étroits, tendus, semblaient à Rosie pareillement dépourvus des signes évidents de l'âge. La mère avait seulement, lorsqu'elle cessa de sourire, une sévérité de la bouche, du regard, qui n'était chez Anita qu'une forme de sérieux un peu conventionnel – avec cet air-là, et les joues légèrement gonflées d'importance, les filles revenaient de prendre l'hostie, se rappela Rosie, remontant la travée à petits pas, mains croisées devant elles, avec ce même air qu'Anita à table, paupières basses, appliquées et convenables.

Quelqu'un ouvrit la porte-fenêtre en grand. Rosie entendit les bœufs. Elle entendait aussi, plus sourdement que tout à l'heure, les grillons grincer. La chaleur était égale bien que la nuit fût plus avancée – chaleur compacte, remplie d'eau. Régulièrement, un avion venait rompre la litanie des bœufs dans la ravine et cette détonation attendue paraissait alors bienfaisante à Rosie.

Le père se leva, austère et jeune lui aussi. Il portait un costume gris d'une élégance désuète. Il avait beaucoup évoqué

Dieu tout en mangeant et commenté certains moments du service religieux dans le garage. Il se leva, fit un petit signe de tête amical à Rosie. Puis, pour la première fois, il s'adressa à elle directement :

— Est-ce que Lazare sera bientôt chez lui ?

— Je l'espère, dit Rosie.

— La place d'un homme, blanc ou noir, est à la maison quand la nuit est tombée, dit le père d'une voix douce, ferme. Avec ses enfants et celle qui les lui a donnés. Que Lazare soit blanc n'a rien à voir là-dedans.

— On le sait bien, dit Anita. Allons, papa.

— Je ne suis pas certain que Lazare le sache, dit le père sur le même ton, immobile et patient.

— Il n'y a pas de problème avec Lazare sur ce point, dit Lagrand.

— Est-ce qu'il ferait la même chose là-bas, en France ? Pouvez-vous l'affirmer, ça ? Je crois, moi, continua le père, qu'il profite de ce qu'il est ici pour se comporter comme on ne l'autoriserait pas à le faire là-bas, parce qu'il se figure qu'on ne lui en tiendra pas rigueur ici ou qu'on n'osera pas lui faire remarquer qu'il s'agit maintenant de se conduire autrement. Mais je vais le lui dire. Qu'est-ce qui m'en empêcherait ?

— Bon, dit Lagrand, nous allons reprendre la route.

— Qui sont ces enfants de Lazare dont vous parlez ? ne put s'empêcher de demander Rosie.

Mais elle avait murmuré, souhaitant presque qu'on ne l'entende pas, tant elle sentait ce qu'il y avait d'obscénité dans sa position, tant il était obscène de ne pas savoir une chose pareille lorsqu'on se prétendait la sœur de celui dont la vie avait connu de si grands bouleversements. Ses joues étaient chaudes et mouillées. Son crâne entier lui cuisait.

Oh, Lazare, que de honte pour moi encore !

– Qui m'empêcherait de dire à Lazare ce qu'il doit faire ? reprit le père, inflexible, menaçant.

Tandis que Lagrand, coupant le père, s'exclamait à voix basse :

– Lazare ne vous a pas parlé de ça non plus, Rosie ?

Et c'était, maintenant, se dit Rosie, comme une discrète pitié qu'il avait pour elle, comme s'il lui était enfin révélé, à lui, Lagrand, qui se voulait un ami honnête, que celle qui ne savait rien alors qu'elle aurait dû savoir n'était peut-être coupable que de naïveté, et comme s'il comprenait enfin que son ami Lazare n'avait peut-être pas eu, pour ne rien dire, des raisons que Lagrand devait défendre ou protéger.

– Ainsi, donc, disait Lagrand lentement, cherchant ses mots, il a préféré se taire et vous faire la surprise de...

– La surprise, répéta le père, sinistre, sceptique et froid.

Comme il estime peu mon frère Lazare ! pensa Rosie avec gêne.

Mais elle n'arrivait pas à ne plus entendre les bœufs et les grillons. Sa réflexion en était embarrassée. Elle pouvait entendre également la complainte monotone de Titi, qui dormait, oublié, silencieux, mais elle le devinait, elle l'entendait gémir de même qu'elle devinait sans l'entendre le souffle de la végétation inconnue au-dehors, au-delà de la terrasse obscure. Et puis, de nouveau, un avion, ou le bruit d'un avion que sa mémoire avait gardé, elle ne savait.

– De quoi Lazare ne m'a-t-il pas parlé cette fois, alors ? demanda-t-elle à Lagrand.

– Il se sauvera, il rentrera en métropole sans qu'aucun de nous ait eu le courage de lui dire son fait, poursuivait le père tranquillement, et nous nous interrogerons vainement pour savoir pourquoi nous redoutions autant de formuler devant lui nos critiques et nos réticences.

— Ce n'est pas du tout comme cela, papa, dit Anita.

— Nous nous demanderons vainement pourquoi nous avions peur de lui, nous serons à la fois un peu honteux et soulagés de penser que nous ne le reverrons jamais. Voilà. C'est ce qui se passera, conclut le père, glacé. Nous dirons seulement : Bon débarras ! Un de moins en Guadeloupe, et tant pis pour ce qu'il laisse derrière lui, ce n'est que le prix à payer pour être délivrés des gens de son espèce.

— Ça suffit, mumura la mère.

— *Questions pour un champion* va commencer, annonça d'une voix grêle une vieille femme qui venait d'entrer, depuis le coin de la télévision.

Elle haussa le son. Le père, la mère et Anita tournèrent leurs regards vers le poste. Lagrand, ennuyé, fit bravement face à Rosie. Ses yeux brillants étaient voilés, ils semblaient luire soudain derrière une fine taie de mécontentement et de déception. D'un mouvement du menton, il montra la fillette enrubannée, endormie sur le canapé.

— La petite Jade, là, est la fille de Lazare et d'Anita. Il n'y a pas à le cacher. Et après ? Elle doit avoir trois ou quatre ans et c'est une gentille gamine. Et alors ? Pourquoi est-ce qu'on ne vous le dirait pas, à vous ? C'est la plus adorable petite cousine qu'on puisse rêver de faire rencontrer à votre Titi.

— Il décampera, dit le père sans quitter l'écran des yeux et paraissant alors, de son air docte et péremptoire, répondre à la question posée par le présentateur. Il prendra ses jambes à son cou dès qu'Anita s'avisera de vouloir qu'il fasse ce qu'il doit faire.

— Jade ? murmura Rosie, égarée, abasourdie.

– Tu ne connais pas Lazare comme je le connais, dit Anita à son père.

Elle était un peu absente maintenant, captivée par le jeu, ses deux mains glissées dans la grande poche de sa salopette à hauteur de poitrine. Une multitude de petites tresses tombaient autour de son visage mince, perspicace et doux.

– Encore elle, cette candidate, dit la mère. Celle-là, alors ! Ah oui, celle-là !

– Elle les enfonce tous, dit la vieille femme, plantée tout près du poste.

La mère et la vieille éclatèrent de rire. Puis la mère se détourna légèrement pour poser son bras sur celui de Rosie et le presser avec amitié.

– Il ne s'est jamais beaucoup occupé de la petite, jusqu'à présent, dit le père, malgré ses promesses. Il la laissera derrière lui comme ses autres dettes. Ce n'est jamais qu'une sottise de plus qu'il aura faite, ta fille, Anita, de son point de vue d'homme gâté et irresponsable, mais pas de celles qui peuvent l'envoyer en prison, alors il l'oubliera d'autant plus vite. Pourquoi veux-tu aller là-bas ce soir ? Tu es bien mieux ici, va.

– Laisse-la, dit la mère.

La vieille intervint, toujours montrant le dos, écoutant des deux côtés à la fois :

– Elle verra cette case miteuse. Elle reviendra vite.

Les bœufs, les bœufs se sont tus, songeait Rosie.

Lagrand lui murmura à l'oreille :

– Ne vous tracassez pas. On dit au revoir et on s'en va.

– Je connais la maison, je l'ai même aidé à l'arranger, dit Anita. On y est très bien, Jade et moi.

– Mais prends garde à la route, souffla la mère.

Anita parut se réveiller. Elle s'ébroua, cessa de regarder

l'émission, puis elle sortit et revint tout de suite après avec un petit sac de voyage. Rosie croyait entendre son sang bourdonner dans son cerveau gonflé de chaleur, frottant les parois de son crâne, dilaté, souffrant. Et c'était, en elle, le cri des bœufs qui s'étaient tus, comme si la plainte sépulcrale avait quitté la ravine pour venir loger dans son esprit au supplice.

Il s'agissait d'en finir avec la confusion, songeait-elle, oh oui, Lazare, mon frère, oh, Lazare, où vais-je aller maintenant ? Où vais-je aller et que vais-je faire de nous ?

— Ils se figurent qu'ils n'ont, ici, qu'à se servir, reprit le père, inébranlable et têtu.

Il avait croisé ses bras sur son costume strict et continuait de fixer la télévision, à distance, d'un air d'attention si grave qu'il semblait y puiser les arguments de ce qu'il évoquait. Et plus il parlait et plus il attachait intensément son regard à l'écran, si bien que Rosie comprit, pensa comprendre, qu'il parvenait seulement ainsi à empêcher sa colère d'exploser, de le faire sortir de l'indifférence hostile, irréductible, qu'il affectait. Car la grande froideur de sa voix avait maintenant quelque chose d'excessif et de paralysé et le père lui-même, cramponné, semblait menacer de succomber, raidi désespérément.

— Ils viennent et profitent, disait-il, monocorde, ils viennent au carême, les pluies passées, vont au soleil, font des enfants aux enfants de quinze ans, puis les voilà pris de je ne sais quel dégoût, de je ne sais quel regret des saisons, alors ils s'en vont, pleins de dégoût et de condescendance, car ils redoutent la putréfaction, pensent-ils, de la terre qui ne gèle jamais, de l'air tiède.

— Je connais toutes les capitales, dit la vieille.

— Oui, acquiesça la mère, pour les capitales, c'est sûr, tu les écrases tous.

– Papa, Lazare n'a pas envie de partir. Il travaille ici. Il nous aime. C'est de là-bas qu'il a le dégoût, dit Anita.

– Et quel genre de travail crois-tu qu'il a ? Hein, quel genre ?

– Ils veulent revoir la neige, cria la vieille. C'est ce qu'ils disent toujours, quand ils partent pour ne plus revenir, qu'ils veulent revoir l'hiver et la neige. Je connais tous les hivers, toutes les neiges.

– Tu es imbattable, oui. Tu aurais déjà tout raflé. Mais celle-là, honnêtement, est très forte, dit la mère.

– Elle porte la même veste qu'hier, fit la vieille, dédaigneuse.

– Allons-y, maintenant, murmura Lagrand.

La vieille femme gueula :

– Dans cette case à cochons !

De son pas silencieux Lagrand s'approcha de la fillette, il la souleva avec prudence puis attendit, l'enfant encore endormie dans ses bras, que Rosie fît de même avec Titi. Mais Titi sursauta à peine l'eut-elle effleuré. Il bondit sur ses pieds, hagard, ivre de sommeil et parut se mettre au garde-à-vous, faisant effort pour rester droit, son petit nez blanc, transparent, tout froncé d'inconfort. Une bulle de salive oscillait au coin de ses lèvres. Rosie l'enlaça. Elle le poussa doucement vers chaque adulte, pensant :

Le pauvre Titi n'est pas mon enfant consacré. Personne ne lui a souhaité de bien. Lazare n'a pas parlé de lui au loin. C'est pourquoi il peine à grandir, certainement.

Et tandis que le père se tournait enfin, décroisait les bras et s'inclinait pour poser un baiser sur le front incolore et moite de Titi, en murmurant un « Dieu te garde » empreint d'amitié, Rosie se rappela tout en même temps qu'il lui fallait acheter pour Titi de joyeux vêtements de garçon sportif et que, Lazare

41

n'étant pas là, elle n'avait pas le premier sou pour le faire. Mais elle se rappelait qu'elle devait changer Titi en enfant valeureux. Debout devant la mère qu'elle venait pourtant de saluer et qui, les politesses accomplies, suivait de nouveau le jeu télévisé de son regard tranquillement et inlassablement fanatique, Rosie ne pouvait bouger soudain, déchirée par la nécessité, qu'elle sentait urgente, redoutable, de rectifier les mauvais débuts de Titi, et le sentiment de son impuissance et de sa solitude.

Elle était là, debout et pesante, le crâne tout vibrant des longs meuglements du dehors, elle sentait derrière elle qu'on l'attendait sans comprendre, et elle ne pouvait soulever ses pieds ni prononcer le moindre mot. Son sourire à la mère demeurait sur ses lèvres, vague, figé. La sueur coulait dans sa nuque, de ses cheveux qui lui semblaient froids. Elle avait froid, ou chaud, la sensation était la même. Et elle se voyait, dans une conscience aiguë de ce dont elle avait l'air, comme si elle avait regardé avec l'œil de ses hôtes la grande et ample jeune femme qu'elle était, et son visage un peu massif, carré, privé de rien qui pût retenir le souvenir sinon les marques de soucis récents, une fatigue et une impondérable usure des traits, de la peau fragile et rougissante, même des yeux à la teinte incertaine, usés, bordés de paupières très roses qui pouvaient laisser en mémoire l'impression que l'iris lui-même était rose. Ses cheveux n'étaient ni longs ni courts et Rosie savait qu'ils semblaient n'être ni courts ni longs par nature et non en conséquence du choix qu'elle aurait fait de les porter ainsi. Ils étaient peut-être châtain, peut-être autre chose. Le ventre de Rosie, encore à peine bombé, la tirait en avant, lui arrondissait le dos, les épaules.

Elle se voyait, là, clouée au sol, avec les yeux des autres, et se disait, sentant le carrelage dur sous ses pieds :

42

Comme cette femme au volume importun est pâle et vieillie précocement ! Comme elle est pâle et banale, mais lourde, gênante, moins par sa masse effective que par le sentiment qu'on en a : peu de vivacité, peu d'entrain, peu de suavité.

– Allez, venez, Rosie, dit Anita en lui prenant la main.

Dehors, un doux vacarme emplissait l'air immobile.

Les bœufs qui gémissaient de nouveau s'ils avaient jamais cessé de gémir, les grillons, les grands feuillages noirs expirant et chuintant bien qu'il n'y eût pas de vent, quelques éclats de voix rebondissant depuis le morne d'en face où les maisons s'agrippaient par de hauts piliers de béton, et les avions déjà aussi familiers à Rosie que les bœufs sans repos, que les grillons, que la respiration de la canne ou le murmure sombre des feuilles.

Anita l'entraînait derrière Lagrand et Titi suivait de son pas égaré et sautillant. Ils traversèrent la route pour rejoindre le pick-up. Rosie sentait autour de sa main les doigts fins d'Anita qui l'enserraient fermement, mais ni dans cette pression ni dans le maintien d'Anita elle ne sentait la moindre critique, rien de ce qui aurait pu passer même pour de l'incompréhension méfiante, dubitative, du comportement de Rosie. Et, ainsi, toutes deux pouvaient se laisser aller à penser que l'une aidait simplement l'autre à traverser, juste devant le garçon qui tressautait, comme un poussin, sur ses jambes inquiètes.

Car Lazare, mon frère Lazare, ne m'attendait pas, ne comptait pas sur ma venue, se répétait Rosie à mi-voix.

Ses lèvres bougeaient, un bourdonnement sortait de sa bouche, se mêlant au large bruissement tout autour.

Car mon frère Lazare n'est pas resté au loin celui que je croyais connaître, et le Lazare qu'il est devenu n'éprouvait plus le désir de revoir Rosie, tandis que je suis restée à peu près celle qu'il avait quittée, qui aimait son frère Lazare et espérait le revoir au plus vite, avant même les cinq ans qui se sont écoulés.

Anita se glissa à l'arrière du pick-up entre Titi et Jade encore profondément endormie. Elle laissa tomber sur l'épaule de la fillette sa propre fine petite tête de gorgone et ferma les yeux, calée de l'autre côté contre Titi à qui le besoin de dormir donnait une raideur mortuaire, un regard bleuâtre, vitreux. Rosie grimpa péniblement près de Lagrand. Il attendait au volant et démarra à peine eut-elle claqué sa portière. Elle fut déconcertée, une nouvelle fois, par l'absence de courtoisie de Lagrand, par son ignorance ou son mépris de la moindre galanterie qui semblait prendre le contre-pied formel et physique de sa voix douce, de sa discrétion et de son aménité.

– La maison de Lazare n'est qu'à deux kilomètres de là, dit-il.

Il parut hésiter, regarda Rosie d'un regard un peu froid et interrogateur (se demandant, pensa-t-elle, ce que je suis encore capable d'entendre, craignant d'aller trop loin et fatigué peut-être, maintenant, d'avoir à se poser ce genre de questions).

– Ne vous en faites pas, ajouta-t-il, lent, étirant les mots, si Lazare n'est pas rentré dès demain matin. Anita le sait. Il ne peut jamais prévoir quand il sera rentré, dans l'affaire dont il s'occupe en ce moment. Moi-même je ne sais pas très bien ce que c'est. Aucune importance, je vous l'ai dit. Ce qui compte, c'est que vous considériez comme normal et attendu qu'il rentre ou qu'il ne rentre pas dès demain. Ce sont ses affaires, les affaires de Lazare. Pas la peine de faire du foin.

– Du foin, dit Rosie, vexée.

– Anita ne va pas au lycée en ce moment. C'est les vacances. Vous ne serez pas toute seule.

44

– Le problème, dit Rosie d'une voix sèche, c'est que je n'ai pas d'argent du tout. Je comptais que Lazare, mon frère...

– Je vais vous en prêter. Cela ne me dérange pas.

– Vous aimez Lazare à ce point, dit-elle, troublée.

Il ne répondit pas, pendant si longtemps qu'elle crut qu'il ne le souhaitait pas. Puis il approcha du pare-brise sa tête lisse où les cheveux bien ras ne semblaient être qu'un prolongement de la peau, il eut un sourire mince, rapide, sans joie.

– Je prends plaisir à lui rendre service.

Un silence, puis Lagrand continua :

– J'aime rendre à Lazare des services tels qu'il ne pourra jamais en faire autant pour moi. Impossible qu'il me rembourse de tout ce qu'il me doit. Il a trop de retard. Mais, par ailleurs, je l'aime beaucoup, oui, beaucoup, et je suis un des rares, ici, à éprouver ça pour lui.

– Anita est si jeune, s'exclama Rosie, soudain furieuse et l'indignation se rappelant à elle. Comment a-t-il pu s'embarquer dans une histoire avec une aussi jeune fille ? J'en ai honte pour lui.

Mais, disant cela, elle se rendait compte que ses rapports actuels avec Lazare n'autorisaient pas qu'elle fît même semblant d'avoir honte de lui, son frère Lazare qui lui avait dissimulé tout ce qui le concernait. Elle comprit que Lagrand ne pourrait croire une seconde à cette honte, qu'il verrait là peut-être une façon pitoyable de se pendre à la veste de Lazare qui fuyait, en tentant de persuader qu'ils couraient ensemble, le frère et la sœur, même s'il était vrai qu'elle avait honte, bêtement, que son frère de trente ans ait eu un enfant avec une fille qui allait au lycée, même s'il était vrai et justifié à ses yeux qu'elle estimait vaguement avoir, à ce propos, quelque espèce encore inconnue d'elle de comptes à rendre.

Lagrand secouait la tête. Il siffla entre ses lèvres closes. Il eut de nouveau son sourire inamical, étroit, fugitif. Ses yeux brasillaient, brillant d'une lueur plus sombre que la pénombre.

– Qu'il y ait Jade et Anita n'est pas ce qui est grave, dit-il tranquillement. Lazare ne risque rien. C'est pour bien autre chose que, sans mon intervention, il serait en taule.

– En taule ? En prison ?

– Oui. Il y serait, pas de doute là-dessus.

– Lazare en prison ? chuchota Rosie, brusquement saisie d'une nausée qui l'obligea à fermer les yeux.

Et elle répéta, d'une voix imperceptible :

– Lazare en prison ?

– Est-ce que je suis allé, Rosie, au-delà de ce que, dans votre état de fatigue, vous pouvez supporter ? s'inquiéta Lagrand, ayant tourné la tête, l'ayant vue renversée sur le siège, paupières baissées, et les mains jointes sur ses cuisses.

Rosie ne dit rien. Lagrand arrêta le pick-up au bord de la route et annonça qu'ils étaient arrivés. Un réverbère éclairait de lumière blanche une petite maison de bois déteint, au toit de tôle rouge passé, sans autres ouvertures que deux portes à chaque bout, sans perron, sans galerie, au ras de la route goudronnée.

– Nous voilà chez Lazare, dit Lagrand, calme et presque gai.

Rosie descendit.

A côté de la maison, le pick-up de Lagrand paraissait énorme. Elle entendit les bœufs exactement comme chez les parents d'Anita, comme si les bœufs et leurs lamentations les avaient précédés pour arriver là, tout en bas, à l'arrière de la maison de Lazare où la pente dévalait abruptement vers les fonds humides. Deux maisons inachevées encadraient celle de

Lazare, deux structures de béton percées de trous sur lesquelles se dressait, tordue, souffrante, l'armature métallique.

Rosie s'assit sur un parpaing posé entre les portes en guise de banc. Elle s'essuya le front, peigna de ses doigts ses cheveux mouillés et glacés. Elle allongea les jambes, sourit à Titi qui sautait maladroitement du pick-up. Elle regarda Lagrand transporter précautionneusement la fillette dans la maison et songea à lui rappeler, tout à l'heure, qu'il devait lui laisser de l'argent.

II

Bien longtemps après que les années de Brive-la-Gaillarde se furent écoulées et même longtemps après que les années de Brive se furent réduites à une longue période constante, brumeuse, d'un jaune pâle et uni, dans sa mémoire, Rosie devait prendre l'habitude de parler de cette époque de Brive, et d'y penser, comme à la plus harmonieuse de son existence, malgré le peu de souvenirs qui lui en restaient, malgré l'incertitude particulière, la sorte étrange de voile jaune qui enveloppaient le passé à Brive. Dans l'incapacité de décrire précisément ce qui avait fait la qualité de ces années-là, puisque ce n'était, somme toute, que la morne enfance de la fille d'un adjudant-chef dans une ville moyenne tout entourée de pavillons et de campagne plate, elle se contentait de dire, sans regret, sans intonation :

– Je m'appelais encore Rose-Marie à ce moment-là.

Et il fallait comprendre, car elle ne savait pas trop elle-même et ne pouvait rien ajouter, que le pli lentement pris et lentement affermi de l'appeler Rosie, plus tard, à Paris, avait signifié et comme provoqué la fin d'une saison jaune, douce, provinciale et pleine d'aspirations.

– J'étais tout bonnement Rose-Marie, à Brive, disait Rosie, lorsqu'il fut évident qu'il était trop tard pour qu'on l'appelât plus jamais Rose-Marie et trop tard pour qu'elle s'en retournât vivre à Brive-la-Gaillarde, non parce que c'était impossible (et,

51

à Brive, c'est Rose-Marie qu'on l'appellerait), mais parce qu'il était trop tard pour qu'elle pût le désirer, et la vie à Brive définitivement terminée et enterrée.

— J'étais Rose-Marie, disait Rosie de sa voix neutre, comme parlant de quelqu'un d'autre.

Puis vint le temps où elle n'évoqua même plus cette Rose-Marie de Brive, où tout souvenir de Brive se retrouva si bien englouti dans le flot de médiocres tourments qui l'assaillait qu'il n'en demeura qu'une ombre jaune et pâle, qu'une tache jaune dans son esprit lorsque le nom de Brive arrivait par hasard à ses oreilles, et l'impression d'avoir été ce jaune-là, égal et un peu terne.

— J'étais Rose-Jaune, disait-elle de sa voix sans timbre, sans s'étonner elle-même ni imaginer qu'on ne la comprenait peut-être pas.

— J'étais Jaune autrefois, disait-elle encore, lointaine, l'œil vide, ne se comprenant plus très bien et indifférente, vide.

Elle oublia totalement que Rosie avait été Rose-Marie, qu'elle avait vécu à Brive avec son frère Lazare et leurs parents, M. et Mme Carpe, après de brefs séjours dans d'autres villes de France et de République Fédérale d'Allemagne où la modeste, laborieuse, placide carrière militaire de Carpe les avait contraints de s'installer, tous quatre unis et un peu perdus, débarquant sans connaître personne et repartant, ballottés, sans avoir connu grand-monde. Quelque hasard administratif finit par les arrêter à Brive. Mme Carpe devint infirmière et Carpe adjudant-chef, limitant là son ambition, satisfait et serein, tandis que Mme Carpe, plus aventureuse, ouvrait au centre-ville un petit cabinet de soins à domicile. Ils étaient là, les quatre Carpe, peu à peu installés à Brive, dans leur vie tiède et quiète discrètement safranée. Ils habitaient une maison d'avant-guerre entourée d'un jardin sec, dans une rue bordée de maisons pareillement proprettes et affables. Lazare, plus tard, dirait à Rosie qu'il avait le regret profond, douloureux, de l'énorme magnolia de Brive, qui chaque printemps ouvrait dans leur jardin ses fleurs blanches, épaisses, aux durs pétales empesés et duveteux, il lui dirait encore que le bonheur à Brive avait pour lui les couleurs de ce magnolia inodore et un peu raide sur leur bout de pelouse maigre. Rosie, elle, ne se souviendrait d'aucun magnolia, de nulle splendeur douteuse. Pour répondre à Lazare, elle évoquerait vaillamment la longue rue droite et jaune, leur maison jaune, le soleil permanent qui nimbait Brive d'une lumière chaude. Mais Lazare ne se rappelerait rien de jaune à Brive, il aurait même oublié Rose-Marie (c'est Lazare qui, à Paris, avait entrepris de l'appeler Rosie) et Rosie, solitaire, encombrée de réminiscences jaunes flottantes, cesserait de parler de Brive à Lazare, écoutant simplement en prenant garde de n'en rien absorber, de ne pas s'en laisser pénétrer, l'histoire de ce magnolia qui ne lui était rien.

A Brive, les Carpe ne recevaient jamais. Les Carpe n'avaient à Brive ni famille ni amis, que des voisins, des collègues ou des patients avec lesquels ils s'arrangeaient pour ne développer aucune relation obligeant, ensuite, à aller chez l'un ou chez l'autre prendre un verre qu'il faudrait rendre. Les Carpe n'ouvraient pas leur maison. Personne d'autre qu'eux n'en passait jamais le seuil et ni Rosie ni Lazare n'aurait osé, n'aurait eu seulement l'idée d'inviter quelque camarade que ce fût. Il ne pouvait être mis en doute par aucun d'entre eux que la paix à Brive, que la lente et honnête prospérité à Brive se gagnaient au prix, d'ailleurs peu élevé, d'un tranquille isolement à quatre, les quatre Carpe un peu sauvages, taiseux, excessivement pudiques et contraints. Et quand Rosie essaierait plus tard de se rappeler les années de Brive, avant d'avoir oublié jusqu'au nom de Brive, elle se verrait, avec Lazare et les parents Carpe, au noyau d'une substance jaune cotonneuse que nul ne pouvait franchir, personne ne supposant même qu'ils étaient là, dans une attente prudente, silencieuse, tous les quatre au cœur de l'air jaune.

Puis Lazare et Rosie se retrouvèrent à Paris. Ce à quoi les Carpe n'auraient jamais dû pouvoir se résoudre dans la logique de leur tempérament, ce qui n'aurait jamais dû pouvoir leur effleurer l'esprit se produisit néanmoins, pour les mêmes raisons qui les poussaient toujours à s'orienter vers ce qui leur était familier. Lazare et Rosie devaient commencer leurs études. Or les Carpe avaient séjourné à Paris, quelques mois, vingt-cinq ans auparavant, tandis qu'ils n'avaient jamais vu Toulouse, plus proche de Brive. Ils louèrent pour Lazare et Rosie deux petites pièces près de la Sorbonne, pour Lazare, mais pas loin non plus du Cours Durand, pour Rosie, l'école de commerce où Mme Carpe avait en vain désiré entrer lorsqu'elle avait l'âge de Rosie. Ensuite ils retournèrent à Brive, ne s'attardant pas, pressés et peu chaleureux, et Rosie et Lazare restèrent là, ne connaissant de Paris que les quelques rues qui les conduisaient au lieu de leurs études. Ils restèrent, ébahis et quelque peu écrasés par la confiance qu'avaient en eux les parents Carpe – accablés de confiance froide, impersonnelle.

Plus tard encore, lorsque Rosie essaierait de comprendre quand les choses avaient commencé à mal tourner, il lui semblerait ne pouvoir mieux illustrer les premiers temps à Paris qu'en expliquant qu'ils étaient demeurés, elle et son frère Lazare, dans l'air épais de Brive. Ils sortaient tout environnés de cette matière ouatée qui sentait Brive, ils allaient à leurs cours et en revenaient directement comme empêchés de voir, de sentir et de toucher autre chose que les molles limites de leur souvenir tangible et pâteux de Brive-la-Gaillarde. Ils étouffaient sans s'en rendre compte, dirait Rosie plus tard. Ils étouffaient de Brive et des Carpe comme ils n'avaient jamais étouffé à Brive, serrés par les Carpe, dirait Rosie sans être bien entendue. Elle dirait encore que cette absurde et presque outrageante confiance en Rosie et Lazare que leur renouvelaient les parents Carpe, dans des lettres brèves et formelles d'où ne transpirait jamais le soupçon que Rosie et Lazare ne vivaient peut-être pas à Paris exactement comme à Brive, elle dirait encore que cette confiance blessante avait façonné le mépris et le ressentiment de Lazare. Elle avait du moins aidé Lazare, cette confiance qui ne s'occupait pas d'eux, à se trouver une excuse pour délaisser puis abandonner des cours qu'il avait, de toute façon, le plus grand mal à suivre. Car Rosie elle-même sentait bien qu'on ne pouvait laisser une telle confiance impunie. Et son frère Lazare sentait mieux encore qu'il ne pouvait plus aller dans le sens de ce que Brive et les Carpe attendaient de lui, dans leur froide et odieuse certitude qu'il le ferait puisqu'il était tout simplement impossible qu'il ne le fît pas. Il laissa tomber le droit et mentit en ne l'avouant pas. Ou plutôt, dirait Rosie vainement, il décida pour la première fois de ne pas leur révéler ce dont ils auraient pensé devoir être mis au courant nécessairement. Et Rosie savait et ne dit rien non plus, et elle en ressentit du plaisir. Peu à peu l'air de Brive devenait moins palpable, cette bourre jaune qu'ils avaient eue dans la gorge, sur eux, tout autour des mots embarrassés dont ils s'étaient servis.

A cette époque-là, dirait Rosie, au moment où Lazare arrêta ses études, il était grand, maigre, un peu voûté. Elle, Rosie, était plus solidement charpentée que Lazare, grande, les os lourds, la chair ferme et pleine dont Lazare disait parfois, l'été, quand il voyait les bras nus de Rosie, qu'elle était semblable à de la chair de magnolia. A cette époque-là, où Brive et les Carpe relâchaient leur étreinte, Rosie portait des vêtements larges et discrets, et elle attachait ses cheveux en une queue peu fournie, si bien que chacun devait comprendre, en la rencontrant, qu'elle n'avait aucune prétention à signifier ou exprimer quoi que ce fût. Elle n'était plus Rose-Marie depuis un bon moment déjà. La réalité de celle qu'elle avait été à Brive et de la vie qu'elle avait eue là-bas commençait à s'estomper, à se fondre dans le jaune univoque, sans être remplacée encore par l'assurance que la vie de Rosie à Paris, entre les cours de marketing et le petit appartement, était bien la sienne, celle de la robuste jeune fille en bleu dont elle voyait le reflet, si tant est qu'elle était véritablement cette fille-là, grande, costaude, ordinaire, prompte à la gaucherie et à l'ahurissement. Elle ne parlait pas beaucoup. Il lui arrivait de s'approcher d'une vitrine et, tout en feignant de contempler une marchandise qui ne l'intéressait jamais, de plonger ses yeux dans les yeux étonnés de son image et de se perdre ainsi, longuement, sans comprendre ce qui lui échappait ni le rapport que ces yeux un peu vides et mornes avaient avec elle sur qui plus rien ne pesait.

Mais c'est à cette époque-là, après la courte période de joie trouble, de triomphe silencieux et presque méchant qui avaient marqué le mensonge à Brive et aux Carpe, que Rosie sentit monter chez son frère Lazare la peur et l'exaltation mêlées. Elle n'eut pas conscience tout de suite que ce qu'elle sentait en lui d'incertitude, de brutalité contenue, de faux détachement, était la manifestation de sa peur, elle y voyait au contraire de la confiance en soi. Il était fier d'avoir trahi la foi des parents Carpe dans l'indéfectible sérieux et l'évidente obéissance de leur progéniture, de Rosie et Lazare qui n'avaient jamais failli. Il tirait un orgueil excessif, jugeait Rosie, sombre, amer, de la défaite de Brive et des Carpe que ceux-ci ignoraient encore, et Lazare les méprisait d'autant plus qu'ils ne savaient pas avoir été battus car ils n'avaient jamais imaginé qu'ils pussent avoir à se battre contre une quelconque volonté de les défier. Lazare en venait même à se demander s'ils sauraient jamais qu'ils avaient perdu, s'ils entendraient jamais que c'était leur fils Lazare, seul, qui avait souhaité tout abandonner, qu'on ne l'y avait pas poussé. Il se demandait si les parents Carpe prendraient un jour la mesure de la jouissance que Rosie et lui avaient éprouvée à les tromper, et, dans l'instant même où il se posait la question, la réponse lui venait à l'esprit et il sentait bien que les Carpe ne seraient jamais capables de concevoir une délectation de ce genre, autant par probité que par amour-propre.

Ensuite, expliquerait Rosie, la joie victorieuse (bien que pleine de hargne et de rancœur) s'atténua et ne suffit plus à Lazare. Chaque mois Brive envoyait de l'argent pour l'appartement et les études. Lazare se levait tard. Il attendait que Rosie fût partie pour son cours, puis il sortait dépenser l'argent de Brive, en bières, cafés, livres qu'il accumulait et n'ouvrait pas. Rosie, sérieuse et anodine dans ses vêtements bleus, contemplait tout cela sans rien dire, sans manifester, cette fois, qu'elle éprouvait toujours autant de plaisir à faire affront aux Carpe. Elle posait sur Lazare son regard surpris, son demi-sourire flottant et mécanique, et, s'il se trouvait une glace ou une vitre pour refléter l'expression de son visage à cet instant, elle ne pouvait en détourner les yeux, sombrant dans un puits de perplexité et de rêveries aux bords jaunes.

Ni elle ni Lazare n'avait d'amis. Rosie devinait que Lazare en avait honte, qu'il y voyait l'emprise des Carpe. Lazare faisait venir toutes sortes de garçons et de filles dans le petit appartement, il avait acheté auparavant du vin, de la bière, des chips et des biscuits sucrés, anxieux, voyait Rosie, car il ignorait ce qu'on devait proposer à des jeunes gens de son âge, aussi achetait-il beaucoup de choses diverses et mal assorties qu'il offrait avec une violence nerveuse, une désinvolture grinçante, sinistre. Muette et vague dans un coin de la pièce, Rosie constatait que les efforts de Lazare pour se montrer décontracté et spirituel, ou tout simplement amical, ne faisaient que rendre plus visible, plus gênant, ce qu'il y avait de lugubre en lui, qui n'était que de la peur, savait Rosie, mais qui semblait vouloir dissimuler autre chose d'inexprimable et d'inquiétant. Elle sentait aussi, depuis son coin silencieux, la raideur des Carpe chez Lazare, cette façon qu'il avait, malgré sa voix haute et ses grands gestes, de paraître ouvrir sa porte à contrecœur, obligé par on ne savait quoi qui ne pouvait être que suspect. Et comme, en fin de compte, Lazare ne demandait de service à personne, ne cherchait à emprunter ni argent ni rien du tout, on demeurait, méfiant, dans cette attente incertaine, sans pouvoir avancer de preuves de la duplicité de Lazare ni se convaincre absolument de l'honnêteté de son comportement. C'est à cette époque-là, dirait Rosie, où Lazare aigri s'ennuyait, solitaire, dans les rues de Paris, qu'elle sentit qu'il finirait par faire quelque chose, ainsi qu'elle se le signifiait à elle-même – n'importe quoi pour qu'il arrive quelque chose. Elle sentit clairement, dirait-elle, que la peur de Lazare ne pourrait trouver de rémission que dans le complet et farouche assouvissement de quelque désir que ce fût et qu'il importait peu que ce désir fût celui de Lazare ou celui de quelqu'un d'autre, à l'exception de Brive et des Carpe, mais seulement que ce fût Lazare qui l'accomplît. Et Rosie savait sa propre insignifiance, sa fadeur bleue, son sérieux plus laborieux que volontaire, mais elle savait aussi, à cette époque, qu'elle connaissait mieux que personne son frère Lazare. Elle comprenait ce qui le jetait dehors, âpre, morose, antipathique, et ce n'était pas sur les motifs de son frère Lazare que se portait son perpétuel étonnement. A Paris Rosie et Lazare n'étaient rien. Rosie n'était même pas certaine d'être bien la fille qu'on appelait Rosie, large et haute dans les miroirs fugitifs. Et son frère Lazare, loin de Brive et délivré des Carpe, tremblait de n'être plus rien, à Paris, désenchaîné mais errant. Il avait peur, savait Rosie, de n'être encore moins que rien, plus tard, lorsque serait venu le temps où il ne pourrait plus passer pour un étudiant. Elle sentait leur solitude à tous deux, profonde, impénétrable. Elle sentait aussi, d'une manière plus floue, à quel point il leur était difficile, arrivant du pourtour de Brive et sortant du ventre des Carpe, d'espérer acquérir le langage et le mode de pensée de la bourgeoisie moyenne d'où venaient la plupart de leurs condisciples. Ils étaient si peu de chose, pensait Rosie, Lazare et elle, sur l'échelle des positions sociales, et, par ailleurs, Brive et les parents Carpe leur avaient si peu appris, si peu légué, hormis la gêne, la docilité, et une sorte de béance maussade et défiante devant les imprévus de l'existence.

A cette époque-là, où son frère Lazare traînait son désœuvrement, Rosie se rendit compte qu'il attendait, hostile, illuminé d'angoisse, le moment d'agir. Il était plus maigre encore. Il avait le dos rond et les épaules étroites. Rosie lui trouvait une figure agréable mais elle voyait que ses yeux étaient trop mobiles et fuyants, qu'il suait l'inquiétude. Il était taciturne mais se jetait dans des rires fébriles, interminables, dont elle avait renoncé à demander la raison et qui la laissait seule et patiente devant lui, souriant dans le vide et soutenant sans souffrance le regard éperdu de Lazare qui, fixé sur le sien, semblait vouloir la forcer à rire elle aussi, à se noyer dans l'hilarité et les larmes que le rire justifiait mais ne provoquait pas, savait-elle.

Il arriva que Rosie trouva, un soir, une jeune fille assise près de Lazare, sur le canapé qui était également le lit de Rosie.

Lazare avait l'habitude de recevoir du monde. Cependant Rosie nota qu'il était tout particulièrement calme et posé, et ce fut ce qui l'emplit de malaise, cette tranquillité affectée, sournoise et lente à laquelle il s'efforçait habituellement lorsqu'il avait pas mal bu avec l'argent de Brive. Mais elle avait l'impression que Lazare, là, était à jeun. Il comprit que Rosie souhaitait dormir, il fit lever la jeune fille et Rosie déplia son canapé. L'amie de Lazare avait un regard franc et pragmatique, jugea Rosie. Ils passèrent tous deux dans la chambre de Lazare, dont la porte resta ouverte et la lumière allumée, éclairant le lit de Rosie d'un rai amical, comme une invite. Recroquevillée du côté que la lumière n'atteignait pas, elle était embarrassée de son long squelette, elle en avait presque honte. Il lui paraissait soudain de la plus grande importance que la lumière venant de la chambre de Lazare ne tombe pas sur son propre corps, et elle se serrait à l'extrême bord du lit dans la crainte d'être découverte. Des chuchotis lui parvenaient, au-dessus desquels, plus forte, dense, la voix brusque de Lazare, toute vibrante de quelque chose que Rosie n'aimait pas, qui était peut-être, elle ne savait trop, de la menace ou de l'adjuration. Puis elle s'endormit sans doute, car elle eut l'impression d'être réveillée brutalement. La jeune fille allait à grands pas vers la porte d'entrée. Elle avait son sac et sa veste et Rosie sentit un souffle d'air froid lorsque l'autre contourna son lit et la frôla. Elle vit ensuite, dans le pan de lumière vive, Lazare à l'entrée de sa chambre. Il était nu, pâle, glabre. Il se pencha vers l'obscurité où avait disparu la jeune fille et, se retenant au chambranle de la porte, il siffla, blême et famélique :

— C'est ça, fous le camp ! Pour ce que ça me fait ! Tu vaux rien, t'entends ? Rien !

La jeune fille claqua la porte. Lazare resta là, appuyé à l'encadrement, et Rosie l'entendait respirer à petits coups rapides. Puis il éteignit enfin la lumière et regagna son lit. Rosie, bien plus tard, dirait qu'elle avait perçu durant l'incident que la peur était du côté de son frère Lazare et non du côté de la jeune fille qui s'en allait hâtivement au beau milieu de la nuit. Elle avait compris, aussi nettement que si elle avait été cette fille-là, que, malgré les apparences, ce n'était pas la jeune fille qui s'était sauvée, en proie à la frayeur, que la fille, elle, n'avait eu peur de rien, même lorsqu'elle tâtonnait à la recherche du verrou. Rosie avait senti, dans le vent frais de son passage, la résolution terre à terre de la fille, de même qu'elle avait entendu, dans la voix de Lazare, le soulagement encore un peu étouffé, un peu pincé, de terreur et d'incertitude. Elle avait deviné également que Lazare savait qu'elle ne dormait pas. Il était resté longtemps debout dans la clarté, nu mais en chaussettes, et l'une des chaussettes était percée au bout, et Rosie ne savait si elle avait été plus gênée de la chaussette trouée d'où sortait le gros orteil calleux de Lazare ou de sa nudité, si maigre et blafarde.

Après cela, Rosie se présenta à son examen de première année de technique commerciale. Bien qu'ayant travaillé dur, elle le rata, et pas de justesse. Elle en fut surprise, ébahie. Elle se tenait debout devant la feuille des résultats punaisée à la porte de l'école, et elle lisait et relisait à mi-voix le nom qui la concernait certainement, Rose-Marie Carpe, sans se décider à comprendre qu'il s'agissait bien d'elle et, cependant, avant de comprendre le pressentant suffisamment pour éprouver déjà une déception incrédule, tout en songeant : « Mais qui est Rose-Marie ? ».

Dans l'été qui suivit, elle trouva par hasard du travail dans un hôtel qui venait d'ouvrir à la Croix-de-Berny, en banlieue. Les Carpe montèrent à Paris. Ils apprirent à la fois que Rosie avait échoué et que Lazare n'allait plus aux cours depuis long-

temps auparavant, deux informations auxquelles ils opposè-
rent une sorte de détachement inattendu, qui s'exprima par
des phrases telles que : « Dans ce cas, débrouillez-vous.
Qu'est-ce que vous voulez qu'on y fasse ? » et semblant impli-
quer qu'ils ne se sentaient plus tenus, eux, ayant rempli leur
devoir, de se tracasser pour des enfants devenus si rapidement
de médiocres adultes ni même tenus de considérer ou d'aimer
encore ces adultes comme leurs enfants, Lazare et Rosie si
sages, si soumis du temps de Brive, avec leur muette flexibilité
de jonc. Rosie observa qu'ils ne paraissaient même pas se sentir
trahis – mais sèchement irrités, quoique ne le montrant guère,
comme des patrons mal servis, irrités d'avoir à tirer les conséquences pratiques de tant de négligence et de sottise. Ils
allaient et venaient, distants, tranquilles, dans le petit appartement où Rosie était seule, et se parlaient l'un à l'autre en
l'ignorant, elle. Et Rosie sentit que Lazare pas plus qu'elle
n'avait compris la nature véritable de Brive et des Carpe.
Lazare surtout avait cru les humilier et se libérer d'eux en
abandonnant ce à quoi ils l'avaient destiné, et cependant,
comprit soudain Rosie en reniflant dans la pièce le sillage de
ses parents, la jaune et tiède odeur de Brive, personne n'avait
jamais fait pour lui le moindre projet, ni Brive ni les Carpe
qui l'avaient inscrit là fortuitement, parce qu'il fallait le faire,
et qui, le découvrant si peu doué, se lavaient les mains de la
suite, disant : « A lui de voir ce qu'il veut ou ce qu'il peut
devenir. Nous, on ne sait plus. » Et peut-être en éprouvaient-
ils une espèce de satisfaction, peut-être Mme Carpe, apprenant
l'échec de Rosie, avait-elle été rassurée. « Moi, je n'avais même
pas pu intégrer cette école », avait-elle dit à Rosie assise immobile sur le canapé, étourdie par l'odeur chaude, familière.
   Lazare n'était pas là. Il avait pris soin de sortir avant leur
arrivée. Mais ils prirent leurs dispositions concernant l'appar-

tement et ne jugèrent pas utile de l'attendre. Consciencieux et sans chaleur, ils expliquèrent à Rosie qu'ils allaient envoyer un préavis au propriétaire, afin de rendre l'appartement dans les trois mois.

– Vous trouverez quelque chose de moins cher, dit M. Carpe.

– Maintenant, vous allez payer vous-même votre logement, dit Mme Carpe. Il faut travailler, gagner sa vie.

– J'ai trouvé, dit Rosie.

– Oui, cet hôtel. Très bien. Tu diras à ton frère qu'il doit se débrouiller à présent.

Rosie se sentit rougir pour Lazare qui avait tant attendu des parents Carpe, qui s'était imaginé avoir vaincu Brive et les Carpe alors qu'on n'avait rien attendu de lui et qu'on n'avait jamais pensé devoir attendre quoi que ce fût de lui. Elle rougit, comprenant qu'ils n'avaient jamais eu peur pour Lazare, comprenant que la peur avait été, là aussi, de son seul côté. Et si, jamais, ils n'avaient eu peur pour Lazare ou pour Rosie, ce n'était pas par confiance, comprit-elle accablée de honte, mais parce qu'ils étaient incapables d'aimer assez Lazare et Rosie pour redouter de les voir s'égarer, pour craindre autre chose que le scandale quand bien même cet autre chose serait, pour Lazare et Rosie, une source de malheur plus grand que le scandale.

Ils firent encore quelques recommandations, puis repartirent pour Brive, incorruptibles, ponctuels. Ils n'avaient pas vu Lazare.

« Ils ne veulent plus rien savoir de Lazare », pensa Rosie, tout en ayant conscience qu'une telle pensée portait encore l'empreinte d'un lyrisme inapproprié aux Carpe.

« Ils ne savent même pas qu'ils ne se soucient plus de Lazare », corrigea-t-elle.

Elle les quitta sur le trottoir, en bas de chez elle, et, comme elle agitait faiblement la main en réponse au petit signe de tête que lui faisait Mme Carpe derrière la vitre du taxi, sa main lui sembla lourde, morte, et elle eut la conviction brutale qu'elle ne les reverrait jamais, les deux Carpe qui l'avaient mise au monde et s'en allaient maintenant dans un halo d'indifférence bleuté. Elle songea tout aussitôt qu'elle les reverrait pourtant, sans doute, mais qu'elle reverrait les parents Carpe qui venaient de lui être révélés et non plus, jamais, ceux qu'elle et son frère Lazare avaient cru connaître, qui avaient pesé sur eux du poids insupportable de leur affection et de leurs attentes, mais cela n'avait pas été, cela n'avait pas existé ainsi, comprenait-elle maintenant tandis que sa main retombait mollement et lourdement et qu'elle voyait s'amenuiser les deux têtes pareillement convenables et qui, pareillement, ne s'étaient pas retournées, de M. et Mme Carpe à l'arrière du taxi.

Son frère Lazare ne revint pas ce jour-là ni les jours suivants.

Il faisait chaud. Rosie entreprit de rassembler ses affaires. Il lui semblait avoir une pierre dans la poitrine, énorme, rugueuse, qui l'appesantissait. Elle portait ses éternels vêtements bleus, jean, tee-shirt, chaussures de sport bon marché, et elle arpentait lentement les rues de leur quartier, les yeux écarquillés, croyant toujours apercevoir dans la touffeur grise et poussiéreuse son frère Lazare qui tournait au coin d'une rue. La pierre qu'elle avait entre les côtes lui rendait pénible de manger, de boire, de respirer. Les larmes lui montaient aux yeux dès qu'elle reprenait son souffle. Elle continuait d'avancer à pas engourdis, ses yeux dilatés remplis de larmes qui ne coulaient pas et lui brouillaient le regard. Elle ne connaissait personne à qui parler.

– Je cherche un certain Lazare Carpe, murmurait-elle de

temps en temps, surprise d'entendre sa voix, ayant prévu cette surprise et malgré tout surprise.

– Connaissez-vous Lazare Carpe, mon frère ? murmurait-elle un peu plus haut, dans les rues brûlantes, grises, désertées.

Mais Lazare ne revint pas, le mois s'achevait et Rosie devait commencer à travailler au début du mois suivant. Elle se demanda alors si l'impression qu'elle avait eue en quittant ses parents ne s'était pas trompée d'objet, si ce n'était pas son frère Lazare bien plutôt que les Carpe inaltérables et froids qu'il lui serait imposé de ne jamais revoir. Elle laissa dans l'appartement l'adresse où la trouver à présent et s'en alla, à la Croix-de-Berny, pour emménager dans la petite chambre que l'hôtel lui louait en attendant qu'elle trouvât un logement.

C'était un hôtel tout neuf à la lisière d'Antony et de la Croix-de-Berny, au bord de la nationale 20. L'hôtel faisait partie d'une chaîne d'établissements identiques, et, bien que situé au ras de la route, entre une baraque promise à la démolition et un immeuble aux fenêtres crasseuses, il avait été muni des éléments indispensables du confort international, qui le protégeaient du voisinage abrupt et vieillot de ce coin de banlieue encore déclassé, encore négligé et peu convoité. Même le bruit, constata Rosie en entrant dans le hall fleuri rose et beige, même le vacarme de la nationale s'interrompait tout d'un coup, neutralisé par les vitres épaisses qui ne s'ouvraient pas, altéraient légèrement les formes de l'extérieur, allongeant les voitures, les piétons, leur donnant une finesse silencieuse et ondoyante de poissons derrière le verre.

Rosie posa son gros sac et demanda la permission de voir le sous-gérant qu'elle avait déjà rencontré lors de l'entretien de candidature.

– Appelez-moi Max, lui dit-il dans un grand sourire.

Elle répondit qu'elle était Rosie Carpe.

– Nous allons faire du bon travail ensemble, Rosie.

Il lui montra la petite chambre, rose, carrée, meublée de pin. Rosie apercevait, par l'étroite fenêtre rectangulaire, les voitures de la nationale qui paraissaient avancer lentement, comme freinées par la vitre compacte, prises dans le verre déformant.

Elle pensait à Lazare et ne bougeait pas, souriant vaguement. L'air climatisé la faisait frissonner. Elle ne savait plus trop où elle se trouvait ni quelle était la saison.

– Nous allons faire une bonne équipe, Rosie.

Et tout en songeant que la pierre qui avait remplacé son cœur et ses poumons dans sa poitrine l'empêchait de se mouvoir, tout en songeant que c'était ce poids minéral et glacé qui la pétrifiait, elle se disait, affolée, qu'il fallait maintenant répondre, tourner sa tête et son regard.

– La chambre ne vous plaît pas, Rosie ? demandait le sous-gérant.

Au prix d'un effort douloureux, elle posa les yeux sur lui et vit qu'il souriait, qu'il n'avait sans doute pas arrêté de sourire, et que sa question même était une forme de plaisanterie.

Elle se mit à rire, pour s'excuser. Il éclata de rire à son tour et Rosie vit ses longues dents parfaitement blanches, jeunes, carrées, et sa langue aussi rouge que s'il venait de la mordre, au bout pointu qui tressautait tandis qu'il riait sans cesser de la regarder. Elle n'osa pas s'interrompre avant lui, quoiqu'elle n'eût plus envie de rire. Elle riait et ses yeux se gonflaient d'eau.

« Où est Lazare, où est Lazare, Lazare Carpe ? » pensait-elle, riant sous le regard du sous-gérant, songeant aussi à ses propres dents irrégulières que le sous-gérant pouvait voir comme elle voyait les siennes.

– La chambre ne vous plaît pas, Rosie ? répéta-t-il.

Il redevint sérieux, brutalement.

– Elle est très bien, dit Rosie.

Puis elle referma la bouche en prenant garde de laisser flotter sur ses lèvres un sourire de bon aloi. Elle regardait le sous-gérant, Max, attendant qu'il lui indiquât ce qu'elle devrait faire exactement, elle le regardait en souriant, les bras ballants, et une sorte d'étonnement tranquille et chaud montait en elle lentement tandis qu'elle le regardait, souriante, attentive, étonnée.

« Se pourrait-il que ce type-là soit déjà content de moi ? Se pourrait-il qu'il soit simplement content que je sois là ? » se demanda-t-elle.

Elle sentit ses joues rougir un peu, s'échauffer. C'était la première fois, se dit-elle légèrement déconcertée, qu'elle regardait le visage d'un inconnu en constatant qu'il prenait plaisir à sa présence, elle, Rosie Carpe, qui était une fille ordinaire, statique, bleu sombre. Même son frère Lazare ne lui avait jamais manifesté qu'il était heureux de l'avoir auprès de lui, et les parents Carpe s'en allaient toujours aussitôt qu'ils le pouvaient, l'abandonnant, sans se retourner pour lui sourire, à une solitude dont ils n'avaient pas la moindre idée. Et elle regardait ce Max, le sous-gérant, et voyait qu'il l'appréciait alors même qu'il ne savait d'elle à peu près qu'une chose, qu'elle était Rosie Carpe et avait vingt ans.

– Je vais vous expliquer le boulot, Rosie, lui dit-il de sa voix pleine d'entrain.

Il avait à peine une trentaine d'années, la peau du visage

grenue, marquée de vieilles cicatrices d'acné. Comme il était jeune, Rosie ne doutait pas que son abondante chevelure claire fût la sienne, mais elle brillait comme une fausse, avec des reflets de plastique miroitant et une longue mèche raidie par le gel qui tombait sur son front toute droite et lustrée. Rosie se rappela, en le considérant, qu'elle lui avait trouvé une figure de renard, pointue, astucieuse, à l'affût. Mais ce que n'avaient pas et n'auraient jamais tous les renards de son imagination, à la différence du sous-gérant, c'était une manière presque gentille, presque affectueuse, de lui parler à elle, dans laquelle semblait vouloir s'exprimer avant tout la conviction sincère que Rosie et lui allaient faire de leur mieux pour constituer une petite troupe dynamique. Rosie se rappelait qu'il avait tout de suite paru tenir pour incontestable qu'elle serait une employée efficace. « Nous allons tous faire de notre mieux, Rosie, » avait-il dit, éloquent, enthousiaste, en la raccompagnant à la porte de son bureau après le bref entretien. Et qu'une telle passion fût mise au service d'un hôtel de deuxième catégorie dans le plus triste quartier d'une banlieue banale, n'était pas ce qui comptait, comprenait Rosie. La passion seule devait être prise en compte, pour elle-même, car seule la passion, précisément, pouvait faire oublier ou accepter la médiocrité de cet environnement.

Il semblait à Rosie, comme elle attendait debout face à lui dans la petite chambre rose et puérile, qu'elle comprenait parfaitement ce Max, le sous-gérant.

Elle était certaine qu'il ne s'appelait pas Max, mais peut-être Jean-Paul ou Michel. Il portait une veste à carreaux sur une chemisette rose pâle, des mocassins très plats, à semelle fine, qui lui faisaient le pied un peu trop petit. « Il fait décolorer ses cheveux, se dit Rosie, voilà pourquoi ils ont l'air faux. »

68

Elle souriait, compréhensive, plus légère et plus chaude. Sa poitrine se libérait, elle respirait mieux, sentant la sympathie du sous-gérant, son désir de s'approcher d'elle.

– Rosie, c'est votre vrai prénom ? demanda-t-il.

– Oui. Rosie Carpe, répondit Rosie sans mentir, sans penser une seconde qu'elle aurait pu répondre autrement.

Et cependant, comme elle prononçait son nom, une fulgurance de lumière jaune envahissait son crâne, cherchant à lui rappeler quelque chose. Elle ajouta :

– Connaissez-vous mon frère Lazare Carpe ?

– Non.

– Il y a longtemps qu'il n'a pas donné de ses nouvelles. Je me disais que, peut-être... murmura-t-elle, soudain perdue.

– Non, non, dit le sous-gérant. C'est formidable que vous vous appeliez Rosie. Tout est formidable, pas vrai ? Pas vrai, Rosie ?

« A présent, il m'admire sincèrement et cordialement parce que je m'appelle Rosie de mon véritable prénom, songea-t-elle, tandis qu'il a transformé Pierre ou Jean-Claude en Max, et il craint d'être découvert, il redoute de devoir l'avouer. »

– Bien, Rosie, laissez tous vos trucs dans la chambre et suivez-moi.

Il la prit par le coude. Son regard était gai à l'excès, comme alimenté par une secrète réserve de pétillements qui se fût nourrie de son corps nerveux. Il avait les yeux étroits, le nez mince. Tout en lui était tendu, vibrant d'une ardeur envahissante et apprêtée. Il caressait machinalement de son index le coude de Rosie.

– Rosie, écoutez-moi, vous allez commencer par un boulot pas très gratifiant, expliquait-il de son ton joyeux pendant qu'ils regagnaient le rez-de-chaussée, mais vous évoluerez, j'en suis sûr, et d'ailleurs ce que vous allez faire est aussi nécessaire à la marche de la boîte que ce que je fais, moi, en toute modestie, Rosie. Ce ne sera qu'un début, pour vous laisser le temps de vous habituer et de vous rendre compte que nous avons tous une chance incroyable de bosser ici, dans cet endroit tout neuf et plein de projets et de super-plans d'avenir. Pour vous dire, Rosie, continua-t-il en l'entraînant vers l'arrière de l'hôtel, toujours expansif, amical, excité, que vous allez commencer par cuisiner pour le personnel. Il y a deux restaurations : celle de la clientèle et celle des employés. Le chef-cuisinier s'occupe de la première, évidemment, et vous vous chargerez de la seconde, Rosie. O.K., Rosie ?

Elle acquiesça, déconcertée. Il avait été entendu qu'elle travaillerait à l'accueil.

– Je n'ai pas l'habitude de cuisiner.

– Aucune importance. Vous apprendrez sur le tas. Les employés, Rosie, sont plus patients que les clients. Et puis, Rosie, appelez-moi Max, O.K. ? Ici, pas de monsieur, pas de madame. C'est bon, Rosie ?

Elle hocha la tête de nouveau. Ils se trouvaient dans la grande cuisine de l'hôtel et Max lui montra le coin qui lui était réservé. Il lui exposa qu'elle aurait chaque matin une certaine somme d'argent avec laquelle elle devrait se débrouiller pour confectionner une quinzaine de repas. Elle irait elle-même au marché d'Antony, composerait le menu quotidien. Ce qui resterait de l'argent lui appartiendrait. C'était pour l'encourager à l'économie.

– Bien, dit Rosie en regardant, par-dessus l'épaule de Max, les voitures dont le quintuple vitrage de la fenêtre ralentissait la course sur la nationale encombrée.

– Ça vous va, Rosie ? Génial ! Je vous attendais avec impatience, Rosie. Rosie, vous êtes magnifique ! s'écria Max.

L'hôtel aussi est magnifique, pas vrai ? Tout ce rose, pas vrai, Rosie, que c'est extra ?

Elle ajusta son regard sur le visage dilaté et grandiloquent de Max, partagée, sans douleur, à peine mélancolique, entre l'espèce d'abstraite reconnaissance qu'elle lui avait de se sentir déjà moins roide, lourde, engourdie, de sentir que tout son grand corps solitaire, paralysé d'indécision, s'infléchissait avec soulagement vers celui de ce Max qui semblait n'avoir jamais été là que pour le remarquer et le recevoir enfin, – partagée entre l'infinie gratitude et la pitié légère, irrespectueuse, détachée, pour cet homme filandreux, dans sa veste à carreaux et ses chaussures plates qui lui faisaient la jambe courte. L'étonnement ne la quittait pas. Un parfait étranger avait vu Rosie Carpe et avait eu envie de la revoir, simplement parce qu'il l'avait vue une première fois. Et, se dit Rosie, Rosie Carpe, c'était elle.

– Si vous entendez parler de mon frère Lazare, dit Rosie d'une voix traînante, si un certain Lazare Carpe se présentait...

Max opinait du chef, n'entendant pas, peu intéressé.

– Venez, Rosie, je vous montre le reste de l'hôtel, et après, au boulot. C'est bon, Rosie ?

Il s'approchait d'elle, le visage figé dans un sourire qui ne s'estompait jamais, qui naissait ou s'en allait brutalement sans qu'elle comprît très bien pourquoi. Il s'approcha, lui posa une main sur l'épaule et le corps de Rosie s'inclina paresseusement vers lui. Elle toucha la veste à carreaux. A cet instant, Max lui paraissait être venu sur terre uniquement pour que Rosie Carpe eût l'occasion, ce jour du mois d'août, de poser ses doigts sur le tissu léger de cette veste à petits carreaux verts et bleus, uniquement pour qu'elle pût éprouver l'apaisement de son vaste corps enfin assoupli et rassuré. Il lui semblait que l'existence de Max n'avait pas d'autre but ni d'autre sens que

71

celui-ci, ce jour du mois d'août : faire comprendre à Rosie Carpe qu'elle était bien Rosie Carpe.

– Ecoutez, Rosie, dit Max en rigolant, je vous rejoins ce soir, dans votre chambre. O.K., Rosie ? Après le boulot, c'est mieux. Moi, je ne mélange jamais la baise et le travail.

Eberluée, elle laissa glisser sa main le long de la veste de Max.

Elle perdait pied. Il haussa les épaules pour remettre sa veste en place et, voyant son regard fixe et lointain, lui dit doucement, avec son grand sourire immuable :

– Ce soir, je monte chez toi, Rosie, O.K. ? Promis. Ce n'est pas long jusqu'à ce soir, pas vrai, Rosie ? Pas vrai ? Tu tiendras le coup ?

Quelques semaines après son arrivée à l'hôtel, Rosie avait l'impression de pouvoir enfin appuyer la plupart de ses perceptions sur un établi de réalité bien sonore. Elle était loin, maintenant, de manquer se dissoudre dans l'effarement permanent. Elle savait que Rosie Carpe était aimable et désirable. Elle savait aussi que Rosie Carpe guettait la nuit le pas glissé de Max sur la moquette du couloir et que, lorsque la porte de sa chambre s'ouvrait et qu'apparaissait le visage hilare, futé, confiant, du sous-gérant, avec sa masse de cheveux blonds-blancs brillants et collés, étendard factice qu'elle voyait, en fait, avant le reste dans la pénombre, elle savait que Rosie Carpe ferait en sorte d'écourter le bavardage de Max, en sorte qu'il évitât même de prononcer le moindre mot, et que cette Rosie Carpe-là s'impatienterait jusqu'à devenir désagréable si le sous-gérant, dans sa veste à carreaux d'un genre identique à toutes les autres qu'il avait, avant de la prendre dans ses bras s'asseyait sur le lit pour plaisanter ou lui raconter sa journée.

Rosie savait qu'elle était cette Rosie Carpe qui bondissait sur Max pour le faire taire. Elle le haïssait d'aimer autant papoter. Et de pouvoir le haïr un peu, elle était fière. Cela ne lui était jamais arrivé auparavant. C'était bien elle qui était capable de cela à présent, ou capable de se mettre à genoux pour enlever, un peu brutalement, ses chaussures fines à Max, afin qu'elles soient enlevées plus vite qu'il ne le ferait lui, et bien qu'il n'aimât pas la voir à genoux en train de le déchausser, qu'il en fût à la fois gêné et froissé. Elle sentait cette douce haine, ce mépris chaud et presque affectueux qu'elle éprouvait pour cet homme bavard, et elle en avait un plaisir qui la rendait plus tendre, plus patiente. Car de cela également elle lui était redevable, lui semblait-il : d'être un peu haïssable, un peu vil.

Cette connaissance pas plus que l'autre ne l'avait plongée dans la stupéfaction.

Il savait des choses qu'elle ignorait. Elle l'admettait et l'écoutait parfois, engluée dans un vague dégoût mais attentive, silencieuse. Rien ne la dégoûtait jamais en lui, que ses paroles. La chair de Max lui paraissait naïve, imparfaite, foncièrement honnête et vaillante, tandis que les mots que formait son esprit portaient la marque d'une trivialité qui l'étonnait toujours, qu'elle redécouvrait à chaque fois, légèrement fascinée malgré elle, tentant en vain d'accorder ce cynisme banal et narcissique au corps doux, généreux qu'elle étreignait l'instant d'avant. Elle ne voyait de commun entre ce corps et ces propos qu'une sorte de candeur. Et elle l'écoutait parler sans rien dire, pensant : « Je le paye bien en retour. Certainement, personne ne l'écoute comme moi, ces niaiseries, tout ce fatras. Je le paye suffisamment pour ce qu'il me donne. »

Il croyait aux prédictions de Nostradamus. Il tâtait aussi du bouddhisme, par fatuité. Mais il se disait libéral, réaliste, ambitieux. Il consultait une voyante qui lui avait confirmé qu'il serait bientôt gérant, puis directeur, enfin gros actionnaire de la chaîne hôtelière qui l'employait et qu'il n'aurait plus un jour qu'à se prélasser en regardant l'argent tomber.

Rosie appréciait qu'il ne lui pose aucune question la concernant. Il ne savait d'elle qu'une chose, qu'elle était Rosie Carpe de son vrai nom, et cela lui suffisait. Il traitait Rosie Carpe en bonne camarade. Il lui avait appris d'une voix désinvolte qu'il était marié et que sa femme connaissait depuis le début sa relation avec une certaine Rosie Carpe, mais qu'ils vivaient ainsi et qu'elle ne s'en souciait pas. « Cependant il a peur de sa femme, songeait Rosie. Je le sens et je l'entends. Il a peur de ce qu'elle peut penser de lui et des conséquences qu'elle est en droit de tirer de cette histoire. »

— Ma femme s'en fiche complètement, que j'aie une copine, disait Max, souriant, peu sûr de lui mais fier, en s'écoutant prononcer ces mots, d'être l'homme dont la femme était si tolérante, d'être l'homme qui avait tant de chance dans la vie.

Un soir il arriva chez Rosie en compagnie d'une dame d'un certain âge, qu'il présenta comme une ancienne collègue et qui, munie d'une minuscule caméra vidéo, assura à Rosie qu'elle ne les gênerait pas, qu'ils ne se rendraient même pas compte de sa présence. La dame était soignée, élégante. Ses cheveux étaient mousseux et d'un gris étudié comme ceux de la mère de Rosie, Mme Carpe. Elle tapota aimablement la joue de Rosie.

— Ne t'occupe de rien, ma petite fille, fais comme d'habitude.

Et le cœur de Rosie se serra comme elle pensait que Mme Carpe ne l'avait jamais appelée « ma petite fille » ou que, si elle l'avait fait, cela avait été sur un ton sévère, sans rien du souci maternel qui avait empreint tout naturellement la voix de cette dame aux joues poudrées de mauve.

Max enleva sa chemise de nuit à Rosie, puis, encore tout habillé, s'assit sur le lit et lui demanda de reproduire ce qu'elle aimait bien faire et que lui aimait moins mais qui allait plaire beaucoup à cette dame, à qui il avait déjà décrit ce qu'il appelait « le coup des chaussures ». Elle vit la dame porter la caméra à son œil tout en lui faisant de petits gestes du poignet.

— Ne vous occupez pas de moi, ne me regardez même pas ! Vas-y, ma petite fille.

Rosie, abasourdie, se mit à genoux et le déchaussa. Elle pensait, très vite, glacée : « Il connaît des choses que j'ignore. » Puis : « Je croyais l'avoir payé suffisamment mais ce n'était pas assez. C'est comme ça qu'il faut que je le paye, c'est le prix de ce qu'il m'a donné. Après, je n'aurai même plus besoin de l'écouter, je l'aurai payé et nous serons quittes. Comment cela se peut-il, que j'aie l'impression que cette dame m'aime bien, que j'aie l'impression qu'elle ne pense qu'à m'être utile ? Qu'à être bonne pour moi ? »

« Tout ce qu'il connaît et que j'ignorerai toujours, pensait-elle encore, car je ne saurai même pas que ce sont des choses à connaître. »

La soirée lui parut infiniment longue. Max était tendu et moins gentil. Il lui faisait des reproches à mi-voix, dont Rosie ne comprit pas tout d'abord la signification, puis qu'elle interpréta comme le signe d'une inquiétude qu'il éprouvait à constater qu'elle ne s'adaptait qu'imparfaitement au rôle que la dame et lui avaient prévu pour Rosie Carpe. « Lui aussi a quelque chose à payer et il craint de mal s'en acquitter à cause de moi, songea-t-elle. Il doit fournir à cette dame ce qu'elle veut en échange de ce qu'elle lui a déjà donné. Il lui avait vanté Rosie Carpe et Rosie Carpe se révèle décevante et la dame peut s'estimer trompée. »

A sa propre consternation, elle éclata en sanglots.

– Non, merde, Rosie, c'est pas vrai ! cria Max.

Il sauta hors du lit, furieux. Mais la dame dirigea la caméra sur le visage en larmes de Rosie, ensuite elle l'éteignit et s'exclama, guillerette, rassurante :

– C'est parfait, je suis contente ! Tout va bien, ma petite fille. C'est O.K., Max.

Elle emballa soigneusement son matériel, enfila son manteau de fourrure véritable identique à celui que Mme Carpe s'était offert pour ses cinquante ans (du renard bleu qui ressemble à du lapin, se rappela Rosie), car il faisait froid, à présent, le soir à la Croix-de-Berny, puis elle s'en alla sans les toucher ni l'un ni l'autre, sans une poignée de main, juste un salut hâtif, et Rosie réalisa qu'elle avait attendu un baiser sur chaque joue.

Max ne décolérait pas. Son associée, sa camarade Rosie Carpe l'avait trahi. Il se rhabilla rapidement, sans un mot. Rosie ne savait que dire.

– Sais-tu que mon frère Lazare, Lazare Carpe... commença-t-elle, le regard flottant, humide.

Mais il ouvrit la porte d'un mouvement brusque et partit, sa veste en lainage écossais sur le bras, ses cheveux hirsutes si bien que Rosie voyait, pour la première fois, les racines noires.

A présent une épaisse grisaille enveloppait chaque jour d'octobre à la Croix-de-Berny.

Quand Rosie passait le matin le seuil de l'hôtel pour se rendre au marché, quand, vêtue d'un anorak et d'un bonnet de ski et portant sur son dos un gros sac de randonneur, elle sortait de l'hôtel dans la brume compacte, nauséabonde, il lui fallait demeurer immobile quelques minutes, les jambes bien écartées et les yeux mi-clos, afin de chasser la sensation de

76

vertige où l'entraînaient le mélange de fumée et de froid brouillard d'automne, gaz et brouillard si intimement mêlés que l'air
du matin même empestait, et la brutale hausse du volume
sonore, venant de l'hôtel où la qualité particulière du silence,
feutré, un peu bourdonnant, était celle d'oreilles bouchées.

Puis elle se mettait en route vers le centre d'Antony, marchant d'un bon pas, les pouces crochés aux lanières du sac à
dos. Elle laissait derrière elle la façade rosâtre de l'hôtel, ses
petites fenêtres myopes. Elle marchait vite mais elle ne cessait
d'avoir froid. Elle avait froid dans l'hôtel surchauffé et froid
dehors, dans la brumasse d'octobre. Elle constatait elle-même,
avec une perplexité objective comme devant un cas singulier
et inintelligible, que sa peau était restée froide depuis que Max
avait amené son ancienne collègue les filmer, Rosie Carpe et
lui, et que sa peau devenait peut-être de plus en plus froide à
chaque fois que cette femme revenait en compagnie de Max,
armée de sa minuscule caméra, toujours poudrée et maquillée
élégamment, toujours coiffée et vêtue à peu près comme la
mère de Rosie. Et maintenant Rosie reconnaissait mieux cette
Rosie Carpe-là, qui n'avait plus le moindre plaisir à entendre
arriver Max dans le couloir, qui écoutait avec appréhension
les pas glisser petits et rapides sur la moquette à fleurs et
tentait de déterminer s'ils étaient seuls ou suivis des grands
pas pointus et assurés de la femme aux cheveux gris pâle, mais
sachant déjà qu'elle serait là, avec Max qui ne pouvait se
résoudre à renoncer à ce que cette femme lui donnait.

Maintenant Rosie Carpe n'éprouvait plus ni tendresse ni
fierté, qu'une pauvre haine impuissante, honteuse, dont elle
n'avait plus la moindre gratitude à Max. Rosie savait qu'elle
était cette Rosie Carpe-là mieux encore qu'elle n'avait été
l'autre, celle qui pourtant lui plaisait tant, hardie, satisfaite,
confiante et moqueuse. Elle attendait dans son lit, droite, gelée,

profondément désorientée. Elle savait que personne ne l'obligeait à accepter cela. Cette femme et sa caméra, même Max, rien ne la forçait à accepter leur entrée dans sa chambre. Elle avait compris que Max faisait payer la séance, et, quand bien même elle eût voulu sa part, elle savait que Max n'avait jamais eu aucune intention de la lui donner. Il prenait l'argent et feignait de considérer qu'ils étaient d'accord, Rosie et lui, pour que cela se passe ainsi, que Rosie était contente de cette fantaisie amoureuse, qu'il s'y pliait.

Elle écoutait, tassée au fond de son lit, et se disait dans un frisson de tout son grand corps hérissé et recroquevillé qu'elle allait voir entrer silencieusement les deux ogres et que, dès lors qu'ils surgiraient de la pénombre, il serait trop tard pour les repousser, qu'elle n'avait pas de voix pour le faire, pas de mots pour dire qu'elle ne les voulait plus chez elle, en elle, et qu'elle finirait par succomber d'avoir la peau si complètement froide. Max ne remarquait rien. Il la touchait, son ventre, ses membres glacés, comme le voulait la dame aux joues duveteuses, et ne faisait aucune observation à ce propos. Il était affable et gentil de nouveau. Il affirmait ne travailler qu'au plaisir de Rosie. Tous les deux, la femme et lui, étaient avec Rosie d'une bonté et d'une spontanéité de manières qui lui troublaient l'esprit.

Au moment où la porte de sa chambre s'ouvrait et où Rosie avait l'impression qu'elle allait, cette fois, hurler d'horreur et de répugnance, qu'elle allait enfin faire savoir dans un cri qui réveillerait tout l'hôtel que ces deux-là la condamnaient à vivre dans le froid permanent et la confusion des saisons, ils étaient là déjà, l'embrassant et la caressant, puis la femme prenait place dans le fauteuil et, tout en préparant son appareil, levait parfois les yeux vers Rosie pour lui sourire et la questionner avec un air d'intérêt cordial. Elle demandait :

— Comment se porte ta famille, ma petite Rosie ? Tu as des frères et des sœurs ?

— J'ai mon frère Lazare. Il est parti et je n'ai plus aucune nouvelle.

— Il m'est arrivé la même chose, disait la femme gravement, en hochant la tête de compréhension. Un frère que j'avais a disparu et quand il a fini par revenir, dix ans après, plus personne ne l'attendait, on s'était habitués à l'idée qu'il était mort.

— Je ne m'habituerai pas, murmurait Rosie, grelottante, presque heureuse pourtant d'évoquer Lazare.

— C'est ce qu'il y a de mieux à faire, de s'habituer, ma petite fille. Mais les frères reviennent toujours. Ils croient pouvoir supporter d'être oubliés et en fait ils ne le supportent pas et ils reviennent pour voir s'ils sont oubliés et le reprocher à tout le monde si c'est le cas. Alors, ne t'en fais pas. Les frères reviennent et nous cassent les pieds et on n'a plus envie que d'une chose, c'est qu'ils repartent bien loin se faire oublier à jamais.

— Quand est-ce qu'on commence ? disait Max.

— Ça y est. La cassette est presque finie. Après, terminé le cinéma, mes petits oiseaux. Ça, c'est un film qui devrait plaire. Vous êtes très bien. Rosie, je voudrais que tu pleures encore, après. Pas beaucoup, hein ? Pas les grandes eaux. Juste deux grosses larmes qui roulent sur tes joues et que tu rattraperas du bout de la langue. Tu tires la langue autant que tu le peux.

Et Rosie tâchait d'exécuter ce qu'on attendait d'elle, ne sachant pas comment il était possible qu'elle fût incapable de le refuser, ne comprenant pas et s'absorbant dans une rêverie grise et maussade.

Max, lui, prenait son rôle au sérieux. Il ne s'amusait guère mais il œuvrait avec application, sévère, voulant faire montre de ses capacités industrieuses, respecter la confiance qu'il pensait qu'on avait en lui.

– Les amateurs, les vrais amoureux, ceux qui le font pour le plaisir, c'est ce qui marche le mieux, disait la femme, un œil collé au viseur, l'autre œil fermé et tout plissé de rides dans lesquelles l'abondante poudre lilas s'accumulait en petits tas de poussière parfumée.

Rosie s'enfonçait dans les rues pavillonnaires d'Antony, s'éloignant de la nationale et de son vacarme monotone de mauvaise conscience. Elle arrivait au marché, remplissait son sac de légumes et de viandes qu'elle achetait avec l'argent donné chaque matin par Max en personne. C'était une somme insuffisante pour assurer aux employés un repas copieux et confectionné avec des denrées de qualité. Rosie ne pouvait qu'acheter de bas morceaux, qu'elle faisait cuire longuement. Elle devait choisir entre une entrée ou un dessert. Et pas de vin, pas de café, le pain compté, etc. Elle s'était rendu compte très vite que Max n'avait pu calculer raisonnablement qu'il resterait le moindre franc à grappiller pour elle sur la somme si chiche qu'il avait fixée. Si bien qu'elle n'avait, en réalité, que son salaire dérisoire, alors que Max lui avait expliqué que celui-ci était justifié précisément par les gains non négligeables qu'elle était censée retirer d'une bonne gestion de son budget. « Mais peut-être dispose-t-il d'une somme supérieure, soupçonnait Rosie, sur laquelle il retient sa propre petite rétribution illicite avant de me la donner. Pourquoi ne le ferait-il pas ? Il connaît Rosie, il sait qu'on peut se payer sur Rosie et faire payer Rosie indéfiniment. »

Elle était persuadée maintenant que s'il y avait, quelle que fût la situation, le moindre argent qui lui était destiné, Max s'arrangerait pour qu'il atterrît dans sa poche plutôt que dans la sienne légitime. Il ne pouvait s'en empêcher. Rosie savait qu'il l'aimait bien, qu'il était toujours content de la voir et que, d'une façon générale et abstraite, il ne souhaitait aucun mal à Rosie, mais qu'il ferait cependant toujours en sorte, à l'instant de pouvoir partager l'argent, à l'instant de décider qu'elle serait lésée ou qu'elle aurait son dû, de ne pas se rappeler qu'elle avait déjà donné d'elle tout ce qu'elle pouvait. Il feindrait de penser à elle comme à son ennemie et il ne lui laisserait alors, tout naturellement, que ce qu'il ne pouvait pas prendre sans risquer une protestation de la docile Rosie elle-même, de l'aveugle, sourde et froide Rosie Carpe, pensait Rosie.

Mais elle était paralysée de froid. Elle était glacée et humiliée. La haine s'était évanouie, la bonne haine légère et ouatée qu'elle avait aimé porter à Max. Quand elle regardait vers les années qui avaient précédé celle-ci, elle s'engloutissait mentalement dans un flot d'insipidité jaune à la crête duquel émergeaient les figures de plus en plus floues, souriantes, hébétées, de Lazare et des parents Carpe, mais, lorsqu'elle tentait de projeter son esprit vers les années qui viendraient, elle s'enfonçait jusqu'à l'étouffement dans les sables gris, humides, de la vie et du travail à la Croix-de-Berny tels qu'ils lui apparaissaient deux ou trois mois après son arrivée. Il lui semblait que tout, ici, était mouillé, pâle, terreux. La nourriture qu'elle achetait, les visages qui se tournaient vers elle, les regards las et concentrés des employés de l'hôtel qui absorbaient sans un mot les plats qu'elle préparait, tout était hostile, morbidement usé. Rien ni personne ne se préoccupait de Rosie Carpe. A

81

l'exception de Max, personne ne prononçait jamais son nom. C'était : « Hé ! », « Vous, s'il vous plaît ! ». Il semblait à Rosie que les regards la traversaient de part en part et que, si elle se trouvait devant un mur, c'est le mur qu'on voyait au-delà d'elle et non pas Rosie, grande silhouette emmitouflée et frissonnante, les cheveux tirés en arrière, les yeux pâlis de froid, le sourire incolore et qui semblait flotter juste devant ses lèvres indécises.

L'ancienne collègue de Max disparut du jour au lendemain. Si Rosie se mit à espérer que sa peau allait se réchauffer et tout son corps perdre de sa raideur transie, elle vit aussi partir avec un bref affolement la seule personne qui lui demandait régulièrement des nouvelles de son frère ou d'elle-même. Cette femme l'avait filmée de si près que Rosie, parfois, avait fermé les yeux, secoué la tête et mordu ses lèvres pour éviter de fondre en larmes. L'autre avait maintenu la caméra sur son œil, sans fléchir, sans pitié, sans s'agacer non plus, toujours polie et contente. Rosie était certaine qu'elle n'avait jamais cherché à vérifier que Rosie recevait bien de Max ce qu'elle était censée devoir toucher, qu'elle ne s'intéressait aucunement à ce que Rosie éprouvait, et que, le travail maintenant achevé, elle avait oublié Rosie Carpe et tout ce que Rosie avait pu lui dire, la voix chancelante, de son inquiétude pour Lazare. Mais il était un fait que, voyant et revoyant Rosie, elle s'était dit quelque chose comme : « Cette grande fille un peu gauche et timide a peut-être besoin qu'on la mette à l'aise. » Alors que, de toutes les silhouettes qu'elle côtoyait, Rosie savait qu'il ne serait venu à l'esprit d'aucune d'imaginer que cette ombre pâle pût avoir besoin d'autre chose que de faire bouillir du jarret puis, dans l'odeur un peu sûre de la viande réduite, de remplir une quinzaine d'assiettes, son pâle sourire flottant devant elle pour personne, peut-être jeune, peut-être pas, inexistante.

Une des conséquences du contrat passé entre Max et son ancienne collègue à la caméra fut pour Rosie stupéfiante.

Elle n'avait pas de raison de penser qu'une telle chose ne serait pas arrivée sans la présence de la femme de nombreux soirs d'affilée, et cependant elle ne pouvait s'empêcher de considérer un événement aussi incroyable et gênant comme la séquelle du méprisable entêtement de Max.

Elle était enceinte parce que Max n'avait pas voulu repousser ce que cette femme lui proposait. Elle était enceinte parce que Max avait voulu l'argent de cette femme et parce qu'il avait voulu lui montrer qu'il était capable de faire ce devant quoi certains auraient flanché, là où lui, sous-gérant ambitieux, homme marié, s'était révélé plein d'endurance et d'impudeur spontanée. Voilà pourquoi elle, Rosie, qui n'avait jamais voulu prouver quoi que ce fût à quiconque, voilà pourquoi elle était maintenant enceinte, à cause de Max et de cette femme qui s'étaient payés sur elle. Et l'autre allait vendre le film de ce qui s'était passé, si ce n'était déjà fait. Des milliers d'inconnus allaient découvrir comment Rosie Carpe était tombée enceinte, à la Croix-de-Berny, sous l'œil d'une femme qui s'habillait comme Mme Carpe et traitait Rosie avec humanité tout en se moquant de ce qu'il pouvait lui arriver. Mais, tandis qu'un matin elle cherchait Max pour le mettre au courant, elle songeait que l'idée même de le faire payer à son tour, d'une manière ou d'une autre, lui répugnait plus encore que l'assurance qu'il faisait chaque jour son discret et presque amical petit bénéfice sur le peu qu'elle gagnait.

« Il sait déjà que je ne demande rien, se disait-elle. Il le sait depuis le début, depuis que je lui ai plu, et je lui ai plu aussi parce que son instinct d'homme intéressé, quoique pas méchant, lui a fait comprendre que je ne lui demanderais jamais rien de plus terrible que de se taire un peu. »

Etonnée pourtant, elle se sentait âgée, comme dépassée par la tournure d'esprit inattendue d'une nouvelle génération. Elle avait vingt ans et Max quelques années de plus, mais c'était elle qui se sentait coupable à l'avance d'oser parler d'argent, d'insister et revendiquer, auprès de Max qui la volait sans que fût jamais altéré le plaisir sincère, dénué d'arrière-pensée, naïf et touchant, qu'il prenait à la rencontrer, même ainsi, par hasard, au coin d'un couloir.

D'une voix brève, elle lui apprit ce qui la concernait. Il sourit si largement que Rosie aperçut tout entières ses grandes gencives rouges et saines. Il la serra dans ses bras, ce qu'il évitait ordinairement de faire à l'extérieur de la chambre. Il s'écria enfin :

— C'est génial, Rosie ! Je suis hyper-content !

— Content ? murmura-t-elle.

— C'est génial ! Je suis fou de joie ! Rosie, je vais divorcer. J'en ai rien à faire de tout ça, moi ! Je rentre et je divorce. On va vivre tous les trois ensemble, Rosie, moi, toi et le bébé. Rosie, je veux une fille, une petite mignonne qui fera plein de bisous à son papa.

— Mais c'est advenu devant la caméra, dit Rosie. C'est à cause du film et de cette femme, ta collègue.

— Quoi ? Rosie, qu'est-ce que tu racontes ? C'est pas elle qui t'a mise enceinte, ni la caméra. Oublie-le, ce film, si ça t'embête. N'empêche qu'on a été très bons. Mais oublie tout ça, Rosie, si tu veux. Moi, je divorce.

Elle le regardait, surprise, ennuyée : ses petits yeux vifs, sa peau irrégulière, ses cheveux fixés et collants, et son museau de renard un peu âpre, avide, inquiet.

« La peur va plus vite que lui, se dit-elle. Il se réjouit et il ne sait pas encore que la crainte se voit sur son visage. »

Et elle était déçue, ne pouvant l'exprimer pourtant car sa

déception provenait de ce qui, chez Max, interdirait précisément à celui-ci de jamais comprendre un tel sentiment. Elle le regardait cependant, avec lassitude. Et elle était déçue parce qu'elle avait secrètement espéré, non que Max divorcerait, mais qu'il reconnaîtrait avec elle l'espèce d'infamie, de honte irrémédiable contenues dans le seul fait que la chose était survenue sous l'œil de la caméra, et qu'un film, quelque part, partout, en de multiples endroits douteux ou inimaginables, en portait la trace sinon manifeste mais irréfutable, mystérieuse, indigne. Elle avait espéré, sans y croire, que Max se récrierait d'horreur à la pensée que des centaines de paires d'yeux observeraient la conception de son enfant. Elle avait même espéré, s'avouait-elle maintenant, qu'il tenterait de rattraper sa collègue afin de racheter la cassette du film avant qu'elle l'eût cédée, si cela était encore possible. Mais Max était content, fier et inquiet. Elle le voyait calculer – ses petits yeux encore rétrécis, ses lèvres pincées. Elle le voyait se tracasser, envisager les frais, redouter de parler à sa femme. Qui était cette femme ? Rosie n'en savait rien.

– Qui est ta femme ? demanda-t-elle.

– Comment, qui elle est ? Personne. C'est ma femme. Je divorce, Rosie.

– Si tu veux, répondit Rosie de sa voix sans timbre.

– Et toi, tu ne veux pas ?

– Je voudrais, souffla-t-elle, que tu récupères la cassette et que tu la détruises.

Il eut une moue d'agacement.

Mais Rosie sentait à présent l'ignominie envahir son corps. Elle la sentait, physiquement, monter le long de ses jambes, envelopper ses cuisses, atteindre le creux de son ventre et envelopper ce qui s'y était niché, le flétrir pour toujours. Reprendre le film n'y changerait rien, songea-t-elle, anéantie de dégoût, de mélancolie. On ne pouvait pas faire que ce qui s'était passé et la manière dont cela avait eu lieu se soit passé différemment. Si ce qu'il y avait en elle devait voir le jour, il porterait fatalement le signe qu'on s'était payé sur lui, que tout un tas de gens allaient se payer sur lui pendant longtemps encore.

— Oh, Max, où est mon frère Lazare ? gémit-elle, s'appuyant de la tête sur la poitrine de Max, un court instant.

— Rosie, je file. On a du boulot. A plus tard. Je suis hyper-heureux, Rosie, tu sais.

Cependant le bonheur et la détermination de Max n'allèrent pas jusqu'à lui faire mettre en œuvre ce qu'il avait annoncé. La crainte qu'elle avait lue sur ses traits et que, peut-être, il n'avait pas ressentie, Rosie comprit, dans les semaines qui suivirent, qu'il en avait connaissance maintenant, à son vif embarras, et que c'était elle qui lui faisait éviter de s'arrêter quand ils se croisaient ou de la rejoindre, le soir, dans sa chambre. Rosie n'avait pas besoin des explications confuses de Max pour deviner soit qu'il craignait tant la réaction de sa femme qu'il n'avait pas osé lui parler du tout, soit qu'il lui avait parlé et que sa réponse à elle avait été assez claire pour qu'il préférât ne plus évoquer la question du divorce avec Rosie. « Ma foi, tant mieux », se dit Rosie, car elle ne voyait pas la nécessité de subir en compagnie de Max, jour après jour, la honte morne, lourde, gluante de son ventre qui grossissait empli de ce qui n'aurait jamais dû y venir dans les circonstances où cela s'était fait.

Elle s'employa, par des sourires, de petits gestes, à le rassurer de loin.

— Je ne te demande rien, lui murmura-t-elle, un jour qu'il était passé dans la cuisine. Non, je ne te demande qu'une chose : si quelqu'un se présente à l'hôtel et veut me voir, que tu le conduises jusqu'à moi, quels que soient son aspect ou son comportement.

– Rosie, ça va prendre un peu plus de temps que prévu mais je vais divorcer.

– Je ne te demande rien, répéta-t-elle.

Le sens des responsabilités de Max trouva à se satisfaire d'une façon qu'elle n'avait pas envisagée, et Rosie n'avait d'ailleurs jamais pensé qu'il avait la moindre conscience, en dehors de son travail, de ses obligations. Elle ne pensait pas, à propos de ce qui était arrivé, qu'il lui devait quelque chose. Mais, s'il ne devait rien à Rosie, il leur devait à tous deux, ainsi qu'à ce qui s'était glissé en elle, à ce qui avait trouvé la force de s'installer dans son ventre froid, dans sa chair pétrifiée et inhospitalière, il leur devait simplement de convenir que ce n'était pas bien, qu'une telle chose n'aurait pas dû survenir ainsi.

Elle n'en démordait pas. Elle y pensait même tout le temps, jusqu'au vertige. Max devait admettre qu'ils avaient commis une irrémédiable faute en prenant le risque de laisser une foule d'inconnus abuser de ce qu'eux-mêmes concevaient sans le savoir. Si Max l'avait reconnu, il semblait à Rosie qu'elle aurait pu alors lui demander quelque chose. Mais il n'en était pas capable, elle le savait aussi. Il ne comprenait pas l'ombre de cela. Et c'est parce qu'il ne le pouvait pas que la chose s'était produite, qu'il avait désiré cet argent, qu'il avait spolié Rosie sans remords.

Elle n'en sortait pas. Elle effleurait son ventre avec effroi. Ce qu'il y avait là, se demandait-elle, qui ferait-il payer un jour ? Rosie, Max, la collègue aux joues duveteuses ? Ou le monde entier, qui contenait au moins tout ceux qui se payaient sur lui impunément ?

Mais elle réalisa avec étonnement que Max voulait faire

quelque chose pour elle. On était en janvier. La chaleur de l'hôtel était étouffante. Le ciel de la Croix-de-Berny n'avait pas changé depuis le mois d'octobre, du même gris plombé que la nationale. La direction de l'hôtel avait averti Rosie qu'elle ne pourrait demeurer dans sa chambre au-delà de Pâques. Max vint la voir pour la première fois depuis des mois et s'assit sur le lit, soulagé, content de lui.

— Rosie, tu vas changer de boulot et de logement. Je t'ai trouvé tout ça.

Une soudaine anxiété assécha la bouche de Rosie. Elle humecta ses lèvres et dit :

— Je ne peux pas. Mon frère Lazare n'a que cette adresse, s'il revient.

— Zut pour ton frère, Rosie ! Mais ça ne change rien. Tu continues de travailler à l'hôtel, à la réception cette fois. C'est moins fatigant. Et je t'ai déniché un appartement tout près de chez moi. J'ai un copain qui s'en va pour un an et qui veut le garder, alors tu habiteras chez lui pendant ce temps-là.

— Oui, dit Rosie. Près de chez toi ?

— Ce sera pratique, plus tard.

« Il ne peut rien ajouter, rien préciser, songea Rosie, car ce serait avouer qu'il n'a plus le courage ou l'envie de divorcer. Tant mieux. Il fait comme s'il n'avait rien dit afin d'oublier ce qu'il a dit. »

— Très bien, dit Rosie, calme et neutre. Je t'en remercie. Merci, merci, merci, merci, merci, merci, merci, merci, merci.

Voyant l'air inquiet de Max, son museau qui s'allongeait d'appréhension, elle se mit à rire, si longuement que des larmes coulèrent sur ses joues.

— Merci, merci, oh oui, merci pour tout.

Elle emménagea une semaine plus tard. C'était à Antony, toujours au bord de la nationale mais trop loin de l'hôtel pour s'y rendre à pied. Il suffisait de longer la route, comme un fil d'acier bien tendu entre deux immeubles d'inspiration identique, l'hôtel rose et la nouvelle demeure de Rosie d'un blanc ancien et sali, mais les deux pourvus des mêmes petites fenêtres carrées. Vingt mètres plus loin, Max lui montra son propre immeuble et les quatre fenêtres que sa femme et lui avaient en façade.

Il tombait une fine pluie grise. Abritée par le parapluie de Max, Rosie levait les yeux poliment vers les rideaux de dentelle soignés. Elle contemplait les fenêtres de Max et sentait dans son dos le glissement mouillé des voitures, se disant : « Nous y voilà », cherchant dans sa mémoire la référence morale susceptible de lui faire approuver ou blâmer cette situation, Max et Rosie dont le ventre pointait sous son anorak debout au pied de l'immeuble de Max et regardant les fenêtres que la femme de Max, sans doute, avait ornées de dentelle à mi-hauteur, debout tous deux sous le parapluie de Max, avec le ventre de Rosie qui les désignait comme mari et femme et fixant avec une attention inutile, muette, persistante, sous la fine pluie insensible, les quatre petites fenêtres conjugales, – mais ne trouvant rien dans ses souvenirs qui pût lui permettre de se prononcer, car ce qu'ils faisaient là tous deux ne ressemblaient à rien de ce qu'elle avait connu. Il lui paraissait seulement, d'une manière vague, que ses parents Carpe auraient certainement condamné sans appel une telle situation. Elle vit en esprit leur visage sévère nimbé de jaune, leur tête privée de tronc, pâle, froide, posée légèrement au cœur d'une gloire jaune éclatante.

A cet instant, quelqu'un là-haut écarta le rideau. Rosie aperçut une figure, des yeux sombres, une bouche bienveillante. Max leva lentement la main qui ne tenait pas le parapluie, il agita les doigts. Sa femme lui répondit. Rosie lissa ses cheveux. Elle souriait, comme Max, comme la femme là-haut. Mais quelque chose de fin, de serré, de collant, une sorte de voile à peine opaque et qui aurait pu être la mince pluie d'Antony tombant sur son visage si Max ne l'en avait pas protégé, l'étouffait imperceptiblement, contractait son sourire, puis détournait son regard de la façade, ses yeux un peu errants, ses cils qui battaient et battaient vainement pour se libérer de ce qui s'y appesantissait et qui, se disait-elle, aurait pu être la pluie, était peut-être la pluie.

– Allons chez toi, dit Max.

Il fit signe à sa femme qu'il revenait tout de suite. Le rideau retomba. Rosie se sentait happée par cette façon de voir la vie qui était celle de Max, comme si personne, jamais, n'avait tenté d'apprendre à Max les règles d'un comportement traditionnellement respectable, comme s'il n'avait pu se fier qu'à ce que lui conseillaient son instinct, son idée personnelle de l'intérêt qu'il y avait pour lui à faire ceci ou cela. Il était plutôt gentil, par hasard. Rosie se sentait influencée, captive. Il suffisait de sourire pour que tout parût normal et correct. Et le sourire encore plaqué largement sur les lèvres de Max alors qu'ils marchaient vers l'immeuble de Rosie, un peu plus loin, était son éternel et confortable sourire de sous-gérant qui devait signifier immédiatement qu'il n'existait nulle part et jamais le moindre problème que Max ne pût régler tout de suite, qu'il n'existait même, jamais, nulle part, dans la sphère d'action du sous-gérant, la moindre possibilité d'un éventuel problème. Rosie se sentait peu à peu poissée par ce sourire. Son propre sourire auparavant flottant se rapprochait de ses lèvres et sa bouche s'ouvrait maintenant à tout propos, à la réception, pour montrer ses dents même imparfaites et sa décontraction. Elle avait souri à la femme de Max derrière sa fenêtre, avec son ventre rond et près de Max qui souriait aussi à sa femme, elle-même souriante, ténue, irréelle et souriante.

Maintenant, ils pénétraient dans l'immeuble de Rosie. Le copain de Max louait deux pièces au rez-de-chaussée. Elles étaient bourrées des meubles et des affaires du garçon. Le premier mouvement de Rosie, en entrant dans la petite chambre dont chaque centimètre carré semblait empreint des goûts et des aspirations de son habitant, avait été de refermer la porte en murmurant une excuse. Puis, comme Max se moquait d'elle (mais il était inquiet, voyait Rosie), elle était entrée de nouveau et, plantée au milieu de la pièce, elle avait tâché de ne rien regarder. Max regardait pour elle. Il admirait les maquettes d'avion, la collection de soldats, de chars minuscules, les drapeaux américains véritables et datant de la dernière guerre suspendus au-dessus du lit, une authentique toile de parachute qui ennuageait le plafond, les professions de foi punaisées sur le mur de liège : Je Fais La Guerre à L'amour – Fuck Everybody – Il N'y a Plus de Femmes, Que Des... – Con et Fier de L'être. Des sacs en plastique remplis de vêtements s'alignaient le long d'un mur. La pièce était grise et propre. A la fenêtre, des barreaux, car on était au rez-de-chaussée. Rosie ferma les yeux, ne percevant plus que le fredonnement familier de la voix de Max et la rumeur brutale et familière aussi maintenant des voitures sur la nationale, entendant le bourdonnement de son sang, rassurant, familier.

Max s'en alla rapidement, sans même attendre que Rosie eût rouvert les yeux. Il était certainement soulagé, se dit-elle, ayant fait pour Rosie ce qu'un obscur sentiment de méfiance, une sourde intuition, lui imposaient de faire, et maintenant délivré d'elle, non de sa présence qui, du reste, ne semblait pas lui peser, mais des réclamations et des exigences dont il pensait sans doute qu'elle les brandirait fatalement un jour ou l'autre. Il n'avait pas compris, songeait Rosie, pour quelle raison elle n'avait encore rien sollicité de concret. Cela lui paraissait dans l'ordre des choses. Lui-même l'aurait fait, aurait trouvé juste de le faire. Il se défiait de Rosie qui peut-être ne demandait rien pour demander énormément ensuite. A la place de Rosie, devait penser Max, il se serait déjà servi de cet enfant à venir pour essayer d'obtenir de l'argent et d'autres avantages. Il se serait fait rendre justice. Voilà comment Max attendait qu'elle se comporte, se disait Rosie avec un peu de pitié, et ne voyant rien arriver il avait pris les devants en l'installant dans cet appartement et derrière le comptoir de la réception, espérant comme cela, si elle avait projeté quelque demande insensée, lui couper l'herbe sous le pied, se couvrir.

Il savait qu'il l'avait volée. A présent, il cessait de voler Rosie, ce qui le grandissait à ses propres yeux car rien ne l'aurait empêché de continuer. Il s'occupait d'elle, l'abritait de la pluie, lui montrait avec confiance les fenêtres de son propre appartement. Rosie entrevoyait que toute la vie de Max se déroulait en une succession compliquée de menues roublardises, de secrets et de problèmes fumeux que son esprit pratique, débrouillard, s'acharnait à régler avant l'apparition d'ennuis plus graves qui mettraient en danger sérieusement l'aplomb précaire de son établissement dans l'existence. Maintenant il était parti, la laissant dans le logement qu'il lui avait trouvé et rentrant chez lui, juste à côté, souriant probablement dans la rue et souriant encore dans l'escalier, souriant à sa femme qui l'attendait, lui parlant de Rosie et du plaisir que tout le monde pouvait prendre à cette situation depuis qu'il avait amélioré les choses, souriant, frottant ses grandes dents du plat de la langue comme il aimait à le faire. Il prenait garde de ne plus toucher Rosie, de ne pas même l'embrasser sur les joues. « Il se figure que mes prétentions ne peuvent se mesurer qu'au degré d'intimité qu'il y a entre nous », pensait Rosie. Elle ne regrettait rien, elle était dégoûtée de Max.

L'autre pièce de l'appartement servait de cuisine et de salon. Des fauteuils et une table basse en osier, des étagères chargées de petites voitures et de répliques d'engins de guerre, d'autres sacs en plastique contenant des vêtements, le tout propre, ordonné, calme et indifférent sous la lumière grise qui arrivait de la fenêtre à barreaux.

Rosie mit peu de temps à déballer ses possessions. Ici le bruit de la route lui parvenait entier et presque invraisemblable – à l'hôtel on ne l'entendait pas. Tout en empilant ses habits sur l'un des fauteuils, Rosie sursautait parfois et se tournait vers la vitre, sachant bien quelle moto, quel camion venait de produire cette brusque croissance du lancinant vrombissement habituel, sachant bien qu'elle ne verrait rien d'autre que le sempiternel flot de véhicules ici haché par les barreaux, mais ne pouvant s'empêcher de regarder, et non pas surprise mais interloquée de constater que même cela, on pouvait le supporter, l'oreille tendue malgré elle vers la progressive atténuation du fracas qui s'éloignait et ne pouvant s'en détourner avant de l'avoir entendu s'éteindre, sentant naître là une manie, irritée, vaincue, stupéfaite.

Ensuite, elle se fit réchauffer une boîte de petits pois dans le coin-cuisine exigu. Soulagée de constater que là également tout était propre, elle observa cependant qu'elle serait bientôt trop grosse pour se glisser entre les deux cloisons qui enserraient la plaque électrique. Elle porta son assiette sur la petite table en osier, près de la fenêtre. Les passants pouvaient la voir manger à travers les barreaux. Le trottoir était exactement au niveau du plancher, si bien que lorsque Rosie se tenait debout contre la vitre elle avait l'impression d'accompagner les gens dans leur marche, et de se trouver dans une si grande proximité de leurs silhouettes encapuchonnées et courbées sous le crachin qu'elle reculait un peu. A présent, assise et mâchant ses petits pois avec lenteur, elle regardait le ciel gris, la route grise. Sa rêverie se confondait avec le brouhaha de la circulation. Elle ne pouvait distinguer précisément la rumeur de sa pensée et de son sang de celle de la nationale. Elle sauça soigneusement son assiette, aspira le jus douceâtre à travers la mie de pain, longuement, mangea le pain. Attirés par une ombre, ses yeux revinrent à la fenêtre. Elle vit passer Max, tout près, enveloppé dans son long manteau matelassé, ses cheveux jaunes couverts d'un bonnet à la russe noir et poilu. Il tourna la tête vers les barreaux et fit un rapide petit signe à Rosie. Elle agita sa main. Mais il était loin déjà et la main de Rosie retomba gauchement.

Rosie Carpe roulait Titi dans un landau neuf. Elle s'arrêtait parfois, étonnée, se penchait pour regarder Titi, puis repartait d'un pas prudent au long des trottoirs d'Antony.

On était en juillet, et il faisait gris et chaud. Peut-être le ciel était-il bleu. Rosie n'en savait rien. L'air était gris, chargé de poussière immobile et dense. Elle avançait lentement, le dos un peu rond au-dessus du landau, étonnée, craintive. L'enfant était pâle malgré la chaleur. Rosie contemplait son grand front bleuâtre avec stupeur. « Il y aura bientôt un an que je suis là », se dit-elle, encore surprise par ce qu'était sa vie maintenant.

Sans s'en rendre compte, elle était arrivée presque devant l'hôtel, où elle devait recommencer à travailler le mois suivant. Le soleil donnait en plein sur les petites vitres qui l'absorbaient dans leur épaisseur gris sombre avec une sorte de voracité opiniâtre, patiente. Rosie mit sa main en visière. Elle regardait, tendue, sans respirer, par-dessus le landau. Dans la lumière intense mais opaque, dans l'air palpable, poudreux, elle discernait une silhouette, tout juste sortie de l'hôtel et qui demeurait là, maigre et indécise, tournant le dos à Rosie. Elle ôta sa main de son front, reprit son souffle. Elle attendit un peu. Puis, d'une voix péremptoire, elle cria :

– Lazare !

Il se détourna lentement et la regarda à son tour. Un sourire difficile, comme retenu par une habituelle douleur physique et intime, écartait progressivement ses lèvres tandis qu'il s'avançait vers Rosie et qu'elle constatait, s'appuyant toute droite au landau, figée de compassion, que Lazare portait le même tee-shirt à rayures bleues et vertes qu'il avait la dernière fois qu'elle l'avait vu, usé et déteint maintenant, et qu'elle constatait aussi, les yeux brouillés de larmes, à quel point le visage de Lazare s'était émacié, creusé, ridé. « Il y aura bientôt un an, songeait-elle, oui, bientôt un an. »

Il la prit aux épaules et l'embrassa. Elle le regardait sans bouger, sans sourire, s'accrochant au landau comme s'il avait dû la retenir, la vision altérée. Elle transpirait et laissait la sueur lui picoter les yeux. Elle portait une grande robe en jean, un long morceau de toile raide fermée sur le devant par de nombreux boutons métalliques. « Qu'est-il arrivé à mon frère Lazare ? » pensait-elle, la bouche close et sèche. Elle regardait ses joues vidées de leur chair, son cou aux tendons énormes, et elle ne pouvait ni bouger ni parler, bien qu'elle sentît frémir l'amorce d'une joie encore souterraine.

– Hé ! fit Lazare en lui donnant une légère bourrade.

Il jeta un regard fugace vers l'intérieur du landau.

– Alors, à qui ai-je l'honneur...

– Etienne Carpe. Titi, dit Rosie dans un murmure.

– Titi Carpe. Eh bien, bonjour, petit Carpe. Comment s'appelle ton père ?

– Max vient de payer ce landau. C'est Max. C'est aussi Max qui a choisi et payé le landau de Titi. C'est cher.

Rosie chuchotait, hâtive, oubliant à mesure qu'elle parlait ce qu'elle venait de dire. Elle sourit enfin et passa ses doigts sur la joue de Lazare.

– Je suis bien contente. J'avais tellement peur que tu ne me trouves pas.

– Qu'est-ce que les parents pensent de tout ça ?

Et Lazare avait cessé de sourire et il semblait souffrir moins ainsi, soucieux, austère, décharné, que lorsqu'il s'était avancé vers Rosie en sacrifiant un pénible sourire à la douleur qui ne le voulait que soucieux et austère et décharné. Il avait aux pieds les vieilles baskets que Rosie lui avait connues à Paris. Elles étaient couvertes de poussière.

– Les parents ? Rien. Je ne sais pas, dit Rosie, interdite.

– Ils ne sont pas au courant ? Tu n'as pas écrit à Brive ? Téléphoné ?

– Brive ?

L'esprit de Rosie se combla de jaune. Elle secoua la tête, se pencha pour tapoter doucement le front de Titi, minuscule dans le landau, à demi-nu et très blanc.

– A voir tes chaussures, on dirait que tu viens de marcher longtemps, dit-elle.

– Je suis venu à pied de Paris à la Croix-de-Berny, dit

Lazare. C'est la première fois que je sors de Paris depuis un an. Je n'ai pas quitté Paris, en un an, avant ce matin, et je suis venu à pied pour ne pas payer le R.E.R.

– Oui, fit Rosie, soudain heureuse.

Elle serra Lazare dans ses bras. Comme elle enfouissait son nez dans le cou tendineux de Lazare elle remarqua qu'il sentait mauvais, que ses cheveux assez longs étaient gras et tout assombris de saleté. Elle se força à l'étreindre une bonne minute pourtant, regardant sans les voir les voitures qui filaient dans la chaleur, comptant sous ses doigts les côtes étroites de Lazare, ses vertèbres saillantes, épaisses, à fleur de peau. Titi s'agitait. Rosie s'écarta doucement de Lazare. Il clignait des yeux, la tête levée vers le soleil gris. Elle pouvait voir maintenant que son visage tout entier était couvert d'une pellicule de crasse singulièrement uniforme et que, dans ses sourcils touffus et à la racine des cheveux juste au-dessus du front, la crasse s'était agglutinée en petits paquets collants et verdâtres. Elle le regardait fixement, la lèvre retroussée en une légère et involontaire moue de répugnance.

Mais c'était Lazare, son frère Lazare. Il chauffait sa face malpropre, la tête renversée, les yeux mi-clos. Il était si maigre qu'il avait peut-être froid, se dit-elle, froid comme elle-même avait eu froid ces temps derniers, constamment, quelle que fût la température. Air gris, poussière, brûlante émanation des pots d'échappement – son frère Lazare avait attendu l'été à la Croix-de-Berny pour venir la trouver, et maintenant il tendait son visage vers les rayons invisibles d'un soleil ardent mais terne comme si l'atmosphère étouffante ne pouvait suffire seule à réchauffer ses os, sa peau malodorante, sa longue carcasse oscillante et sèche. Et c'était Lazare, son frère Lazare.

Du fond de son landau, Titi se mit à hurler.

— Viens, on va chez moi, dit Rosie en prenant le bras de Lazare.

Elle conduisait le landau de l'autre main, avec peine, mais elle avait l'impression que Lazare profitait de son soutien, elle sentait peser contre elle la masse encore lourde de son corps squelettique qui se mouvait dans une lenteur éprouvante de très vieille chose. Lui jetant de brefs regards de côté, elle reconnaissait son nez coupant, l'angle brutal de sa bouche et de son menton.

C'était son frère Lazare.

— Rosie, est-ce que tu pourras m'avancer de l'argent ? Tu en as ?

— Oui.

— Je ne peux pas me montrer à Brive comme ça, dit Lazare.

— A Brive ?

Elle était, de nouveau, désorientée et mal à l'aise, égarée de jaune. Titi, affamé, hurlait. Rosie tenta d'avancer plus vite mais le poids de Lazare la freinait. Il lui semblait que le corps de Lazare était d'autant plus passif et inerte qu'une sorte d'excitation, de fébrilité, le gagnait, perceptible dans sa voix plus aiguë, un peu haletante.

— Ce Max qui a payé le landau du petit Carpe, est-ce que je vais le rencontrer maintenant ? demanda Lazare. Ce Max qui est aussi le père de Titi Carpe, si je t'ai bien comprise ? Est-ce qu'il est là où nous allons ?

— Non, dit Rosie. Max doit être chez lui en ce moment.

Ils étaient arrivés non loin de l'immeuble où habitaient Max et sa femme et Rosie montra du doigt les quatre fenêtres aux appuis fleuris de pensées multicolores.

— C'est là qu'est l'appartement de Max. Il vient voir Titi tous les deux ou trois jours. Il a payé le landau et d'autres

98

choses encore. Tout ce qu'il faut pour un bébé, dit Rosie, Max l'achète de sa propre initiative.

– Bon. Je ne manquerai pas de le féliciter, un jour ou l'autre, hein, Rosie, puisqu'on doit féliciter les papas aussi bien.

– Max a payé le landau, Max a tout payé.

Lazare se laissait traîner, sans s'en rendre compte, en même temps qu'il parlait sur un ton de sarcasme furieux, suspendu à Rosie au-dessus de Titi qui se tordait de colère mais ne voyant pas l'enfant, ne l'entendant pas, et abandonnant le fardeau de son corps osseux au bras de Rosie comme pour mieux se concentrer sur l'espèce d'indignation grinçante qui le prenait subitement. « Et moi, songeait Rosie, n'aurais-je pas des raisons de me fâcher, plus que lui ? »

Mais elle se demandait aussi, et c'était pourquoi elle ne disait rien et se contentait de supporter Lazare d'un côté tout en poussant de l'autre, tant bien que mal, le landau secoué par les convulsions de Titi, elle se demandait aussi, oppressée, comment il était possible que Lazare eût l'air de connaître la façon dont les choses s'étaient passées. Car c'était l'enfant, qu'il avait d'ailleurs à peine regardé, qui provoquait son emportement, c'était l'existence même de Titi, Rosie le sentait bien, qui agitait Lazare et lui faisait oublier la pesanteur de sa peau et de ses os à la charge de Rosie. Et il lui semblait que Lazare savait ou qu'il avait deviné que Titi n'avait pas été conçu au moment et dans les circonstances où il aurait dû l'être, pour leur honneur à tous. « S'il sait que nous avons avili Titi, se demanda Rosie, la gorge nouée, comment le sait-il donc ? Il ne peut rien savoir. Titi ne le porte pas sur son front, pas ce genre de souillure, alors, s'il ne peut pas le savoir, s'il est impossible qu'il le sache, pourquoi n'est-il pas heureux de rencontrer mon enfant ? Puisque je suis sa sœur Rosie. Pourquoi n'est-il pas tout simplement ému et content de connaître l'enfant de sa sœur Rosie ? »

— C'est ici, murmura-t-elle.

Elle gara le landau dans le hall de l'immeuble, puis, une fois qu'ils furent entrés dans le petit appartement, elle prit place sur le lit pour donner le sein à Titi. Lazare ne la regardait pas. Il était resté dans l'autre pièce. Rosie entendit le craquement de l'osier lorsque Lazare se laissa tomber lourdement dans l'un des fauteuils. Il lui cria quelque chose. Mais la fenêtre de la chambre était ouverte et le bruit de la circulation juste au-delà des barreaux l'empêcha de comprendre. Parfois l'enfant tressautait dans ses bras, effrayé par une pétarade, un grincement, un coup de klaxon. Rosie se leva et, tout en continuant de faire boire Titi pressé contre elle, d'une main ferma la fenêtre. Puis elle se rassit doucement et attendit.

— Qui habitait là ? demandait Lazare. Ce n'est pas à toi, tout ce bric-à-brac ?

— Un ami de Max. Je ne le connais pas.

— Toutes ces babioles pseudo-militaires. Quel foutoir ! Tu n'as pas eu envie d'enlever tout ça ?

— L'ami revient bientôt, dit calmement Rosie.

— Et Max qui a payé le landau et tout ce qu'il faut t'a collée ici, avec le gosse, s'exclama Lazare, dans cet affreux rez-de-chaussée rempli de breloques de guerre. Non, mais, Rosie, quel foutoir ! Quel foutu minable petit logement !

— Je dois le quitter. L'autre revient. Je ne le connais pas.

— Où vas-tu aller ?

— Max s'en occupe, dit-elle, sachant que c'était faux, mais ostensiblement calme et distante.

Sa joie était pourtant là encore, son soulagement, presque sa gratitude. Son frère Lazare était revenu et, quel que fût son aspect, c'était son frère, Lazare, et il était revenu.

— Tu aurais dû virer toutes ces horreurs, Rosie. Ce n'est pas bon de vivre dans un environnement pareil. Tu aurais dû pouvoir faire ce que tu voulais des joujoux de ce gars-là.

— Comment sais-tu ce qui est bon pour moi maintenant ?

L'enfant avait fini de téter et Rosie le posa dans son petit lit, à côté du sien. Aussitôt, elle entendit l'osier gémir de nouveau. Lazare entra dans la chambre et parcourut les murs du regard. Un air de dégoût scandalisé, incrédule, crispait sa longue figure crasseuse. « Il a guetté le moment où je n'avais plus Titi dans les bras, observa Rosie, il écoutait depuis son fauteuil et il s'est levé dès qu'il a entendu que je couchais Titi. »

— Il m'est très pénible de te voir vivre ici, dit Lazare. Veux-tu que je parle pour toi à Brive ?

Elle secoua la tête, suffoquant, souhaitant intensément qu'il changeât de sujet.

— Je vais descendre à Brive un de ces jours, poursuivit Lazare. Tu me prêteras l'argent du billet, s'il te plaît. Mais, Rosie, dis-moi comment je pourrais te sortir de cet horrible endroit ? Qu'est-ce que je peux faire ?

— Max s'en occupe. Ne t'en fais pas.

— Je n'habite plus nulle part, sinon, bien entendu, je t'aurais aidée de ce point de vue-là.

— Max a fait tout ce qu'il fallait, conclut Rosie.

Lazare parut soudain extrêmement fatigué. Il avait sur les joues un peu de barbe sale, dispersée. Il s'assit sur le lit, près de Rosie, et ferma les yeux. Elle s'efforçait de ne pas respirer l'odeur d'urine que dégageaient ses vêtements dès qu'il bougeait. C'était son frère Lazare. Il puait insupportablement. Elle se rapprocha de lui, l'entoura de son bras. Lazare était revenu, se disait-elle. C'était un fait que rien ne pouvait modifier ni altérer, pas même la honte qu'elle aurait de lui inévitablement, plus tard, quand la joie serait retombée et qu'elle ne pourrait

101

plus feindre qu'il était sans importance d'avoir retrouvé un frère Lazare qui sentait la pisse et qui ne s'était ni lavé ni changé depuis un an. Elle savait, tout en l'étreignant, qu'elle aurait honte de lui. Mais elle savait qu'il resterait Lazare au cœur même de la honte qu'elle ne pourrait manquer d'éprouver, son frère Lazare qui était revenu.

— Peut-être que j'ai marché de Paris à la Croix-de-Berny uniquement pour me faire offrir un bon repas, dit Lazare.

Il souriait, de son sourire difficile, coûteux.

— Peut-être que je ne serais pas venu te voir encore si j'avais moins faim, reprit-il.

Son sourire l'avait quitté déjà et Rosie pensa, fugacement attristée, qu'il disait peut-être vrai.

— Je n'ai rien avalé depuis avant-hier. Je n'ai plus un centime, tu comprends ? Plus de lit, plus d'argent, plus rien à manger. Mais je n'ai jamais appelé Brive au secours. Jamais, je te le jure.

— Cela m'est égal, dit-elle rapidement. On va manger. Reste là, assis. Mon dieu, Lazare. On va manger, tout de suite.

Elle lui fit cuire la côtelette qu'elle avait achetée pour son propre déjeuner et la lui servit sur la petite table, avec des chips. Elle avait ouvert la fenêtre pour chasser l'odeur de cuisson. Juste au moment où elle se rappelait que Max allait bientôt rentrer chez lui pour la pause de midi et que, comme chaque jour, il passerait devant chez elle, à l'instant où elle se dirigeait vers la fenêtre pour la refermer, elle aperçut Max qui arrivait sur le trottoir, sa veste écossaise jetée sur son épaule, sur sa chemisette rose pâle. Comme chaque jour, il ralentit à hauteur des barreaux, et dans le même temps où Rosie, poussant le battant, lui adressait un signe de tête, elle vit que le regard de Max la dépassait pour se poser, curieux, méfiant, inquisiteur, sur Lazare qui mangeait là devant, tête penchée, qui dévorait sa côtelette qu'il avait d'abord entièrement coupée en petits morceaux, ses grandes jambes écartées de chaque côté de la table basse en osier. Il mangeait bruyamment, piquant d'une main un bout de viande avec sa fourchette et son autre main piochant à même le sac de chips. Il enfournait ensemble les deux aliments, la viande et les chips, et de part et d'autre de son visage ses cheveux longs étaient retenus derrière l'oreille et retombaient dans son cou en un mouvement féminin, doux et incongru. Rosie vit que Max arrêtait imperceptiblement son pas pour observer Lazare. Puis il cligna de l'œil vers Rosie, le nez froncé, et lorsqu'il eut disparu et qu'elle se fut retournée vers Lazare pour le regarder manger à son tour, pour le voir, maintenant, sucer soigneusement chacun de ses doigts où collait le sel des chips, elle se fit la réflexion qu'il n'avait pas lavé ses mains avant de s'attabler.

Ensuite, Lazare s'allongea sur la moquette. Rosie fit boire l'enfant de nouveau, elle le changea, regarda dehors avec lui – passants, voitures, air tremblant de chaleur, poussière suspendue –, se répétant vaguement, placidement, que là était sa vie – les passants, les voitures, l'air vibrant, elle-même tremblante –, mais ne pouvant croire absolument, malgré ses efforts, à la réalité de cette vie-là. C'était la vie de Rosie Carpe, qui avait maintenant Titi avec elle et qui avait même, depuis tout à l'heure, son frère Lazare endormi par terre, le visage au creux de son coude, mais il n'était pas encore certain pour Rosie que la vie de Rosie Carpe et la sienne fussent indissociables. Elle regardait la route avec l'enfant de Rosie Carpe et elle regardait pareillement, ô combien étonnée, la vie de Rosie Carpe au bord de cette route, avec l'enfant plutôt chétif, chagrin, sans beaucoup de couleurs. Elle avança la tête entre les barreaux pour sentir le métal frais sur chacune de ses tempes. Puis il fut temps de remettre Titi au lit après l'avoir nourri et changé, et comme elle s'était étendue pour le bercer elle s'endormit à son tour.

Titi la réveilla deux heures après. Rosie perçut tout de suite que Lazare n'était plus dans l'appartement. Elle s'occupa de l'enfant, ensuite elle sortit avec le landau pour aller acheter de quoi préparer son dîner et celui de Lazare. « Il a dû partir faire un tour, pensa-t-elle, avec ses vieilles baskets à la semelle trouée. »

— Vous voyez ça, dit-elle joyeusement à la vendeuse du rayon chaussures, au Monoprix d'Antony où elle faisait ses courses, mon frère se balade avec des semelles percées, il marche des kilomètres et des kilomètres directement sur la plante de ses pieds.

La vendeuse eut un petit sourire froid. Rosie ne la connaissait pas.

— Et il ne dit rien, ajouta-t-elle. Mon frère ne se plaint pas et, pourtant, qui se déplace encore de cette façon-là ? C'est très douloureux.

— Qu'est-ce que vous voulez ? demanda la vendeuse.

Rosie acheta une nouvelle paire de chaussures de sport pour Lazare, deux maillots et deux pantalons de jogging, moins chers que des jeans. Elle hésita puis acheta aussi deux slips blancs et une brosse à dents, des rasoirs, du savon au parfum de tabac. Le tout lui coûta pas loin de mille francs.

— Il va falloir se serrer la ceinture, mon pépère, dit-elle en direction de Titi, sortant du magasin où elle avait pris également un filet de bœuf et deux tartelettes aux fraises.

Elle se sentait si gaie qu'elle en était presque exaltée. Certainement, songeait-elle, elle allait trouver à l'appartement, dont elle n'avait pas verrouillé la porte, son frère Lazare douché et récuré et coiffé et, ainsi, enfin revenu pour de bon.

Le soir tombait. Rosie poussa le landau plus rapidement. Il lui semblait que sa jubilation, qui lui donnait une sorte de vertige, prenait un tour suspect, comme s'il avait fallu à la joie devenir griserie puis emballement désagréable (le sang battait trop fortement à son front, ses tympans) pour lui procurer l'intuition qu'elle se trompait ou lui faire s'avouer qu'elle n'avait jamais cru sincèrement que Lazare serait là à son retour. Car elle ne fut pas surprise de ne pas trouver Lazare. Elle fut profondément déçue mais ce qui, en elle, avait su que Lazare ne serait pas là, cela au moins fut exaucé, âprement.

En revanche Max était là. Il avait gardé sa veste et se tenait debout dans la première pièce. Rosie vit tout de suite qu'il était nerveux, irrité. Elle le devina inquiet, d'une manière qu'elle ne reconnaissait pas. Elle s'installa dans l'un des fauteuils en osier et déboutonna le haut de sa robe pour faire boire l'enfant. Elle ne regardait pas Max mais seulement Titi qui buvait à son sein en s'étouffant parfois.

– Ton frère est chez moi, dit Max brutalement.

Alors, cette fois, elle ne put éviter de lever les yeux vers lui, bien qu'il lui déplût de regarder la grosse tête blonde et rose de Max. Mais, ce qu'il venait de lui dire, elle n'en avait pas eu même un soupçon de pressentiment, et elle dut bien alors, abasourdie, poser son regard sur le visage de Max, un peu rouge, mécontent, incertain. Elle lui en voulait toujours de n'avoir pas compris de quelle nature était le tort qu'ils avaient fait à Titi.

– Mon frère Lazare ? souffla-t-elle, stupéfaite.

– Je n'en sais rien, il n'a pas dit son nom, juste qu'il était ton frère. Tu en as d'autres ?

– Je n'ai qu'un frère et il s'appelle Lazare, dit Rosie lentement.

– Alors c'est lui, bien sûr, s'écria Max avec impatience.
Pour ma part, je me fiche pas mal de savoir comment il
s'appelle. Il est chez moi, Rosie. Chez moi et ma femme, à la
maison. Il est même dans notre chambre, au lit. Rosie,
qu'est-ce que c'est que cette histoire ? Ton frère dort dans
mon lit et ma femme est à moitié morte de peur et elle s'est
enfermée dans la cuisine.

– Je ne comprends pas, murmura Rosie en secouant la tête.

Elle se rendit compte que sa bouche béait légèrement. Elle
la ferma et cela fit un bruit d'eau. Un peu de salive coula sur
son menton, qu'elle essuya avec le bavoir de Titi.

– Je ne comprends pas, répéta-t-elle avec peine. Qu'est-ce
que Lazare a fait ?

– Il est arrivé chez nous cet après-midi et moi j'étais à l'hôtel
et ma femme était seule à l'appartement, dit Max tout en lissant
ses cheveux du plat des deux mains, et il s'est présenté comme
ton frère et il est entré sans qu'elle l'y invite, si bien qu'elle a
commencé à avoir peur, d'autant qu'elle a vu qu'il était affreu-
sement sale, et maigre et bizarre, enfin. Mais il est entré et elle
n'a rien pu faire, et certes il est entré doucement, elle m'a dit,
mais elle était tellement surprise qu'elle n'a rien pu faire et
c'était comme s'il était entré avec violence, pour elle, car cette
douceur et cette certitude qu'il paraissait avoir qu'elle le laisserait entrer étaient encore plus effrayantes que la violence,
c'est ce qu'elle m'a dit, plus tard, quand je suis arrivé de l'hôtel.
Alors il est entré et il lui a demandé s'il pouvait se laver et
avant qu'elle lui réponde quoi que ce soit il est allé tout droit
à la salle de bains, comme s'il avait toujours vécu dans l'appartement, et elle l'a entendu se déshabiller, monter dans la baignoire et se doucher, et elle était là de l'autre côté de la porte
sans savoir quoi faire, et bien évidemment elle aurait appelé
la police s'il ne lui avait pas dit qu'il était ton frère mais, du

coup, elle n'a pas osé, elle ne savait pas si c'était la conduite
à suivre pour elle, compte tenu de la situation et bien que,
d'une certaine façon, elle ne tienne pas spécialement à te protéger, toi, et encore moins ton frère, mais elle ne savait pas ce
que j'en penserais et si je le connaissais et si cela ne risquait
pas de m'attirer des ennuis. Ensuite il est sorti de la salle de
bains et comme il était nu, oui, complètement, elle a pu voir
encore à quel point il était maigre, et puis il est allé dans notre
chambre, toujours tout droit comme s'il avait toujours eu en
tête le plan de l'appartement, et puis il a ouvert le premier
tiroir de ma commode et il en a sorti de quoi s'habiller entièrement et c'est ce qu'il a fait, devant elle qui l'avait suivi et
qui le regardait faire sans rien dire, et lui non plus ne disait
rien, il enfilait mon caleçon, mon tee-shirt, mes chaussettes,
assez vite, elle m'a dit, et sans faire le moindre bruit, et puis
il a retroussé le dessus-de-lit et le drap et voilà qu'il s'est
couché et qu'il s'est endormi devant elle, presque immédiatement, alors elle n'avait plus qu'à attendre que je rentre mais
par prudence elle s'est enfermée dans la cuisine car elle
n'ignore pas qu'on ne sait jamais de quoi sont capables ces
types-là. De quoi est capable ton frère, Rosie ? Que veut-il ?

– Je ne sais pas. Mon dieu, Lazare. Lazare.

– Rosie, ton frère est dans mon lit. Il dort, et puis il va se
réveiller et on ne saura pas quoi faire de lui. Viens le chercher.

– Mon dieu, Lazare.

Elle murmurait, éperdue, l'esprit vide. Elle baissa les yeux,
ôta l'enfant de son sein, referma sa robe. Ses lèvres tremblaient.
Max lui prit le poignet.

– Dépêche-toi, Rosie. Viens le chercher. Il s'est peut-être
déjà réveillé, nom de dieu.

Mais alors, dégageant son poignet, s'écartant de Max, et
d'une voix ferme, claire, irrévocable, bien qu'elle se sentît

elle-même agitée et confuse, de cette voix qu'elle n'avait peut-être jamais eue auparavant, elle dit :

– Non, je ne vais pas le chercher.

Elle inclina doucement l'enfant sur son épaule.

– Je n'y vais pas, dit-elle.

Très tôt le lendemain, Rosie ouvrit en grand la fenêtre de la première pièce et, lorsqu'il fut à peu près l'heure du départ de Max pour l'hôtel, elle se tint debout derrière les barreaux à le guetter, Titi sur sa hanche, qui branlait mollement sa grosse tête chauve et pâle. Quand Max arriva, son baise-en-ville au bout du bras, elle lui fit un signe de la main. Le ciel était couvert – poussière retombée, capots moins luisants, fumée plus lourde. Rosie attendit que Max fût à sa hauteur pour poser les yeux sur son visage. Elle se taisait, attendant, à la fois anxieuse et impassible. Ses lèvres ne tremblaient plus, elles étaient bien closes, et sèches. Elle remarqua la fatigue de Max et eut vaguement pitié de lui.

– Ton frère a passé toute la nuit dans mon lit, dit-il de son ton pressé, et on s'est couchés dans le salon, ma femme et moi, sur le canapé, mais ça ne va pas pouvoir durer longtemps, Rosie. C'est dégoûtant. Voilà l'impression que ça me fait, Rosie, ton frère dans le lit de ma femme et moi, avec mon caleçon et mon maillot. C'est dégoûtant. J'ai envie de vomir rien qu'en y repensant, tiens, et j'ai envie de brûler mon lit et le matelas et la chambre entière, et ton frère avec, Rosie. Qu'est-ce qu'il fait chez moi ? Que nous veut-il ?

– Et maintenant ?

– Maintenant ? Tu veux savoir, Rosie, ce qu'il est en train de faire, ton frère que tu refuses de sortir de chez moi ?

– Oui.

– Il prend son petit déjeuner, cria Max. A présent, Rosie, je ne te dis plus qu'une chose : s'il est encore chez moi ce soir,

108

je préviens les flics immédiatement. Et tu sais où ils l'enverront, tu le devines bien ?

– Que feront-ils de Lazare ? demanda Rosie dans un souffle, une expiration.

– Ils l'enverront directement chez les dingues, à sa place, voilà ce qu'ils feront, Rosie, si tu ne t'occupes pas de ton frère aujourd'hui, si tu ne le fais pas décamper de chez moi dans les heures qui viennent. Ma femme est partie travailler. Il est seul à la maison. Débrouille-toi avec lui, ce timbré.

Mais Rosie savait qu'elle n'irait jamais, dans ce cas présent, chercher Lazare, jamais, quelle que fût l'angoisse qu'elle pût ressentir pour lui. Même les menaces à l'encontre de Lazare, même la plus grande honte, rien ne la ferait aller chercher Lazare, elle le savait, dans ce cas présent. Aussi était-elle presque calme, à l'abri de sa résolution. Elle n'avait pas même honte de son frère Lazare et c'était comme si, sachant qu'elle ne bougerait jamais pour lui dans ces circonstances, elle s'était volontairement placée au-delà de la honte, là où elle pouvait écouter et questionner Max et ne pas dissimuler qu'elle l'attendait à la fenêtre, tout cela calmement, sans rougir de Lazare ni d'elle qui avait tant espéré revoir ce frère-là, qui, l'ayant revu, devait aussitôt s'en remettre à quelqu'un d'autre pour savoir ce qu'il advenait de lui.

Elle laissa partir Max et passa la journée comme elle le faisait depuis que Titi était né. Sept ou huit fois elle s'installa dans le fauteuil en osier pour nourrir l'enfant, elle le changea, le promena dans le landau que Max avait payé, sous le ciel couvert, dans la chaleur plombée, immobile. Le soir elle prit avec elle le paquet de vêtements qu'elle avait achetés la veille pour Lazare et, lorsque Max arriva à hauteur de la fenêtre, rentrant de l'hôtel, Rosie poussa le paquet entre deux barreaux.

– Tu donneras ça à Lazare. Je suppose qu'alors il ne trouvera plus nécessaire de fouiller dans ta commode.

Max regarda tout d'abord le balluchon avec répulsion, puis il se décida à le prendre, du bout des doigts. Sous les bras et entre les seins sa chemisette rayée était tout auréolée de sueur.

– S'il est encore chez moi ce soir, il me faudra quand même bien faire ce que j'ai dit, Rosie.

– Oui.

– Ça ne m'amuse pas, dit Max.

Elle le voyait sincèrement ennuyé. Elle lui en sut gré, silencieuse, compréhensive, inflexible.

– Fais comme tu le juges bon, dit-elle. Je ne vais pas le chercher.

Elle secoua la tête, un demi-sourire aux lèvres, remarquant pour la première fois que la chevelure luisante de Max était presque blanche à force de blondeur ambiguë.

– Non, dit-elle encore, jamais je n'irai chercher mon frère Lazare chez toi.

Max s'apprêta à protester. Sa bouche s'ouvrit, puis se referma. Il recula en soupirant, retenant le paquet de vêtements du bout de l'index, son baise-en-ville neuf et brillant se balançant à son poignet de l'autre côté. Il était las, rouge, écœuré. Son pantalon de tergal bordeaux tombait trop bas sur ses talons. « Ourlet décousu », observa Rosie, pleine d'une sympathie nouvelle pour Max.

– Comment peux-tu rire de cette histoire ? s'exclama-t-il.

– Oh non, murmura Rosie, non, crois-moi, je ne ris pas. A présent, fais ce que tu veux de Lazare. Rentre, maintenant, et vois ce que tu veux faire de lui.

Dans la nuit, Rosie constata que son lait s'était tari brutalement. Il avait été abondant la veille encore. Elle fit patienter l'enfant avec un peu d'eau sucrée, et au petit matin elle le prit sur son bras et alla jusqu'à la pharmacie la plus proche où elle acheta deux biberons et du lait en boîte. Au retour elle croisa Max qui partait travailler.

– J'avais encore beaucoup de lait pour Titi hier et, d'un seul coup, je n'en ai plus, lui dit-elle.

– Ah, fit Max.

Et il allait continuer son chemin mais elle le retint doucement par la manche. Il se rembrunit.

– Qu'as-tu fait de Lazare ? demanda Rosie.

– Ma femme et moi on lui a donné jusqu'à ce soir dernier délai pour déguerpir. Tu n'as pas à t'en faire pour lui, dit Max dans un ricanement. Il est comme chez lui à la maison. Il mange ce que ma femme a préparé et il couche dans notre lit et il continue de se servir dans mes tiroirs, bien tranquillement, très à l'aise.

– Il ne porte pas ce que je lui ai acheté ? s'étonna-t-elle.

– Il a mis le paquet de côté et, comme je viens de te le dire, il n'a l'air de trouver bon pour lui que ce qu'il y a dans ma commode. Il fait peur à ma femme, ton frère, Rosie. Et si tu veux tout savoir, absolument tout, je vais te répéter ce qu'il a dit ce matin, en se levant pour aller se préparer un café. Il a eu le culot de dire, ton frère : Je suis là où Rosie devrait être. Et pour qui se prend-il, ce clochard, Rosie ? Cette cloche infecte, puante ? Est-ce qu'il a fait quelque chose pour toi, lui ?

– C'est mon frère, Lazare, balbutia-t-elle, démontée. Lazare Carpe.

– Je m'en fiche, s'écria Max. Je n'irai pas au-delà de ce soir. Moi aussi, figure-toi, il me fait peur. Les dingues comme lui me font peur. Ton cinglé de frère, Rosie !

Une grosse veine que Rosie n'avait jamais vue battait à la tempe de Max. « Il est terrorisé », se dit-elle, gênée, accablée.

111

Elle voulut le toucher mais il s'en alla à grands pas, sans même un coup d'œil à Titi. Rosie resta un moment à le regarder s'éloigner – sa veste à rayures roses et bleues, la dure masse figée de ses cheveux platine, son petit sac d'homme qui pendait au bout de la courte lanière passée à son poignet comme un attribut pourtant irréductiblement féminin.

Elle rentra préparer le biberon de Titi. Mais l'enfant refusa de boire le lait qu'elle lui avait reconstitué. Son visage tout entier se tordit en une grimace de refus parfaitement claire dès qu'elle eut approché la tétine de ses lèvres. Il refusa d'ouvrir la bouche et se renversa en arrière avec une violence qui manqua le faire tomber des genoux de Rosie. Là seulement il desserra les lèvres pour hurler de rage. Elle écarta le biberon et le mit à son sein. L'enfant téta. Puis, comme il ne lui venait pas la moindre goutte de lait, il téta plus férocement, désespérément. Juste avant que son étroite figure courroucée se contractât de nouveau dans un cri, Rosie tenta de glisser la tétine entre les petites lèvres blêmes. Mais Titi la repoussa de la langue, furieusement, toutes ses forces réunies vers ce seul but. Il chassa la tétine. Il se remit à hurler, affamé. Un coup de pied projeta le biberon à terre. Alors Rosie posa l'enfant sur le lit d'un geste un peu brusque. Elle ramassa le biberon, essuya la moquette, dévissa la tétine qui devrait être stérilisée de nouveau, porta le tout jusqu'au coin-cuisine, la peau tout hérissée des cris de Titi, la chair frissonnante. Elle revint d'un pas lent prendre l'enfant qui hurlait sur un ton uni, monocorde, sans faille. Il avait les yeux clos et les poings pressés de chaque côté de sa tête, les poings douloureusement blancs à force d'être serrés, la tête congestionnée, presque bleue. Et elle prit l'enfant à contrecœur, lui dit, avec l'impression de se dissoudre dans les cris :

– Qu'est-ce que je fais, maintenant, hein ? Qu'est-ce que je peux faire ?

Et il lui semblait que les hurlements de Titi l'annihilaient, elle, et que la folle constance, l'incorruptibilité de ces cris étaient une injustice profonde que lui faisait l'espèce de démon qui avait pris place en Titi et qui hurlait par sa bouche.

– Je ne peux pas tout faire, pourtant, je ne peux pas tout faire, chuchota-t-elle contre la minuscule oreille brûlante.

De nouveau elle lui présenta le biberon, de nouveau Titi le refusa dans le même mouvement de détresse ulcérée, brutale, intransigeante.

Il faisait déjà chaud dans la chambre. La pleine lumière du matin mettait un éclat joyeux et optimiste sur les petits avions de chasse et les colonies de chars internationaux qui parsemaient les murs, posés sur des étagères de planches et de briques.

Fatiguée soudain, Rosie s'allongea sur le lit. Elle avait l'enfant contre elle, la bouche hurlante de l'enfant tout près de son oreille. Bien que ce fût inutile, elle lui donna son sein à téter. Elle reconnut en elle-même qu'elle ne voulait, pour l'instant, que le faire cesser de crier. « Dix minutes, cinq minutes, se dit-elle, l'esprit souffrant, et on verra après. Même une minute, que je puisse réfléchir. » Elle se sentait épuisée. La chambre était étouffante. Rosie savait qu'elle aurait dû se lever pour entrebâiller la fenêtre, qu'il n'était pas bon pour Titi d'avoir trop chaud. Elle se voyait très distinctement quitter son lit et aller jusqu'à la fenêtre, puis revenir se coucher, et elle voyait même si bien Rosie effectuer ces gestes simples qu'elle crut l'avoir fait. Mais pourquoi, alors, songea-t-elle, faisait-il toujours aussi chaud, aussi pesamment chaud ? Elle n'entendait plus Titi hurler. Au léger pincement qu'elle éprouvait à son sein droit, elle présuma que l'enfant tétait. Elle pouvait le vérifier en soulevant légèrement ses paupières à demi baissées, et c'était si peu de chose qu'elle le fit certainement comme elle s'était probablement levée pour ouvrir la fenêtre, et certainement, se dit-elle, elle vit Titi enfin apaisé contre sa poitrine, elle le vit téter malgré l'absence de lait et s'endormir paisiblement ainsi. Mais pourquoi, songea-t-elle, portait-il le pyjama jaune qu'elle ne lui mettait plus depuis quelque temps déjà ? Si c'était le cas, alors, se dit-elle, elle ne l'avait pas vu réellement, elle n'avait pas encore ouvert les yeux ni aéré la chambre. Cela n'avait aucune importance puisqu'elle allait effectuer ces deux actes élémentaires tout de suite. Elle allait, dès maintenant, regarder Titi, puis se lever rapidement, trottiner jusqu'à la fenêtre, coincer l'un des battants dans la crémone pour laisser filtrer un peu d'air sans être assourdie par le bruit de la circulation, ensuite revenir au lit où Titi, sans doute, s'était déjà endormi. Elle allait le faire sans tarder. Titi ne criait plus et elle pouvait reprendre ses esprits. Il était bon d'être soi-même de nouveau, Rosie Carpe entière, calme, le corps tranquille. Il faisait atrocement chaud, mais Titi ne criait plus et c'était, cela, une bonne chose.

Mais, quand Rosie se leva, elle constata qu'il s'était écoulé près de trois heures depuis qu'elle s'était allongée. Titi dormait toujours, à plat ventre sur le drap mouillé de leur transpiration à tous deux. Elle le trouva extrêmement rouge. Elle ouvrit la fenêtre en grand. Puis elle alla préparer un nouveau biberon. Ensuite, elle prit l'enfant dans ses bras et le secoua doucement pour l'éveiller. Elle introduisit la tétine dans la bouche entrouverte. Tout d'abord Titi demeura inerte, puis il s'agita un peu et repoussa immédiatement la tétine de sa langue. Il pleura, cependant moins fort et moins longuement que tout à l'heure, avec une sorte d'abattement résigné, de désenchantement soumis, vaincu.

Elle lui donna son sein. Il l'attrapa goulûment. Bien qu'il tétouillât en vain, il se contenta de geindre sur un ton presque doux. Elle marcha d'une pièce à l'autre, le berçant ainsi, tandis que l'enfant gémissait de plus en plus discrètement, faiblement, qu'il finissait par s'endormir la bouche encore serrée sur le sein et que, la pensée traversant rapidement sa conscience qu'il dormait ce jour-là plus que d'habitude, Rosie l'évacuait tout aussi rapidement en se disant que le sommeil était sans doute toujours le signe d'un bon état de santé. « Mon lait va revenir, songeait-elle. Pour quelle raison n'y en aurait-il plus d'un jour à l'autre et plus jamais ensuite ? »

Mais, lorsque Max se montra à la fenêtre ce soir-là, elle eut brutalement la certitude que son lait ne reviendrait pas. Elle eut aussi l'impression que c'était le matin et non la fin de l'après-midi, et seuls le visage luisant de Max, sa veste sur l'épaule, sa chemisette froissée, tout l'aspect défraîchi, las et souillé de sa personne un peu lourde et courte, la convainquirent qu'il rentrait de l'hôtel après une journée de travail.

Dès que Max apparut derrière les barreaux, Rosie porta la main à sa poitrine et sut que le lait ne monterait plus. Et elle sut autre chose encore, mais de manière si trouble et si moite qu'elle pouvait oublier aussitôt qu'elle le savait. Elle avait Titi dans les bras. Quand, depuis la chambre, par la porte qui séparait les deux pièces, elle aperçut la silhouette de Max, elle prit soin de coucher Titi dans son petit lit avant de gagner la première pièce pour rejoindre Max à la fenêtre. Elle sut qu'elle ne voulait pas qu'il voie l'enfant ce soir-là, et elle se dit : « Tant pis pour lui, puisqu'il ne l'a même pas regardé ce matin. S'il a envie d'embrasser son fils, il peut entrer et venir jusqu'au lit de Titi. » « Il peut bien faire ça », se dit-elle encore, en ouvrant la fenêtre en grand. Mais elle avait une sorte de vertige, tout en songeant ainsi. Sa pensée lui semblait humide, aussi peu assurée que peu digne de confiance.

Elle entendit le grondement de la route avant de pouvoir entendre Max. « Il y a beaucoup de voitures, ce soir », se dit-elle, avec ce sentiment nouveau et poisseux de ne pas se croire elle-même. Cependant Max s'écria :

— C'est fou comme ça roule, ce soir !

Rosie lui souriait légèrement, s'accrochant aux battants de la fenêtre, les bras tendus de chaque côté de son corps.

— Ma femme m'a téléphoné à l'hôtel pour m'annoncer qu'il est parti, cria Max. Ce fêlé, ton frère, Rosie. Elle lui a donné de l'argent et il est parti. Il voulait de l'argent pour prendre le train, pour aller voir ses parents, vos parents, Rosie, je ne sais où, en province.

— Lazare est parti ?

Elle fut subitement désappointée, froissée.

— Bon débarras, s'exclamait Max. Toi aussi, Rosie, il va te laisser tranquille. Il est dangereux. Ton frère est dangereux pour tout le monde. Je me moque de l'argent. Je lui aurais même donné le double pour le voir fiche le camp.

— Il est parti sans repasser me voir, dit-elle, incrédule.

— Oui, et bon vent. Ce qu'on a eu la trouille, Rosie, ma femme et moi, quand on était allongés sur le canapé dans le noir et qu'on se demandait sans oser le dire s'il n'allait pas sortir de notre chambre, de notre lit, pour venir nous faire notre compte. Il y a un tas d'histoires comme ça. On ne peut rien faire. Rosie, le dingue croise ta route, par hasard, et c'en est fini de toi. On ne pouvait pas quitter notre canapé. Si on devait mourir de cette façon, étouffés ou poignardés par un fou, alors il n'y avait rien à faire. On ne pouvait qu'avoir peur, Rosie. Pendant qu'il ronflait à côté, ton frère, Rosie. Et tu regrettes qu'il ne soit pas revenu te voir !

116

– J'aime mon frère Lazare, dit-elle péniblement.

Elle baissa lentement les bras, faisant se rejoindre du même mouvement les deux parties de la fenêtre. Elle leva les yeux vers Max et ne put s'empêcher de lui dire, le menton tremblant, d'une voix qui lui sembla grêle, pincée, mauvaise :

– Vous aviez peur, tous les deux dans votre canapé. Vous aviez peur de lui !

Mais la fenêtre était presque refermée et Max ne l'entendit pas. De son côté, il approcha les lèvres de la fente entre les battants et déclara :

– Je viendrai demain matin te rapporter les vêtements. Ceux que tu m'avais donnés pour lui. Il les a laissés. Il n'a touché à rien. Il m'a piqué tout ce qu'il avait sur le dos.

– Il est parti avec tes vêtements ?

– Un pantalon à carreaux, un véritable Lacoste saumon, un slip, des chaussettes. Pas les chaussures, tiens. Il a eu la bonté de ne pas farfouiller dans mes chaussures.

– Je ne sais pas pourquoi il a fait ça, dit-elle en secouant la tête.

Elle avait rougi légèrement, comme si cette fantaisie de Lazare avait une raison certaine et objective de devoir lui faire honte, à elle, bien plus que le reste. Elle imaginait son frère Lazare dans les vêtements de Max et cette pensée avait quelque chose de sale et d'offensant.

– Maintenant, dit Max, il peut les garder. Ça me dégoûte. Ce timbré me dégoûte. Ton frère, Rosie ! C'est difficile à croire.

– Mais il est si maigre. Comment pouviez-vous avoir peur de lui, tous les deux dans votre salon ?

– A demain, Rosie. Embrasse Titounet pour moi.

Ce soir-là comme tout au long de la journée, l'enfant refusa le biberon, non plus frénétiquement mais avec cette

117

sorte de détermination triste, lasse, qui poussait en avant, mécaniquement, sa petite langue blanche et sèche, empêchant la tétine de passer ses lèvres. Rosie le remit au sein et elle le garda là jusqu'à la nuit. Il geignait contre elle mais Rosie se rendit compte qu'elle avait fini par ne plus l'entendre, par ne plus distinguer le bruit égal et ronronnant que faisait Titi du perpétuel bourdonnement ambiant. Il remuait un peu parfois et c'était alors, au creux de son bras, sur sa poitrine tiède, un battement d'ailes, un frôlement duveteux. Elle allait et venait d'une pièce à l'autre. Elle sentait l'enfant contre sa peau et se disait : « Quoi qu'il en soit, je fais ce que je dois faire. S'il continue de téter, le lait va revenir. Que pourrais-je faire d'autre ? Je ne fais que ce que je dois faire, puisqu'il ne veut pas du lait en boîte ». Mais elle avait le visage chaud et empourpré. Elle buvait de l'eau directement à la bouteille et, tout en renversant la tête pour boire abondamment, elle songeait que Titi, lui, ne buvait pas. « Tout ce que je dois faire, je le fais », se répétait-elle, butée, enivrée d'obstination.

Elle s'endormit sans cesser d'étreindre Titi. Puis elle entendit cogner à la porte d'entrée. Elle cria :

– Lazare ?

Elle se leva hâtivement, tenant Titi qui ne bougeait pas, et elle vit à la lumière du jour que c'était déjà le matin, voilé, rosâtre. Elle avait dormi tout habillée. Elle tapota d'une main son pantalon puis, nu-pieds, le bras engourdi, alla ouvrir.

– Salut. Voilà le paquet de ton frère, dit Max.

Elle sentait son parfum, l'odeur matinale et cependant laborieuse de sa peau, encore fraîche et poivrée, mêlée à la senteur sucrée du gel grâce auquel il donnait quotidiennement à sa chevelure une ondulation raide, implacable. Elle en eut le cœur soulevé. Elle prit le paquet et Max fit un pas dans la pièce, les mains tendues, sa petite sacoche bien gonflée pendulant à son poignet.

— Tiens, laisse-moi donc lui dire bonjour.

Elle poussa une sorte de sanglot. Elle leva lentement l'enfant et le lui présenta, et comme elle regardait sans surprise l'inquiétude assombrir subitement les yeux de Max, comme elle entendait sans les écouter les questions dont il la pressait soudain, elle tentait vainement de fermer son odorat au parfum écœurant en même temps qu'elle se sentait couler dans un soulagement désespéré, s'abîmer dans une onde de renoncement ou de capitulation farouche du fond de laquelle elle s'écriait encore, muettement, regardant Max d'un œil vide et fixe : « C'est un tel fardeau que de devoir faire ce que je dois faire ! Si on pouvait m'en délivrer ne serait-ce qu'une journée ! »

Mais elle dit seulement, d'une voix rauque :

— Il ne voulait pas du biberon.

Max était dans l'escalier du nouvel immeuble. Immobile derrière la porte, Rosie l'entendait descendre. Elle retenait son souffle et sentait gonfler les veines de son cou, se dilater son cœur, ses poumons. Elle se forçait à ne pas respirer bien qu'elle sût que Max ne pouvait l'entendre, et quand bien même l'eût-il entendue souffler derrière sa porte qu'il n'aurait accordé à cela aucun intérêt, savait-elle.

— Je le ramène quand je veux, dit Max. Si je veux le garder jusqu'à demain, je le garde jusqu'à demain, et si une heure avec lui me suffit, je le ramène au bout d'une heure.

Il descendait prudemment l'escalier glissant, tenant la rampe d'une main et, de l'autre, le couffin où dormait Titi. Elle entendait son pas lent, plein d'importance et d'une espèce de pédanterie grave, pénétrée. A mesure qu'il descendait, elle rapprochait son oreille de la porte, concentrée et haletante, tout en songeant : « Il aimerait pouvoir dire qu'il ne ramènera pas Titi, puisqu'il en a le droit maintenant, mais, cela, il n'osera jamais ni le faire ni le dire, des fois, on ne sait jamais, qu'elle serait d'accord. Il a peut-être même des raisons de penser qu'elle n'attend que cela, si bien qu'il se méfie. » Puis il arrivait au palier du dessous et Rosie ne pouvait plus l'entendre. Mais elle imaginait son air vertueux tandis qu'il changeait le couffin de main avant d'entamer la nouvelle volée de marches, le regard ostensiblement attentionné qu'il posait sur le visage bleuâtre de Titi endormi, et elle souriait en elle-même, se sentant néanmoins creusée, minée d'humiliation. Machinalement, elle effleurait sa poitrine du bout des doigts, tout en s'éloignant de la porte pour aller à la fenêtre du salon. Elle écartait le rideau et regardait Max et sa femme sortir de l'immeuble, trois étages plus bas, et se diriger vers la voiture que conduisait la femme pour emmener, trois ou quatre fois par semaine, Max chercher l'enfant chez Rosie Carpe. Il installait Titi à l'arrière, puis il montait à côté de sa femme et ni l'un ni l'autre n'avait jamais un regard vers la fenêtre de Rosie. Elle était convaincue qu'il ne leur venait même pas à l'esprit de lever les yeux et que si, par hasard, parce qu'il aurait suivi le vol dans le ciel d'un objet quelconque, il avait regardé en direction de Rosie, il n'aurait pas fait le moindre geste mais se serait contenté de la dévisager, pendant quelques secondes, avec l'expression sévère, critique, légèrement outragée dont il auréolait maintenant ses traits sans nuance chaque fois qu'il s'adressait à elle. Elle comprenait et admettait qu'il en fût ainsi. Elle s'estimait, tout compte fait, bien traitée, car il lui semblait

120

que Rosie Carpe valait un tout petit peu moins que la chance ultime qu'on lui donnait encore de montrer qu'elle était capable de s'occuper raisonnablement de Titi. Elle ne pouvait rien dire d'autre que : merci et pardon. Elle n'était pas sûre que Rosie Carpe méritait un tel renouvellement de confiance, pour avoir été aussi engourdie. Et cependant, regardant s'éloigner la voiture qui emmenait l'enfant, conduite d'une main preste et assurée par la femme de Max qui ne craignait pas de monter jusqu'à la porte de Rosie et même, parfois, de sonner elle-même, saluant Rosie Carpe d'un bref bonjour parfaitement timbré, urbain et indifférent, parfois aussi s'emparant la première du couffin dans un élan d'efficacité et jugeant d'un regard rapide, vigilant, de la santé de Titi, cette femme que Rosie avait trouvée tout de suite bien supérieure à elle-même en beauté, en élégance et en fiabilité et qui, du coup, car Rosie s'inclinait volontiers devant elle, l'avait fait douter du bien-fondé de sa propre condescendance envers Max –, cependant, regardant la voiture s'éloigner, sachant qu'elle n'avait à se plaindre de rien ni de personne, elle se sentait si profondément misérable, si durement humiliée et dépouillée, qu'elle souhaitait alors intensément voir une main sortir par-dessus la vitre, d'un côté ou de l'autre de la voiture, qui se serait agitée doucement vers elle, là-haut, et l'aurait relevée, elle, Rosie Carpe – qui était Rosie Carpe ? se demandait Rosie, le front contre le verre, égarée d'indignité.

Elle restait là, derrière sa vitre, jusqu'à ce qu'elle vît la voiture revenir et lui ramener l'enfant. L'absolue chaleur d'août la faisait respirer à petits coups avides – le soleil sale et crucifiant de la banlieue, l'inutile abondance inutilement répandue du soleil d'août, dur, sans parfum. Elle était debout, appuyée au rebord, son visage tout contre la vitre brûlante, les yeux douloureux.

– Je le ramène quand ça me chante, se plaisait à dire Max, assuré de son bon droit.

Et Rosie ne pouvait que se taire et le regarder calmement emmener Titi, précédé de la femme, menue, vive, sûre d'elle, qui manifestait à l'enfant de Rosie Carpe un intérêt clinique, comme si elle avait été elle-même chargée de vérifier que Rosie s'occupait bien de lui à présent qu'il avait été prouvé que cela n'avait pas toujours été le cas. La femme de Max examinait Titi d'un œil direct et suspicieux. Max, lui, interrogeait : combien de biberons Rosie avait-elle donnés à l'enfant ? Les avait-il bus en entier ? Avait-il bien dormi ? Et Rosie ne pouvait que répondre précisément et posément, consciente de son insuffisance, sachant qu'il lui fallait se racheter. Elle ne pouvait que sourire, en passant de temps en temps la main sur son front, d'un sourire poli, modeste, plein de bonne volonté, à Max qui, lui, ne lui souriait plus, car il ne lui devait plus rien. C'était elle, Rosie Carpe, qui avait maintenant à témoigner de ses capacités, à implorer tacitement quelque forme indéfinie de pardon. Elle se sentait vaste, floue, sans grâce.

– Il aurait pu mourir, nom de dieu ! avait dit Max.

Comme redoutant la mort elle-même plus encore que la mort de Titi, il répétait, stupéfait, épouvanté :

– Il aurait pu mourir !

L'enfant avait passé une dizaine de jours à l'hôpital d'Antony, gravement déshydraté. Il avait bu sans tenter de s'en défendre le premier biberon qu'on lui avait proposé, puis tous les autres, docilement, et il semblait à Rosie qui tentait de s'expliquer (« Il ne voulait pas du biberon », ressassait-elle d'une voix entêtée, sourde, fruste) qu'elle s'acharnait à décrire un mauvais rêve et non pas la réalité, et que les songes, quels qu'ils fussent, n'avaient pas lieu d'être évoqués là. Elle y revenait pourtant, disant :

– D'un seul coup je n'avais plus de lait.

Elle frôlait d'un doigt ses deux seins à travers le tissu et, suffoquant, pensait à son frère Lazare.

– Plus de lait, du jour au lendemain, et lui qui repoussait la tétine, rabâchait-elle aux infirmières sans les regarder, opiniâtre et fermée.

Puis un dossier qu'elle avait présenté à la mairie d'Antony plusieurs mois auparavant avait été accepté. On lui avait proposé ce logement clair, au troisième étage, depuis lequel elle passait des heures lourdes, hébétées, à attendre derrière la fenêtre close le retour de Titi. La chaleur décuplée par le verre l'étourdissait. Elle respirait avec peine, économisant son souffle, pantelante. Mais elle ne bougeait pas, guettant la voiture qui ramènerait Titi et sachant maintenant qu'il suffisait à Max d'avoir la liberté de garder l'enfant aussi longtemps qu'il le voulait, qu'il ne lui était pas nécessaire de le faire effectivement. Trois ou quatre heures en compagnie de Titi (l'enfant souvent grogneur, mystérieusement et ennuyeusement insatisfait, et la chétivité de son corps translucide, son insignifiance décevante : pas un beau bébé tel qu'en montrait dans tout leur éclat potelé et rieur, juste en face de l'immeuble, une affiche incitant à la procréation, mais un enfant modique, enchifrené, jamais rayonnant même après qu'il avait bien mangé et bien dormi), quelques heures à s'occuper de Titi avec sa femme fatiguaient Max et tous deux le ramenaient sans regret, sentait Rosie. Il se trouvait que c'était ainsi. Mais elle aurait attendu là bien davantage, toute la nuit et toute la journée du lendemain, si Max avait décidé de garder Titi ce temps-là.

Son regard allait et venait, dans une stupeur égale. Elle pensait à Lazare. Sa poitrine était aplatie et insensible. Elle pensait à son frère Lazare et regardait courir les enfants de la cité entre les arbres secs et courts, les bancs de pierre et les balançoires. Ils s'élançaient avec une vitalité féroce, une ardeur menaçante, ils passaient et repassaient entre les deux hautes jambes rouillées du panneau qui supportait l'affiche (Des enfants pour la France : l'irradiante plénitude des petites chairs colorées), et Rosie les suivait de son regard lent et il lui venait la certitude parfaite et presque froide que jamais Titi ne galoperait ainsi, ardent, féroce, inquiétant d'allégresse. Jamais il ne le pourrait. Rosie Carpe et Max, et peut-être aussi, dans une certaine mesure, Lazare Carpe, se disait Rosie, avaient empêché que Titi pût jamais bondir sauvagement et victorieusement comme le faisaient ces enfants-là, qui soulevaient en bas des nuées de poussière chaude. Elle pensait à son frère Lazare, avec ressentiment. Sa main montait vers son sein, l'effleurait, subreptice et machinale, puis doucement retombait, et Rosie scrutait les déplacements tourbillonnants des gamins insatiables qui piaillaient en bas, leurs mollets durs tout blanchis du sable malpropre des aires de jeux, et elle songeait, avec une amertume glacée et presque satisfaite (« Car je le sais depuis toujours », se disait-elle) que cette âpre ivresse de l'enfance ne serait jamais pour Titi. Il serait toujours, se disait-elle, son pauvre Titi. Et elle inspirait de maigres goulées d'air et attendait, les jambes ankylosées, de reconnaître la voiture qui lui ramènerait l'enfant. Elle ne pouvait être absolument sûre qu'on le lui ramènerait. Elle ne pouvait compter que sur l'ennui ou la lassitude de Max et de sa femme.

Le médecin de l'hôpital avait dit :

– Comment se fait-il que vous ne vous soyez pas inquiétée plus tôt ?

– Elle ne s'est pas inquiétée du tout ! s'était exclamé Max. Je suis passé par hasard et je l'ai trouvé dans cet état, mais elle ne s'inquiétait pas, elle ne s'est jamais inquiétée. Elle attendait tranquillement de le voir se dessécher et s'éteindre dans ses bras.

– Je n'étais pas tranquille, murmurait Rosie. Et mon frère Lazare venait de disparaître de nouveau.

– Votre frère.

Le médecin la regardait attentivement par-dessus ses lunettes en demi-cercle, calme et sympathique, voulant comprendre. Max avait eu un rugissement douloureux.

– Qu'est-ce que ce cinglé vient faire là-dedans ? Rosie ? La vérité, c'est que tu ne te rendais même pas compte qu'il était en train de mourir, voilà tout.

– Nous nous sommes mal comportés envers Titi, avait-elle répondu, ne regardant que le médecin.

– Pas moi ! J'ai fait tout ce qu'il fallait, aboyait Max, exaspéré. Et c'est moi qui ai eu peur et qui l'ai amené aux urgences.

– Il a payé le landau, avait-elle dit, souriant au médecin, timidement.

Max avait alors jugé bon de reconnaître officiellement Titi, qui depuis ne portait plus le nom de Rosie mais celui de Max et de sa femme. Ce nom-là, Rosie ne parvenait pas à se le mettre en mémoire. « J'ai oublié comment s'appelle maintenant mon enfant », songeait-elle, étonnée, en traçant de ses doigts des lettres sur la vitre. « Quel est le vilain nom de Titi ? » se demandait-elle.

Une sorte d'affolement nauséeux tendait son corps entier quand elle voyait enfin déboucher sur le parking la voiture dont elle avait à ce point l'image en tête qu'elle avait cru déjà la voir arriver dix foix, quinze fois tourner au coin de l'immeuble voisin pour venir se garer juste au-dessous de l'affiche, la petite tête fragile de Titi, qui n'en était pas moins un enfant pour la France au même titre que les bébés onctueux et charnus de la photo, paraissant amoindrie encore sous les visages

125

énormes, réjouis, de ces enfants joyeusement donnés à la France et bien faits pour la France ; une panique incontrôlable s'emparait d'elle lorsque, ayant cligné des yeux à plusieurs reprises et encore éblouie par la lumière de l'après-midi d'été, elle se rendait compte que la voiture qui venait de s'arrêter sur le parking en bas n'était pas, à présent, une pensée de voiture, un songe de voiture conçu dans l'état de vague somnolence où elle glissait parfois derrière sa fenêtre, mais le véhicule bien réel qui transportait Titi, Max et la femme, brune et fine derrière le volant. Elle se détachait de la vitre avec peine, l'estomac remué, le front en sueur, inquiète et molle, lourde, statique et cependant terrifiée. Ses paumes lui semblaient collantes. Sa bouche était sèche et embarrassée. « Je ne suis plus qu'une grosse grenouille loin de l'eau et dans l'effroi, » se disait-elle en se dirigeant vers la porte d'entrée. Silencieuse, elle appliquait son oreille contre la porte. Alors elle les entendait monter. Max était devant, portant le couffin vide tandis que sa femme, derrière, avait Titi dans les bras, ses bras minces et très musclés qui saillaient, bronzés, gonflés de biceps, du tee-shirt moulant, souvent rose vif. « Comment peuvent-ils ne pas m'entendre ? » se demandait Rosie. Il lui semblait que son cœur cognait contre la porte. Elle entendait Titi pleurnicher. Max et sa femme montaient en silence, et, à la façon dont ils enduraient muettement les couinements de Titi, Rosie comprenait qu'ils avaient dû passer déjà beaucoup de temps à tenter de l'apaiser dans la journée, qu'ils en étaient fatigués et simplement désireux maintenant de remettre à Rosie ce petit paquet de pleurs décourageants, usants et ingrats. Elle redoutait l'instant où Max allait sonner. Elle savait qu'il allait le faire quelques secondes plus tard, qu'il n'y avait, en cet instant, rien d'aussi certain. Elle en était épouvantée. Elle songeait rapidement qu'elle aurait aimé avoir, là, une lame

126

de rasoir pour s'ouvrir la gorge, tout de suite, là derrière la porte juste avant qu'il ne sonne, et qu'ayant fini par entrer ils la trouvent ainsi, échouée à terre et noyée de sang mais pouvant entendre lointainement les pleurs infinis de Titi qui dans le même temps lui feraient honte et la débarrasseraient de sa honte. Elle reculait doucement, se disant : « Je vais chercher ce qu'il faut ». Elle reculait sur la pointe des pieds dans le couloir, aveuglée d'appréhension et d'un écœurement fade, sachant que l'instant était venu, qu'il allait sonner et qu'elle attendrait un peu, figée, pétrifiée, puis qu'elle irait ouvrir et qu'une fois encore ils ne verraient de son sang, le mari et la femme qui s'appelaient comme Titi, que le rouge qui enflammait ses joues, son front chaud et humide. Elle souriait, silencieuse, immuablement souriante. Et devant ce sourire et ces joues rouges Max disait, rancuneux :

– Tu as pu te payer du bon temps pendant qu'on s'occupait de lui, pas vrai ?

Une jeune femme nommée Rosie Carpe longeait les haies bien entretenues d'une petite rue paisible et discrètement cossue d'Antony. Rosie était cette toute jeune femme, nommée Rosie Carpe, qui marchait le long des haies de fusains en laissant courir sa main sur les grillages, les treillis. Elle savait qu'elle était Rosie Carpe et que c'était bien elle, à la fois Rosie et Rosie Carpe, qui marchait en ce moment d'un pas tranquille, longeant les haies bien taillées de ce quartier résidentiel, silencieux, d'Antony. C'était le début de l'automne, un matin frais et net comme il y en avait toujours, lui sem-

127

blait-il, dans cette rue bordée de maisons au crépi clair. Et elle était maintenant Rosie Carpe sans doute possible et elle portait la jupe bleue et le chemisier blanc des réceptionnistes de l'hôtel, les cheveux relevés en un chignon un peu sec. Elle avançait avec plaisir dans l'air scintillant et serein, dans l'odeur verte des buis bien ras que ses doigts frôlaient maintenant. Elle respirait l'odeur des buis aigrelets et l'odeur de l'air du matin. Sans savoir pourquoi, elle ralentit, puis s'arrêta. Elle respirait l'odeur des buis. Et elle flaira sa main qui sentait les buis, en alarme, l'oreille tendue. Elle humait l'air blanc et vaporeux et elle cherchait dans cette légèreté à peine mouvante la senteur des buis tout en essayant de ne pas l'atteindre, sachant de tout son être que l'odeur piquante des buis taillés recelait une menace de nature imprécise mais sachant aussi bien par ailleurs, sans l'avoir compris, qu'elle ne pourrait s'empêcher de débusquer l'odeur menaçante et dangereuse des buis tout frais tondus dès lors qu'elle en avait respiré l'ombre dans l'air.

Elle reprit sa marche, plus lentement. Les buis étaient là, l'odeur des buis avait envahi la rue paisible et familière. Rosie arriva devant un portail de bois blanc. Elle voulut passer son chemin, comme elle le faisait chaque matin, sans regarder par-dessus ce portail ou un autre vers les jardins abondamment plantés et l'entrée des grosses maisons aux murs très vitrés, chastes et miroitants, mais, parce que l'odeur des buis emplissait l'air ce matin comme jamais encore, elle regarda de côté, au-dessus du portail, et aperçut, debout sur la pelouse, Mme Carpe qui la regardait. Et parce qu'elle respirait encore les buis et que les buis l'avaient avertie, Rosie ne fut pas surprise, juste décontenancée.

Elle regardait sa mère, Mme Carpe, mère de Rosie Carpe et de Lazare Carpe, qui se tenait debout bien droite dans un

128

jardin inconnu, un sécateur tout neuf dans sa main encore à demi levée comme si la vue de Rosie l'avait soudain paralysée dans son activité.

C'était Mme Carpe, mais si différente de ce qu'elle avait été qu'elle aurait pu ne pas être Mme Carpe et qu'elle, Rosie, aurait pu alors se contenter d'un petit signe de tête accompagné d'un sourire d'excuse pour son indiscrétion, puis se détourner et poursuivre sa route. Mais les yeux sévères et petits, hardis, sûrs d'eux, étaient ceux de sa mère, les yeux, qui avaient la brillance et l'éclat inexpressif d'un verre bleuté, de la Carpe dont elle était issue, elle, Rosie qui tout à l'heure encore, dans le bien-être de sa marche, ne faisait qu'un avec Rosie Carpe.

« Ma mère, ma mère, ma mère », pensa Rosie rapidement, tout en s'approchant du portail hérissé de pointes chantournées.

Elle respirait encore les buis et cette odeur lui donnait une vague nausée. Elle frotta contre sa jupe la main qui avait touché les buis. Pas un bruit, pas un cri d'oiseau dans l'air léger, opulent. Mme Carpe n'avait pas bougé – seulement baissé son bras, et le sécateur visait maintenant la pelouse.

– Hello, maman, dit Rosie en souriant.

Comme c'est embarrassant, songeait-elle.

Mme Carpe répondit, de sa voix autoritaire, inaltérée :

– Tiens, bonjour.

Elle avait une panoplie de jardinière, toute neuve et luxueuse, comme si, se dit Rosie, plutôt que d'aller jardiner, elle s'était apprêtée à recevoir le photographe d'une coûteuse revue de mode et de décoration. Et Rosie détailla le tablier de grosse toile bise (« Du lin », supposa-t-elle), les bottillons de caoutchouc luisant, la longue jupe à carreaux, campagnarde, jusqu'au vaste chapeau de paille sous le ciel automnal de ce

129

matin frais, clair. Elle pensait, sans comprendre : « Ma mère est là, dans ce jardin », mais se rendant compte qu'elle aurait aimé se passer d'explications et continuer son chemin, avancer d'un bon pas au bout de la rue puis tourner, comme d'habitude, pour rejoindre les abords de la nationale. « Je vais me mettre en retard », se dit-elle encore, et cependant elle ne s'éloignait pas et ne songeait même pas sérieusement à le faire, sachant qu'elle ne pouvait plus rien, maintenant qu'elle avait regardé par-dessus le portail, contre le fait que c'était sa mère et sa mère et sa mère qu'elle voyait là, debout sur cette pelouse (l'herbe si serrée et si invraisemblablement verte qu'elle lui rappelait la moquette du vestibule de l'hôtel), qui la regardait presque sans ciller de son regard de verre, pâle, figé, elle-même et pourtant une autre fondamentalement différente de l'ancienne Carpe.

La mère de Rosie fit un pas. Puis elle s'arrêta le pied en avant, comme en représentation. Elle dressa le sécateur et l'agita, avec une lenteur artificielle, étudiée, l'autre main en visière sous son chapeau estival bien qu'il n'y eût qu'un soleil humide et doux.

– Entre donc, Rose-Marie.

Alors Rosie eut l'impression qu'un objet chaud, jaune, pelucheux lui barrait la gorge. Elle s'écria :

– Rosie !

– Eh bien, entre, Rosie, dit posément Mme Carpe.

Elle ne bougea pas, la jambe tendue, la main au-dessus de ses yeux immobiles et distants, attendant et regardant Rosie ouvrir le portail, se diriger vers elle sur la pelouse épaisse qui chuintait avec un bruit factice, attendant et regardant Rosie sans manifester en rien qu'elle n'eût pas regardé tout pareillement n'importe quelle substance traversant à cet instant son champ de vision.

« Ma mère, ma mère », pensait Rosie, qui se rappelait l'œil froid et transparent à peine obscurci par la pointe d'une minuscule pupille.

« Ma mère », pensa-t-elle encore en effleurant de sa joue celle de Mme Carpe.

– Ton enfant n'est pas avec toi ? Lazare nous a dit que tu avais un garçon.

La mère de Rosie avait l'odeur des buis sur sa peau. Elle était de grande taille, bronzée, large et droite. Rosie n'avait pas le souvenir que sa mère sentait les buis.

– Il est à la crèche, dit-elle.

– Ah, dit Mme Carpe, indifférente.

Puis elle se tut, froidement, secrètement. Elle sentait les buis. Rosie se dit qu'elle ne pouvait pas ne pas avoir su que la peau de sa mère sentait les buis, ni avoir ignoré qu'elle en aurait, l'embrassant, un léger haut-le-cœur.

– Vous avez vu Lazare ? demanda-t-elle.

– Lazare est là, dit sa mère.

– Là ?

– Dans la maison.

– Je voudrais bien le voir, dit Rosie.

Elle se détourna mais l'odeur des buis était partout – dans l'air calme, dans ses propres narines – comme un imperceptible fumet d'urine.

– Il dort encore. Il se lève tard, dit Mme Carpe.

– Je voudrais le voir, dit Rosie.

– Je ne crois pas qu'il soit réveillé, dit Mme Carpe.

– Je ne veux pas lui parler, seulement le voir.

– Entre prendre un café, dit Mme Carpe.

Elle repoussa légèrement son chapeau. Rosie constata que, de gris, ses cheveux étaient devenus blonds, et frisés. Mais ce n'était pas cela, savait-elle, ni le costume de jardinière ni le

131

nouveau et délicat cuivré de la peau qui faisaient de cette Carpe-là, posant dans son jardin d'Antony, une femme si profondément transformée. C'était autre chose encore. Ce n'était pas l'odeur des buis car il ne se pouvait pas qu'elle n'eût pas senti les buis auparavant, la senteur acide et tiède des buis coupés. « C'est autre chose », songeait Rosie, étourdie, mal à l'aise.

— J'entre et je verrai Lazare, dit-elle.

— C'est qu'il dort, dit Mme Carpe.

— Je dois le voir, répéta Rosie, tout en pensant, soulagée : « Elle ne prend pas de mes nouvelles. J'ai peut-être le temps d'entrer, de voir Lazare puis de m'en aller sans qu'elle me demande quoi que ce soit. »

Mme Carpe la précéda, écrasant de ses bottillons immaculés l'herbe dense dont chaque brin se redressait derrière elle avec une sorte de vivacité caoutchouteuse. Elle fit entrer Rosie dans une vaste pièce blanche, enleva son chapeau, son tablier, ses bottines. Elle était à la fois lente et précise, ostensiblement gracieuse, comme si, songea Rosie, elle-même avait été en train de la filmer, sa mère blonde, sèche et bronzée faisant la publicité de vêtements de jardin, qu'elle jetait, tablier et chapeau, sur le carrelage blanc, dans un coin où quelqu'un d'autre qu'elle les ramasserait. Mme Carpe ne parlait pas, concentrée, les lèvres légèrement pincées. Alors Rosie se sentit soudain massive et rude dans sa jupe bleue de l'hôtel. Sa mère était blonde et aérienne, sa chevelure mousseuse. Rosie se rendait compte que le blanc total, violent, saturé, des murs et du plafond comme du sol et des quelques fauteuils qu'elle distinguait, que ce blanc si insurpassable qu'il lui semblait être non pas le simple blanc mais la source même de tous les blancs possibles, l'obligeait à baisser un peu les paupières, lui fatiguait l'esprit. Tandis que sa mère gardait bien ouverts ses yeux presque immobiles, où un reflet blanc semblait encore dilater l'iris immense et limpide dans l'œil petit.

Mme Carpe alla chercher une paire de mules plates en satin jaune. Silencieuse et absorbée, elle les chaussa devant Rosie. Elle prenait son temps. Cette attention portée gravement à l'allure de ses gestes, ce recueillement appliqué et satisfait sur sa propre personne ne rappelaient rien à Rosie. Il s'agissait peut-être de cela, se dit-elle. Voilà peut-être bien ce qui avait changé. Et elle sentait que Mme Carpe prenait plaisir à se montrer – ses pieds fins dans le collant blanc, ses hanches étroites serrées par la jupe, ses épaules carrées, puissantes. Le silence de la maison et le silence de la rue produisaient comme un brasillement. Rosie demanda :

– Où est Lazare ?

Sa mère sursauta. Elle rectifia la position de ses pieds dans les mules en faisant aller et venir ses orteils contre le satin, regardant ses pieds, regardant sa jambe, les doigts entourant sa taille. Elle leva sur Rosie son regard sans expression. Il sembla à Rosie que les yeux de sa mère n'étaient plus que deux globes de verre blanc.

– Eh bien, j'ai l'impression qu'il dort encore. Allons voir. Ton père dort, lui aussi. Tous les hommes de cette maison dorment.

Sans se l'être exprimé, Rosie avait craint de ne pas reconnaître son frère Lazare. Mais quand Mme Carpe se fut effacée pour que Rosie entrât dans une chambre dont elle avait poussé la porte tout doucement, et que Rosie eut considéré brièvement la silhouette maigre sous le drap, la face anguleuse et grisâtre aux paupières closes, sombres, fripées, elle dit à Mme Carpe :

– C'est Lazare.

– Qui voulais-tu que ce soit ? dit sa mère en haussant les sourcils.

Lazare dormait dans un lit blanc. Il ronflait, avec une sorte de hennissement sifflant, pénible. Au pied du lit, bien pliés, Rosie vit les vêtements de Max – pantalon à carreaux, polo rose. Il y avait deux chaises et une table encore prises dans leur emballage de plastique transparent, et cependant, nota Rosie, le plastique était poussiéreux comme si les meubles étaient là depuis longtemps, livrés, posés et non déballés, et comme s'il comptait davantage de les avoir achetés que de s'en servir.

– Bien entendu, c'est Lazare. Et alors ? dit Mme Carpe avec, dans sa voix atone, un soupçon d'irritation.

– Est-ce que tu veux voir ton père endormi, par la même occasion ? demanda-t-elle une fois que Rosie eut quitté la chambre.

Rosie secoua la tête. A présent, elle pouvait s'en aller. Elle devait partir au plus vite, songeait-elle en traversant le salon blanc. Elle se sentait inquiète, abrupte. Cette apothéose de blanc l'aveuglait. Dehors, le jardin grésillait, quoique silencieux.

– Reste prendre un café, dit Mme Carpe dans son dos.

– Je suis en retard, murmura Rosie.

Alors sa mère fut sur elle, brutalement. Elle attrapa le bras de Rosie et Rosie sentit à travers sa manche combien les doigts de sa mère étaient durs et froids. Elle se retourna et Mme Carpe, pour la première fois, lui sourit.

– Nous montreras-tu ton petit garçon, Rose-Marie ?

– Rosie, chuchota-t-elle, suppliante.

– Rosie. Est-ce que nous le verrons ?

– Je vous l'amènerai, oui, dit-elle, sachant que cela ne serait pas.

Mme Carpe, machinalement, lui serrait toujours le bras. Maintenant, Rosie entendait hennir Lazare mais ce bruit, qui paraissait venir de très loin, renforçait l'impression de silence bourdonnant, aux aguets.

— Sais-tu, Rosie, que nous avons quitté Brive définitivement, dit Mme Carpe de sa voix blanche. Il y a longtemps que nous voulions nous rapprocher de Paris, ton père et moi, et nous voilà à Antony. C'est très bien ici. Nous sommes bien contents. Nous avons cessé de travailler.

Elle eut un petit rire, sur une note égale.

— Ton père a démisionné et j'ai revendu mon cabinet. Nous avions fait des placements judicieux, tu sais, il y a une quinzaine d'années. La Bourse a été bonne pour nous. Elle a fait de nous qui n'étions, au fond, quoi ? pas grand-chose, Rosie, de tout petits bourgeois – eh bien, des actionnaires prospères. Nous pourrions te conseiller, Rosie. A propos de placements. Nous avons tout compris, ton père et moi. La Bourse a été bonne pour nous comme jamais rien ni personne d'autre.

Mme Carpe lâcha le bras de Rosie pour se renverser en arrière, les mains sur les hanches et ses doigts flattant sa propre chair, caressant le lainage duveteux de sa jupe. Les yeux écarquillés, elle eut une expression d'incrédulité triomphante et féroce.

— Nous louons cette maison treize mille francs par mois, Rosie. Tu te rends compte ? Treize mille.

Elle rapprocha son visage tout près de celui de Rosie. Son haleine sentait les buis. « Ma mère », pensa Rosie, mais la peau dorée, lisse, bien tendue, était celle d'une femme incomparablement plus jeune que ne pouvait l'être la mère de Rosie, d'une femme à peine plus âgée qu'elle-même, avec des yeux étroits, cristallins et fixes comme deux éclats d'une quelconque verroterie bleuâtre. Mais cette femme apprêtée sentait les buis.

Rosie déplaça légèrement son propre visage. Dehors, l'odeur était là. Il lui sembla que l'odeur des buis qui imprégnait sa mère se répandait partout dans le jardin, dans la rue, sur les buis mêmes, il lui semblait que c'était Mme Carpe qui sentait les buis et non les buis. Les buis sentaient sa mère, sa bouche tiède, sure.

– Si tu as besoin, ne va pas voir un agent de change, chuchota Mme Carpe. Viens nous voir, nous. Nous te guiderons gratis. Nous t'indiquerons les meilleurs coups. Promets-moi de ne pas donner un centime à un agent, Rosie, tant que nous sommes là.

– Oui, dit Rosie, étouffant. Mais, à présent, je suis en retard.

– Ah, c'est vrai, ton hôtel, dit Mme Carpe, de nouveau lointaine, précieuse.

Rosie gagna la rue à grandes enjambées. Elle entendit la voix de sa mère, suspendue dans l'air palpitant :

– Pense à venir nous montrer le gamin !

Mais, lorsque Rosie se retourna pour fermer le portail derrière elle, Mme Carpe était rentrée et avait déjà tiré la baie coulissante, si bien que Rosie ne distinguait plus que le pâle reflet des buis sur la surface polie, bleutée, des grandes vitres neuves, un peu embuées de l'intérieur, se dit Rosie, sans nul doute par l'haleine chaude, l'haleine des buis de sa mère.

Les jours suivants, Rosie déposa Titi à la crèche un peu plus tôt que d'habitude, afin de pouvoir passer dans la rue d'un pas plus lent et, sinon s'arrêter devant le portail de bois blanc, pouvoir le longer en se laissant une chance d'apercevoir son frère Lazare. Pendant une semaine entière elle ne vit personne dans le jardin. L'odeur des buis se rappelait à elle dès qu'elle approchait du portail, lui montait brutalement à la tête quand elle plongeait son regard vers le gazon tout illuminé d'une

136

improbable fluorescence, vers les fenêtres et la baie bien closes, muettes, réfléchissantes.

Mais, durant toute la semaine qui suivit, personne, pas un son.

Elle croyait parfois entendre le sifflement aigu et prolongé du sommeil de Lazare, alors elle bloquait sa respiration et tendait l'oreille avant de se rendre compte que ce haut et lent gémissement sortait de son propre cerveau, que le silence de la maison et du jardin n'était altéré que par l'espèce de grésillement, un peu semblable à un chant de grillons mais sans trêve et presque imperceptible, qui paraissait à Rosie provenir de l'acuité même du silence, si profond qu'il ne pouvait qu'en être légèrement bruyant. Elle s'éloignait déçue, troublée, mécontente. « Car Lazare pourrait se montrer à moi, à moi seule au moins », pensait-elle, s'étant imaginé qu'il préférerait la voir sans Titi.

Un matin, elle aperçut son père. Il se tenait debout à peu près au même endroit que Mme Carpe une semaine auparavant, bien droit sur la pelouse, au centre exact du jardin. Il portait, lui aussi, un excessif costume de jardinier – tablier jaune, bottillons verts assortis au grand chapeau de paille du même vert qui ne protégeait son visage que du froid soleil d'automne. Rosie s'accouda au portail. Son père avait besoin de lunettes maintenant. Elle le trouva vieilli et pâle dans l'ombre de son chapeau inutile. Il se tenait là, debout dans l'odeur des buis, gauchement planté, semblant ne savoir que faire. Il avait les deux mains enfouies dans la grande poche ventrale de son tablier. Elle vit qu'il avait froid – épaules rentrées, genoux pressés l'un contre l'autre. Il eut un bref mouvement du menton vers Rosie.

– Tiens, Rose-Marie, s'écria-t-il.

– Non, Rosie, dit-elle fermement.

Et son père souriait d'un petit sourire poli et peu engageant, sans bouger. Ses bottillons luisaient.

« Comme il est vieux et usé, songea Rosie, comme il joue mal au jardinier, lui. » Elle le salua puis continua son chemin, se sentant redevenir progressivement la grande et solide jeune femme nommée Rosie Carpe qui partait travailler chaque matin dans sa jupe bleue, ayant laissé à la crèche son enfant qu'elle retrouverait le soir avec un plaisir calme, sain, ordinaire, toujours vaguement mêlé de l'aspiration tout aussi calme et ordinaire à une soirée pour une fois sans l'enfant, sans la compagnie nécessaire, insatiable de l'enfant, mais sachant que cela ne se produirait pas elle était tout simplement et tranquillement contente de retrouver Titi – et elle était de nouveau Rosie Carpe qui marchait dans la rue quiète et ouatée en laissant courir sa main le long des treillis, des grillages, humant l'air froid, consciente de la jeunesse, de la force impérissable et comme arrêtée dans le temps, de son corps vigoureux dont l'increvable robustesse n'était pas le fruit d'un effort qu'elle eût fait, elle, Rosie Carpe, mais le miracle quotidiennement accompli et répété du corps lui-même, seul, obtus et qui ne lui demandait rien.

Le regard de Rosie allait de Lazare au copain de celui-ci, Abel, et elle faisait en sorte que ses yeux ne montrent rien de la méfiance que cet Abel lui inspirait. Ils étaient tous deux dans sa cuisine. Assis sur des tabourets de part et d'autre de la petite table, ils attendaient le café qu'elle leur avait proposé, en regardant machinalement tout autour d'eux. Ils attendaient le café dans un léger ennui, sentait Rosie, et avec un air de clients, comme si l'intention de leur visite avait été de s'asseoir devant la table de Rosie pour y prendre un café et non pas essentiellement de voir Rosie. Cependant Lazare lui souriait affectueusement dès qu'il sentait son regard sur lui. Il s'était remplumé – maigre ainsi qu'il l'avait toujours été mais non plus étique et chancelant. Il tendait parfois la main pour effleurer la sienne et demandait, à intervalles réguliers, d'une voix douce, tendre :

– Ça va, Rosie ?

Puis il se remettait à attendre son café, face à Abel mais ne le regardant pas, les yeux perdus vers la fenêtre qui encadrait la cime des marroniers dénudés, le ciel blanc, froid.

– Ça boume, Rosie ? demandait Lazare.

Sans attendre de réponse il détournait son regard vers la vitre à travers laquelle peu à peu s'effaçaient les marroniers aux branches maigres et gelées, la vitre absorbée peu à peu par la condensation de leurs quatre haleines dans la petite cuisine et qui devenait peu à peu un écran opaque entre le regard flottant de Lazare et les marroniers, le ciel glacé.

Rosie servit les trois cafés dans des verres. Titi se tenait assis au pied de la table, sur une couverture pliée. Il levait parfois sa tête lourde vers les deux hommes au-dessus de lui, cherchant de ses gros yeux bleuâtres et oscillants à rencontrer ceux de ces deux grands inconnus qui sentaient le tabac, mais ni Lazare ni Abel ne paraissait même avoir remarqué qu'il était là, assis sur sa couverture dans un effort gigantesque de son squelette vacillant. Rosie lui souriait. Elle disait d'une voix forte :

– Alors, mon Titi ?

Mais les deux autres ne semblaient pas entendre. Ou bien,

pensait Rosie, ils feignaient de n'avoir pas entendu pour s'épargner l'ennui de jeter un coup d'œil à l'enfant assis là tout contre leurs jambes. Titi avait une grosse tête incolore, avec un front très haut, bombé, parcouru de veines mauves. Ses membres et son torse étaient chétifs. Il produisait des sons aigus et doux que Rosie savait reconnaître et dont elle pouvait évaluer les progrès mais qui, se dit-elle tout en versant le café, pour Lazare et Abel ne devaient évoquer rien de plus que les piaillements d'un petit chat que Rosie aurait eu dans la cuisine et qui serait venu se fourrer là, entre leurs grosses chaussures américaines à bout renforcé. « C'est bien ça, pensait Rosie, un chaton qu'ils doivent tout au plus prendre garde à ne pas écraser. Voilà tout ce qu'est Titi, pour Lazare comme pour l'autre. » Elle souriait vers l'enfant autant qu'elle le pouvait. Il la suivait des yeux avec confiance et gravité, ne sachant pas sourire bien qu'il eût amplement dépassé l'âge d'apprendre à le faire, se contentant de ballotter sa tête pesante en fixant Rosie d'un œil solennel, tragique, dilaté de la foi qu'il avait en elle et en elle seule, et cependant, même à elle, ne sachant pas sourire.

Rosie s'installa à son tour devant son café. Lazare et son ami buvaient à petits coups secs et pressés. C'était la première fois que Rosie voyait Lazare depuis qu'elle l'avait aperçu dans la maison de leurs parents, endormi sous son drap, trois ou quatre mois auparavant. Il lui rendait visite à l'impromptu, accompagné de cet Abel qui ne revenait pas à Rosie, mais avec simplicité et candeur comme s'il lui avait fallu exactement ce temps-là pour se procurer l'adresse de Rosie, comme s'il était venu, en réalité, aussi tôt qu'il l'avait pu. Et maintenant il avalait son café en toute hâte, tendu sur la nécessité de ne pas se brûler tout en buvant le plus vite possible. Rosie le regardait, étonnée. C'est Lazare, se disait-elle avec déception, calmement, presque soulagée. Il portait des vêtements de qualité, neufs et de bon goût, dans le style sobre et sombre de ceux que portait Abel.

– Abel dirige un sex-shop. Et il a une autre idée derrière la tête, dit soudain Lazare.

La vitre voilée de leurs quatre souffles parut remuer : il neigeait, des flocons assez denses et rapides pour atténuer l'opacité du carreau, donner l'impression que le verre tremblotait, devenu poudreux.

– Il neige, dit Rosie.

Lazare avait maintenant un petit anneau doré à l'oreille droite, comme Abel.

– Ouais, il neige, dit Abel sans regarder dehors, ricanant.

Il repoussa son verre vide d'un geste dédaigneux. Ses cheveux étaient coupés en brosse, sa lèvre se retroussait perpétuellement, observait Rosie, en un rictus de dégoût froid, railleur, absurde. Il semblait conduire son corps propret et soigné avec le souci permanent d'en économiser chacune des particules, ne posant ses yeux que sur ce qu'il ne pouvait éviter de regarder, ne remuant la tête, les mains que lorsque le lui imposait un mouvement nécessaire. Près de lui si réservé, prudent, avare, Lazare paraissait nerveux et vainement expansif. Il clignait des yeux, tripotait sa boucle d'oreille, croisait et décroisait les jambes. Il posa sa main sur le bras de Rosie. Alors, rapidement, elle se pencha pour reculer l'enfant, tirant la couverture sur le carrelage d'un geste prompt qui manqua le faire tomber à la renverse.

– Tu as failli lui donner un coup de pied en plein visage, dit-elle sèchement. Avec ta grosse chaussure, là. Ce n'est pas passé loin.

– Pas vu, marmonna Lazare.

Elle souleva Titi et le prit sur ses genoux. Lazare s'écarta

141

imperceptiblement. Abel dévisageait Titi d'un air amusé et distrait, lointain et très légèrement fatigué.

– Abel dirige un sex-shop du genre luxueux, dit Lazare.

– Ce gosse me fait penser à un personnage de dessin animé, dit Abel d'une voix basse, lente. Tu te rappelles, Lazare ? Les Barbapapa. Ce môme ressemble au plus petit des Barbapapa.

– Il neige de plus en plus, murmura Rosie, tournée vers la fenêtre.

Elle serrait Titi contre sa poitrine et, sentant contre elle le cœur de l'enfant qui battait frénétiquement, elle se représentait leurs deux visages l'un au-dessus de l'autre, dissemblables mais tous deux, le sien et celui de Titi, dramatiques et obscurs, tristes, navrés et apeurés, et la grosse figure blanche de Titi comme l'image durable de sa honte et de sa rancœur à elle, comme si la certitude qu'elle avait d'avoir fait du tort à l'enfant, renonçant à altérer ses propres traits, avait accablé ceux de Titi pour qu'elle, Rosie, vît cela encore mieux et ne pût jamais oublier ce dont Titi avait à se faire payer. Elle était remplie d'embarras et cet embarras corrompait le visage de Titi sans modifier beaucoup le sien, elle était pleine de gêne vis-à-vis de l'enfant et c'était cette gêne qui enlaidissait Titi et ainsi se rappelait toujours à elle. Ce devait être comme cela. C'était certainement comme cela et, de plus, il fallait que ce le fût. Car il était essentiel, se disait Rosie intraitablement, qu'un jour Titi pût demander des comptes, exiger d'obtenir un peu plus de l'existence, une forme de dédommagement, et alors il pointerait du doigt son visage flou, blême, pâteux, à jamais profané, ressassait-elle, par quelque chose d'invisible et d'impérissable, et il réclamerait son dû ou beaucoup plus que cela.

– Titi se vengera d'Abel, chuchota Rosie dans les cheveux de l'enfant, un demi-sourire aux lèvres.

– Tu comprends, Rosie, Abel s'y connaît, disait Lazare

d'une voix excitée. Il a plus d'idées géniales en vingt-quatre heures que toi ou moi au cours d'une vie entière. Pas vrai, Abel ? Sacré salaud, va.

Lazare eut un éclat de rire bref, un aboiement fébrile. Il se pencha brusquement sur la table pour s'approcher de Rosie. Titi poussa un petit cri d'effarement. Au-delà du visage de Lazare, agité, peu fiable, Rosie pouvait encore voir le verre mouvant de la fenêtre et se dire qu'il neigeait. Le soir tombait, la vitre devenait cendreuse. « Tiens, il neige », se répétait Rosie, sentant battre le cœur de Titi, le confondant avec le sien qui cognait aussi fort ou davantage.

— Et la dernière idée d'Abel, ma petite Rosie, reprit Lazare en tiraillant l'anneau de son oreille, celle qui va faire de moi l'associé d'Abel en bonne et due forme et me permettre de larguer tout ce que je déteste ici pour partir en Guadeloupe...

— En Guadeloupe ?

— En Guadeloupe, dit sèchement Abel.

— C'est de tenter là-bas quelque chose qui n'existe nulle part ailleurs, continua Lazare. Un nouveau concept sexuel.

— New sex concept, dit Abel dans un bâillement.

— Tu sais ce que c'est, Rosie, que les réunions Tupperware ? Tu as déjà entendu parler de cette forme de vente, je suppose.

Elle ne répondit pas. De même qu'elle ne regardait pas le visage transporté de Lazare, avec ses cheveux mi-longs et bien peignés qui s'infléchissaient en vague souple sur ses épaules, mais la fenêtre derrière lui, guettant l'instant où la vitre à présent obscure cesserait d'ondoyer, où il cesserait de neiger.

— Eh bien, nous allons faire la même chose, reprendre le principe des réunions Tupperware en changeant simplement l'objet de ce genre de réunions, expliquait Lazare. On ne vendra pas des récipients mais des articles de sexe pour les hommes et pour les femmes et pour les couples. Celui ou celle chez qui a lieu la rencontre pourra faire des démonstrations, ou les faire faire, si bien que la réunion elle-même sera un lieu de sortie sexuelle tranquille, un nouvel endroit où aller, rigolo, émoustillant. Fantastique, non ?

– Ça ne peut pas marcher, dit Rosie d'une voix basse.

– Pourquoi ? demanda Lazare.

– Pourquoi, Rosie, est-ce que ça ne peut pas marcher ? demanda Abel, qui avait fait l'effort de poser sur Rosie le regard circonspect de ses yeux lavés, distants, hautains, constamment et bêtement sarcastiques.

Lazare la regardait, souriant, éclatant de fierté.

– Les gens ne voudront jamais faire cela, dit Rosie, gagnée par une sorte d'affolement.

Puis il lui sembla qu'elle portait les mains à ses oreilles dans une tentative ultime pour ne plus les entendre, que, de nouveau, elle s'attachait à fixer des yeux la fenêtre sombre et immobile (« Il ne neige plus », se dit-elle) au-delà de Lazare, son frère Lazare qui était revenu la voir ce jour-là pour la première fois depuis des mois mais n'avait pas osé, se dit-elle, venir seul. Et elle se rendit compte qu'en vérité ses mains ne bougeaient pas, croisées sur le ventre de Titi qu'elle pressait contre elle, mais c'était comme si elle avait bouché ses oreilles réellement car elle ne les entendait plus ni l'un ni l'autre, ni Abel ni son frère Lazare, de même qu'elle ne les voyait pas, regardant et regardant la vitre obscure, humide, figée, son cœur et le cœur de l'enfant mêlant leurs pulsations furtives et alarmées. « La Guadeloupe, pensait-elle dans une sorte de honte, oh, la Guadeloupe, la Guadeloupe ».

La main chaude de Lazare sur sa joue la fit sursauter. Abel était debout. Lazare, encore assis, l'amenait, par de petites caresses, à le regarder.

– Rosie, prête-moi de l'argent, veux-tu ?

Sa voix était douce, flatteuse.

– Prête-moi mille balles, Rosie. Je te les rends dans quelques jours.

– Je n'ai pas mille francs à la maison, dit Rosie.

– As-tu une carte de crédit ?

– Oui.

– Passe-la-moi, Rosie. Tu me donnes ton code, je descends retirer de l'argent et je te la remonte aussitôt.

Elle attendit un peu avant de se lever et d'aller lentement vers la penderie où était son sac. Elle était contrariée, mécontente de Lazare qui lui demandait de l'argent, autant que d'elle-même qui aurait dû refuser et ne le faisait pas, et elle était également furieuse contre Abel qui les voyait ainsi tous les deux, lui quémandant et mentant (elle était convaincue qu'il ne la rembourserait pas et qu'il le savait au moment même où il demandait), elle consentant de mauvaise grâce, n'ayant, dès lors, ni l'élégance de l'acceptation souriante ni la compensation du plaisir dans le don. Comme elle fourrageait dans son sac, Titi sur sa hanche, elle souhaita avoir le courage de s'écrier :

– Pourquoi ne demandes-tu pas aux parents, puisque le boursicotage leur a si bien réussi ?

– Papa et Maman m'accompagneront en Guadeloupe, dit alors Lazare.

Il l'avait suivie dans le couloir et se tenait juste derrière son épaule. Ebahie, elle laissa tomber la carte qu'elle venait de sortir de son sac. Il la ramassa prestement, y jeta un coup d'œil.

– Avec toi en Guadeloupe ? s'exclama Rosie.

– L'idée les amuse, ils veulent changer d'air, dit Lazare en haussant les sourcils. Pourquoi pas, hein ? Il n'est pas impossible qu'ils s'associent au projet. Maman y croit. Elle y croit plus que toi, Rosie. Quel est ton code ?

Elle murmura les quatre chiffres qu'il nota à même sa paume. Puis, tandis qu'il glissait la carte dans la poche intérieure de sa fine et gracieuse veste noire, il se trouva que leurs regards se croisèrent et Rosie comprit que ce qu'il devait y avoir dans ses propres yeux de révolte impuissante, d'incompréhension, même d'offense fruste et impulsive (elle voyait son père, sa mère, les deux Carpe soudain gâtés, pervertis, et sa mère rajeunie et enrichie et rajeunissant au fil des années, remontant triomphalement et sans mérite le cours de l'âge, de plus en plus jeune, de plus en plus riche et blonde et bronzée), ce qu'il y avait dans ses yeux d'effarement horrifié se reflétait dans les yeux de Lazare, mais son frère Lazare avait une longueur d'avance sur elle et le dégoût, l'étonnement, la consternation avaient eu le temps de se transmuer chez lui en résignation, en soumission pragmatique à ce qui était, à ce qui advenait.

— Mon dieu, Lazare, la Guadeloupe, balbutia-t-elle.

— Pourquoi pas, hein ?

Il souriait pauvrement, levant les épaules.

— Que veux-tu que je te dise, ma petite Rosie ? C'est comme ça. C'est comme toi, ici, avec le gosse et le minable père de ce pauvre gosse. Qu'est-ce que tu pourrais me dire ? C'est comme ça, hein ? Je ne les porte plus, ses répugnants vêtements. A quoi bon ? Maintenant, il s'agit de gagner de l'argent, le plus possible. Avec Abel, je peux le faire. Et après, Rosie ? C'est comme ça. En Guadeloupe, pourquoi pas, puisque c'est l'idée d'Abel qui connaît tout, ou ailleurs, peu m'importe. J'irai où il faut. Que veux-tu que je te dise, Rosie ? C'est comme ça. Pas question pour moi de rester sur le carreau, maintenant. Je veux ma part, maintenant, Rosie. Que je ne l'aie pas ne change rien au monde pour personne, alors, Rosie, autant que je l'aie, comme ceci ou comme cela, peu importe. La part de richesse qui me revient, Rosie. Je ferai tout pour l'avoir, maintenant. Les parents ont compris ça, eux. Plus malins que toi, Rosie, avec ton mioche, comme s'il n'y avait pas tout ce qu'il faut pour éviter ça, Rosie, comme si on devait encore être condamnée à cette vie que tu mènes, Rosie, avec ton mioche, là.

Elle changea Titi de côté, le passant d'une hanche sur l'autre, elle colla doucement sa bouche sur le front moite de l'enfant et murmura :

— Titi se vengera de Lazare également.

— Quoi ? dit Lazare.

— Un jour Titi se fera payer, dit Rosie d'une voix sûre, détachée, convaincue.

La veille de Noël Lazare s'envola pour la Guadeloupe, puis, comme Rosie, passant un matin dans la rue des Carpe, s'apercevait qu'une famille inconnue occupait la maison de ses parents, elle en conclut qu'ils étaient partis à leur tour.

Pendant plusieurs mois, depuis le jour où elle avait vu Carpe dans son jardin, figé et transi mais s'obstinant sombrement à contrefaire le jardinier modèle, elle avait longé la haie de buis sans plus regarder vers la pelouse, et personne ne l'avait hélée, nulle voix criant son prénom n'avait traversé l'odeur des buis pour l'inviter à entrer, s'inquiéter d'elle et de son enfant. Le silence venant de la pelouse et de la maison, lorsqu'elle arrivait à hauteur du portail, était de la même substance étrangère et indifférente que celle qui composait le froid silence égoïste des propriétés voisines, où personne n'aurait jamais la moindre raison de se soucier de Rosie Carpe.

Et, à présent, les parents étaient partis. Elle n'était pas venue leur montrer son enfant, songeant : « Pourquoi donner à Titi encore d'autres motifs de réparation, pourquoi lui présenter ceux dont il aura encore, plus tard, à se venger des mauvaises paroles ? »

Elle pensait à cela avec une amertume un peu lasse. Elle partait le matin sous le ciel brumeux et pensait qu'elle était une jeune femme nommée Rosie Carpe qui partait à son travail sous un ciel brumeux d'après-Noël, et elle ne pouvait jamais tirer de cette constatation ni plaisir ni soulagement, quand bien même elle se sentait être maintenant pleinement Rosie Carpe, qui partait travailler chaque matin sous le même ciel d'Antony. A présent, son frère Lazare était parti. Ses parents Carpe étaient partis. Seule Rosie était là, marchant dans la neige boueuse, et Rosie c'était elle.

Max ne venait plus que très rarement prendre Titi. Tout d'abord il espaça ses visites, puis il ne vint plus du tout, se contentant de demander des nouvelles de l'enfant quand il croisait Rosie à l'hôtel, d'une voix enjouée mais creuse, formelle, vide de toute affection pour Titi. « Oh, tout va bien », répondait Rosie rapidement et souriante, ne souhaitant pas que Max se justifiât de ne plus venir, puis comprenant qu'il n'avait jamais eu l'idée de se justifier et répétant, plus mollement, ne se donnant plus la peine de sourire : « Tout va bien, il me semble que tout va bien. »

Le soir, avant de passer reprendre Titi à la crèche, elle faisait un crochet par la supérette et achetait deux packs de bières en même temps qu'un produit quelconque pour absoudre l'achat des bières.

148

Lazare était parti, ses parents étaient partis. Elle était bien Rosie Carpe et Rosie Carpe était là, seule. Aussi, dès qu'elle avait regagné l'appartement, nourri puis couché Titi, elle se mettait au lit, dos au mur, et descendait méthodiquement les douze bières l'une après l'autre, les yeux fixés sur la fenêtre obscure, l'esprit froid, vide, et elle-même ne se sentant plus être que l'insignifiante enveloppe charnelle de Rosie Carpe, privée d'esprit, d'amour ou d'intérêt pour qui que ce fût à l'exception peut-être de Titi, dont l'évocation du prénom, du visage, remuait très lointainement en elle le souvenir sceptique de l'amour ou de l'intérêt.

Elle rapportait parfois vingt-quatre bières au lieu de douze et se les envoyait de la même façon, consciencieusement, proprement, sans plaisir ni déplaisir, assise dans son lit et sentant s'éloigner, se dissoudre, le peu de tiédeur familière qui faisait la personnalité de Rosie. Il arrivait que, depuis la chambre voisine, l'enfant appelât. Elle l'entendait mais ne bougeait pas car elle l'entendait de très loin et se savait incapable de franchir assez vite l'immensité cotonneuse qui la séparait de la voix de Titi, de ses cris grêles, non pas impérieux et obstinés mais circonspects, découragés avant même de démarrer, atténués également comme par une volonté de discrétion et de sollicitude, l'enfant sachant bien lui aussi, songeait-elle au bord des larmes, qu'elle se trouvait trop loin pour arriver à temps, que Rosie, ce soir-là et tous les autres soirs, n'était pas près de lui, qu'il n'y avait d'elle que son grand corps inutile et gonflé de bière appuyé au mur de la petite chambre carrée. Elle entendait l'enfant comme elle entendait tous les bruits de l'immeuble sonore. Et Titi rapidement se taisait, s'épargnant cette peine et cette douleur, ayant toujours su, songeait-elle, qu'elle ne viendrait pas. « La Guadeloupe, mon dieu, la Guadeloupe », murmurait-elle de temps à autre.

Mais Titi savait, elle sentait qu'il le savait comme si elle l'avait su elle-même, qu'il ne fallait pas demander trop à Rosie, sa mère, Rosie Carpe, qui n'avait que vingt et un ou vingt-deux ans et marchait seule le matin et le soir au long des trottoirs souillés d'une neige grise, perdue et seule dans l'odeur d'hiver des buis plus sombres mais tenaces, persistants, impitoyables. Il le savait, aussi ne pleurait-il que très peu, la ménageant et la protégeant de son tact inconscient d'enfant solitaire. C'était comme si, se disait Rosie quand, se levant au matin, elle le trouvait éveillé et patiemment immobile au fond de son lit à barreaux, il avait compris et accepté que non seulement il ne devrait jamais compter que sur lui-même, mais que la frêle et blême petite personne qui était lui-même et sur laquelle il était censé devoir s'appuyer exclusivement, pouvait à tout instant lui faire défaut, révéler sa faiblesse lugubre, l'humiliation de sa conception. Il posait sur elle son œil dilaté, anxieux, attentif et qui ne demandait rien, et Rosie lui en avait une telle gratitude qu'elle le serrait contre elle un peu trop fortement, percevant alors son effroi soudain d'oiseau chétif et se rendant compte avec gêne qu'il n'était jamais parfaitement sûr, et que cela même il l'acceptait encore et qu'il vivait dans cette incertitude, qu'elle n'avait pas décidé de l'étouffer ou de l'étrangler, elle, sa mère, Rosie Carpe.

Elle n'avait guère plus de vingt ans mais son estomac était renflé. Sans doute, songeait-elle, l'enfant pouvait-il sentir que la bière l'engraissait, elle. « Et tous les Carpe en Guadeloupe, en Guadeloupe, sauf moi, lui murmurait-elle à l'oreille. Pourquoi aucun d'eux ne nous a-t-il emmenés, malgré tout ? »

Un soir elle trouva Max devant sa porte. Il s'écarta pour les laisser passer, elle et Titi, puis entra à leur suite dans l'appartement. Il ne fit pas un geste vers l'enfant. Mais lorsque, plus tard, elle lui proposa une bière, il se déchaussa, s'assit près d'elle sur le lit et ils partagèrent silencieusement les deux cartons qu'elle avait rapportés. Il revint quelques fois, puis elle ne le vit plus ailleurs que dans le hall de l'hôtel. Elle en éprouva un soulagement morose. Elle avait eu le temps de remarquer qu'il semblait répugner maintenant à s'approcher de Titi, que la chair même de l'enfant paraissait lui déplaire au point qu'il évitait jusqu'au moindre contact et que, lui ayant donné son nom, il avait, semblait-il, fait pour Titi suffisamment pour pouvoir ensuite, sans remords, se dispenser de le regarder ou de le toucher. Il lui arrivait de remettre à Rosie, d'un mouvement brusque, mécontent et cependant empreint d'une sorte de gravité sacrificielle comme s'il avait tendu rien moins que son sang, une enveloppe contenant de l'argent – une somme généralement décevante. Mais cela cessa également. Il cessa de lui donner le moindre argent, de lui parler, de demander après l'enfant. Elle constatait, encore surprise, que le sincère naturel du comportement de Max à présent, son indifférence décontractée, souriante, condescendante lorsqu'il leur arrivait de se croiser (le large sourire inexpressif qu'il adressait à toutes celles qu'il rangeait sans distinction d'âge dans la catégorie des *filles,* ne prenant en compte que l'importance sociale ou la particulière capacité de séduction pour envisager l'existence possible de *femmes)*, elle constatait, presque admirative, que l'attitude de Max envers elle, ce néant désinvolte, lui prouvait sans nul doute, non qu'il tentait de contester la gravité de l'histoire qui les avait liés quelque temps, mais qu'il était bel et bien, simplement, cordialement, en train de l'oublier, partant, d'oublier l'enfant, comme, peut-être, se disait Rosie, une action pas très propre, sans conséquences durables, commise à une période confuse de sa vie et que l'énergie propre de cette vie même l'entraînait à chasser de sa mémoire, pour son bien. Tandis qu'elle, Rosie Carpe, pensait à Max quotidienne-

151

ment, sans amour, sèchement, mais avec encore un respect abstrait, un étonnement, et cela n'avait pas précisément de rapport avec Titi. Seulement ce sous-gérant aux jambes courtes, aux petits pieds, aux cheveux décolorés, avait influé sur son existence, et c'était ainsi et ce serait ainsi à jamais.

Son frère Lazare devait, bien plus tard, envoyer de nombreuses lettres à Rosie, et même si étrangement la bombarder de lettres répétitives, pleines d'un enthousiasme monotone, qu'elle penserait en comprendre un jour la raison implicite (des années après, à Grande-Terre : elle se réveillerait brutalement, pensant : C'était pour me défendre de venir, pour écarter radicalement et gentiment l'hypothèse qu'on puisse avoir besoin de moi, puisque tout allait si bien).

Mais, avant de recevoir la moindre nouvelle, elle eut une vision fugitive, partielle, de la Guadeloupe, ainsi qu'une tentation douloureuse, puis un regret, une gêne et un remords, provoqués par un certain Marcus Calmette brusquement sorti du froid et de la neige brunâtre partout répandue pour émerger dans le hall de l'hôtel tranquille, rose et clos, juste devant le comptoir où Rosie accueillait les clients, tendait les clés, encaissait, répondait au téléphone. Sur les épaules de Calmette, une poussière de givre demeurait – il dirait plus tard à Rosie s'appeler Calmette. Il n'était, à ce moment-là, surgissant de la rue dans un halo de froid qui l'enveloppait toujours quand il appuya ses deux mains au comptoir et qui empêchait la glace de fondre sur son manteau, comme si le froid provenait moins du dehors (avril glacial à Antony) que de son corps gelé, raidi, qu'un Noir à peau très sombre, entre deux âges, à lunettes métalliques, qui regardait Rosie avec un air d'autorité. Aussi fut-elle surprise par sa voix douce lorsqu'il demanda une chambre pour une nuit. Il lui rappelait confusément un professeur qu'elle avait eu sans qu'elle eût souvenir du lieu ou de l'époque, qui, contre toute attente, parce qu'il souriait peu, portait des lunettes étroites et s'impatientait vite, avait été bon pour elle, clément, attentionné. Elle crut reconnaître, dans la voix basse de Calmette, un léger accent. Et, parce qu'il ressemblait vaguement à cet enseignant encore flottant vaguement dans sa mémoire estropiée, elle osa lui dire :

– Mon frère, Lazare Carpe, est parti travailler en Guadeloupe.

Puis, changeant de ton, souriant avec les lèvres bien retroussées sur ses dents inégales et de sa voix un peu haute de réceptionniste, sa voix de tête :

– Il me reste une chambre pour deux ou quatre personnes avec bain et toilettes à cinq cent soixante, monsieur.

Mais elle avait prononcé le nom de Lazare et ses yeux allaient et venaient, trop mobiles, anxieusement, au-dessus de sa bouche largement ouverte et maquillée, dont le rouge parfois coulait un peu et tachait ses dents.

Calmette réfléchit. Elle pouvait sentir le froid qui l'entourait, presque le voir, comme un nimbe laiteux.

– Lazare Carpe ? Cela ne me dit rien. Que fait-il ?

– Des affaires, dit-elle précipitamment.

Rougissant un peu et pensant : « La Guadeloupe, mon dieu, quelle honte – Abel, Lazare et les deux autres Carpe florissants, affranchis, défroqués », pensant encore, sous le regard curieux de Calmette (qu'elle appelait, à ce moment-là, en elle-même : le Noir) dont la bouche fine et sombre laissait s'échapper de brefs nuages de buée dans l'excessive chaleur du hall :

« Voilà qu'ils ont choisi la Guadeloupe comme premier champ de leur toute nouvelle expérience de dissipation, de vie jeune et transparente – les voilà libres, peut-être bien, en Guadeloupe ! »

Calmette lui souriait maintenant, semblant attendre quelque chose. Rosie se vit lui tendre une clé. Il s'en empara, effleurant la main de Rosie de ses doigts glacés, d'un geste distrait qui lui donna l'impression, à elle, qu'il n'était pas entré dans l'hôtel pour demander et recevoir la clé d'une quelconque chambre mais qu'il s'était détourné de son chemin, du but supérieur (jugeait-elle d'après les lunettes élégantes, le manteau de lainage brun soyeux) vers lequel il allait certainement, dans la seule intention de s'approcher du comptoir où travaillait Rosie Carpe et d'attendre qu'elle lui dît ce qu'elle avait à lui dire. Elle se mit à trembler légèrement, la bouche entrouverte. De quoi devait-elle parler ? De Lazare et des parents Carpe partis vendre en Guadeloupe les coûteux articles du sex-shop d'Abel ? Ou de son enfant, Titi, dont le père abusivement prénommé Max traversait le hall à cet instant de ses petites enjambées rapides, passant derrière Calmette et lui jetant un coup d'œil méfiant, évaluateur, avant de disparaître sans un regard vers Rosie, sous l'oriflamme rigide et collant de sa blondeur insensée ? Que pouvait-elle bien lui dire, elle qui n'était que Rosie Carpe, réceptionniste à la Croix-de-Berny ? se demandait-elle, inquiète, déçue, sentant obscurément qu'elle manquait à quelque chose. Mais elle pouvait sentir aussi son estomac ballonné et comme un arrière-goût de bière éventée sous sa langue un peu sèche.

– Bien, je la prends, dit Calmette, quoiqu'il eût déjà la clé en main.

Il souleva le sac qu'il avait à ses pieds.

– Moi aussi, d'une certaine façon, je m'occupe d'affaires en

Guadeloupe, dit-il encore de sa voix douce maintenant teintée d'une ironie bienveillante.

Son haleine était froide et nette. Il fit danser le porte-clé autour de son doigt. Rosie pensait à ce qu'était Rosie Carpe et elle en était désespérément honteuse. Elle avait dans la poitrine une souffrance d'un genre nouveau pour elle – cependant aiguë, torturante. Calmette tardait à s'éloigner. La glace fondait lentement sur ses épaules. Elle remarqua alors qu'il était sans doute plus jeune qu'il ne le paraissait et que l'avaient trompée les lunettes sévères, le regard droit, la pelisse, la très apparente auréole de froid qui le gardait au centre d'une austérité transie et vénérable, elle, Rosie, qui avait l'habitude de ne côtoyer à l'hôtel que des personnes excitées par la chaleur et les occupations multiples, à la peau chaude et rouge, aux traits fluctuants et qui, quel que fût leur âge, tiraient de l'activité, de l'agitation, des sourires mécaniques, une sorte de jeunesse permanente et convenue pareille à celle, maintenant, de Mme Carpe. Calmette avait peut-être en fin de compte tout simplement l'air de l'âge qu'il avait réellement, ni plus ni moins. Mais Rosie l'appelait toujours en elle-même, le Noir. Et même quelques heures plus tard, après que, poliment, il se fut présenté, elle ne pouvait se décider à l'appeler en esprit autrement que : le Noir.

Elle se dit, bien des années après, que c'était cela, qu'elle ne pût le nommer qu'ainsi et ce que cela signifiait à son propos, qui l'avait empêchée d'accepter l'invitation qu'il lui fit, dans la soirée, d'aller prendre un verre en sa compagnie. C'était cela, et non pas le prétexte qu'elle avança de s'occuper de Titi, car elle savait qu'elle aurait pu emmener l'enfant. Il le savait aussi, sans doute, mais il n'insista pas. Mais c'était cela, qu'il fût encore pour elle, bien qu'elle connût son nom, le Noir. Et dans le même temps qu'elle refusait en balbutiant, elle pouvait sentir la douleur dans sa poitrine revenir et s'accentuer. « Oui, oh allons-y, sortez-moi d'ici ! » la suppliait de répondre cette détresse, cette affliction totale et profonde. Mais elle se contenta, le regardant et oubliant qu'elle savait son nom, de bredouiller que ce n'était pas possible. Avec Marcus Calmette, elle serait allée prendre une bière où il l'aurait voulu, portant Titi dans son sac-kangourou – pourquoi, se demanda-t-elle quelques années plus tard, dès lors qu'il n'était que : le Noir, s'était-elle sentie obligée de boire cette bière chez elle, seule assise sur son lit et si abattue, son être entier si complètement douloureux et consterné que pour la première fois depuis l'enfance elle sanglotait bruyamment, sans frein, consciente du silence vigilant et terrifié de Titi derrière la cloison, l'entendant écouter et retenir son souffle, puis expirer par petites bouffées épouvantées, pouvant l'entendre et continuant de gémir avec ce qui était presque des cris, de grands hoquets de désolation ?

Elle se dirait néanmoins, plus tard, à Grande-Terre, que cette Rosie Carpe-là n'avait pas mérité qu'il en allât différemment, que lui fût épargnée l'amertume de voir le lendemain repartir Calmette, qui paya sa note et prit congé de Rosie avec un air de courtoise indifférence. Il sortit dans la rue encore froide, hésita quelques secondes sur le trottoir dégelé, bourbeux, tandis que, de l'autre côté de la porte vitrée, elle avait levé sa main en un timide geste de salut et de regret. Mais il remonta le col de son manteau, puis s'en alla sans voir sa main levée. A cet instant Max passa dans le hall. Pointant le menton vers la porte, il grimaça.

– Bon vent !

Prise d'une rage soudaine, elle fit mine de cracher dans sa direction. Il avait filé déjà, aussi ne la vit-il pas davantage cracher vers lui que Calmette ne l'avait vue lui faire signe à travers la vitre.

Bien après, à Grande-Terre, réfléchissant dans la maison de Lazare, elle se dirait qu'une autre raison pour laquelle il n'était pas injuste qu'elle eût passé les quatre ou cinq années suivantes dans le dépit et le tourment était qu'elle avait craint, en vérité, jusqu'au bout, le jugement de Max, s'il l'avait vue marcher dehors au côté de Calmette. Elle ne l'estimait pas, elle savait que Max se rappelait à peine qui était Rosie Carpe. Et toutefois, quoique balbutiant et sentant en elle le clair avertissement d'une peine à nulle autre semblable, quoique pouvant voir posé sur elle le regard intelligent et maître de soi du Noir (pensait-elle) au souffle froid, aux mains froides et précises, elle avait repoussé son invitation, voyant Max pourtant absent à ce moment-là, voyant sa figure rose, rusée, dédaigneuse et redoutant vaguement et lâchement l'expression que pourrait prendre (mais que n'eût pas prise, se disait-elle, tant il se souciait peu de Rosie Carpe) cette même figure surmontée de son odieuse blondeur si, par hasard, il l'avait aperçue en compagnie du Noir.

Elle comprendrait tout cela quelques années plus tard, à Grande-Terre, assise à l'ombre de la modeste maison de Lazare – qu'elle avait eu peur de Max et des Carpe et de Brive, les trois formant une seule et unique figure pesante, détestable mais, à ce moment-là, où Calmette était apparu comme une innocente et vivante mise à l'épreuve, – à ce moment-là encore souveraine.

A peine protégée de la chaleur par le court avant-toit de la case de Lazare et passant de longues heures paisibles, elle se dirait avec un reste de honte, bien plus tard, à Grande-Terre, que le visage de Calmette, la première fois qu'elle l'avait vu, lui avait semblé si étrangement et absolument sombre qu'elle n'avait pu se rappeler à temps que l'homme se nommait Marcus Calmette et qu'il ne lui voulait que du bien. Elle avait redouté le noir profond, insurpassable, miraculeux, de la peau de Calmette, se dirait-elle. Seule sa vieille détresse n'avait pas eu peur, avait tendu vers Calmette et sa voix douce. Mais Rosie Carpe, elle, issue des Carpe et de Brive, avait eu peur.

Qu'elle dût ensuite acquitter le prix nécessairement élevé de ce recul, de cette pusillanimité, elle en eut une sorte de conscience primitive, car rien de ce qui se produisit ne lui inspira de plainte – les années confuses qui suivirent. Jamais il ne lui parut illégitime d'être punie de sa peur, et tout ce qui lui arriva de mauvais, qui constituait presque le tout de ce qui lui arriva, elle le mit au compte de l'inévitable sanction qu'il lui fallait subir pour s'être rangée du côté de Max et des Carpe, avoir laissé partir Calmette, ignorant ou étouffant le chagrin anxieux qui n'avait voulu, pensait-elle maintenant, que la prévenir : ce que cela serait, et bien pire encore, si, n'obéissant qu'à sa peur (l'incompréhensible visage de Calmette), elle refusait d'aller prendre un verre avec lui. Et elle comprit la justesse de cet avertissement, éprouva jusqu'au bout l'exactitude prémonitoire de la douleur ressentie face à Calmette.

Sa peur était de nature abjecte, et cette bassesse-là, cette paresse de l'esprit, l'avaient fait se dérober à la possibilité d'un amour. Car elle avait su tout de suite qu'il s'agissait de cela. Que pouvait alors Rosie, songeait-elle, contre l'épouvante de Titi de l'autre côté de la cloison, quelle sorte de réconfort pouvait-elle bien lui procurer puisque l'angoisse et le déchirement n'avaient pas leur consolation, pour Rosie Carpe, au point d'aveulissement où elle était tombée, dans la pensée qu'ils étaient mal fondés ? Aussi, plus tard, rien ne l'étonna, rien ne l'accabla davantage – mais les souvenirs qu'elle avait à Grande-Terre de cette période de désordre étaient déformés et voilés par la consommation de bière et de méchante eau-de-vie qu'elle avait faite alors, dans le logement d'Antony. Elle buvait une vodka de mauvaise qualité, la moins chère. Et dans la pleine chaleur de l'après-midi, plus tard, assise sur les parpaings devant la case de son frère Lazare, certainement la brutalité du soleil altérait la précision des images qu'elle essayait de tirer de sa mémoire, mais surtout l'alcool absorbé à cette époque-là, l'espèce de brume dense et lente qui avait enveloppé son esprit, l'empêchaient de se rappeler convenablement comment, bien souvent sans doute, elle avait laissé l'enfant seul dans l'appartement, muet de terreur au fond de son petit lit (et le sempiternel effarement de Titi avait commencé à l'irriter, car la vodka plus que la bière la rendait susceptible et rancunière), pour aller elle ne savait plus trop où, marchant entre les blocs d'immeubles, d'un bon pas, vers une destination, un lieu qu'elle ne verrait plus du tout (plus tard à Grande-Terre), laissant l'enfant derrière elle, rendue furieuse par l'enfant, puis allant du même pas, un autre jour mais avec l'impression de contrôler enfin son existence et balançant une petite valise presque vide au bout de son bras, allant vers l'hôpital d'Antony où elle devait entrer à cette date pour se faire avorter (et non pour accoucher d'un nourrisson mort-né comme elle croirait s'en souvenir plus tard à Grande-Terre avant de réaliser que cela ne pouvait avoir été) et là également laissant Titi derrière elle, mais non pas seul, à la garde de celui, un voisin dont elle avait oublié le visage et le nom, de qui elle était enceinte, et elle se rappellerait curieusement très bien qu'en route vers l'hôpital elle s'était sentie partagée entre la satisfaction d'avoir su prendre une bonne décision, d'avoir su mener les démarches nécessaires, et l'inquiétude d'avoir dû confier Titi à quelqu'un qui ne lui inspirait pas la moindre confiance (et tout d'abord parce qu'il ingurgitait le double des quantités d'alcool qu'elle-même prenait en ayant lointainement conscience que c'était déjà beaucoup trop, cet anonyme opaque dont elle se souviendrait seulement qu'il habitait sur son palier), comme elle se rappellerait, dans une soudaine et pénible trouée de netteté (sentant d'un seul coup la chaleur l'oppresser, sous l'avant-toit de Lazare qui n'abritait que son visage et son buste, et entendant de nouveau le gémissement humain des bœufs trop peu nourris, l'entendant, souffrant pour eux et pour elle-même et ne sachant plus si elle était là, assise devant la maison, ou plus bas dans la ravine aux côtés des bœufs et geignant avec eux), qu'elle était rentrée de l'hôpital deux jours plus tard, allégée de ce dont elle n'avait pas voulu mais le ventre tiraillé, douloureux, et qu'elle s'était rendue directement chez son voisin pour découvrir que Titi y était seul et, surtout, qu'il avait le bras démis – son bras frêle pendant inerte le long de son corps souillé, car l'autre, que Rosie n'avait jamais revu, ne s'était pas occupé de le changer et semblait ne lui avoir donné à manger que des chips, bien qu'elle eût laissé tout ce qu'il fallait.

La suite se perdait comme le reste dans le brouillard dont sa mémoire alcoolisée avait entouré les souvenirs de cette période. Elle ne serait même plus tout à fait sûre que Titi lui eût été retiré quelque temps, se demandant si elle ne confondait pas avec les trois ou quatre semaines que Titi, beaucoup plus tard, avait passées en colonie de vacances. L'enfant avait disparu puis était revenu, sans qu'elle pût dire à quel âge – elle ne savait plus que cela. Et qu'elle avait été souvent remplie de colère à son endroit, d'une colère glacée et désespérée qui ne s'exprimait jamais autrement que par son départ de l'appartement, où elle enfermait l'enfant en souhaitant obscurément ne plus l'y trouver quand elle rentrerait. Mais il était là, toujours et implacablement là, les yeux secs, reclus dans une attente horrifiée mais tranquille, hébétée. Il était là, monstrueusement sage, et toujours tendait les bras vers elle qui rentrait délivrée de sa colère et simplement abattue, lassée d'avoir honte, fatiguée de la constance de l'enfant, épuisée qu'il n'eût qu'elle au monde, Rosie qui était sa mère bien qu'elle ne fût qu'une toute jeune femme perdue, alourdie, sans espoir, pensait-elle.

Devant la maison de Lazare, elle constaterait qu'alors, à Antony, elle avait oublié Calmette. Elle n'avait conservé que l'impression têtue d'avoir failli d'une manière grave, d'avoir signé pour cela une sorte d'arrêt de mort contre elle-même et, de fait, contre l'enfant pareillement. Si bien que, lorsqu'elle partait travailler le matin, à jeun, et que, dans une échappée de lucidité, elle contemplait le désastre de sa vie, c'était assez froidement, quoique sans joie aucune, et en pensant seulement qu'il n'y avait pas de raison pour que la vie de Rosie Carpe telle qu'elle s'était révélée fût meilleure que ce qu'elle était.

Les Carpe n'écrivirent jamais.

Lazare, après un silence de presque une année, se mit à envoyer lettres sur lettres. Le projet d'Abel ayant échoué faute, expliquait-il avec une assurance qui au début en imposa à Rosie, d'une sérieuse étude de marché, il avait trouvé, lui, un emploi dans la société Danisko spécialisée dans la fabrication d'emballages en plastique. Le travail l'enchantait, son salaire dépassait toutes ses espérances, tout allait au mieux pour lui. Aucune de ces lettres n'évoquait les parents Carpe ni d'ailleurs personne d'autre que lui, Lazare, qui possédait maintenant, affirmait-il, une voiture, puis une villa sur la côte au nord de

Pointe-à-Pitre, et *tout allait au mieux pour lui,* semblait-il crier sur le papier, répétait-il avec une insistance fervente, presque antipathique, tout allait au mieux pour lui.

Et quand Rosie, des années après, arpentant le bref espace d'herbe brûlée entre la route et l'humble maison de Lazare, repenserait à ce qu'il lui avait abondamment décrit dans les grosses lettres qui étaient arrivées à Antony, elle comprendrait que cet excès d'auto-satisfaction enflammée avait eu pour intention secrète, affolée, inconsciente, d'inspirer à Rosie une réaction exactement contraire à celle qu'elle avait eue, de la détacher de Lazare, de lui faire éprouver peut-être dégoût et animosité envers lui pour qui tout allait luxueusement bien et qui ne lui demandait jamais de ses nouvelles, sachant pourtant dans quel triste logement du morne Antony arrivaient ses enveloppes frappées de l'inscription Guadeloupe Terre de Soleil. Mais Rosie se contentait de lire à mi-voix, ponctuant sa lecture lente de : Bien, bien, et de sourire involontaires quand elle remarquait une belle et enfantine faute d'orthographe. Jamais elle ne songea que Lazare pouvait ne pas souhaiter uniquement, en lui écrivant ainsi, lui faire plaisir, la rassurer, puis l'encourager à partir à son tour. Et tout cela lui faisait plaisir et la rassurait et, plus tard, lui donna l'envie de partir. Très bien, murmurait-elle en repliant et rangeant la lettre, satisfaite, presque heureuse. Il suffirait d'arrêter de picoler, pensait-elle ensuite.

Elle s'accoudait à la fenêtre, regardait au pied de l'immeuble les gosses acharnés dont son enfant ne serait jamais (avec sa lourde tête livide, son incapacité à sourire, sa patience douloureuse, mortifère, imperturbable), se rappelant qu'elle s'était tenue là, très longtemps auparavant lui semblait-il, et qu'elle avait attendu des heures et des heures durant, jour après jour, le retour de Titi, et alors elle se sentait soudain très bas, pen-

162

sant de nouveau : Il suffirait de ne plus picoler, et ne voyant à cet instant (les gamins qui hurlaient et juraient, enivrés de leurs propres cris, quelques mères assises, muettes et féroces) aucun moyen d'y parvenir. Elle pouvait voir en esprit son grand corps amolli et relâché, son visage terne aux paupières rougies. Elle supposait qu'elle avait encore l'air d'une toute jeune femme à l'hôtel, le matin surtout, quand elle venait prendre sa place derrière le comptoir, les lèvres et les joues peintes de frais, mais que, chez elle, ni coiffée ni habillée, elle n'était plus qu'une pauvre fille sans âge avec déjà, sous la peau fragile des pommettes, quelques veinules éclatées qui lui paraissaient signer sa misère.

Et cependant, le jour du mariage de Max, Rosie savait qu'elle ne touchait plus à l'alcool. Elle le savait si bien, si clairement, qu'elle ne put faire mieux que d'attribuer ce qui lui arriva à l'accomplissement d'un triste miracle. Car, lisant les lettres de Lazare, entrevoyant ce qu'elle pourrait elle-même devenir au prix de certains efforts, elle s'était dit : Il faudrait tout d'abord cesser de picoler, et elle s'y était essayée, péniblement, année après année, jusqu'à parvenir au point où, Titi âgé maintenant de cinq ans, elle s'était dit, avec une sorte de gêne : Il semble que je n'aie plus de problème avec l'alcool. Et elle avait répété, à voix haute : Plus de problème avec l'alcool.

Quelques semaines après, assise sur le banc brûlant de Lazare, elle se souvenait très précisément de ce moment, ce qui la confortait dans la pensée que cette phrase prononcée à voix haute et légèrement tremblante dans la cuisine d'Antony, n'avait reflété que la plus exacte vérité : comment, sinon, pensait Rosie en laissant le soleil brûler ses jambes et ses pieds nus étendus sur la bande d'herbe jaune entre la route et la case de Lazare, comment se rappellerait-elle cet instant avec une aussi grande netteté ? Elle s'en souvenait parce qu'alors, oui, elle n'avalait plus une goutte du moindre alcool.

Elle se souviendrait d'ailleurs parfaitement aussi du mariage lui-même, de la petite fête lugubre qu'avaient organisée Max et sa nouvelle femme, inconnue de Rosie, dans un restaurant proche de l'hôtel. Elle se souviendrait de tout sauf d'une période de quelques heures au cours de laquelle, se dirait Rosie plus tard à défaut de pouvoir envisager quoi que ce fût de plus plausible, elle avait dû se soûler à mort. Etait alors arrivé, hors de sa conscience, au corps de Rosie Carpe davantage qu'à elle-même, ce qui l'avait fait, incroyablement, se retrouver enceinte. Elle revoyait le restaurant, la courette, le grand vestiaire au fond de la cour, elle savait qu'à cette époque-là elle avait cessé de boire depuis plusieurs mois déjà. Et malgré cela, ou peut-être en raison de cela, elle avait pris une cuite effroyable et elle avait laissé se produire ce qui avait empli le ventre de Rosie Carpe d'une invraisemblable et inquiétante promesse d'enfant – à la fois humiliante et surnaturelle, qui lui inspirerait une sorte de crainte, de stupeur, l'empêchant d'y porter atteinte et de retourner à l'hôpital d'Antony comme elle l'avait fait la fois d'avant.

Elle ne revoyait rien de ce qui s'était passé pendant ces quelques heures de la fin de la soirée et elle n'avait aucune idée de l'endroit où se trouvait Titi à ce moment-là.

Cette question la ferait encore trembler d'angoisse et de confusion, plus tard, devant la petite maison de Lazare au toit de tôle rouge pâle – qu'avait fait Titi, qui s'était occupé de lui alors que se terminait la fête de mariage de son père et que Rosie, défoncée (certainement, sinon quoi d'autre ?), avait perdu tous ses esprits ? Il avait alors cinq ans. Peut-être, se disait-elle, espérait-elle, s'était-il endormi dans un coin de la salle. Elle avait retrouvé Titi le lendemain, dans leur appartement où Max et sa femme, semblait-il, les avaient reconduits tous deux, Titi et elle, dans la nuit, mais elle ne s'en souvenait pas.

Max se remariait. Il avait invité presque tous ses collègues de l'hôtel, dont Rosie. Quelqu'un avait appris à Rosie que la première femme de Max l'avait quitté et qu'elle vivait à présent avec le gérant de l'hôtel que Max, sous-gérant, côtoyait chaque jour et dont il était le subalterne.

Maintenant Max se remariait et il invitait Rosie comme les autres, avec son enfant. Rosie était sûre que Max avait oublié qui était cet enfant. Aussi ne devait-elle pas penser, se dirait-elle plus tard, que Max avait pris un soin particulier de Titi pendant ces quelques heures où elle-même n'avait plus été en mesure de le faire. Quoi qu'il en fût, elle s'était réveillée le lendemain plutôt en forme et sans la moindre prescience du mystère qui l'habitait déjà. Elle s'était réveillée sans éprouver même les maux de tête qui lui auraient fait comprendre dès cet instant que Rosie Carpe, qui n'avait plus de problème avec l'alcool, s'était peut-être cuitée la veille comme jamais encore. Et les jours suivants avaient été des jours d'innocence ordinaire. Et pourtant Rosie se dirait plus tard : Je me suis soûlée parce qu'il m'était insoutenable d'être là, avec Titi, au mariage de Max et de ne pas être à la place de cette femme, la mariée, j'ai pris un premier verre sachant que je ne devais pas le faire parce qu'il me semblait qu'il n'était pas dans l'ordre juste ou naturel des choses d'être l'une des invitées et non pas celle qui épousait, moi qui avais son enfant à mes côtés pour en témoigner.

Elle établirait ce constat dans les Grands-Fonds, au bord de la ravine en haut de laquelle s'accrochait la fragile maison de Lazare, et à un moment où il lui serait devenu égal de reconnaître qu'elle avait eu un tel attachement à la légitimité louche.

A Antony, elle ne pensait pas encore ainsi. Elle reprit son existence monotone et subtilement dégradante encore que parfaitement sobre. Elle avait vingt-cinq ou vingt-six ans. Les premiers symptômes se manifestèrent mais, trop loin de se figurer une chose pareille dans le genre d'existence qu'elle menait à cette époque-là, elle reconnut la fatigue particulière et les nausées sans pouvoir aller jusqu'au bout de son diagnostic, puisque ce n'était pas possible. « Je suis comme lorsque j'attendais Titi », se dit-elle, étonnée, crédule, et non pas soucieuse mais intriguée. Quand, enfin, il lui fallut bien demander puis recevoir confirmation de ce qu'elle ne pouvait plus ne pas commencer à soupçonner, elle demeura de longues heures à trembler d'incompréhension et d'effroi fasciné. Elle remonta en pensée jusqu'au jour du mariage, jusqu'à ces quelques heures de la nuit puis de l'aube dont elle avait ignoré de quoi elles avaient été faites. Elle pouvait maintenant le deviner, l'entrevoir. Elle en était horrifiée. Cela ne pouvait s'être passé (mais exactement quoi ?), se dit Rosie, que dans le vestiaire ou la courette, malgré le froid. Mais était-ce acceptable ? Il lui sembla alors, et son esprit s'en trouva éclairé et comme apaisé, qu'elle ne pourrait endurer une telle représentation et qu'elle ne pourrait supporter la présence en elle de ce dont une obscure révérence la retenait pourtant de se débarrasser qu'en y consentant pleinement, hardiment et même, autant que cela se pouvait, joyeusement.

C'est pourquoi, revenue à l'hôtel, elle s'approcha de chacun de ses collègues et, d'une voix ferme et douce et le regard bien droit, demanda :

– Sais-tu qui peut être le père de l'enfant que j'attends ?
Ou encore :

166

– Je suis enceinte et il se trouve que le père de ce bébé ne s'est pas fait connaître. As-tu, toi, une idée de son nom ?

Elle demanda encore :

– Toi qui étais au mariage de Max, as-tu vu quoi que ce soit qui me permettrait de connaître le père de l'enfant que je porte ?

Elle cillait à peine tout en parlant, ce qui devait donner malgré elle, se dit Rosie, un ton de menace énigmatique et injustifié à ses paroles. Mais elle ne souhaitait menacer personne. Elle ne reprochait, se dit-elle, rien à quiconque.

– Quelle saleté, murmura sa collègue au comptoir, la lèvre soudainement retroussée. Comment peux-tu poser une telle question ?

Alors Rosie se sentit ample, informe, sentit sa chair jaunâtre couler d'une manière repoussante. Elle baissa les yeux une seconde.

– Débarrasse-toi de ce problème sans ennuyer tout le monde avec des questions ridicules et gênantes, poursuivit l'autre. Que veux-tu qu'on te dise ?

– Simplement, répondit Rosie (oh, ma voix vibre, tremble...), qui est le père de mon enfant.

– C'est à toi de le savoir. Moi, écoute, je ne veux rien entendre de plus là-dessus.

Peu après, Rosie s'adressa à Max.

– Tu étais complètement bourrée ! s'écria-t-il. Tu ne tenais même plus sur tes jambes, ma pauvre fille !

Elle comprit qu'il était furieux, scandalisé pour elle. Il m'en veut, se dit Rosie, décontenancée, d'avoir poissé sa fête.

– Tu es la seule à t'être mise dans cet état-là, grogna Max. Qui t'a sautée ? Je n'en sais rien, moi. Je m'en fous. Une pochetronne, voilà ce que tu es. Méfie-toi. On ne te gardera pas longtemps.

– C'est fini depuis des mois, dit Rosie. Depuis des mois, je n'y touche plus du tout.

– C'est ce qu'on a vu, ricana-t-il.

Puis, sur un ton plus doux, avec une sorte de commisération vague et malaisée :

– Occupe-toi de tes affaires toute seule et discrètement. La question que tu poses, de cette façon-là, pourrait t'attirer des ennuis.

Mais elle continua, entêtée, pendant plusieurs jours, à demander autour d'elle, et parfois deux ou trois fois à la même personne sans s'en rendre compte :

– Connaissez-vous le père de l'enfant que j'attends ?

Elle en vint à se dire que le seul, peut-être, qui à la fois savait et lui répondrait sans mensonge, que celui-là peut-être était Titi, son garçon grave, terrifié, fluet, âgé de cinq ans et demi, qui avait passivement assisté au remariage de Max dont il savait qu'il était son père mais dont il savait également, tant c'était clair, qu'il ne souhaitait pas se rappeler que Titi était son fils, le garçon grave et terrifié de Rosie. Il lui semblait, à elle, que Titi savait tout. Il ne lui manquait que la question de Rosie pour comprendre qu'il le savait – son pauvre Titi de cinq ans et demi, se disait-elle.

Elle eut l'impression de tourner autour de lui avec sa question prête à franchir ses lèvres (Dis-moi, Titi, qui est le père de mon bébé ?), mais, à l'instant où elle se voyait elle-même s'abattant de tout le poids de sa demande massive sur la maigre échine de Titi, elle le voyait aussi, lui, son mélancolique garçon de cinq ans et demi, succombant sous le fardeau, et refusant peut-être, pour sa sauvegarde, obstinément, de comprendre ce qu'il savait. Il était son pauvre Titi. Elle lui en voulait un peu de savoir peut-être et de ne pouvoir le lui dire. Une colère ancienne contre Titi lui revenait, assourdie. Elle voulait lui

168

crier : « Dis-moi ce que tu as vu ! » Sa colère contre l'enfant lui revenait comme inaltérée depuis le temps où il était un nourrisson sans grâce, circonspect, inerte, et où, aveuglée par une fureur froide, elle sortait de longues heures en l'abandonnant dans l'appartement. Titi ne lui dirait rien. Il la regarderait, effrayé et muet, gardant en lui, sinon pour lui, ce qu'il savait. Oh, Titi, dis-moi qui est le père de ce bébé-là, mon chéri, je t'en prie ! Au lieu de quoi, épuisée, elle sortit les lettres de Lazare pour les relire attentivement. Puis elle dit à Titi :

– On va partir en Guadeloupe. Antony me dégoûte.

Mon dieu, la Guadeloupe, pensa-t-elle machinalement. Elle se mit à pleurer. Elle se dit qu'elle était au bout du rouleau. Titi, devant elle, inquiet, ne savait que faire. Il avait les mains dans le dos et Rosie devinait qu'il les pressait l'une contre l'autre à s'en faire suffoquer de douleur. Elle était au bout du rouleau.

– La Guadeloupe, la Guadeloupe, mon Titi, murmurat-elle.

Oscillant sur ses talons, il se balançait d'avant en arrière, d'arrière en avant. Un très doux, presque inaudible gémissement s'échappait de sa bouche fermée, si familier à Rosie qu'il lui semblait être un simple élément de l'atmosphère et qu'elle n'en prenait conscience que lorsque Titi avait quitté la pièce, emportant la rumeur diffuse de sa plainte.

– Je n'en peux plus, Titi. J'en ai assez de cette vie-là. Pas toi, dis ?

Sa voix était faible et mouillée. Titi continua de se balancer en se tordant les mains, et bientôt son murmure et son dandinement l'apaisèrent en le conduisant tout au bord du sommeil. Rosie le regardait. Elle voyait onduler, aller et venir sa hargne contre Titi, elle se disait, consternée : Je suis au bout du rouleau.

Il sentait sous les roues puissantes du pick-up la route asphaltée de frais, et il la voyait luisant devant lui d'un éclat d'argent, presque lunaire. La route neuve, lisse, le soleil haut du matin, et le pick-up docile et prompt, jamais décevant, qui semblait avancer de sa propre initiative, tourner et ralentir où il le fallait sans demander à son conducteur plus d'effort que celui d'une volonté distraite, d'une autorité rêveuse, suprême, gratifiante – voilà ce qu'aimait Lagrand par-dessus tout, ces moments où, seul dans son véhicule neuf, il pouvait encore voir la journée qui s'annonçait se déroulant avec la froide et claire perfection de la route toute fraîche devant lui, sous les roues silencieuses, à peine chuintantes, de son Toyota blanc.

Ici et là, invisibles, sonnaient les cloches du dimanche, carillon lointain et gai au-delà des rangs de palmiers poussiéreux et des maisons à étages, blanches, plantureuses.

Ils m'ont dit qu'ils n'allaient pas à la messe, pensait Lagrand.

Très bien, mais s'étaient-ils inquiétés de savoir s'il y allait, lui ?

Il frôla à vitesse lente une minuscule église rose, plantée au bord de la route, dont l'unique cloche aigrelette tintait avec une vigueur acrimonieuse, têtue. Des femmes en tailleurs clairs et petits chapeaux garnis de voilette, des fillettes sévères, en robes blanches, le regardèrent s'éloigner, tâchant de se rappeler si elles le connaissaient, droites et autoritaires, n'esquissant pas un mouvement pour s'écarter et non pas confiantes en lui mais sûres d'elles-mêmes, incorruptibles.

Il roula très doucement. Il portait ses lunettes noires, son polo blanc. Longtemps après l'avoir passée il pouvait entendre encore le fébrile tintinnabulement de la petite cloche méchante, comme une de ces folles, pensait-il, qui vous poursuivent furieusement, héroïquement, dans leurs grosses sandales de Témoins de Jéhovah, parlant et parlant et sachant que vous n'écoutez pas mais sachant aussi que le bruit de leurs paroles rabâchées pénètre votre oreille, votre esprit. Lagrand souriait.

Me connaissent-ils assez pour être certains que je les conduirai, un dimanche matin, où ils veulent ? Ils ne m'ont rien demandé. Elle a juste dit, elle, en rigolant : Nous n'allons quand même pas à la messe.

Et s'il avait eu, lui, l'habitude d'y assister chaque dimanche, à la messe des Abymes, et s'il le lui avait dit, elle en aurait été désagréablement contrariée, oubliant ou ne voulant pas se rappeler qu'il agissait envers eux par pure obligeance. Il ne leur devait pas de les amener aux Grands-Fonds. Il ne devait rien à personne, tandis que la dette de Lazare allait s'accroître envers lui de ce qu'il allait encore faire ce jour-là, lui, Lagrand, par ce chaud et lumineux dimanche d'avril.

Aussi, pourquoi le faisait-il ?

Lagrand accéléra, souriant, serein. Il se sentait vif et invulnérable, il avait l'impression, généralement jusqu'à midi, que le moindre de ses actes avait un sens et une justification limpides – alors, se demanda-t-il, pourquoi allait-il les chercher ? S'il ne s'agissait que d'augmenter le débit de Lazare, il était suffisant d'aller prendre des nouvelles de Rosie, de lui apporter le journal, un peu d'argent, et de s'asseoir à côté d'elle pendant une heure ou deux, ce qu'il faisait du reste avec un certain plaisir. Pour quelle raison aller, en plus, chercher ces gens qui ne lui étaient rien et dont il découvrait l'existence ?

Il dépassa un petit groupe de cyclistes. Eux non plus ne seraient pas à l'église. L'un d'eux fit mine de vouloir s'accrocher au pick-up et Lagrand appuya légèrement sur l'accélérateur. L'autre lui cria quelque chose que Lagrand ne comprit pas mais, apercevant dans son rétroviseur le visage transpirant, exténué, enjoué néanmoins, du cycliste qui péniblement grimpait en tête, il lui adressa un bref salut par sa vitre baissée, transporté et presque exalté soudain par la familière allégresse du dimanche matin, par la route brillante, satinée, l'air encore doux – les hautes palmes des cocotiers à peine frémissantes, et les cloches sur le point de se taire comme sonnées encore délicatement par l'imperceptible brise maritime, tiède, vacillante, évasive. Il se sentit parcouru d'un courant d'enthousiasme, d'une espèce de joie fraternelle. Son pick-up était parfait – pas un simple véhicule, non, mais la matérialisation d'une atmosphère idéale, l'incarnation de métal, de plastique et de cuir de la grâce absolue et discrète, aux yeux de Lagrand, d'une matinée dominicale en avril, Guadeloupe. Son pick-up était parfait. Il lui avait coûté près de deux cent mille francs et Lagrand en payait chaque mois le remboursement.

Comme il s'approchait de la côte, la circulation devint plus dense.

Elle m'a dit : Juste après la marina, se souvint Lagrand. Elle m'a dit : Vous voyez, la marina, pas du tout comme s'il était évident que je voie mais, au contraire, comme s'il était peu probable que le nom me dise quelque chose.

Alors, pourquoi aller là-bas ? se demanda-t-il, tranquillement, certain qu'il le saurait le moment venu – mais, tout de même, pourquoi se préoccuper de ces gens-là ?

La toute récente connaissance de ces deux ou quatre personnes (il n'avait pu comprendre exactement combien il devrait en loger dans son pick-up) s'était annoncée au téléphone par une voix exigeante, tranchante en même temps qu'étrangement juvénile, affectée, enjôleuse, le priant de venir les chercher à Bas-du-Fort pour les emmener voir Rosie, ce dimanche-là où, exceptionnellement libres et désœuvrés, ils avaient bien envie d'en profiter pour se lancer dans une petite excursion de ce genre. Il ne s'agissait pas que de Rosie, avait compris Lagrand. La voix séductrice, coquette, impérieuse, cette curieuse et (avait-il jugé) désagréable voix d'adolescente affranchie, avait dit encore :

— Nous ne connaissons pas les Grands-Fonds, ni l'enfant de Rose-Marie.

Et puis, comme Lagrand restait muet, avec une sorte d'impatience péremptoire, pour le décider à obéir :

— Lazare nous a dit de vous appeler dès que nous aurions besoin de quelque chose.

Que Lazare se fût permis de l'engager sans même le prévenir avait amusé Lagrand intérieurement. On eût dit que Lazare avait une telle conscience de ce qu'il lui devait déjà qu'il s'autorisait dès lors les emprunts les plus déraisonnables, dans la certitude lucide, retorse et désespérée, imaginait Lagrand, que cela ne changeait plus rien, étant depuis longtemps établi qu'il ne pourrait jamais s'acquitter.

— Eh bien, avait-il répondu posément, il se trouve que je dois apporter de la mort-aux-rats à Rosie. Je peux faire le crochet pour vous prendre.

— Il y a des rats ?

— Oui, sous le toit.

— Quelle horreur ! Nous nous abstiendrons de rester coucher, je crois bien.

Elle avait eu un petit rire sec, nerveux. Alors Lagrand avait ajouté, de sa voix égale et douce :

– Les rats dansent toute la nuit. Ils doivent être plusieurs dizaines. En sorte que j'ai dû me procurer deux kilos de poison que je leur apporte ce dimanche.

– Bien. Nous serons prêts vers neuf heures.

Les deux paquets de grains étaient là, contre ses pieds.

La route avait changé, soudain encombrée de vacanciers aux cheveux clairs et flottants qui conduisaient en short ou en maillot de bain des jeeps de location, les jambes des hommes largement ouvertes de chaque côté du volant, et maintenant la route était constellée de sable et de débris de coquillages.

Lagrand ne sentait ni ne voyait plus rien qui lui rappelât dimanche.

Il crut entendre de nouveau la voix insinuante, haut perchée, de l'espèce de jeune fille dessalée qu'il avait eue au bout du fil, il comprit brutalement que c'était une voix trafiquée, c'est-à-dire, se dit-il intrigué et légèrement mal à l'aise, ne souriant plus (elle avait dit : Juste après la marina, mais comme lui paraissait tout d'un coup inoffensive et sociable l'acariâtre petite cloche qui avait tenté de le retenir au bord du chemin !), la voix d'une femme nettement plus âgée qu'une opération d'un genre nouveau eût transformée en voix de fille à peine pubère, sans pouvoir cependant supprimer tout à fait les expressions et les intonations de la première. C'était une voix capricieuse, exagérément insouciante, un simulacre de la jeunesse – mais aussi, pensait Lagrand, une voix gaie, caressante, tout en désir de plaire et de convaincre.

Il s'agissait des parents de Lazare et de Rosie, M. et Mme Carpe.

Et Lagrand pensait à Lazare et au léger choc qu'il avait éprouvé, quoique non dénué de la trouble satisfaction habi-

177

tuelle, lorsqu'il l'avait vu la fois précédente, affolé et vieilli, perdu, ne sachant que faire, et alors venant chez Lagrand qui n'avait pas été ravi de le voir à ce moment-là mais qui, pour le plaisir que lui donnait la vue inédite d'un Lazare à ce point délabré, l'avait reçu comme il l'avait toujours fait, dans un excès de perfection amicale.

C'était tout de même lui, Lagrand, se dit-il presque étonné, qui allait transporter aujourd'hui les parents de Lazare.

Il longeait maintenant des hôtels d'où entrait et sortait toute une foule à demi nue. Il se rendit compte qu'il s'agissait, pour la plupart, de vieillards (elle avait dit, minaudière : Juste après la marina, et il guettait l'endroit, un peu raide, regrettant la route pâle et scintillante, les regards inquisiteurs tâchant de comprendre qui il était, d'où il venait, de qui il était le fils, regrettant même cela qu'il n'aimait pas, mais il sentait ici le sable sous les roues du pick-up et il lui semblait que ses dents crissaient pareillement), de vieillards hâlés et musclés, candidement vêtus de slips minuscules, de soutiens-gorge panthère, de cache-cœur découvrant le nombril et corsetant la poitrine qui saillait également bronzée, innocemment, gaiement tremblotante, ridée. Les vieilles jambes sèches, arquées, se hâtaient vers la plage. Lagrand s'arrêta pour laisser traverser un petit groupe de vieux encore pâles (si blancs, bon dieu, que leur chair paraît bleue sous la peau). Les culottes-ficelles montraient les fesses énormes et vulnérables qui se pressaient dans une trépidation unie, les deux femmes se tournèrent vers Lagrand pour le remercier de les laisser passer. Elles levèrent la main vers lui, doucement euphoriques. Il voulut répondre puis ne le fit pas, et au lieu de cela il regarda de l'autre côté, vers la mer cachée à cet endroit par une haie de lauriers-roses. Il entrevoyait, au-delà, une vaste piscine, dans laquelle deux femmes aux cheveux mauves, debout, l'eau à la taille, montaient et baissaient les bras de concert, à un rythme soutenu. Lagrand les regardait, oubliant de redémarrer. Alors l'une de celles qui venaient de traverser posa la main sur son bras. Il ne l'avait pas vue atteindre le trottoir et se diriger vers le pick-up et il sursauta, ce qui la fit rire gentiment.

– Le Zoo Rock Café, s'il vous plaît ?

– Connais pas.

Elle avait dit : Juste après la marina ; mais comme c'était long, pensait-il, fatigué soudain.

L'autre garda un instant sa main sur le bras de Lagrand appuyé à la portière. Il vit une ombre noirâtre sur son front pâle, plissé, là où avait coulé la teinture toute récente de ses cheveux d'un brun profond.

– Penchez-vous un peu, lui dit-elle.

Et tout en se disant qu'il était temps de continuer il se pencha machinalement, n'ayant pas l'habitude, se dirait-il plus tard, de ne pas obtempérer, avec confiance, à l'ordre anodin de qui que ce fût d'un âge aussi avancé, partant respectable. Mais qu'elle retire sa main, se disait-il, sentant son bras mouillé déjà sous les doigts moites de la vieille femme. D'un seul coup elle enfonça sa langue dans l'oreille de Lagrand. Puis elle fit un petit bond en arrière, rieuse et fière, et comme Lagrand se redressait brutalement il vit tressauter ses larges cuisses bleu-tées sous le bikini rose. Et il vit encore, sur l'espèce de brassière qu'elle portait au-dessus : Sans la Gym, je Déprime. Elle cria au reste du petit groupe :

– Je l'ai fait !

Elle riait, sautillait, exposée, livide sous le soleil cuisant. Lagrand se frotta l'oreille avec rage. Il croyait sentir l'odeur même de la salive de la femme. Son oreille le brûlait. Il enclen-cha sa vitesse brusquement et s'écria :

– Vieille salope !

– Eh, est-ce qu'elle l'a vraiment fait ? demandait quelqu'un, hilare.

Il démarra en faisant hurler son moteur.

Qu'avait-elle dit ?

Le pick-up lui semblait empli de l'haleine de la vieille.

Elle avait dit : Juste après la marina.

Son pied heurta un sac de mort-aux-rats.

Pourquoi le faisait-il ?

Le Toyota empestait. Oh, se dit Lagrand, je ne vais quand même pas me mettre à pleurnicher. Mais c'était des picotements de fureur, il le savait bien. Comment avait-elle pu pénétrer aussi loin dans son oreille ? Il lui semblait que son tympan était humide, douloureux. Elle lui avait ni plus ni moins craché dedans. Lagrand sentait sa mâchoire durcir. Et même si, se dit-il, c'était de cela qu'avait voulu le prévenir la clochette fiévreuse, il n'eût peut-être pas considéré qu'il était tellement préférable de s'arrêter et d'entrer dans la misérable petite église à l'enduit rose écaillé, parmi les dames au regard méfiant derrière les grosses lunettes de plastique et les fillettes à la peau dure, aux mollets droits et minces. Il aurait peut-être filé pareillement, droit vers l'horrible vieille. Etait-ce bien certain ? Oui, se dit Lagrand, il avait subi assez de messes, enfant, pour alimenter toute une longue vie d'adulte. Mieux valait encore l'oreille trempée de bave – pauvre et vaine petite cloche furieuse, pensa-t-il.

De même qu'il songeait distraitement, comme il se garait devant la Perle des Iles (elle avait dit : la Perle, juste après la marina), que ne seraient pas non plus à l'église ce matin-là les dizaines de vacanciers qui traversaient le parking pour gagner la baie, en une longue et sage cohorte presque silencieuse dans la chaleur ouatée, ni les quelques filles à la peau cuite et recuite, toutes similairement jolies, distantes, fatiguées, qui déballaient

180

plus loin sur le sable les maillots de bain qu'elles allaient présenter tout au long de la journée, savait Lagrand, en marchant d'un pas rapide au bord de l'eau, échassières, indifférentes, paraissant remarquer à peine les mains qui s'élevaient parfois de la multitude allongée mais s'approchant docilement pour qu'on voie mieux, faisant l'article d'une voix monocorde, en appui sur une jambe. Lagrand sauta à terre et verrouilla son pick-up. Il était le seul Noir. Comme si, se dit-il, depuis les Abymes d'où il était parti tout à l'heure jusqu'ici, une succession d'obstacles postés au bord de la route, réservés aux Noirs, et dont le joyeux appel des cloches n'était pas le moindre, les avaient progressivement éliminés – jusqu'à la mer, l'eau douceâtre de l'anse, qu'il pouvait apercevoir réfléchissante et turquoise, parfaitement plate. Lui-même, la langue de la vieille n'avait-elle pas failli l'arrêter ? Il sentit de nouveau l'intérieur de son oreille humide.

Devant lui, un grillage rouillé et à demi arraché entourait le court de tennis tout bosselé, semé de feuilles d'hibiscus, de la Perle des Iles. Il avait l'impression d'entendre encore le son clair et haut des cloches dans le lointain, cependant leur bruit lui parvenait mouillé, altéré par l'infecte écume qui avait trempé son tympan.

Pourquoi le faisait-il ?

Elle l'a vraiment fait ? avait demandé l'un d'eux, chevrotant, épaté.

Il aurait dû descendre et la frapper, mais on ne pouvait, de son point de vue, frapper une femme, a fortiori une vieille femme, l'obstacle répugnant posé là pour le Noir qu'il était, que les cloches n'avaient pas su retenir plus tôt ni quoi que ce fût d'autre. Et il était arrivé là, entre les tennis défoncés et l'hôtel-résidence où l'attendaient les parents de Lazare, seul Noir ou presque : une femme en blouse rose descendait l'escalier de béton menant à la galerie du premier étage, prudemment, portant un seau et un lave-pont.

– Le n° 15, s'il vous plaît ? lui demanda Lagrand.

Elle pointa le manche de son balai dans la direction d'où elle venait. Un son rauque sortit de sa gorge tandis que, sérieuse, les sourcils froncés, elle ajustait sur ses doigts ses gants de caoutchouc. Elle est muette, comprit Lagrand.

Il ôta ses lunettes noires, essuya son front. La chaleur se faisait pleine, féconde, à mesure que la matinée prenait de l'essor. Dans un mélange de gêne et d'amusement, Lagrand songea : Celle-là est arrivée jusqu'à la mer et cependant elle a perdu la parole en route. En ce qui le concernait c'était, finalement, peu de chose.

Comme il montait les marches, son regard, privé de la protection des verres sombres et papillotant un peu encore dans la lumière brutale, fut attiré sur le côté de l'immeuble par une vaste affiche de cinéma placardée sur un panneau, au bout du court désaffecté : Astérix et Obélix – *La Revanche des Gaulois*. Il se souvint alors qu'il avait promis d'emmener le voir à Pointe-à-Pitre Anita et la petite Jade et il se rappela également avoir pensé sans grande gentillesse, entendant la fillette regretter que ce ne fût pas son père qui les y conduise, que le moindre des soucis de Lazare en ce moment était bien d'emmener la mère et la fille au cinéma.

– Nous irons tous voir Astérix et Obélix, avait dit Rosie depuis son banc de ciment, d'une voix ralentie par la chaleur. Nous prendrons le car et nous irons tous à Pointe-à-Pitre voir *La Revanche des Gaulois*. Titi s'amusera bien.

Mais de quoi Titi, puisqu'il fallait dire Titi, avait-il jamais été capable de s'amuser ? se demandait Lagrand, ennuyé. Et le reprenait insidieusement l'espèce d'embarras sans affection qui montait en lui toujours à la pensée du garçon, qui lui venait d'une inexplicable mauvaise conscience à son endroit, comme si lui, Lagrand, avait été au courant de quelque chose qu'il aurait dû exprimer pour la défense ou peut-être même le secours de Titi, et qu'il gardait pour lui tout aussi inexplicablement, et pourtant il savait qu'il ne pouvait en être ainsi, il ne voyait pas ce qu'il aurait pu faire de plus pour le garçon que ce qu'il faisait déjà de son plein gré. Il ne savait rien de Titi. Qu'aurait-il pu dire à Rosie, concernant Titi, qu'elle aurait ignoré ? Il se montrait aussi affable et prévenant que possible avec l'enfant, sentant obscurément que cette gentillesse un peu factice qu'il déployait contre son tempérament naturellement réservé avait pour but bien plus de rassurer et de flatter Rosie que d'apprivoiser le garçon, que de soulager il ne savait de quelle charge ce garçon inconsolable, taciturne, abruti d'effroi. Mais il y avait, il le pressentait, une chose qu'il aurait pu faire et qu'il ne faisait pas, et dont l'enfant lui aurait été redevable davantage que de l'attention virevoltante, cabotine, qu'il lui portait par intermittence – une chose qu'il aurait dû faire et ne faisait pas, ne sachant pas ce que c'était, sachant seulement que même s'il venait à la connaître il ne l'identifierait peut-être pas comme étant cela qu'il devait à Titi.

Un enfant déplaisant, pensait Lagrand.

Il pensait aussi : Ce pauvre gamin est à moitié idiot.

Arrivé en haut de la volée de marches, il longea la galerie sur la droite, de son pas long, aisé, légèrement rebondissant. Une soudaine puanteur le fit s'arrêter, en alerte. Dans le même temps qu'il reconnaissait une odeur de fosse septique débordante et bloquait sa respiration, la pensée l'atteignait que le garçon de Rosie, ce Titi si ridiculement prénommé, lui inspirait en réalité une énigmatique et fâcheuse répulsion, tempérée par nulle espèce de sympathie, pas même une pitié élémentaire.

Lagrand continua d'avancer. Comment, se demandait-il, irrité contre lui-même, était-ce possible, cette répugnance envers un petit garçon ? Et si c'était possible, est-ce que cela avait lieu d'être ?

Il arriva devant la porte du n° 15. L'insupportable odeur était là encore, flottante, accrue par la chaleur et comme installée dorénavant au creux de l'air lourd. Elle y resterait, se dit Lagrand, car il n'y avait pas de vent ce dimanche, bien qu'on ne fût qu'en avril.

Ce n'est qu'un gosse, après tout, pensait-il.

Il remarquait maintenant le discret délabrement de la Perle des Iles : crépi jaunâtre éraflé et crasseux, poignées de portes malpropres, entretien général rudimentaire, insuffisant. Ce n'était pas un hôtel ainsi qu'il l'avait cru tout d'abord, mais un ensemble de studios loués à la semaine.

Qu'est-ce qui, se demanda-t-il juste avant de lever la main, avec réticence, pour toquer à la porte, chez un malheureux enfant de six ans calme et terne jusqu'à l'inexistence peut provoquer un tel sentiment de dégoût, de froide, dédaigneuse hostilité ?

– Astérix et Obélix, quelle chance ! s'était écriée Rosie, voulant une maisonnée joyeuse et légère.

Et, s'il n'était pas vraisemblable que le garçon lui-même, insignifiante petite chose pâle, eût quoi que ce fût en lui de réellement repoussant, c'était sans doute alors, pensa Lagrand, que l'atmosphère dans laquelle il évoluait, elle, l'était, ou plus exactement l'impalpable fluide autour de lui des pensées qu'on avait à son propos, des souvenirs et des désirs le concernant.

Ce qui était certain, c'est que Lagrand n'aurait pas dû se laisser contaminer par cela. Il en eut, soudain, une sorte de sueur glacée.

– C'est affreux comme ça pue, disait-elle derrière la porte mince.

Il avait entendu les pas sur le carrelage et, à présent, il reconnaissait sa voix de jeune personne assurée et gâtée. L'odeur était suffocante. D'un geste rapide Lagrand remit ses lunettes noires. Il portait son jean étroit, ses baskets blanches, nettes. Il se sentait haut et droit, sentait ses hanches fines, son torse, ses muscles, la puissance retenue, concentrée, de son corps leste.

– Mais c'est encore pire dehors, s'exclama-t-elle une fois la porte ouverte. Dépêchez-vous d'entrer, monsieur Lagrand. Alex, il faut que tu t'en occupes.

A peine entré Lagrand se dirigea silencieusement vers une autre porte, au fond de la pièce, qu'il devinait être celle d'une salle de bains, où il s'enferma, n'ayant pour le moment que la vision approximative de plusieurs visages éclaboussés de soleil qui s'étaient tournés vers lui avec curiosité. Il attrapa une serviette, mouilla l'un des coins d'eau brûlante, en frotta le savon puis l'appliqua sur son oreille, celle que la femme avait barbouillée de salive. Il tâcha d'introduire le tortillon de serviette aussi loin que possible dans le conduit. Il renouvela l'opération deux fois, après quoi il bouchonna la serviette et la jeta sur un tas déjà volumineux de linge sale, sous le lavabo.

Puis il ôta ses lunettes, les accrocha à son polo et sortit de la salle de bains.

Ils sont graves comme à l'église, pensa-t-il.

– Nous sommes prêts, monsieur Lagrand.

Mais aucun vitrail n'aurait pu projeter sur leurs quatre figures nimbées et offertes, tendues vers lui, autant de lumière jaune et dense. Cela venait de la baie vitrée grande ouverte par laquelle Lagrand, clignant des yeux, pouvait voir l'eau tranquille, la petite plage emplie d'une foule lente, engourdie,

185

les démonstratrices de maillots qui filaient au ras de l'écume comme obligées de fuir mais assommées de devoir le faire, cheveux blonds-blancs frappant le dos, les reins.

– Voulez-vous un petit punch, avant, monsieur Lagrand ?
– Rien, merci.

Se disant : Ils aiment cette dînette exotique au point de la proposer à neuf heures du matin, ils aiment les quartiers de citron sur une assiette, le sucre, la rituelle petite préparation de poupée ou de toxicomane.

Jaune aussi était la robe de la Carpe, sorte de vêtement de plage enroulé à la façon d'un pagne juste au-dessus des seins et serré sur un ventre extrêmement rond et pointu. La robe était courte, les jambes nues et grêles, brunes, la peau un peu molle.

Lagrand n'était pas certain de ce qu'il voyait.

– J'attends un petit Foret, dit-elle, souriante, effleurant son ventre.

Lagrand avait l'impression que l'odeur nauséabonde s'infiltrait sous la porte depuis la galerie. La petite pièce en était envahie, malgré le puissant parfum fruité que dégageait la peau de la femme qui lui parlait. Lagrand la regardait et ne savait toujours que penser. Assis sur une chaise jambes croisées, celui qu'elle appelait Alex était un homme d'une quarantaine d'années aux yeux si clairs qu'ils en étaient presque transparents, pareils à ceux, petits, étroits, de la femme en jaune, et ils avaient tous deux la même sorte de chevelure platinée, mais celle de la Carpe enserrait sa tête en une boule épaisse de sèches petites anglaises, rigides, durement détachées les unes des autres, tandis que son crâne à lui se dégarnissait, caché un peu par de longues mèches prises sur le côté et soigneusement lissées au-dessus, sur la peau cramoisie, brûlée, souffrante, du cuir chevelu mal protégé. Il inclina la tête vers Lagrand. Il avait un bermuda, des mocassins de bateau. Ses jambes étaient blanches et lisses, comme son visage à peau fine, soignée.

— Alex est un Foret, expliquait la Carpe, et Alex est le père du bébé que j'ai dans le ventre, monsieur Lagrand. Ce qui compte, c'est le sang, pas vrai ?

La chaleur fait saigner le nez de Titi, se rappelait Lagrand. Le sang coule de son nez à gros débit et le garçon ne dit rien, si bien qu'on s'en aperçoit quand par hasard on pose les yeux sur lui et il est alors maculé comme si on venait de l'égorger. Mais de quel sang est-il exactement – Rosie ne le dit pas.

— Où habitez-vous, monsieur Lagrand ? demandait Foret.

— Aux Abymes.

Le sang de Titi sur le sol en béton, pensait-il – pas de quoi, après tout, être dégoûté. Cependant Rosie elle-même hésitait à s'approcher, puis elle l'a fait contrainte, gênée. Le sang de ce gamin qui se vidait par le nez sans un mot, elle lui avait acheté des vêtements dans le style des champions de base-ball et ils étaient déjà fichus, ensanglantés, irrécupérables. Elle l'a rhabillé en triste petit vieux, mécontente, déçue par son fils. Bon dieu, pensait Lagrand, jusqu'au sang de Titi qui dégoûte tout le monde, et Rosie elle-même. Bon dieu, bon dieu, se répétait-il, obscurément inquiet.

Qu'aurait-il dû faire qu'il n'avait pas fait ?

La Carpe au ventre proéminent sous le fin tissu jaune lui présentait les deux autres personnes, discrètement assises sur un canapé bas : un homme plus très jeune au teint grisâtre, une femme à la peau légèrement plus foncée que celle de Lagrand et, comme il était manifeste que, dans l'espace étroit qui séparait la cuisse de l'un et celle de l'autre, leurs mains étaient jointes sans rien de furtif ni d'ostentatoire (mais de la même façon que le faisaient devant la télévision les deux vieux grands-parents de Lagrand, qui l'avaient élevé), il sentit s'accroître le désordre de son entendement lorsque, de son ton clair et mondain, les mains sur les hanches, grande femme hâlée et musculeuse, la Carpe lui dit :

– Mon mari, Francis Carpe, et voici Lisbeth, la fille d'Alex. En ce qui me concerne, monsieur Lagrand, vous pouvez m'appeler Diane.

– Danielle, dit Carpe, à la fois sombre et indifférent.

– C'est que, de Danielle, je suis passée à Diane. Pas de mal à ça, pas vrai, monsieur Lagrand ?

– Elle se contentait bien d'être Danielle, grogna Francis Carpe.

Il faisait sauter doucement dans la sienne, machinalement, la main de celle qui s'appelait Lisbeth, qui regardait Lagrand d'un œil si profondément opaque et désarmé, la bouche entrouverte fendue parfois d'un sourire bref, incompréhensible, que Lagrand, perplexe, la jugea stupide. Carpe, beaucoup plus âgé, ses cheveux d'un gris jaune sans apprêt un peu longs dans le cou, à présent lui caressait la main, dans un mouvement de tendresse régulière, nonchalante. Lagrand était tendu. Il lui semblait qu'on l'avait abusé mais il sentait bien qu'il ne pouvait fonder cette impression sur quoi que ce fût de discernable, et que la raison en était plutôt et simplement que, lui, ne comprenait pas. Pour la première fois à cette intensité presque douloureuse, il lui tardait de retrouver Rosie.

Rose-Marie Carpe, pensait-il. Oh, mais il est certain que je ne ferai plus rien pour Lazare, certain que ce n'est pas pour Lazare que je ferai ce que je ferai maintenant.

Comment cette Diane toute en jaune, se dit-il encore, peut-elle être la femme de Carpe ? Et comment peut-elle le déclarer et annoncer par ailleurs qu'elle est enceinte de l'autre, Foret ?

– Foutue famille de bâtards dégénérés, crut-il s'entendre

chuchoter, suant un peu sous la grosse monture de ses lunettes noires, suant d'irritation et de malaise.

Mais il savait qu'il n'avait rien dit, et il savait aussi que sa banale insulte ne visait pas tant l'homme qu'il avait devant lui, qui le considérait aimablement et impersonnellement tout en grattant avec insistance son mollet glabre et fragile (cette répugnante pâleur de fin de race, exsangue et calamiteuse, songeait-il malgré lui), que tous ceux qui l'avaient précédé, ce Foret aux cheveux si fins qu'ils en étaient presque mousseux, ici, en Guadeloupe, luttant avec un succès suicidaire pour garder à jamais ces blancs cheveux de bébé, cette peau rose, ces yeux d'eau terne.

Ils ont bien l'intention de le prendre, leur petit rhum de neuf heures, constata alors Lagrand, sentant le submerger un flux d'impatience et de lassitude.

Il voulait voir Rosie au plus vite. Et c'était là le seul attrait de cette matinée pleine d'embêtement, pensa-t-il, troublé, de l'amener à comprendre sans équivoque à quel point il avait maintenant besoin de la compagnie de Rosie Carpe, bien qu'il sût qu'il y avait autre chose. Cette autre chose lui soufflait qu'il fallait arriver là-bas sans délai.

Qu'aurait-il dû dire, pensait-il, qu'il n'avait pas dit ?

Avec un soupir contrarié, il se laissa tomber sur le canapé près de la simple d'esprit, la Lisbeth à la peau brune qui était la fille d'Alex et de quelle, se dit-il, crédule employée de maison au teint noir et sans recours sinon celui d'une alliance quelconque avec un Foret.

– Foutue famille, murmura Lagrand.

L'avait-il murmuré véritablement ?

Quoi qu'il en fût, Diane, venant de la minuscule cuisine dans un coin du studio, apportait, souriante, malicieuse, un petit plateau – bouteille de Damoiseau, morceaux de citron

189

vert, sucre brun – dont elle faisait supporter une partie du poids à son gros ventre jaune et fier.

Lagrand la regardait avec étonnement. Il la fixait du regard derrière ses verres sombres et, de nouveau, ne savait pas ce qu'il voyait. Qui était-elle ? Ce qu'il considérait n'avait soudain plus, pour lui, de possibilité d'interprétation raisonnable, plausible.

– Hier, dit-elle, nous sommes allés voir Astérix et Obélix au Royal. L'avez-vous vu, monsieur Lagrand ?

– Ah, c'était bien, dit Lisbeth lentement.

– Un très bon film, dit Foret.

– Comme nous avons ri ! Il n'y a que Francis qui n'a pas ri. Pas vrai, Francis ? M. Carpe est beaucoup trop sérieux. Il nous fatigue, à la fin.

– Il faudrait partir, maintenant, Danielle. Après, il fera trop chaud, dit Carpe.

– On s'avale ça et on y va. Je vous recommande Astérix et Obélix, monsieur Lagrand.

Elle rit un peu, du rire aigu, puéril, qu'il avait entendu au téléphone et qui, tout particulièrement, avait contribué à lui faire penser qu'elle était une toute jeune fille précocement autoritaire. Et comme, renversée en arrière, tenant son plateau, elle laissait sa robe remonter sur ses cuisses minces, il voyait frémir la peau un peu lâche et se disait, surpris de sa propre irritation, déconcerté de se sentir transpirer : En réalité, elle n'a ni vingt ans ni trente mais bien plutôt cinquante. Mais elle est jeune. Tout en elle, à quelques détails près, est monstrueusement jeune. Et pourtant, elle est plus âgée que Foret, elle a environ le même âge que ce Carpe qui a l'air de pouvoir être son père, dont elle a dit qu'il était son mari.

Il regrettait maintenant de n'avoir pas cédé aux instances de la clochette venimeuse, tout à l'heure, de ne pas s'être

190

arrêté au bord de la route pour laisser passer le moment de son rendez-vous en regardant entrer dans la piteuse petite église les fillettes et les dames habillées, parmi lesquelles il aurait aperçu peut-être sa propre grand-mère qui certainement allait encore à la messe du dimanche. Il lui aurait fait un petit salut de loin, elle lui aurait répondu d'un baiser discrètement envoyé du bout des doigts, sans sourire, l'œil assez tendre néanmoins. Quant à sa mère – Lagrand ne pouvait affirmer que cette femme, dont il avait perdu le souvenir des traits, ne communiait pas à cet instant, dans la sinistre chapelle d'il ne savait quel hôpital psychiatrique où elle séjournait depuis de nombreuses années, lui avait-on dit. Etait-elle, à sa façon, endimanchée ? Le cœur de Lagrand accélérait ses battements mais c'était, il le savait, une réaction machinale à des pensées dont il avait décidé longtemps auparavant qu'elles ne le faisaient plus souffrir. Il était même possible que sa mère ait porté une courte robe jaune quand elle était partie le long du chemin pour ne plus revenir, vacillant, incapable de marcher droit, et que, vers lui qui la suivait du regard depuis le seuil d'une maison oubliée, elle s'était retournée en faisant : Pschttt !, les index tendus, chassant le diable qui était peut-être lui, très méchamment, avant de manquer s'écrouler puis de repartir tout de même, vaillante, déterminée. Endimanchée, c'était possible, à la manière des fous, ou entortillée dans le chiffon jaunâtre qu'était devenue la robe qu'elle portait peut-être encore, dans laquelle il l'avait vue s'éloigner ce jour-là, se retourner pour le maudire (ne sachant plus, s'était-il demandé, qui il était ou, au contraire, le sachant parfaitement ?), s'éloigner de nouveau, chancelante et détraquée, sur le chemin semé d'ordures du quartier de Boissard où il vivait alors avec elle.

Mais il était là, ce dimanche, et non parmi les fidèles d'un

191

office quelconque, et il devait refuser encore, d'un geste de la main, le verre que la Carpe s'obstinait à lui proposer. Il pouvait à peine ouvrir la bouche. L'odeur fétide avait envahi la pièce. Il lui semblait être le seul à la remarquer, à prendre soin de ne pas desserrer les lèvres. Comme elle se penchait vers lui, il vit de toutes petites rides autour de la bouche de Diane. Mais, songeait-il, que lui est-il arrivé pour paraître aussi jeune ? Quel prodige l'a transformée en caricature de petite fille délurée, capricieuse, et jolie d'une détestable façon ?

Elle servait à chacun un rhum bien tassé.

Pour quoi, bon sang, allait-il être bientôt trop tard, ainsi qu'il le ressentait par toutes les fibres de son corps, s'ils ne partaient pas immédiatement vers les Grands-Fonds ?

Ce punch absurdement matinal et bu sans plaisir, avec même une sorte d'effort, jouait un rôle inverse à celui de l'antipathique petite cloche, perçut soudain Lagrand – et il se leva alors et marcha vers la porte – qui n'avait voulu, elle, que lui épargner les contrariétés qu'il avait rencontrées dès qu'il avait eu atteint la côte. Le punch le retardait à dessein, l'empêchant d'approcher de la maison de Lazare, de comprendre au plus vite en quoi consistait ce qu'il aurait dû dire et n'avait pas dit, ce qu'il aurait dû faire et n'avait pas fait.

– Allez, suivons M. Lagrand, disait Carpe.

– Astérix le Gaulois ! s'écria Lisbeth dans un grand rire limpide et nu.

Carpe allongea une bonne claque affectueuse sur la cuisse de la jeune femme. Lisbeth, à qui Lagrand donnait entre dix-huit et vingt ans, portait un pantalon corsaire en vichy rose et un chemisier créole, blanc, ouvragé, sous un visage large et doux où Lagrand voyait clairement le nez un peu pincé de Foret.

Il sortit sur la galerie, dévala l'escalier, sans respirer.

Oh, Rosie, faites que rien de mal n'arrive par ma faute avant que je sois là !

Mais n'avait-il pas déjà suffisamment rendu service à tous ces gens incapables de se débrouiller, qui, au début, le remerciaient, puis ensuite prenaient si bien l'habitude que Lagrand fût là, disponible, patient, peu bavard, dès qu'on avait besoin de quelque chose, que la moindre lenteur, le moindre ajournement, à présent les contrariait, comme si Lagrand leur avait dû (et ceci concernait Anita aussi bien) d'être toujours là, disponible et patient ? Il sentait cependant que son appréhension n'avait pas de rapport avec ce qu'il leur reprochait, leur exigeante et naïve passivité. Ce qu'il redoutait dépendait de lui avant tout. Il avait, presque sciemment, presque volontairement (comme était fine, pensait-il, la frontière entre ce qu'il savait et ce qu'il ignorait à peine), oublié de prendre certaines précautions – lesquelles, il ne pouvait encore le dire, bien qu'il eût maintenant l'impression que son esprit se refusait au raisonnement, se butait comme un petit âne sournois devant la réflexion.

Lagrand sauta au volant de son pick-up.

Il entendait les autres arriver sans se presser, la voix flûtée et les petits rires de Diane perçant la touffeur empuantie, couvrant les faibles rumeurs de la plage. Elle descendait l'escalier au bras de Foret, son ventre tendu en avant, ses longues jambes presque bizarrement maigres et hâlées, se déployant indolemment à chaque marche, et tout autour de sa tête ses boucles raides tressautaient tandis que Foret, la figure déjà rouge et luisante, affrontait stoïquement, le crâne nu, la chaleur irradiante, en enfant du pays, certes, se disait Lagrand avec un peu de malveillance satisfaite, mais qui n'avait pas tout à fait les moyens de l'être – ses pauvres cheveux incolores, sa peau délicate et imberbe : un sang épuisé, pensait Lagrand, qui

193

trouvait en Lisbeth une singulière et incomplète façon de se régénérer. Elle suivait son père en donnant la main à Francis Carpe, longue fille bien bâtie dont Lagrand pouvait voir de loin la bouche entrouverte, les sourires incontrôlés. A côté, Carpe semblait se traîner.

A-t-il donné à sa femme le peu de jeunesse qui lui restait encore, se demanda Lagrand, la santé, la verdeur auxquelles il avait encore droit ? Est-ce pour cela qu'elle semble avoir une double ration, et lui plus qu'un fond saumâtre, juste ce qu'il faut pour se mouvoir et, sans doute, péniblement s'accoupler à Lisbeth ?

Il revit sa mère en jaune pointant deux doigts vers lui en feulant : Pschttt !, persuadée qu'il était mauvais, lui, son fils, et qu'elle devait le craindre au point de quitter sa propre maison, de l'y laisser seul, et tout de même elle avait trouvé la force et le courage de se tourner vers lui pour tenter une dernière fois de se garder d'il ne savait quoi exactement, ne voulant même pas l'imaginer : quelque pouvoir infernal qu'il était censé posséder, son fils d'une dizaine d'années, seul avec elle depuis toujours dans la pièce unique d'une bicoque de Boissard où ils dormaient et mangeaient et s'ennuyaient les semaines de grosse pluie, toujours tous les deux, et elle, dans son souvenir trompeur, constamment, éternellement enveloppée de jaune vif.

La chemisette de Francis Carpe bâillait sur son ventre. Carpe semblait couvert d'un poil gris mal réparti, en petites touffes frisottées, autour du nombril, sur ses bras, ses joues, ses phalanges. Il avait un short de sport satiné et très court, des jambes molles, épaisses – probablement toujours l'air, pensa Lagrand, quelle que fût la situation, d'être malpropre. Il était vieilli précocement. Qu'avait-il fait, lui ?

Ils approchaient du pick-up, dans une lenteur extrême. Les

mains sur le volant, prêt à démarrer, Lagrand ne les regardait plus.

Leur saleté de punch les a mis à plat, se dit-il, ébloui de colère.

Personne n'avait jamais pu lui dire, pas même ses grands-parents par ailleurs crédules, ce qui avait brutalement convaincu sa mère qu'il était mauvais, dangereux, effroyable. Il était peu de chose, pour lui, de savoir qu'elle était une insensée. Cela n'expliquait pas qu'elle eût vu soudain en lui ce qu'elle avait vu, qui l'avait fait s'enfuir, terrorisée, alors qu'ils avaient toujours été ensemble tous les deux, pour ne jamais revenir, ne jamais accepter de le revoir, quand la grand-mère de Lagrand lui rendait visite de loin en loin à l'asile et, au début, croyait bon de lui proposer de l'amener, lui. Et il s'imaginait ce matin-là entrant dans la petite chapelle grise de l'hôpital, se montrant brusquement à la femme en jaune qui s'y trouverait peut-être sagement inclinée sur son banc, démente, certes, mais en tout cas, ce matin-là, pieuse et concentrée. Allait-elle hurler ? Mais, non sans bravoure, tendre ses doigts un peu tremblants et siffler : Pschttt ! ? Elle avait eu une forme de hardiesse, d'impétuosité, alors. Oh, Lagrand n'arrivait pas à douter qu'elle le reconnaîtrait malgré ses verres sombres, son polo, son jean bien coupé, ou qu'elle reconnaî-trait non pas son garçon, celui aux côtés de qui elle avait été chaque jour de sa vie pendant dix ans, près de qui elle avait dormi et mangé dans une seule pièce si bien que, Lagrand s'en souvenait, il n'avait pas distingué cette femme de lui-même jusqu'à l'âge de quatre ou cinq ans, et que son corps et son corps à elle avaient été confondus dans sa conscience en un être unique pourvu de deux têtes presque identiques, – non pas son fils mais ce qu'elle avait découvert en lui subitement et qui l'avait remplie d'effroi pour toujours, la chassant de sa

195

maison, le plus loin possible de cette chose-là – pschttt ! Elle se lèverait, énergique dans son épouvante, et, de nouveau, miaulerait contre lui. Comment, alors, pourrait-il être certain qu'il n'était pas ce qu'elle croyait ?

Le soleil avait atteint sa juste hauteur. Deux vieux en tenue de tennis complète, jusqu'aux chaussettes blanches bien tirées sur les mollets, venaient d'entrer sur le court. Ils poussaient du pied les feuilles d'hibiscus, formant de petits tas, révélant ainsi mieux encore la surface délabrée. Puis Diane se hissa à côté de Lagrand. Par la portière ouverte elle agita la main pour presser Foret qui, arrêté à trois mètres du pick-up, s'essuyait calmement le visage, ruisselant et tranquille. Lagrand eut l'impression que la puanteur de l'air envahissait son pick-up, par la portière que Diane semblait s'ingénier à ne pas vouloir fermer, se mêlant, songeait-il dans un sursaut de dégoût, cette puanteur d'excrément, à l'odeur de bave qu'il y sentait toujours. Son oreille, qu'il avait oubliée, le démangea.

– Grouille-toi un peu, souffla Diane vers Foret. Ils veulent faire une partie, regarde.

Elle montra, du menton, les deux vieux toujours occupés à dégager le court.

– Ils ne t'ont pas vu. Vite. Sinon, ils vont venir se plaindre et on ne s'en sortira pas.

– C'est Alex qui dirige cet endroit, expliqua-t-elle ensuite à Lagrand. Il y a beaucoup à faire et trop peu d'argent. Mais je vais me retrousser les manches moi aussi puisque nous habitons tous là maintenant. Lisbeth et Francis sont au quatorze, Alex et moi au quinze. On va tâcher de relever tout ça.

Lagrand opina froidement. Elle murmura encore, souriant de ses lèvres minces et très rouges :

– J'en avais assez, vous savez, de m'appeler Mme Carpe. La Carpe, comme disaient certains. Il n'y a plus de Danielle

196

Carpe, monsieur Lagrand. Il n'y a plus que Diane, gérante de la Perle des Iles, future jeune maman de nouveau. J'ai eu une vie, et puis je m'offre une autre vie, monsieur Lagrand, parallèlement à la première, pas à la suite, comprenez-vous ? Regardez-moi. Il est évident que ma vie actuelle ne vient pas après une première vie que j'aurais déjà vécue. Est-ce que vous comprenez, monsieur Lagrand ?

Il contemplait son jeune visage dur, étroit, délicat, tout frémissant de ruse et d'intelligence, ses yeux petits, vifs, presque blancs, et il ne savait ce qu'il devait comprendre mais son irritation cédait devant une inquiétude plus pénible encore. Et si, d'un seul coup, il tendait ses index vers cette jeune fille mûre, vers cette vieille petite fille au visage adorable, à la voix câline, en rauquant : Pschttt !, serait-il fou alors ? Est-ce ainsi qu'elle le considérerait, elle, ou bien se contenterait-elle de sourire finement, méchamment, en croisant les bras sur sa robe jaune, sous sa poitrine que Lagrand devinait, gonflée, bronzée entièrement ?

Il sentait bien qu'il avait peur maintenant. Il mit le moteur en marche. Les trois autres, Carpe, Foret et Lisbeth, se serraient à l'arrière. Une longue mèche des cheveux que Foret remontait sur son crâne pour tenter d'en dissimuler la nudité, ayant glissé, pendait sur sa tempe. Carpe semblait épuisé. Lisbeth, le regard errant, avait ses nerveux petits rires d'égarée. Lagrand démarra.

Mais, se demandait-il, quelle espèce de bébé pouvait-elle bien porter ?

Leurs cinq respirations mêlées dans l'habitacle lui paraissaient fétides. Soudain il avait honte d'être vu en leur compagnie.

Il longea le grillage déchiré du court de tennis au bout duquel, près de l'entrée, les deux vieux attendaient, appuyés sur leur raquette, la figure invisible dans l'ombre de leur grande visière blanche. Ils firent signe à Lagrand de s'arrêter.

– Non, continuez, s'écria Diane. Ils veulent encore nous parler de tout ce qui ne va pas, ces emmerdeurs.

– Arrêtez-vous tout de même, monsieur Lagrand, murmura Foret.

– Pas question, déclara Diane, sûre d'elle. Lagrand, c'est moi qu'il faut écouter. Ce n'est tout de même pas la faute d'Alex si les plombiers ne travaillent pas le dimanche.

– Pas la faute d'Alex, dit Carpe en imitant le ton pointu de Diane, si le court est inutilisable depuis des mois, si les tuyaux sont bouchés, si la climatisation tombe en panne chaque nuit.

Feignant de ne pas les voir, Lagrand contourna les deux vieux qui agitaient la main avec une sorte de vigueur indignée. Sous l'une des visières de plastique blanc il crut reconnaître, avec un petit tressaillement de frustration, le visage gras et plissé, taché de noir au front, de la femme dont il sentait encore la langue pointue au fond de son oreille. Cependant, pensa-t-il aussitôt, ce n'était sans doute pas elle, mais une autre à ce point du même genre qu'elle lui ressemblait comme lui ressemblaient ici tant de vieilles croisiéristes à la morale épanouie.

– Et puis, reprit Diane, nous n'arriverons jamais jusqu'à Rose-Marie si nous commençons à nous arrêter maintenant.

Un des deux sacs de poison roula contre les pieds de Lagrand. Rosie s'était habituée, lui avait-elle dit, au manège frénétique des rats dans la soupente. Elle ne demandait ce service à Lagrand que pour rassurer les enfants, Jade et Titi, qui, dès la tombée de la nuit, se mettaient à pleurnicher en entendant courir et gratter au-dessus de leurs têtes. Les planches du plafond étaient si minces qu'on avait l'impression d'entendre distinctement chaque griffe claquer sur le bois, avait dit Rosie, calme, acceptant cela comme le reste, y voyant

198

même peut-être, depuis son banc d'où elle ne bougeait guère, un intérêt exotique, une curiosité. Et force avait été à Lagrand de se rendre compte que Rosie se trouvait maintenant, après si peu de temps, dans un état de consentement absolu, solaire et gai, à tout ce qui se produisait, non par résignation ou pour conclure quelques semaines d'amertume épuisante, mais grâce, pensait Lagrand, à une compréhension enfin donnée, enfin atteinte, de ce pourquoi elle était là, fût-ce dans une case branlante et surchauffée, fût-ce, même, dans l'absence inexpliquée de son frère Lazare.

Que va-t-elle faire de ses deux bâtards, elle, celui qui n'est pas encore né et ce pauvre Titi ? se demanda Lagrand.

Sachant pourtant bien qu'il ne s'autorisait à penser à Rosie de cette manière (et lui-même n'était-il pas une sorte de bâtard – père évaporé dès le début, inconnu de lui, enfui certainement ?) que parce qu'il craignait maintenant d'être repoussé. Il voulait Rosie Carpe, même affligée de vilains enfants au sang maigre. Il la voulait, et il l'admettait, à présent, presque humblement, et s'il fallait prendre avec elle deux pâles enfants chargés d'hérédité malsaine, il l'admettait également, humblement.

Son inquiétude revenait, le pressentiment que quelque chose arrivait en cet instant par sa faute.

Rosie, murmura-t-il, un peu courbé sur le volant, oh, Rosie, retenez ce qui doit arriver, faites que je sois là avant, faites patienter encore ce qui doit arriver.

Il avait quitté la route de la côte, obliqué vers l'intérieur, à toute vitesse maintenant.

Une volée de cloches triomphales retentit non loin tandis que marchaient au bord de la route, d'un pas ferme et vif dans la chaleur, les femmes et les fillettes en grande toilette (et jusqu'aux socquettes blanches ornées de dentelle dans les petites chaussures vernies blanches, ainsi le même équipement

irréprochable et blanc, se dit Lagrand, que les deux malheureux joueurs qui s'étaient costumés pour rien), tout juste sor-
ties de la messe. Elles regardèrent passer le Toyota d'un air
plein de blâme suspendu. La honte qu'éprouvait Lagrand
l'empêchait de sourire. Heureusement, se disait-il, que Lisbeth
était là, malgré ses gros yeux sombres et fixes de simplette.
Les sourcils froncés s'adressaient cependant davantage à la
vitesse excessive de son pick-up qu'à l'aspect de ses passagers,
aussi Lagrand ralentit, toujours mécontent, gêné, inquiet, mais
songeant de nouveau qu'il n'était pas impossible qu'il aperçût,
dans un petit groupe de vieilles dames discutant sur le bas-côté
à l'abri de leurs chapeaux, sa grand-mère.
  Le ciel était nu et bleu. De colline en colline le tumulte
des cloches creusait la moiteur, victorieux, inaltéré. Lagrand
se rappelait tout d'un coup combien les joueurs de tennis
vêtus de blanc, quels qu'ils fussent, lui étaient pénibles à voir.
Il n'y avait jamais eu pour lui de leçons de tennis ou de
musique ou de quoi que ce fût, mais il y avait eu, chaque
dimanche, la messe au Raizet. Quel déshonneur, se disait-il
encore empli de rancune, de s'habiller en blanc des pieds à
la tête pour aller jouer au tennis. Quel déshonneur, que ce
fût pour assister à la messe ou pour se rendre sur le court,
de s'habiller tout de blanc, et comme tout cela lui était douloureux encore, malgré le Toyota, malgré l'excellente place
chez Danisko.
  – Les Antillais sont très religieux, proféra Diane senten-
cieusement.
  Elle posait son pâle regard effilé, avec un air de bonhommie
complaisante, sur les nombreux fidèles qui regagnaient leurs
voitures garées le long de la route. Elle était fraîche et à l'aise,
donnant à Lagrand une impression d'extraordinaire santé et
d'hygiène pratiquée au-delà même de ce qui était possible, à

tel point qu'il se sentait, près d'elle, maculé, imprégné d'odeurs et de taches.

Aurait-elle pris à Francis Carpe, se demandait-il en se forçant vainement à l'amusement, la capacité de netteté et d'éclat à laquelle il pouvait prétendre ? Ou lui a-t-il cédé tout ce dont elle avait besoin contre le droit de s'approprier Lisbeth, la fille de son amant ?

Il eut, silencieusement, un petit rire jaune. Cependant sa peur l'humiliait. Il éprouvait, à transporter ces inconnus (et mon cher pauvre pick-up avili et empesté, croyait-il s'entendre gémir), une honte telle qu'il n'en avait pas ressentie depuis longtemps, et il avait également honte de sentir son échine toute frémissante d'inquiétude, son dos vulnérable, contracté, aux aguets, lui, Lagrand, qui jamais n'avait peur de rien.

Peu à peu les carillons s'éteignaient.

La petite route circulait maintenant entre des ravines humides et vastes du fond desquelles montait le sourd beuglement des vaches efflanquées, où luisaient les feuilles grasses des arbres à pain, des manguiers.

Pourquoi avait-il peur ? Il se rappelait n'avoir pas même frissonné rétrospectivement lorsque, ayant compris que ses grands-parents ne songeaient pas à remettre en cause le droit de leur fille, la mère de Lagrand, à quitter précipitamment et pour toujours tout lieu où il lui semblerait percevoir soudain une présence néfaste, il lui était apparu dans le même temps que, pour quelque espèce d'énigmatique raison qu'il voulait ignorer, ils estimaient simplement que, dans ce cas, leur fille avait tort. Ce qu'était Lagrand ne justifiait ni le départ ni l'atroce terreur, ainsi en jugeaient-ils, ce pourquoi ils avaient bien voulu le recueillir. Mais qu'elle se fût retournée pour le maudire, ils le comprenaient, qu'elle eût su écarter l'espace d'un instant son effroi pour n'être plus que méchanceté sif-

201

flante, ils l'admiraient. Il se trouvait seulement que sa condamnation et son épouvante s'étaient trompées d'objet. Le garçon était bon, ainsi en jugeaient-ils sans affection ni pitié, avec une sèche objectivité. Qu'avec la même rigueur froide, celle de la pure justice, il eût pu être jugé mauvais, Lagrand l'avait su tout de suite, et là même il n'avait pas eu peur, jamais, ignorant pourtant ce qui lui serait arrivé alors, tenant à l'ignorer.

Pourquoi, ce matin-là d'un dimanche d'avril, avait-il peur au point de sentir ses aisselles et sa poitrine ruisseler sous son polo blanc ? Il respirait l'odeur de sa peur et s'en trouvait humilié. Lui, Lagrand, qui avait la particularité de ne transpirer qu'extrêmement peu, dont la peau demeurait, au plus fort des chaleurs, d'une moiteur douce, il avait sué en deux heures tout le sel de son corps, toute l'âcreté inconnue de son organisme, lui semblait-il.

Il mourait de soif. Il descendit la vitre de son côté.

– Avez-vous des nouvelles de mon fils, monsieur Lagrand ?

Au moment où il se demandait qui à l'arrière, de Foret ou de Francis Carpe, l'interrogeait, à l'instant où il humectait ses lèvres asséchées pour répondre, une puanteur de charogne s'éleva depuis la route, si forte qu'ils poussèrent tous une brève plainte. Lagrand remarqua que les deux ou trois voitures qui le précédaient faisaient un écart brusque sur la droite et il les imita avant d'avoir identifié à son tour la masse gonflée, bourdonnante, d'un cadavre de vache au poil roux, au beau milieu de la chaussée, ou de ce qu'il supposa rapidement être cela, apercevant sous la nuée de mouches encore un peu de peau fauve tachée de sang, deux cornes, ensanglantées.

– Francis vous demandait ce que devient notre petit Lazare, murmura Diane, paisible.

Lagrand remonta sa vitre. Il avait tellement soif que la tête lui tournait légèrement. Il chassa une mouche qui venait de se poser sur sa main, d'un geste vif qui fit faire une embardée au Toyota. De part et d'autre de la route les maisons se succédaient, serrées, surplombant la ravine. Il savait qu'il roulait trop vite mais la soif, l'appréhension, la surprise l'avaient jeté dans un éblouissement proche de la torpeur.

Je ne suis pourtant pas cette vache crevée, se disait-il en une pensée lente, difficile.

Il jeta un coup d'œil de côté, sur les minces genoux osseux de Diane tranquillement serrés l'un contre l'autre, les mains glissées dans le pli des cuisses, immobiles, pensives et supportant doucement le ventre plein. Cela ne se pouvait. Aucun bébé, pensa Lagrand en tournant brusquement, vers Chazeau, sur la petite route au bord de laquelle se trouvait la maison de Lazare, ne pouvait nicher, attendant son heure, dans le ventre de cette femme, malgré le visage lisse, la voix puérile. Cela ne se pouvait.

– Lazare habite chez moi, en ce moment, dit-il.

De petites ailes d'angoisse agitaient son polo. Dans un vertige de lucidité et l'impression que s'éclairait brutalement, crûment, ce qu'il n'avait fait qu'entrevoir avec confusion, il fut soudain persuadé qu'on l'éprouvait, et que la présence de Diane auprès de lui n'avait d'autre sens que celui de l'amener à son tour, lui Lagrand, à reconnaître ce qu'avait vu sa mère autrefois, à le reconnaître non pas en lui, qui était finalement bon, mais en cette étrange femme ou sorte de femme dans sa robe jaune à son côté, qui protégeait, elle-même puissante et rayonnante, de ses mains croisées quelque espèce invraisemblable de vie latente. Dans le même temps, un regret violent le traversa : Pourquoi t'es-tu trompée à mon sujet, pauvre mère ? Il donna un léger coup de poing au centre du volant. Ses yeux s'étaient soudainement emplis d'eau, comme il la revoyait fuyant sur le chemin chavirante et vulnérable, le lais-

203

sant pour toujours lui qu'elle n'avait jamais quitté, mais forcée de le faire par une insurmontable terreur.

– J'étais bon, chuchota-t-il.

Elle demanda, de sa voix haute :

– Que dites-vous, monsieur Lagrand ?

Certes, réfléchissait-il aussi rapidement qu'il en était capable, il pouvait encore arrêter son pick-up au beau milieu de la route, qu'importait, descendre en courant et, s'il en avait le courage, se retourner en criant contre elle il ne savait encore quels mots, mais il les retrouverait. Il pouvait, oui, sacrifier son Toyota pour se sauver, les abandonner tous les quatre à la merci d'un véhicule surgi du virage à monstrueuse vitesse et les percutant de plein fouet – il ne craignait pas de le faire si lui aussi s'y sentait contraint. Il lui semblait vaguement d'ailleurs qu'une odeur de décomposition, de pourriture déjà faite, se dégagerait aussitôt de la carcasse du pick-up, pas une odeur de sang. Il pouvait le faire, se dit-il.

Et pourtant le devait-il ? Le sentiment de compréhension flagrante le quittait. Il ne savait plus. Il frissonna. La lumineuse robe jaune, la grossesse, la jeunesse improbable et peut-être négociée ou soutirée (à l'autre Carpe, le tripoteur de Lisbeth), était-ce suffisant ? Sa malheureuse mère l'aurait su, quitte à se tromper et à passer le reste de sa vie pénible chez les fous. Mais Lagrand ne voulait pas se tromper. Il voulait retrouver Rosie Carpe au plus vite.

Une assourdissante envolée de cloches se mit à heurter les parois de son crâne. Au-dehors, les véritables carillons s'étaient éteints depuis longtemps et la procession des pratiquants sortis de la messe avait laissé place, des deux côtés de la route, à de petits groupes toujours endimanchés d'enfants excités, enfin libres, dont certains, aux yeux les plus luisants, jouaient à provoquer Lagrand en se laissant frôler par le Toyota, bondissant sur la route puis reculant à l'instant ultime dans un grand cri de frayeur joyeuse. Mais Lagrand les voyait à peine. Il avait la conscience machinale d'obstacles à éviter et il s'écartait d'une sèche et brève rotation du volant, sans presque ralentir. Comme il avait soif ! Il lui semblait que, s'il avait pu avaler ne fût-ce qu'un verre d'eau, il aurait su immédiatement et clairement comment agir – s'éloigner aussitôt de l'imperturbable menace à côté de lui ou se contenter de l'amener à bon port en s'interdisant à tout jamais de l'approcher de nouveau. Il devait voir Rosie, se répétait-il, maniaquement, comme s'il était encore possible qu'il ne la vît pas quelques minutes plus tard. Les raisons qu'il avait de ressentir aussi péremptoirement le besoin de voir Rosie se mêlaient un peu à présent dans son esprit troublé. Etait-il indispensable qu'il arrivât très vite auprès d'elle parce qu'il l'aimait (jamais il ne l'avait envisagé aussi vaillamment, retenu la veille encore par le fait indéniable que ce n'était pas de lui qu'elle était enceinte), ou bien parce qu'il pressentait depuis tout à l'heure que quelque chose, là-bas, n'allait pas, et peut-être par sa faute ? Il se sentait brutalement coupable de tout. Ou bien encore devait-il promptement rejoindre Rosie pour se débarrasser des Carpe aussi rapidement que possible ? Etait-ce surtout pour cela qu'il lui fallait la retrouver ? Non, certes. Lagrand s'agitait. Il voulait s'éloigner de Diane, avec son effroyable ventre jaune, ses yeux bleuâtres, son charme juvénile et funeste, mais il savait et reconnaissait qu'il allait voir Rosie ce dimanche pour jouir de sa présence et non vraiment pour lui porter de la mort-aux-rats.

– Pourquoi Lazare habite-t-il chez vous ? demanda Francis Carpe.

– Je crois qu'il n'a plus envie de dormir chez Abel.

– Tant mieux, déclara Diane. Abel n'a fait que l'entraîner

205

dans des projets foireux. Mais pourquoi n'est-il pas avec Rose-Marie, en ce moment ?

– Ah, je n'en sais rien, murmura Lagrand.

Ils approchaient. Il reconnut la minuscule épicerie débordante et brouillonne, tenue par un cousin des parents d'Anita chez qui cette dernière, ou bien parfois Rosie, allait se fournir à crédit en pâtes, riz, ignames, patates douces et porc surgelé qui composaient essentiellement leurs monotones et hâtifs repas, les deux enfants se nourrissant surtout, avait remarqué Lagrand, de pain tartiné de margarine liquéfiée, car il n'y avait pas de réfrigérateur dans la petite maison de Lazare et les produits laitiers étaient tout simplement conservés dans une bassine d'eau à peine froide.

Lagrand se sentait à ce point ému, fragile, désarmé, qu'il avait du mal à tenir le volant. Il n'avait pourtant pas prévu de dire à Rosie quoi que ce fût de particulier, pas prévu de se placer ce jour-là plus qu'un autre dans une position dangereuse, celle qui mettrait Rosie en demeure de lui signifier qu'elle voulait bien de lui ou qu'il était inutile d'y songer. Il n'avait, se disait-il, aucune raison d'avoir peur de Rosie ce dimanche. Libre à lui de se montrer tel qu'il savait qu'il apparaissait le plus souvent, sérieux, gentil, un peu froid, parfaitement longiligne et posé, un peu froid, aimable et intimidant, avec quelque chose de satiné et d'impersonnel dans le ton de voix. Mais comme il était parfois presque consternant, presque humiliant, de se sentir ébranlé par Rosie Carpe qui avait tout – dénuement, enfants sans père, certaine rougeur de la peau du visage, l'œil lavé, comme déteint – d'une pauvre fille, d'une misérable irrémédiable, fastidieuse, lassante, et non pas de l'espèce pathétique et âpre dont avait été sa mère à lui, dans l'isolement intransigeant, voulu, farouchement supporté, de sa bicoque de Boissard où elle se cloîtrait seule avec lui parce que tel était son choix, fût-il dément – et Rosie, elle, non pas de cette sorte d'infortunées intraitables, au regard dur et au corps sec, enfiévré, mais simplement et désespérément ballottée, sempiternellement malchanceuse, délaissée ! Lagrand n'avait pas de pitié pour Rosie. Ce n'était pas cela, se disait-il, incrédule. C'était qu'il la voulait pour lui, auprès de lui, dans toute sa misère s'il devait en être ainsi, si véritablement une certaine forme de misère devait lui être pour toujours attachée.

– Il y aura bientôt neuf mois que nous n'avons pas vu Lazare, dit alors Diane. Quant à Rose-Marie, mon dieu, cinq ou six ans peut-être.

Voix désinvolte, visage assuré – et d'un coup d'œil sur sa droite Lagrand nota aussi le paisible regard laiteux. Cependant, se demanda-t-il, serait-elle aussi calme si elle avait vu Lazare comme lui l'avait vu ce matin même encore, juste avant de partir ?

– Mes deux grands enfants ne me manquent pas, reprit-elle. Je me suis détachée d'eux, monsieur Lagrand. J'ai eu une vie dont ils faisaient partie, puis j'ai une autre vie, toute neuve, qui ne leur appartient pas. Celle-ci sera pour mon petit Foret.

– Je serai le parrain et Lisbeth, la marraine, dit fermement Francis Carpe.

– Nous y sommes, dit Lagrand.

Il se gara sur l'étroite bande d'herbe rousse qui séparait la route de la maison de Lazare, puis, le premier, avec une précipitation dont il eut honte aussitôt, il sauta hors du pick-up, dans la lumière chaude, sèche, lui-même se sentant tout empreint d'une humidité qui témoignait lamentablement, se dit-il, des diverses flétrissures de la matinée – le crachat, la sueur (duvet visqueux, sous son polo, d'oisillon tout juste extrait de l'œuf), jusqu'à ses yeux mouillés, ses cils trempés de larmes importunes.

207

Je suis fatigué, songea-t-il. Oh, comme je suis las.

L'endroit semblait désert. Deux constructions certainement abandonnées à jamais avant même d'avoir pu passer pour des ébauches de maisons avoisinaient la modeste, la brave demeure de Lazare, pleine d'abnégation et de réserve, paraissait-il toujours à Lagrand, et qui, pour l'heure, était silencieuse. De longs cris rauques escaladaient la pente depuis les fonds ténébreux, luisants, de la ravine à l'arrière de la maison. Lagrand revit le ventre crevé et tout bruissant d'activité mortifère de la vache que son pick-up avait évitée sur la route, dont il lui sembla soudain qu'il portait sur lui la puanteur, et il se figura alors les tendres petites ailes qui aujourd'hui mouillaient son polo changées sur sa poitrine en touffes de poil brun toutes collées de sang. Cependant il ne baissa pas les yeux pour s'en assurer. Il se contenta, d'une main nerveuse, de lisser son polo.

Mais pouvait-il se présenter ainsi à Rosie, ce dimanche-là précisément ? Et s'ils étaient tous les quatre partis à Pointe-à-Pitre, Anita, Rosie, Jade, Titi, ayant pris le car de dix heures pour aller voir le film dont les autres lui avaient parlé, qui les avait tant fait rire ?

Un bref affolement saisit Lagrand. Il contourna la case en courant – et, oui, songeait-il, sentant le rythme frénétique des battements de son cœur, anticipant une accablante déception, c'est à ce point maintenant qu'il désirait se trouver auprès de Rosie Carpe et bien qu'elle eût, elle aussi, le ventre empli de quelque chose dont rien ni personne ne pouvait plus faire que ce fût lui, Lagrand, qui eût contribué à sa venue.

Mais c'est là qu'ils étaient, tous, face à la ravine. Son soulagement était presque une autre forme de douleur, après la quasi-certitude, dans le silence de mort qui l'avait accueilli, qu'ils avaient quitté les lieux pour la journée. Comme il puait à présent ! Il s'arrêta à l'angle de la maison, n'osant approcher.

208

Elle allait sentir la pestilence de vache crevée qu'il traînait sur lui, et l'odeur de sa sueur, l'acidité de son anxiété, et peut-être, vaguement déçue, se dirait-elle : Tiens, il est donc comme cela. Il se tenait immobile sous le soleil fixe et radical de midi, n'osant approcher. Comment apparaîtrait-il alors ? Il n'était plus complètement sûr que Rosie n'allait pas, elle aussi, reculer avec une surprise horrifiée quand, s'étant avancée pour lui dire bonjour, elle découvrirait un Lagrand transformé de la sorte et verrait peut-être même (était-il possible qu'il n'eût pas encore baissé son regard vers sa propre poitrine ?) des salissures d'un sang nauséabond sur son polo blanc, là où les touffes de poil mystérieusement arrachées au cadavre sanglant du bœuf ou de la vache et remplaçant les petites ailes sur sa poitrine poissaient le tissu.

Il ne bougeait pas. Il appela :

– Rosie ! Anita !

Elles mangeaient, assises dans l'herbe, serrées à l'ombre un peu chiche d'un maigre gommier. Tout d'abord il n'aperçut, des deux enfants, que la petite Jade agenouillée devant Anita et piochant directement, dans la barquette en plastique que tenait sa mère, des morceaux de morue aux oignons (comme en vendait dans l'espèce de café semi-licite qui faisait face à la maison, de l'autre côté de la route, une certaine Chimène, se rappela incidemment Lagrand dont l'estomac, soudain, se contractait), puis, à l'instant où il se demandait : Mais où est ce pauvre idiot de gamin, en sentant remonter d'un seul coup l'appréhension coupable, il distingua Titi, allongé près de Rosie, à plat ventre, ne mangeant pas, immobile.

– Il n'aime pas le poisson. Ce gosse n'aime pratiquement rien, murmura Lagrand.

A présent, elles le regardaient, main en visière sur le front. Rosie lui adressa un petit salut. Lagrand eut du mal à sou-

209

rire. Il ne bougeait toujours pas, appuyé de l'épaule au bois chaud de la maison, oubliant peu à peu pourquoi il n'osait pas s'approcher mais remarquant alors que seule la grosse tête du garçon profitait d'un coin d'ombre et que son corps gisait en plein soleil. Titi portait un short beige démodé, court et moulant, et un débardeur au-dessus duquel se dressaient comme deux membres supplémentaires ses hautes omoplates aiguës. Lagrand pouvait voir que sa peau fragile était déjà très rouge. Il lui semblait, de loin, que pas un cheveu de l'enfant ne remuait. Elle ne devrait pas le laisser brûler ainsi, pensa-t-il, mal à l'aise. Il répéta :

— Rosie !

— Eh bien, oui. Bonjour, lança-t-elle gaiement, la bouche pleine.

Elle souleva sa barquette remplie de poisson frit, de tomates et d'oignons.

— Est-ce que vous en voulez, Lagrand ?

Etait-elle aussi heureuse de le voir qu'elle en avait l'air ?

Il devait s'avancer maintenant, se dit-il, percevant vaguement derrière la case la présence des autres qui lui semblaient parler à voix basse et songeant qu'il était de son devoir encore d'avertir Rosie, avant qu'ils eussent tourné le coin de la maison, de leur visite inattendue.

Il fit quelques pas vers le gommier. Les deux jeunes femmes et la petite Jade s'étaient remises à manger, tranquilles, ayant parfois, l'une ou l'autre, un petit rire de satisfaction paresseuse, assoupie. Avant même d'être arrivé jusqu'à elles, il cria :

— Pourquoi ne mettez-vous pas le gamin à l'ombre ?

Sa propre voix lui parut éraillée et mauvaise, celle, pensa-t-il, d'un lugubre vaticinateur. Il se sentait tout nimbé d'odeur détestable. Il avança encore et sentit, affamé, le fumet de la morue aux oignons.

210

– Titi ? Il est à l'ombre, dit Rosie d'une voix doucement et calmement étonnée.

Mais était-il possible qu'elle ne se rendît pas compte de ce que ses yeux à lui voyaient dans toute l'évidence d'un grand danger imminent ? En même temps il remarquait avec plaisir le pantalon rouge de Rosie et le tee-shirt rouge ajusté, tout cela neuf, qu'elle avait acheté à Pointe-à-Pitre avec l'argent qu'il lui remettait prétendument de la part de Lazare, et qui, le rouge très lumineux dans l'étincelante clarté, contredisait un peu, nota-t-il satisfait, l'image de femme navrante, abîmée et perpétuellement à secourir qu'il s'était formée d'elle une demi-heure auparavant encore, comme pour avilir le désir qu'il avait de lui plaire ou atténuer l'amertume d'un échec éventuel, alléger par avance sa peine, son chagrin.

Il ôta ses lunettes.

– Il est trop petit pour dormir au soleil, même si son visage est à l'ombre.

– Pensez-vous ? Je ne crois même pas qu'il dort, dit Rosie en haussant les épaules, après un bref coup d'œil machinal vers Titi.

– Salut, Lagrand, dit gentiment Anita. Est-ce que vous avez pensé au grain empoisonné ?

Il s'agenouilla auprès du garçon, le saisit aux aisselles et le tira délicatement vers les taches d'ombre éparse et claire que dessinait dans l'herbe jaune le pauvre feuillage du gommier. Ni Anita ni Rosie ne bougèrent pour faire un peu de place à Titi, trop occupées l'une comme l'autre, se dit-il avec nervosité, à finir consciencieusement leur barquette de poisson. Titi avait sursauté lorsqu'il l'avait touché. A présent il tremblait. Lagrand constata que le visage de l'enfant était brûlant et rouge. Il l'assit contre lui. La lourde tête de Titi roula sur son épaule.

– Il n'a pas l'air bien, dit Lagrand d'une voix ostensiblement posée tandis que la sueur incompréhensible, vexante,
coulait sur son front.

– Il a vomi cette nuit. Il a la fièvre.

Et c'était comme si, en disant cela, toujours sereine, sûre
d'elle et toujours jugeant inutile de tourner son regard vers
l'enfant, Rosie avait non seulement fourni l'explication de
l'état que découvrait Lagrand mais estimait aussi (et presque,
se dit-il, imposait) qu'il n'y avait pas lieu de s'en préoccuper. Ne pouvait-il pas entendre d'ailleurs l'infime soupçon
d'un avertissement ? se demanda-t-il, brusquement saisi de
fureur.

Un instant il fut distrait par la bonne mine de Rosie.
Toutes les trois, du reste, semblaient avoir une chair nouvelle, légèrement gonflée de repos et de paix de l'esprit.
Lagrand avait oublié à quel point Jade était ronde, dorée,
fermement plantée, comme Anita, sur de fines jambes mus-
clées. Anita le regardait avec une candeur un peu froide et
ennuyée, ce qui lui fit se rappeler qu'elle n'avait que dix-sept
ou dix-huit ans. Quant à Rosie, il dut admettre qu'il ne
l'avait jamais vue aussi en forme, et cela ne tenait pas tant,
pensait-il, la scrutant, l'esprit lointain, au chaud coloris tout
nouveau pour elle du pantalon et du tee-shirt qui moulait
son ventre encore faiblement arrondi exactement comme si
c'était là l'unique manière valable de le porter, pas tant,
pensait-il avec une sorte de mélancolie, à cette hardiesse
inattendue, qu'à l'espèce de féroce contentement qu'il lisait
dans son regard, dans ses yeux clairs et brillants qui, posés
sur lui, semblaient lui dire, avec fierté et sympathie, et tout
spécialement à lui qui l'avait connue différente : De quoi
serais-je encore censée avoir peur ou avoir honte maintenant ?

Lagrand ne put s'empêcher de ricaner en lui-même : Attends de voir tes parents, attends de voir ton frère. Que faisaient-ils, du reste, là derrière, au bord de la route ?

Mon dieu, Rosie, se dit-il encore, malheureux et désorienté de se trouver goujat, je ne suis pas venu aujourd'hui pour vous blâmer, pour vous accabler d'arrière-pensées. Rosie, ma chérie, je peux accepter beaucoup de choses... plus que ce que vous n'imaginez.

– Il faudrait qu'il voie un médecin, murmura-t-il.

– Un médecin ?

Elle fit claquer sa langue sur son palais. Puis elle eut un sourire indulgent, fixant Lagrand toutefois d'un regard qu'il ne lui avait jamais vu, sous la dureté et le défi duquel il fut soudain contraint de baisser le sien, la main tendue vers ses lunettes sombres et prêt, déjà, à s'en protéger, mais se ravisant et relevant ses yeux nus, déconcertés, mécontents. Et, cependant, comme Rosie avait embelli ! Que se passait-il, alors, avec Titi, pour qu'elle éprouvât le besoin de le menacer, lui Lagrand ? Rosie n'avait été, jusqu'à présent, devant Lagrand, qu'impuissance et gentillesse d'abord un peu excessive, inquiète, puis de plus en plus franche et simple. Elle n'avait été, en somme, qu'une femme plutôt douce, qu'une jeune et douce femme perdue. Lagrand la reconnaissait mal. Il se sentait emporté sournoisement et promptement par un courant redoutable.

– Un médecin pour une légère fièvre ? reprit Rosie dans un petit rire.

– Un peu de température, ce n'est rien du tout, dit Anita, convaincue.

Lagrand était certain que Titi respirait avec difficulté. La poitrine du garçon se soulevait avec des sortes de hoquets sifflants, puis retombait en se creusant entre les côtes. Il frissonnait, les yeux clos, maigre et gris, d'une laideur austère, intimidante de vieillard.

Lagrand se sentait las, un peu dégoûté. Il avait faim et soif. Ce garçon n'est pas le mien, se dit-il. Est-ce qu'elle ne sait pas mieux que moi ce qu'il faut faire ? Mais l'inquiétude qui l'accompagnait depuis qu'il était arrivé à Bas-du-Fort ce matin-là lui souffla que la question n'était plus – et moins que jamais – que Rosie Carpe sût ou ne sût pas bien comment se comporter avec Titi, dans l'intérêt de ce dernier. C'était autre chose. Il l'avait su et le savait encore.

Anita caressait de ses doigts lents les boucles noires de Jade qui, repue, la bouche grasse, s'endormait entre les genoux de sa mère. Il y avait encore, dans le jardin de Lazare, un gros arbre à pain, un flamboyant, un tamarinier, tous pourvus d'une ombre plus large et plus pleine que celle du jeune gommier sous lequel elles s'étaient installées pour déjeuner. Plus loin dans la pente, plusieurs goyaviers étaient chargés de fruits et certains, tombés depuis longtemps déjà, apportaient vers la maison une incertaine odeur de pourriture gorgée de sucre.

Lagrand fut pris de vertige.

Il allait, se dit-il, traverser la route pour s'acheter lui aussi de la morue à la tomate et aux oignons. Voilà, oui, se dit-il, ce qu'il allait faire, immédiatement. Mais ce n'était pas là, il le savait, ce n'était pas là du tout la véritable pensée qu'il venait d'avoir, qui avait jeté dans son esprit une sorte d'éblouissement froid, glacial, qui lui donnait maintenant envie de vomir. Il lui semblait comprendre enfin ce qu'il avait su et ce qu'il savait depuis longtemps sans avoir pu le signifier.

Pourquoi tout le monde, ici, voulait-il la mort de Titi ?

Oh, c'était bien cela. Lagrand le savait. Tout le monde souhaitait ici la mort du garçon, de ce pauvre, vilain et ridicule enfant bêtement surnommé Titi, et peut-être même jusqu'à la

214

petite Jade qui souhaitait innocemment que Titi meure, ce garçon aride, déprimant comme une tache irrémédiable au revers de tout plaisir possible, de quelque espèce de goût bien légitime qu'on pouvait arriver à prendre à l'existence et que lui, ce manquement tenace, viciait, lui, Titi, qui avait survécu, en les gâtant, à toutes les occasions de joie.

Oh, oui, c'était cela, précisément cela. Lagrand le savait. C'est pourquoi il avait vu Rosie répugner à faire cesser de s'écouler le sang de Titi. Elle voulait, désespérément, que le garçon disparaisse. Elle avait pour lui, il l'avait constaté, une forme de tendresse, mais elle ne supportait plus que le garçon soit vivant et encore vivant chaque jour qui la voyait, elle, croître en assurance et en quiétude tandis que Titi croupissait dans son éternelle peur morose et avilissante, soûlé d'angoisse depuis toujours et cependant là, chaque matin, encore là et vivant, inutile (car quelle satisfaction pouvait-on attendre de lui, quelle satisfaction lui-même pouvait-il attendre de lui ?) et cependant là, funèbre, pas encore mort, macérant dans l'effroi comme s'il était seul au monde et que le bien-être enfin gagné de Rosie ne pût jamais influencer d'aucune façon sa propre humeur ni apaiser sa crainte, alors qu'il n'avait qu'elle à aimer, Rosie Carpe, sa mère.

Lagrand comprenait, enfin, ce qu'il avait su, et il en était épouvanté. Personne, ici, n'appellerait de médecin pour soigner Titi. On voulait qu'il meure, ou qu'il fût déjà mort. On n'imaginait d'autre destin à ce garçon raté que celui de mourir à six ans, pour le repos de tous.

C'était cela.

– Il s'est bourré de goyaves, dit Anita, d'une voix indifférente, informative. Il n'a rien. Il a mangé toutes ces goyaves à moitié pourries et maintenant il le paye. Pas vrai, Titi ?

Elle le toucha rapidement du bout de sa sandale. Titi,

comme endormi, à demi appuyé sur Lagrand, ne réagit pas. Rosie lança sa barquette vide au soleil et s'essuya les lèvres d'un mouchoir.

– Qui est le père de ton nouveau bébé ? lui demanda alors Anita, son joli visage palpitant brusquement éveillé à une curiosité qu'elle n'avait pas eue encore.

– Il n'y en a pas. Pas de père. Aucun homme ne m'a fait cet enfant, dit Rosie. Ah, oui, il y a maintenant des années que je n'ai pas couché avec un homme, tellement d'années, c'est vrai, que je ne les compte plus.

Se penchant vers Anita et ajoutant d'une voix grave, pénétrée :

– C'est vrai, absolument, dans chaque détail de ce que je viens de dire. Je n'ai pas couché avec un homme depuis quatre ans. Ce qui s'est passé là, personne n'en connaît la vérité.

– Je le crois, dit Anita, intimidée. Je le crois si tu le crois, toi.

Et Lagrand se rendait compte qu'il ne pouvait s'empêcher de le croire également, ne voyant pas d'autre raison à ce que Rosie fût persuadée d'une telle chose, sinon que c'était cela. Mais peu lui importait, maintenant.

Que faire, que faire, se demandait-il.

Etait-il certain par ailleurs qu'il n'avait jamais, de son côté, désiré la mort de Titi, son engloutissement de quelque manière convenable, invisible, ou tout au moins qu'il avait fait tout ce qu'il pouvait, lui, pour protéger le garçon ? Lui revenait la certitude d'avoir failli presque volontairement, presque sciemment, d'avoir, au cours des semaines précédentes, pensé à quelque chose d'important et d'avoir renoncé à l'évoquer sous un prétexte spécieux, non certes pour achever d'anéantir l'enfant mais bien peut-être malgré tout (cela même était-il vrai, il ne savait pas) pour doucement pousser Titi au plus

216

près du gouffre. C'était encore possible. Mais que Rosie voulût la disparition de Titi du plus profond d'elle-même, c'était indubitable, c'était, cela, quelque chose qu'il savait depuis le début.

Rosie, ma chérie, s'efforça-t-il de penser – comme il était difficile de penser en ces termes à présent. Sa mère à lui, celle qui s'était sauvée de sa propre maison en n'emportant que la robe jaune qu'elle avait sur elle ce jour-là, n'avait-elle pas fui peut-être pour éviter d'en arriver au point qu'avait atteint Rosie avec Titi, ce point où elle l'aurait jugé si complètement mauvais et haïssable qu'elle en serait venue à provoquer un péril à lui destiné, tandis qu'elle s'était contentée de partir en le maudissant, ainsi, peut-être, peut-être, le sauvegardant ? Avait-ce été, finalement, se demanda Lagrand bouleversé, la raison de sa terreur ? Oh, mais comme il serait dur de songer de nouveau : Rosie, ma chérie, et comme il était triste de ne plus pouvoir se le dire, car cela, simplement cela, avait été si bon.

L'abondante sueur de l'enfant se fondait à la sienne et mouillait son polo blanc déjà sali et moite. Pas d'autre bruit que celui des voitures de l'autre côté de la maison – parfois cependant s'élevait jusqu'à eux, du lointain de la ravine, comme flottant en surface de l'air chaud et dense, l'interminable mugissement des bovins, escorté de l'odeur des goyaves pourrissantes en contrebas, aussi Lagrand, ne voyant pas les bœufs, avait-il l'impression que c'était leur haleine qu'il sentait, l'haleine étrangement doucereuse et putride des bœufs que lui dissimulait une mêlée de feuillages luisants.

La petite Jade à présent dormait, la fille de Lazare, bien belle et vigoureuse, se dit Lagrand, vaguement peiné. Il devait se lever, aller boire et manger, puis il reviendrait et saurait alors que faire de Titi. Il remarqua que les bras et le visage de

Rosie étaient halés et non plus empourprés comme ils l'avaient été. Il remarqua également, avec une sorte d'avidité douloureuse, que les cheveux de Rosie étaient coupés bien nettement au-dessous de ses oreilles et que le soleil leur avait donné une teinte proche de celle de sa peau bronzée, de la même couleur maintenant que la peau aux reflets jaunes de Jade, la fille de Lazare. Etait-ce nouveau, se demanda-t-il, ou ne l'avait-il pas encore observé, cette façon qu'avait Rosie de tourner la tête un peu plus brusquement que nécessaire, pour le plaisir, semblait-il, de sentir frapper ses joues les petites baguettes soyeuses de ses cheveux ?

– J'ai parfois le sentiment, dit Rosie, que mon frère Lazare ne reviendra pas, Lagrand. Et savez-vous alors ce que j'éprouve ? Je ne suis que légèrement déçue. Je n'ai plus besoin de Lazare, Lagrand. Je ne l'attends plus. Je suis délivrée de l'amour que j'avais pour lui.

– Il n'y a pas de problème avec Lazare. Il va revenir, dit tranquillement Anita.

– Oui, dit Rosie. Mais je ne l'attends plus.

– Il fait ses petites affaires et il revient voir sa fille, dit Anita dans un bâillement.

– Je ne l'attends plus, répéta Rosie.

Une bouffée de rage fit frémir Lagrand. Depuis une vingtaine d'années sa mère vivait chez les fous pour n'avoir pas voulu, peut-être, risquer de lui causer le plus grand mal, elle s'était écartée de lui comme étant elle-même le danger à écarter de lui – voilà qui était possible. Rosie Carpe patientait, elle, posée, ouverte, épanouie dans une splendeur rouge inopinée, et ainsi guettait-elle la mort tant souhaitée de son garçon, apaisée maintenant qu'elle la sentait proche, à présent qu'elle avait réussi à conduire l'enfant au plus près de sa fin. C'était cela. Elle ne fuirait pas loin de Titi pour le protéger d'elle, certes pas résolue à ce genre de sacrifices ou d'aveu de sa propre haine exorbitante. C'était cela.

Comme elle était, maintenant, presque belle ! découvrait-il, écœuré et séduit.

Lagrand allongea doucement Titi dans un coin d'ombre. Un frisson violent secouait parfois la torpeur de l'enfant, puis plus rien, juste un frémissement de sa peau hérissée. Lagrand se leva, mal assuré sur ses jambes, il chaussa ses lunettes et, sans s'en rendre compte, se frotta la poitrine du plat de ses deux mains.

— Vous partez déjà ? s'étonna Rosie.

— Et le poison ? dit Anita.

— Je vais me chercher quelque chose à manger, murmura-t-il.

Ensuite il reviendrait, aussi vite que possible, et verrait, se dit-il, ce qu'il était en mesure de faire pour Titi, car la faim et la soif l'empêchaient pour le moment de prendre une décision. Mais quelle espèce de décision pourrait-il prendre ? Cet enfant n'était pas...

Les voilà, pensa-t-il.

Il marcha vers eux qui venaient d'apparaître au tournant de la maison, soulagé d'avoir une bonne raison de s'éloigner, souhaitant pourtant se retourner pour voir encore Rosie et lui sourire mais craignant trop de surprendre dans le regard (de victoire criminelle) qu'elle lèverait sur lui l'indéniable confirmation de ce qu'il savait. Le savait-elle, elle ? Savait-elle qu'elle désirait la mort de Titi, ou bien est-ce qu'elle mettait au simple compte de son installation à Grande-Terre cette brusque montée en plénitude ? Et sa mère à lui, Lagrand, qu'avait-elle su exactement ? Qu'il fût, peut-être, peut-être, le seul à savoir, l'emplit de détresse, de rancœur. Mais il demeurait que ce garçon n'était pas le sien et que, cet enfant de Rosie, Lagrand ne l'aimait pas. Personne ne l'aimait, sinon Rosie qui tout aussi bien le haïssait et souhaitait sa disparition. Qu'avait-il à faire, lui Lagrand, avec un garçon pareil ? Ah, cela, en revanche, il l'ignorait, c'était ce qui l'accablait, ce qui le faisait encore et encore transpirer.

D'un mouvement des doigts il salua Diane, en tête du petit groupe. Des colibris ici et là voletaient au plus près de l'herbe jaune. En bas, éternels captifs de leur vallon, invisibles, les bœufs meuglaient. Il semblait à l'esprit douloureux de Lagrand qu'il était sur le point d'entendre le monotone langage des bœufs également, qu'il ne lui aurait suffi que de le vouloir pour comprendre enfin ce dont se plaignaient les bœufs sans trêve, mais pas question, se dit-il, de risquer que lui fût révélée quelque obscure tragédie des bœufs dans la ravine, bien que, d'une certaine façon convenait-il, il fût disposé à aimer n'importe laquelle de ces bêtes tristes et osseuses plus tendrement que Titi.

– Est-ce vraiment Rose-Marie, là-bas ? lui demanda Diane d'une voix un peu nerveuse et sèche. Je la reconnais mal. Elle a beaucoup changé.

Il s'imagina soudain lui disant :

– Dépêchez-vous, emmenez Titi, votre petit-fils, chez le médecin le plus proche !

Au vrai, il avait tellement envie de lui parler ainsi qu'il crut vaguement avoir prononcé les mots que sa pensée avait formés, avant de se rappeler qu'en tout état de cause il était le seul ici à pouvoir emmener l'enfant quelque part, personne d'autre n'ayant de véhicule.

– Regardez les colibris, s'écria Diane. Comme ils sont peu farouches !

Un tout petit oiseau vibrant venait de se poser sur son cou-de-pied, juste entre les deux fines lanières jaunes de ses tongs. Se produisit alors quelque chose que Lagrand pouvait juger à la fois singulier et sans importance et qui cependant l'emplit d'un malaise indéfinissable. A l'instant où son regard allait se détourner du colibri familièrement perché sur le pied de Diane, l'oiseau roula sur le côté et tomba à terre, déjà raidi, son long bec entrouvert.

– Bah, fit Diane en avançant d'un pas.

– Tiens, il est crevé, dit Foret.

Il fit le geste de ramasser l'oiseau, puis se ravisa et se contenta, du bout de sa chaussure, de le pousser sous un jeune bananier. Derrière lui, Lisbeth eut une sorte de sanglot bref, aigu.

– Mon pauvre petit colibri !

– Non, c'est un oiseau, ce n'est pas ton petit, ce n'est pas ton enfant, lui dit Foret, son père, avec douceur.

Il allait, sous le soleil de midi, sans chapeau ni casquette, comme achevant d'immoler son crâne déjà brûlé par des années d'exposition forcenée et comme si, songea Lagrand dans un élan de vague pitié, il lui avait fallu prouver, par l'obstiné sacrifice de sa peau vulnérable, qu'il n'était pas de passage sous ce soleil dangereux, pas un touriste, pas un vacancier. Son impression de tout savoir et pénétrer anéantissait Lagrand. Il sourit machinalement à Francis Carpe, qui s'était arrêté peu après l'angle de la maison, laissant Lisbeth, Foret et Diane descendre vers le gommier, et qui, main en visière, les regardait s'approcher de Rosie et d'Anita maintenant debout toutes deux, semblablement redressées, un peu penchées vers l'avant, avec une tension défiante de jeunes bêtes prêtes à s'enfuir dans un bond.

– Voilà donc Rose-Marie, murmura Carpe.

Lagrand le sentit gêné, regrettant d'être là, ne sachant comment apparaître.

– Au fait, Lagrand, savez-vous ce qu'elle est venue faire ici, en Guadeloupe ?

Lagrand resta silencieux. Il regardait à présent lui aussi vers le gommier. Devait-il parler de Titi ? Il sentait le temps s'écouler et avait conscience de sa propre lenteur, de sa propre coupable et irrésistible inertie.

– Une fille qui vous est devenue une étrangère, reprit Carpe, si elle revient vous voir après des années et vous demande de l'aider ou je ne sais quoi, vous ne lui devez rien, je pense.

– Pas si sûr, dit Lagrand.

Il ricana, furieux tout d'un coup.

– Car, enfin, elle reste votre fille, quoi qu'il arrive, hein ? Et si vous cassiez votre pipe, elle hériterait de vous au même titre que Lazare.

– Oui, oui, grogna Carpe. En attendant, je n'aime pas l'idée que cette fille-là pourrait me demander de l'argent en pensant que je me sentirai obligé de lui en donner. D'ailleurs, telle qu'elle est, là, je ne la reconnais même pas.

Il effleura de sa main le bras nu de Lagrand, débonnaire, pacifique.

– Savez-vous que nous n'avons plus un rond, Danielle et moi ? Nous avons débarqué comme des rois il y a cinq ans, et maintenant, plus rien, fini. Nous dépendons de Foret. Il nous loge, il nous nourrit, et tout le reste. Moi, Lagrand, j'ai été adjudant-chef vingt-cinq ans durant. Et puis, nous avons tenté la juteuse petite entreprise privée avec Lazare et son copain Abel, et voilà où nous en sommes. Rose-Marie n'hériterait pratiquement rien de nous. Si c'est cela, si c'est la possibilité d'hériter qui vous faisait dire qu'elle restait ma fille, alors, Lagrand, dans notre cas, cela ne vaut rien.

Un éclair gris frappa les yeux de Lagrand, sorte de flamme

terne passée au ras du sol, entre deux buissons. Il abaissa ses paupières, les releva, regarda de nouveau à terre et ne vit rien, sachant pourtant qu'il avait vu quelque chose, croyant même savoir ce qu'il avait vu et commençant à percevoir que cette courte lueur vivace et sombre n'était pas sans relation avec ce qu'il aurait dû faire pour la protection de Titi, quoique ne distinguant pas encore de quoi il s'agissait. Il sentait simplement qu'il ne pouvait plus feindre d'ignorer qu'il avait vu filer un rat, peut-être même deux ou trois. Eh bien, se dit-il, c'est précisément parce qu'il y a des rats ici que je suis venu leur apporter le grain.

– Votre petit-fils, là-bas, commença-t-il, surpris de s'entendre parler.

– Où donc ? demanda Francis Carpe en plissant les yeux.

Lagrand ajouta rapidement, avec réticence :

– Je crois qu'il est malade.

– Ah bon. Rose-Marie est là.

Carpe souleva ses épaules, n'y pensant déjà plus.

Mais les rats étaient dans le grenier, songeait Lagrand.

Il remarqua alors, de là même où il se trouvait, près de la case et à une cinquantaine de mètres du gommier, un changement subit dans le visage, l'allure, la personne entière, lui sembla-t-il, de Rosie, devant laquelle maintenant se tenait Diane, ou Danielle Carpe, droite, haute, bombée, plus grande et plus visiblement enceinte que Rosie, bavardant, riant, une jambe en avant, dans une attitude mondaine et fluide, enjouée, artificiellement chaleureuse.

Si je savais de quoi se nourrissent ces rats, pensa Lagrand.

Il se sentait si faible qu'il crut qu'il allait s'écrouler. Il fléchit légèrement les genoux.

A présent et d'une manière saisissante pour Lagrand, Rosie avait le visage de celle qu'il avait accueillie à l'aéroport, un visage si profondément empreint des marques de la poisse et de l'abandon, du dégoût de soi et d'une forme de servilité pourtant vaguement et vainement ombrageuse, que ne l'avait pas effleuré alors le moins du monde la pensée qu'il se dirait un jour, songeant à ce visage : Rosie, mon amour, ma chérie. Et voilà que, la considérant de loin face à sa mère indéniablement étincelante quoique, aux yeux de Lagrand, effroyable, il retrouvait une Rosie Carpe qu'il n'avait pas aimée, qui ne lui avait inspiré que pitié et condescendance – sentiments qu'il n'avait plus cependant, qui ne pouvaient resurgir aussi brusquement, ce qui achevait de l'égarer. Puis Rosie le regarda, lui, d'un œil plein de hargne, d'amertume. Il n'en comprit pas le sens tout d'abord. Il ne put que sourire, dans la désolation. Après quoi, entrevoyant ce qu'elle lui avait signifié, il se dit, désespéré par tant d'injustice : Mais ce n'est pas moi, Rosie, qui ai voulu les amener ici ! C'est elle, celle en jaune, qui a insisté pour venir !

Toute une colonie de rats sortit assez tranquillement de sous un bougainvillier aux grosses fleurs orange fanées, disparut sous des buissons entremêlés au pied desquels les étoiles gâtées de caramboles tombées de leur branche leur faisaient un fragile tapis d'honneur jaune et pourrissant.

C'était des rats petits, minces, d'un gris pâle. Bon dieu, se dit Lagrand.

Il les reconnut alors comme de cette espèce qui se nourrissent essentiellement de fruits. Est-ce qu'ils avaleront le grain ? se demanda-t-il encore – se rappelant ainsi qu'il devait, lui, avant quiconque, manger quelque chose, et de préférence (et il ne se voyait pas capable d'ingurgiter quoi que ce fût d'autre, en délicat équilibre entre la faim impérieuse et le dégoût de tout) de la morue à la tomate et aux oignons.

Il s'éloigna, tourna le coin de la maison.

– Eh !

Lagrand s'arrêta. Il hésita, puis il recula lentement jusqu'au père de Rosie. Il retira ses lunettes, se sentant plein de patience glacée, se sachant étrange, insondable, embarrassant.

– Vous nous laissez ? demanda Carpe dans un petit rire honteux.

Alors Lagrand regarda de nouveau vers la pente, vers la silhouette immobile, pétrifiée, de Rosie dont la figure vidée de toute couleur semblait s'être à la fois allongée et resserrée autour d'un foyer de stupeur et de fascination. Diane, tout près, ne cessait de lui parler, avec de grands gestes provocants, joyeux. Lagrand constata que Titi n'était plus à l'ombre. Le soleil avait rejoint le corps endormi ou assommé de l'enfant, qui gisait, découvert, sur le dos, et que n'avaient peut-être pas même remarqué Lisbeth ou Foret qui bavardait avec Anita, juste au-dessus de lui, mais qu'était ce garçon, se dit Lagrand, sinon un étroit morceau de chair fantomatique ?

Francis Carpe, à son côté, ricanait. Lagrand le sentait inquiet.

– Vous allez sans doute nous ramener bientôt, monsieur Lagrand ?

– Ne vous en faites pas, murmura-t-il sèchement, avant de s'écrier :

– C'est votre petit-fils, là, en bas, et il est malade, très malade !

Il pivota brutalement, saisi d'un haut-le-cœur à la vue de la molle face grise lointainement étonnée, suante, piquetée de poils durs, que tournait vers lui un Carpe aux lèvres pincées de malaise et d'apathie.

Il passa sur le devant de la case, effleura d'une caresse le capot bouillant de son pick-up, puis il traversa en courant la petite route dont il sentait sous ses pieds le goudron collant, avança de quelques pas sur le bas-côté, poussa la porte vitrée d'une petite maison au toit de tôle vert déteint, juste derrière trois gros palmiers trapus qui la cachaient presque entièrement.

A l'entrée de la pièce il demeura un instant immobile, laissant ses yeux s'accoutumer à l'obscurité froide. Un insupportable vacarme emplissait la pénombre et faillit le faire fuir : le bourdonnement de la climatisation vétuste et, par-dessus, les exclamations et applaudissements entrecoupés de faux silences, qui venaient de la télévision posée sur une table au centre de la pièce, volume poussé au maximum car se jouait en ce moment, se rappela Lagrand, la finale de *Questions pour un champion*.

Il avisa tout d'abord une femme large et grasse qu'il reconnut comme la patronne du lieu, prénommée Chimène, et qui, ne l'ayant pas entendu entrer, sursauta lorsqu'il s'approcha de la chaise qu'elle occupait, ensuite lui sourit en le remettant, faisant en sorte néanmoins de ne pas quitter le poste des yeux et, voyait-il, réfléchissant activement à la question en jeu dans le même temps qu'elle enregistrait sa commande d'une part de morue à la tomate accompagnée d'une eau minérale.

Il n'y avait qu'un autre client, au fond de la salle. Le rapide regard que lui jeta Lagrand lui permit de confirmer l'impression qu'il avait eue en entrant d'une sorte de misère crasseuse et vaguement blonde affaissée dans le coin le plus noir de la pièce, puis un second coup d'œil lui fit reconnaître la longue et maigre figure, maintenant tournée vers l'écran, la figure blanche, hébétée, sinistre, de Lazare dont un sourire machinal découvrit soudain les grandes dents comme éclatait devant lui un feu d'applaudissements, suite au bon résultat d'une certaine Françoise.

Lagrand, stupéfait, entendit Lazare crier :

– Françoise !

– Vous la connaissez ? demanda Chimène, curieuse, enjouée.

– Si je la connais ! hurla Lazare. Vous ne pouvez pas imaginer à quel point je la connais !

Chimène se leva et, marchant lentement sur le côté pour ne rien perdre de l'émission, se dirigea vers une petite cuisine ouverte sur la salle.

Lagrand s'approcha de Lazare, contournant les tables bancales, les chaises métalliques au siège de formica bleu clair, avec une précaution ostentatoire, afin de donner à son propre visage interloqué le temps de reprendre l'expression de douceur souveraine, de compréhension un peu altière mais rassurante, dont il ne se départait pas avec Lazare depuis qu'il le connaissait, le tenant à distance en esprit, pensait-il, comme un chien vicieux. Lazare était un chien, mauvais et imprévisible, mais parfois aussi affectueux, et Lagrand se surprenait à l'aimer comme un chien qu'il aurait laissé entrer chez lui et qui serait resté. Lazare, se disait-il, était un vilain chien jaune efflanqué, à la mâchoire traîtresse, à l'échine basse. Un chien de ce genre, sa mère à lui, Lagrand, n'en avait-elle pas laissé pénétrer un dans leur maison, autrefois, lorsqu'elle et Lagrand vivaient encore tous les deux et qu'elle l'appelait, lui – Lagrand se le rémémora soudain – le voyant encore comme ce qu'il n'était peut-être pas, n'avait peut-être jamais été : « Mon tendre petit garçon » ?

Elle l'appelait ainsi, du temps où ils avaient ce chien jaune. Et si Lazare, que Lagrand avait autorisé à demeurer chez lui, était un chien, ne pouvait-il être ce même chien que la mère de Lagrand avait autrefois recueilli et que jamais elle n'avait chassé loin d'elle ? C'était peut-être la raison pour laquelle lui-même avait toujours montré bonne figure à Lazare, se dit Lagrand, malgré l'exaspération et le mépris que Lazare lui avait souvent inspirés, et pour laquelle il avait accepté d'héberger Lazare peu de temps auparavant encore quand celui-ci, retour de son expédition, ayant terminé sa petite affaire avec Abel, était venu, lamentable, apeuré, demander à Lagrand de le tenir éloigné de l'autre en consentant à ce qu'il habitât chez lui – qui, pour cette raison, certainement, puisque Lazare lui devait déjà tant, pour cette étrange raison que Lazare pouvait être l'humain avatar du chien jaune errant, solitaire, sournois, que sa mère avait fait entrer chez eux dans le passé, qu'elle avait nourri, lavé, sans jamais le frapper ni le maudire.

Ainsi donc, pensa Lagrand, il aimait, lui, la sœur de ce chien. Que faisait Rosie, maintenant ? Et qu'advenait-il de Titi, en cet instant où lui-même tirait une chaise, s'asseyait et lançait :

– Salut, Lazare.

– Salut, vieux, salut.

Lagrand tournait le dos à la télévision et il bougea sa chaise en constatant qu'il interceptait un peu de l'image à Lazare qui, sans rien dire, s'était penché sur le côté pour mieux voir.

– Youhhh ! Youhhh ! Françoise ! Tiens bon, mon cœur ! cria Lazare.

Il avait devant lui un rhum bien tassé, dans un verre à moutarde orné d'un Lucky Luke tirant sur son ombre, une rondelle de citron écrasée au fond. Lagrand avait froid. Il entendait derrière lui Chimène préparer sa morue et son estomac contracté gargouillait.

– Je ne m'attendais pas à te trouver là, dit-il, désinvolte.

Mais il restait sur ses gardes, ayant remarqué à divers signes qui jamais ne l'avaient trompé (comme il connaissait bien Lazare, comme il lui semblait curieux de connaître aussi bien un homme aussi parfaitement, aussi incroyablement décevant) que la fébrilité de Lazare était à son niveau le plus haut.

— Regarde-la, regarde Françoise, ils vont me la bousiller, dit Lazare avec un long geignement.

Ses traits se tordirent, immobilisés dans une grimace de sanglot muet et puéril, nez froncé, lèvres retroussées, et ses yeux, qui regardaient au-delà de Lagrand, mouillés, rougis. Ils ont la couleur exacte des yeux de Rosie, songea Lagrand avec une sorte de gêne. Puis il se dit, grelottant, étouffant : Bon dieu, Rosie, faites que rien n'arrive par votre faute.

— Quelle importance, puisque tu ne la connais pas, cette femme, dit-il prudemment.

— Quelle femme ? pleurnicha Lazare.

Lagrand, sans se retourner, eut un mouvement d'épaule vers le poste. Alors Lazare poussa un grand cri aigu, de colère et de scandale. Il regarda enfin Lagrand. Il avait les yeux petits, pâles, mouvants.

— Françoise ? C'est la personne au monde que je connais le mieux ! Personne n'a le droit de dire que je ne connais pas Françoise !

Depuis quand, précisément, Lazare était-il chauve ? se demanda Lagrand. A quel moment de sa vie récente, dont Lagrand n'avait rien ignoré, la masse de ses cheveux plutôt longs et fournis s'était-elle réduite à cette couronne maigre, et encore claisemée, lui parut-il, depuis la veille ? Oh, ce chien de Lazare avait une bien piteuse allure. Devait-il éprouver de la pitié ? Lagrand s'avouerait plus tard qu'il avait pris une mesure très erronée de ce dont était capable Lazare, en qui il avait vu un être essentiellement chancelant, trompeur, brumeux, d'une faiblesse larmoyante qui le tenait à l'écart des actes plus qu'elle ne l'entraînait à les accomplir, fût-ce des actes médiocres qu'une certaine forme de faiblesse est seule susceptible d'inspirer. Il s'avouerait que la conscience de sa supériorité sur Lazare avait borné son intuition, l'avait empêché de comprendre que ce chien-là, précisément, pourrait l'étonner plus que quiconque – mais dans l'horreur, mais dans la consternation, alors qu'il s'était arrêté à l'hypothèse que, Lazare étant incapable de la moindre victoire, il ne se montrerait jamais véritablement surprenant.

Il lui semblait que Lazare le regardait en dessous, avec une appréhension nerveuse. Je dois d'abord manger, manger, se dit-il, au bord de la nausée. Sa peau était sèche et froide, son polo un peu raide, mais de bonne tenue maintenant. Chimène lui apporta alors une assiette remplie de poisson, et comme, passant près de la télévision, elle en avait baissé le volume, Lagrand perçut le ronflement lointain du car de Pointe-à-Pitre, au-delà des murs de planches et des palmiers massifs, le car qui s'arrêtait puis douloureusement repartait dans une fulminance de ahans entrecoupés d'éclats de musique.

– Tu entends ça ? murmura Lazare. J'ai eu l'impression que ça venait de Françoise, que c'est elle qui chantait le zouk, rien que pour moi. Elle est foutue. Elle va perdre.

– Laisse tomber cette Françoise, dit Lagrand.

La première bouchée lui fit l'effet d'une souffrance, tant c'était bon et chaud et tant il avait faim. La tête inclinée, il mangeait. Il ne se souciait plus de Lazare. Lui parvenaient toujours, mais en bruit de fond, la rumeur d'arène du jeu télévisé, les exclamations admiratives ou impatientes de Chimène qui s'était rassise non loin de leur table, les claquements du climatiseur, ainsi que, tel un son identifiable tout autant, l'habituelle tranquillité dominicale de la petite route après midi sur laquelle il voyait en pensée, bercé d'un soudain bien-être, rouler silencieusement, loyalement, son beau pick-up.

Précis et rapide, il mangeait, ne pensant plus au chien jaune. Lazare le regardait un peu de côté, avec un air de panique sournoise qui inquiéta Lagrand lorsque, sentant sur lui les yeux

230

ternes, mobiles, de Lazare, il cessa de manger, leva la tête, constata alors que l'autre avait reporté son attention fièvreuse de l'écran vers lui, Lagrand, et qu'il semblait attendre quelque chose.

Comme Lagrand réclamait sa bouteille d'eau à Chimène, Lazare demanda un autre punch. Il portait une chemisette crasseuse, celle que Lagrand lui avait vue quand il était rentré de son expédition et l'avait supplié de le laisser habiter chez lui, aux Abymes. Lazare l'avait-il supplié ? Il l'avait fait, sachant pourtant certainement qu'il n'était pas besoin de supplier Lagrand pour obtenir de lui un service, mais, terrorisé, sale, épuisé, il l'avait fait, de sorte que Lagrand lui avait immédiatement permis de rester et même, cette nuit-là, lui avait prêté son lit. Il avait nourri Lazare, l'avait aidé à nettoyer quelques écorchures qu'il avait aux jambes, sans lui poser la moindre question, de la même façon, se disait-il actuellement, qu'on ne demande pas au chien qu'on autorise à entrer ce qui l'a conduit à se retrouver aussi seul, effaré, perdu. A présent, dans ce café obscur et glacial, Lazare avait cette même chemisette souillée, cette même expression d'angoisse un peu veule et d'espoir geignard mis sans honneur dans une supposée faculté de Lagrand de tout arranger.

Ont-ils eu des leçons de piano et des leçons de tennis ? se demanda Lagrand fortuitement, mais vaguement.

– Tu devrais rentrer chez toi, dit-il. Toute ta famille est là, en face.

Et ma propre famille, songea-t-il, où est-elle ? Il était solitaire adulte comme il l'avait été enfant, sans savoir comment cela se faisait, l'acceptant, s'y soumettant avec un peu de hauteur. Il avait vingt-neuf ans. Avait-il été, depuis l'enfance, attiré par qui que ce fût autant que par Rosie Carpe, la sœur même du chien qu'il avait accueilli sous son toit ? Il n'avait eu, jusqu'ici, que de froides histoires, à ce qu'il lui semblait maintenant. Pas de famille, ou si peu, pas d'amour réconfortant – oh, Rosie, faites que rien...

– Je ne peux pas rentrer, impossible, répondit Lazare d'une voix anxieuse, stridente quoique volontairement assourdie. J'ai cru que je le pouvais et je suis venu, mais je vois bien que c'est impossible.

– Comment es-tu venu ?

Lagrand savait que Lazare avait vendu sa voiture, démuni au point que s'était révélée indispensable la somme médiocre tirée de sa vieille Renault Cinq. Lazare ricana. De plus en plus agité, il se tortillait sur sa chaise, passant et repassant les mains sur son vaste crâne blanc, ne quittant pas Lagrand des yeux et cependant cachottier, implorant avec une sorte de fourberie inepte qui exaspérait Lagrand, car il la pensait étudiée.

– J'ai fait du stop depuis Pointe-à-Pitre, chuchota Lazare.

Lagrand continua de manger, finit son assiette, lentement. Il repoussa l'assiette, et, par ce petit geste qui signait la fin de son repas, de la trêve qui le protégeait encore, il comprit qu'il n'échapperait pas à Lazare, il en eut un frisson de honte et de dégoût, comme si, se dirait-il plus tard, ce qui en lui connaissait si bien Lazare avait su immédiatement qu'il lui fallait d'abord éprouver dégoût et honte pour tremper sa faculté à faire front au reste. Il pensa dans le même temps que c'était de son chien qu'il avait honte, de son propre chien qu'il avait le dégoût. Le chien avait-il couru, autrefois, derrière sa mère à lui, Lagrand, sa mère qui fuyait dans sa robe jaune en proie à une peur innommable, ou bien était-il demeuré auprès de l'enfant qu'il était alors, lui, Lagrand, sur le seuil de la maison de Boissard où l'enfant et la mère avaient vécu ensemble presque comme un seul être ? Il ne s'en souvenait pas. Il se rappelait simplement que, recueilli par ses grands-parents, il avait ensuite habité chez ces derniers, mais sans le chien, et que plus jamais il n'avait été question d'un chien, ni de celui-ci aussi brutalement disparu de l'existence de Lagrand que sa propre mère, ni d'un autre, les deux vieux se méfiant des chiens – les deux vieux dont la vie était faite de menues stratégies de défense quotidienne contre les malices de l'étrange vouant à tous les chiens une prudente détestation.

Il apparut soudain à Lagrand que Lazare lui parlait, penché vers lui pour éviter d'être entendu de Chimène. Ses yeux avaient dans la pénombre un éclat translucide. Il parlait, d'une voix hachée, pantelante, avide (pour que je prenne au plus vite ma part des atrocités qu'il a commises, que je l'en soulage en les chargeant sur mon propre dos, que j'en alourdisse ma propre conscience, se dirait Lagrand), et Lagrand savait qu'il l'avait entendu dès le début, mais il tentait de faire en sorte que ce n'ait pas été le cas, en sorte d'avoir manqué l'essentiel et le plus répugnant de ce que lui confiait Lazare.

Il baissait son regard, contemplait la table – les taches qui marquaient le bois sombre, une goutte d'eau, quelques miettes –, espérant qu'il lui serait encore possible, s'il ne regardait pas Lazare, de ne pas l'entendre. Il perçut clairement, derrière lui, qu'on félicitait Françoise, il lui sembla même comprendre que Françoise sanglotait, de joie et de saisissement, dans son triomphe modeste. D'où lui venait la pensée qu'on aurait dû conseiller à Françoise de ne jamais reparaître au fil des émissions dans la même veste rose ?

Mais voilà qu'il embrassait tout, voilà qu'il entendait tout – chaque mot, chaque souffle, chaque hoquet de Lazare, puis le car de Saint-François grimpant la côte avec peine, de l'autre côté de la cloison de bois, des palmiers si touffus qu'ils empêchaient tout nouveau client éventuel de remarquer qu'il y avait là un endroit où boire et manger –, et encore, par-delà la petite route, les longs appels obstinés et sans espoir des bœufs dans le vallon, et la difficile respiration de Titi (il l'entendait !), puis toujours les propos lamentables, glaçants, suffisants de Lazare dont la voix et le timbre tentaient de s'allier la compréhension de Lagrand, d'extraire de Lagrand la vaste réserve de pardon et de commisération que Lagrand lui semblait abriter, pour se l'approprier, lui, Lazare, qui n'avait pas, pensait Lagrand, le moindre mot d'inquiétude à l'endroit de qui que ce fût d'autre que lui-même, et comme si, pensait Lagrand, c'est lui qui avait entre tous le plus légitime besoin de cette indulgence de Lagrand, de son intelligence efficace et obligeante, lui, Lazare, dont les cheveux étaient tombés, dont les yeux pâles étaient cernés de rides et de tressaillements nerveux. Oui, en vérité, il lui semblait pénétrer mieux que Lazare lui-même le sens de ce que celui-ci lui décrivait, il lui semblait même voir plus précisément que Lazare ce que celui-ci voyait, et il se disait, les yeux fixés sur la table, figé dans la consternation, dans la honte et le désarroi : Comme c'est abominable...

Simultanément on le forçait à se demander, lui semblait-il, en même temps que Françoise, ce qu'il allait faire de cet argent, de cette réussite – mais combien avait gagné Françoise exactement, cela, au moins, il ne l'avait pas entendu. Elle parlait, humble, gentille, encore troublée, de voyages, de cadeaux à ses enfants, à ses parents. Où est la famille que je pourrais couvrir de bienfaits ? songeait Lagrand – où est ma mère, que je lui offre (à quels cadeaux pensait Françoise ?) un bijou, une encyclopédie, une bonne voiture d'occasion ? Titi n'est pas mon enfant, ni l'autre non plus, celui que porte Rosie – mais pourquoi fallait-il que les enfants de Rosie lui inspirent une telle répugnance ? Si le sale vieux chien d'autrefois avait pris la forme de Lazare, rien n'indiquait que d'autres chiens aient trouvé leur refuge humain dans la peau de Titi ou dans le ventre de Rosie.

Comme c'est abominable, songeait Lagrand, transi, paralysé, ayant l'impression maintenant de n'être plus que le réceptacle de toutes les tristesses et les vilenies, de tous les bruits frelatés. Il se figurait des palmiers et les trouvait d'une infinie morosité. Les doux projets de Françoise l'accablaient. Qu'allait-il faire, qu'allait-il devenir, lui ? Où étaient les enfants qui seraient les siens et qu'il enverrait en Angleterre, à Paris, sans éprouver jamais envers eux ni haine ni dégoût, sans désirer leur mort ni les redouter au point de se sauver un jour loin d'eux sur un chemin dévasté ?

Quand Lazare eut fini de parler, il demanda un autre rhum à Chimène, et Lagrand put constater, au ton apaisé, presque humide de sa voix, que sa confiance en lui, Lagrand, égoïste et vaniteuse, que son aveugle croyance en l'amitié de Lagrand s'étaient encore si bien, si naïvement développées, qu'il paraissait maintenant satisfait et soulagé d'avoir remis entre les mains de Lagrand, comme un paquet de linge souillé, le récit de ce que lui et Abel avaient fait deux jours auparavant, et tout comme il eût pu lui confier, se dit Lagrand, sa chemisette tachée de brun, son vieux pantalon éclaboussé de sang qu'il portait encore ce jour-là, serré sur sa taille maigre grâce à la ceinture du peignoir de Lagrand.

Lagrand remarqua ce détail au moment où Lazare se leva.

– Je sors pisser un coup, dit Lazare.

– Qui t'a permis de prendre cette ceinture ?

La brusque colère de Lagrand lui chauffait les joues, le front. Il constata qu'il avait peur. Que se passerait-il pour lui, songea-t-il rapidement, si un peu du sang qui avait coagulé sur les vêtements de Lazare se retrouvait sur la ceinture de son

235

propre peignoir ? Il se dressa à demi et sa chaise racla le carrelage. Chimène les regardait, sourcils froncés.

— Enlève-la. Donne-la- moi, je te dis, souffla-t-il avec fureur.

Alors Lazare eut peur à son tour, ou plutôt, se dit Lagrand, la légère peur de lui que Lazare avait toujours eue, le tenant pour un homme juste et serviable mais raide, inflexible, si sérieux qu'il en était parfois imprévisible, cette peur flottante se posa sur son visage, emplit ses yeux de gêne et de trouble.

Il écarta les bras, montrant ses mains ouvertes.

— Mon pantalon me tombe sur les pieds si je l'enlève.

— Tu me la rends et tu te débrouilles.

Quelle scène ridicule, ridicule, pensait Lagrand. Chimène s'était tournée de nouveau vers la télévision d'où sortaient des rires prolongés, inextinguibles.

Lazare se rapprocha de Lagrand. Il avait compris et sa peur s'éloignait, remplacée par le franc et presque joyeux désir de rassurer Lagrand. Il chuchota :

— C'est la bestiole qui m'a sali, rien que la bestiole. Celle qu'Abel a zigouillée. C'est pour ça.

Puis il eut un large sourire tranquillisant. Lagrand se sentit humilié. Derrière lui, les rires ne cessaient pas – était-ce, maintenant, une émission de rires ? Chimène riait dans une sorte d'écho caverneux, plat, sans gaieté, les bras croisés dans la pénombre, la figure nimbée, par la lueur de l'écran, d'un halo blême.

La conscience de sa propre solitude fit suffoquer Lagrand.

Que pouvait-il faire d'une horreur aussi vaste et accomplie, d'une aussi parfaite horreur ?

C'était comme si, d'un coup, l'abomination n'avait plus concerné Lazare mais uniquement lui, Lagrand, et presque comme si l'acte de Lazare lui avait été retiré pour arriver dans la seule mémoire de Lagrand – comme si Lazare n'avait rien fait, avait même oublié que quelque chose s'était produit (de quel pas léger il s'éloignait, sortait du café par la porte de derrière !), et que c'était à présent Lagrand qui avait agi deux jours auparavant, lui qui en gardait le souvenir épouvantable et qui avait à prendre une résolution.

– Le fils de ta sœur, Titi, a besoin qu'on s'occupe de lui, avait-il dit à l'instant où Lazare s'écartait.

Et encore, d'une voix qui lui avait paru à lui-même glapissante et désespérée :

– Il est chez toi, là en face, et, crois-moi, il ne va pas bien du tout !

Mais peut-être ne l'avait-il pas dit, en réalité, peut-être n'avait-il fait que s'imaginer en train de le dire, car la longue figure glabre de Lazare n'avait rien exprimé. Les doigts serrés machinalement sur son entrejambe, il avait tourné les talons.

Lagrand paya son repas. Après une brève hésitation, il paya également les trois verres qu'avait bus Lazare et dont Chimène lui donna le prix sans avoir l'air de penser que Lagrand n'était pas obligé de les payer. Chimène contemplait les dégâts provoqués par une avalanche. L'éclat de la neige isolait son visage soudain livide, luisant.

– C'était très bon, dit Lagrand.

Il lui semblait que son polo était fait de cette même neige. La sueur avait séché sans laisser d'auréoles. Pouvait-il s'avouer qu'il était allé jusqu'à haïr ceux qui s'habillaient de blanc de pied en cap, n'ayant jamais eu, lui, ni leçons ni...

– Mon dieu, toute cette neige, dit Chimène, portant ses mains lentes à son front, comme pour tenter d'écarter les deux bras d'un étau, vers sa tête bleuâtre posée dans le noir. Toute cette neige !

237

Quand il revint à la maison de Lazare, l'étouffante pesanteur du silence qui régnait partout alentour lui donna l'impression fugace que tout le monde était mort. Etait-il possible que le sentiment éprouvé dans le café d'avoir fait sien le méfait de Lazare, au point d'en ressentir terreur et confusion, ait eu sa source véritable ici, dans quelque chose qu'il aurait commis effectivement, lui, Lagrand, avant de traverser la route tout à l'heure ?

Il se le demanda tout en sachant que ce n'était pas possible. Mais de s'être interrogé malgré tout le gêna profondément.

Il longea les parpaings, contourna la case. Il se sentait plein de Lazare, il lui semblait être Lazare lui-même rentrant chez lui et trouvant dans sa maison la mort introduite par la main de Lagrand. Comme c'est abominable, songeait-il – mais qui, pensait-il encore, songeait ainsi ? Etait-ce Lagrand ou Lazare ? Il effleura ses hanches, son ventre dur, son cou. Il regarda la couleur de sa peau, sur ses mains aux doigts fins, soignés, prestes. Rien de ce corps-là ne pouvait appartenir à Lazare dont la silhouette de chien sans pitance était à la fois maigre et molle, longue et floue, tandis que Lagrand, il le savait, était un cheval magnifique, sombre et brillant, nerveusement mus-clé. Et pourtant, se dit-il, regardant, derrière la maison, vers la pente silencieuse, blanchie de soleil, – oh oui, c'est bien la mort qu'il avait laissée derrière lui, en toute connaissance de cause.

Il ne vit d'abord personne. Puis, à l'ombre du gommier, là où s'étaient installés Rosie, Anita et les deux enfants, il aperçut Lisbeth assise, jambes écartées, immobile et soutenant un tout petit corps qui ne pouvait être que celui de Titi. Elle était seule. Il lui sembla qu'elle fredonnait, mais peut-être était-ce le murmure des plus hautes feuilles de l'arbre à pain qu'agitait maintenant un vent très léger.

Ils sont partis, se dit-il, stupéfait. Mais y avait-il une raison plausible de trouver plus extraordinaire leur départ que leur mort à tous, de trouver soudain plus terrible et inquiétant de ne pas les voir, que d'avoir imaginé les découvrir privés de vie par sa faute à lui, par sa main et sa volonté ?

Où étaient-ils partis ?

Il descendit jusqu'au gommier. Il pensait à Françoise, incongrûment, à cette reine du jeu télévisé qui devait être à cet instant si radieuse, si repue, quelque part en métropole. Il pensa qu'il connaissait cette femme et que cette femme ne le connaissait pas – et sa pensée tournoyante s'envolait bien loin du gommier. Lazare avait eu raison en affirmant qu'il connaissait Françoise. Lui aussi, Lagrand, la connaissait secrètement, sournoisement, et souffrait presque de se rendre à cette curieuse évidence qu'elle ignorait même qu'il existait, bien que, tout aussi évidemment, il fût certain que cette Françoise ne l'intéressait en rien.

Il sursauta. Quelque chose était passé sur son pied – avait couru sur son pied, dans un effroi que lui-même avait ressenti tout au long de sa jambe. C'était une frayeur d'une espèce répugnante. Il en frissonna de dégoût, et seulement après vit les rats qui couraient autour de Lisbeth, qui fuyaient de part et d'autre du gommier dans une dispersion désordonnée, affolée, sans qu'il pût comprendre si son arrivée les chassait soudain ou s'il y avait un long moment déjà qu'ils détalaient, absurdement, en tournaillant autour de la jeune femme et de l'enfant. Il fit un bond en arrière. Les rats petits, gris, à la queue épaisse et grisâtre : il y en avait à présent plusieurs dizaines.

239

– Lève-toi ! cria-t-il à Lisbeth.

Elle repoussa doucement dans l'herbe le buste de Titi. Elle se dressa d'un mouvement calme et souple, tira au-dessous de ses genoux le bas de son pantalon corsaire, indifférente à la muette sarabande épouvantée qui se dansait autour d'elle.

Lagrand avança de nouveau, malgré son écœurement, et se baissa pour prendre Titi dans ses bras. L'enfant haletait très sourdement. Il avait les yeux mi-clos, la figure mouillée, empourprée.

– Bon, bon, murmura Lagrand.

Portant Titi qui, à travers la fièvre et l'essoufflement, respirait, il se sentit devenir héroïque, le temps d'un bref instant. Il cala l'enfant sur sa poitrine et d'un pas rapide remonta vers la maison, murmurant sans cesse, la voix tremblante :

– Bon, bon...

Il croyait percevoir encore derrière lui, collée à ses talons, l'odieuse terreur des rats, il marcha plus vite, courut presque, après quoi il regarda par-dessus son épaule et, voyant que Lisbeth le suivait tranquillement, il comprit, au tressaillement d'angoisse qui le secoua, qu'il s'était attendu à ce qu'elle entraînât les rats avec elle, dans leurs tournoiements fous, hallucinés de peur, mais ne pouvant s'empêcher d'aller derrière elle, attirés contre leur instinct par quelque chose d'inconcevable qu'elle aurait eu, elle ou ce qui la possédait, ou ce qu'elle avait été.

Mais aucun rat n'escortait Lisbeth. Elle avançait, longue et jeune, flexible, le nez pointu de Foret séparant d'un trait dur les douces et larges moitiés de son visage. Lagrand la regardait s'approcher et il se fit la remarque qu'elle n'avait plus de ces sourires exaltés, sans motif, qui l'avaient rangée pour lui du côté des innocentes. Il la laissa le rejoindre, puis il repassa à l'avant de la maison. Contre le sien, le cœur de Titi battait deux fois plus vite et plus fort. Lisbeth alla s'asseoir sur le banc de ciment, tandis qu'il ouvrait la portière de son pick-up et allongeait Titi sur la banquette arrière. Que puis-je faire d'autre ? se demanda-t-il. Il lui semblait qu'une odeur de salive et de pourriture emplissait encore son pick-up, il lui semblait que la chaleur avait fait gonfler, lever, cette puanteur fermentée.

– Où sont les autres, Lisbeth ?

– A Pointe-à-Pitre. Au cinéma.

Elle était claire et pensive, à ce point dépourvue, se dit Lagrand, d'hésitation et de calcul, d'embarras et d'opacité, qu'il s'en trouvait intimidé, décontenancé. Mais il pensa qu'elle n'avait pu, là, que se tromper.

– Probablement pas au cinéma, non, Lisbeth, dit-il, souriant.

– Ils ont pris le car tout à l'heure et ils sont partis voir *La Revanche des Gaulois*. Ils m'ont dit : Tu gardes le gamin, tu bouges pas d'ici, et puis ils sont partis. Toi, il faudra que tu ailles les chercher au Royal, les deux filles, pour les ramener ici vers six heures comme il n'y aura plus de car, conclut Lisbeth de sa voix sérieuse, égale, qui se contentait d'informer sans chercher à convaincre, sans même savoir qu'il pût exister la nécessité de convaincre.

Ses lèvres étaient bien closes – nul égarement maintenant, nulle béatitude, mais, se dit Lagrand, une sorte de paix enfin recouvrée, si profonde et si largement répandue en Lisbeth qu'elle paraissait empêcher l'infiltration de toute émotion.

– Ils t'ont laissée là, avec Titi malade...

– Ils m'ont dit : Tu gardes le gamin, on va voir Astérix et Obélix au Royal. Ils m'ont dit : Toi, Lisbeth, tu l'as déjà vu.

Un petit sourire de plaisir étira sa bouche à l'évocation du film, puis le calme de mort qui l'habitait submergea le sourire.

241

Son visage n'exprima plus rien, pareil, pensa Lagrand, au visage qu'elle aurait dans la tombe, pareil au tombeau lui-même. Ah, se dit Lagrand, consterné, si Lisbeth n'est pas une simple d'esprit, si elle n'est pas une pauvre idiote donnée à Francis Carpe en échange de je ne sais quoi, que peut-elle bien être ?

La chaleur tombait sur lui sèchement. Il attrapa la poignée de sa portière, voulut dire quelque chose à Lisbeth puis y renonça. La quiétude proche de l'anéantissement qui avait englouti toutes les qualités de Lisbeth, enveloppait celle-ci d'une matière presque visible de solitude, de lointain hermétique et inamical. Aussi ne lui dit-il pas :

– Viens, je te ramène à Bas-du-Fort.

Il ne le lui dit pas et songea qu'elle n'aurait pas répondu, comme si, songeait-il, ayant obéi à ce qu'on lui avait demandé de faire (et il ne doutait pas qu'elle fût demeurée à garder l'enfant sous le gommier des jours et des nuits entières si personne n'était revenu, immobile au milieu des rats et s'étant elle-même hissée sans conscience jusqu'à un tel niveau de vertu, de loyauté et d'intégrité, qu'elle aurait permis, se dit-il, aux rats de la dévorer et de dévorer l'enfant plutôt que d'interrompre le cours de son attente), comme si, ayant accompli ce qu'elle devait et s'en trouvant relevée, elle pouvait enfin se retirer dans l'impénétrable isolement où il la voyait maintenant, où il la voyait, peut-être, de moins en moins bien, ayant l'impression qu'elle était cachée à sa vue quoique étant là, sur le banc de ciment, avec son pantalon en vichy rose, son chemisier blanc, sa figure morte. Il considérait ses traits, voyait les yeux bruns clairs, le nez pointu, les lèvres larges, cette joliesse simple et presque ennuyeuse cernée d'une ligne rousse de cheveux courts, et cependant il lui semblait que le visage s'éloignait de lui sans bouger, qu'il se fondait dans l'incertitude d'une idée ou d'un rêve incompréhensibles, aussi abstrait, mystérieux, qu'un végétal, qu'une plante commune et cependant tout d'un coup inouïe. Les yeux de Lisbeth étaient posés sur lui mais il voyait bien qu'elle n'était plus là, même s'il entendait le frémissement de son souffle, sa respiration de feuilles.

– Carpe ou peut-être ton père reviendra te chercher, dit Lagrand, sans penser qu'elle l'entendait, se disant dans le même temps : Ils l'arracheront avec une vigueur un peu brutale et ses innombrables petites racines n'y résisteront pas, se disant encore : Mais je pense comme ma mère aurait pensé, certainement, et cela l'humiliait et le peinait pour lui-même, tout en emplissant sa poitrine d'une chaleur douteuse.

Il monta dans le pick-up et démarra. Titi n'avait pas bougé. Bien qu'il parût avoir cessé de vivre, Lagrand voyait qu'il s'accrochait, obstinément, dans une résistance furtive mais infatigable aux desseins conçus pour lui. Sa propre fureur contre Rosie l'asphyxiait. Elle avait dit qu'elle emmènerait Titi voir Astérix et Obélix, qu'elle l'y emmènerait car le film amuserait Titi, et elle ne l'avait pas fait, laissant Titi se mourir auprès de Lisbeth – qu'il y eût, là-dedans, une intention, que ce fût même une attitude des plus cohérentes et qu'il n'y eût aucune raison pour que Rosie n'eût pas laissé l'enfant achever de mourir auprès de Lisbeth, Lagrand le savait. Et pourtant, à l'origine de son amertume et de sa colère, il ne pouvait s'empêcher de prendre en compte cette trahison mineure : qu'elle n'eût pas emmené l'enfant au cinéma ainsi qu'elle l'avait promis. Cela lui épargnait, devinait-il, une plus grande rage encore, cela lui épargnait également une certaine forme de peur encombrante.

Avait-il peur de Rosie Carpe ?

Tous les Carpe qu'il connaissait maintenant avaient été capables des pires choses.

Oh, Rosie, Rosie, murmurait-il, éberlué, suffoquant du désir de la voir.

Elle regardait *La revanche des Gaulois* et peut-être à cet instant riait, bouche grande ouverte, coupable, glorieuse et forte, peut-être en ce moment précis riait-elle tandis qu'il transportait l'enfant vers l'hôpital de Pointe-à-Pitre ou tandis que l'enfant, pensait-elle peut-être en même temps qu'elle riait, finissait son insupportable, haïssable existence aux côtés de quelqu'un qui ne pourrait rien pour lui, près de Lisbeth sous le gommier. Il la voyait riant dans la salle de cinéma, il brûlait d'envie d'être auprès d'elle qui riait ainsi, bien que la pensée d'un tel rire l'épouvantât. Il se rappela Rosie tout à l'heure, vêtue de rouge, hâlée, ses cheveux de la même teinte cuivrée que sa peau, et il se dit avec une sorte de douleur morne qu'elle avait changé d'une façon qui avivait son amour pour elle, puisqu'il s'agissait bien de cela, mais que, la raison de ce changement spectaculaire, dès lors qu'il l'avait eu comprise, il se devait de la considérer comme un obstacle absolu à l'amour. Elle avait décidé la mort de Titi et sa petite âme avait rayonné sur cette détermination, radieuse, dilatée, sincère. Rosie, sous le gommier, avait eu l'air acquittée, se rappelait Lagrand stupéfait, comme absoute au-dessus de Titi qu'elle laissait s'affaiblir, alors qu'auparavant elle lui avait paru s'en vouloir toujours d'il ne savait quoi, glacée de gêne et de dégoût de soi-même.

Comment cela était-il possible ?

Comment, se demanda-t-il, une telle saleté pouvait-elle être aussi naturelle, aussi ouvertement et innocemment exposée sans cesser d'être une saleté, et sans anéantir aussitôt toute espèce d'amour ?

Il roulait vite, les doigts serrés sur le volant, avec raideur. Il jetait parfois un coup d'œil inquiet à Titi et le voyait vivant, quoique semblant s'interdire de respirer, quoique semblant feindre (de crainte qu'on le tuât ?) d'être mort.

Les voitures étaient nombreuses et impatientes maintenant sur la petite route bosselée. Lagrand avait aimé, avant, rentrant de chez Rosie vers sa propre demeure aux Abymes, excité par ce qu'il ne savait pas encore alors être le commencement d'un amour pour elle, se retrouver dans le cours nerveux de la circulation, lui-même habile, léger, irrévérent – comme il aurait été bon de rentrer de cette façon-là, ce dimanche d'avril, avec cette candeur-là, et de n'être pas obligé de penser qu'il avait peut-être perdu Rosie le jour même où il s'était rendu compte que sûrement, sûrement, il aimait Rosie Carpe comme il n'avait jamais aimé personne jusqu'à présent. Comment pouvaient être aussi réelles autant de désillusion et d'amertume ? La clarté de l'air était la même, pareil le bleu du ciel sur les cités de béton du Raizet, les maigres palmiers gris poussiéreux, entrepôts, garages abandonnés. Il songeait à Rosie, la gorge obstruée, et soudain la distinguait mal, ne voyant plus qu'un visage déformé par le rire, qu'une grande bouche ouverte dans un rire pur et conquérant, délivré, et qui résonnait dans la salle de cinéma envahie de rires d'autre sorte avec une imperceptible note d'avertissement qu'il était le seul à entendre, lui, Lagrand qui avait soustrait Titi à la mort assurée sous le gommier. Il ne savait plus quel était le visage de Rosie, à quoi elle ressemblait, ni vers qui ou quoi tendait maintenant l'amour pénible qu'il sentait en lui, alors qu'il n'y avait rien eu de tel pendant si longtemps. Il n'y avait rien eu de comparable à cela depuis que sa mère en jaune s'était enfuie de la maison où elle l'avait fait vivre auprès d'elle comme une partie d'elle-même, comme s'il avait été l'un de ses membres ou de ses organes, comme si elle avait été seule. Jamais, se dit Lagrand, il n'y avait eu rien, en vingt ans, d'équivalent à ce qu'il avait éprouvé autrefois pour sa mère, jusqu'à maintenant. Mais, se dit-il encore, que pouvait-il faire de cela à présent ?

Comme les voitures n'avançaient plus, bloquées à l'entrée de Pointe-à-Pitre dans la chaleur tremblante et terne des gaz d'échappement, il descendit et courut vers une baraque toute noircie de fumée, au bord de la route. Il acheta un poulet rôti qu'on lui glissa dans un sac en papier. Puis il remonta dans le pick-up et tenta d'enfoncer un petit morceau de blanc de poulet entre les lèvres de Titi.

– Mange, mon garçon, murmura-t-il, pensant de nouveau malgré lui à celle qui avait eu coutume de dire : Mon tendre petit garçon, sans savoir alors que c'était là un amour donné pour rien puisque la suite serait telle qu'il n'en resterait pas même le souvenir.

Sa main n'était pas sûre. Le morceau de viande retomba mollement de la bouche de Titi sur le siège. Lagrand avait la certitude que ce qui demeurait de vivant en l'enfant, quoique ténu, était un tout petit peu plus ferme et capable de durer que Titi lui-même ne le manifestait, par prudence ou désespoir. Peut-être aussi, songea soudain Lagrand, Titi pensait-il obéir mieux de cette façon à ce qu'avait voulu Rosie pour lui. Il lui tapota la tête, essuya son visage fiévreux. Il redémarra doucement, s'arrêta, continua un peu encore. Il lui sembla brusquement apercevoir Abel. Un homme marchait sur le bas-côté, longeant le parking d'un loueur de voitures – un blond aux cheveux ras, vêtu de noir, avançant à pas pressés, front en avant, épaules rentrées. Il pénétra dans la bicoque qui servait de bureau de location et Lagrand ne le vit plus.

Il était certain qu'il s'agissait d'Abel. Il sentit son ventre se crisper et une sorte de petit vent froid effleurer sa peau. Abel était là, sortant en pleine lumière – Abel ne se cachait pas, lui, dans la pénombre bleutée d'un troquet des Grands-Fonds, à moins que ce ne fût tout de même se cacher un peu que de marcher le long d'une route embouteillée de la périphérie, dans la chaleur de l'après-midi, un dimanche, et d'avoir l'air à la fois si commun et déplaisant que le regard se détournait de lui sitôt qu'il avait effleuré cette ennuyeuse silhouette noire, lisse, mince et vaine, sorte de bout de bois à demi brûlé, pensait Lagrand qui tentait inutilement de se rappeler les traits du visage d'Abel. En conséquence de quoi il se rappelait qu'il n'avait jamais réellement vu Abel, bien que celui-ci, depuis plusieurs années, eût fait partie de son entourage presque au même titre que Lazare. Avait-il vu une fois complètement Abel ? D'une manière inexplicable l'autre s'était toujours dérobé au regard direct, enveloppant, et pourtant il avait été là, au côté de Lazare, avec une telle constance opiniâtre et glauque que Lagrand ne pouvait soustraire de son souvenir de Lazare l'ombre portée sur lui d'un Abel infailliblement présent, invisible, néfaste. Mais il semblait à Lagrand qu'il ne s'était jamais adressé à Abel. Cela avait dû arriver. Il était impossible qu'il n'eût jamais parlé à Abel, ne serait-ce qu'à l'occasion où il avait aidé Lazare à entrer chez Danisko puisque, en même temps que Lazare, il avait fait entrer Abel dans l'entreprise, même s'il avait l'impression que seul Lazare était venu travailler avec lui chez Danisko. Abel avait été là également, et Lagrand s'était sans doute entretenu avec lui dans de nombreuses circonstances. Pourtant il ne se rappelait rien d'Abel, sinon une sensation de froid et de gêne vague causée peut-être, songeait Lagrand, par une certaine ressemblance morbide entre Abel et Lazare, comme si ce dernier avait été contraint de se montrer toujours accompagné de son propre cadavre. Et lorsque Lagrand avait encore aidé Lazare à quitter Danisko, lorsqu'il avait évité à Lazare les poursuites judiciaires qu'auraient dû lui valoir les menues crapuleries dont il s'était

247

rendu coupable, Abel avait démissionné aussitôt, discrètement, dans un mouvement que Lagrand ne parvenait pas à considérer comme de simple solidarité amicale mais comme le signe que les liait une servitude ou un engagement aussi fatal que le corps avec l'esprit. Il ne se souvenait pas d'avoir vu Lazare témoigner d'une attention particulière envers Abel. Et cependant, Lagrand en était convaincu, ce n'était pas en brave chien ni en gardien de son âme qu'Abel suivait Lazare. Abel n'était ni le chien ni le protecteur de Lazare mais bien plutôt...

Oh, Lagrand en savait beaucoup plus maintenant, depuis qu'il avait mangé la morue de Chimène et absorbé presque aussi intimement tout ce que lui avait raconté Lazare. Il savait ce qu'était Abel, de même qu'il avait su, en le regardant, que Lazare était son grand chien jaune d'autrefois.

Lagrand frissonnait. Il jeta un coup d'œil à travers sa vitre vers le bureau de location, devinant pourtant qu'il ne pourrait apercevoir Abel. Mais il imaginait si bien, avec une acuité si perverse, une telle précision de détails et de couleurs, ce qu'il s'était passé dans la forêt, qu'il lui sembla pendant quelques secondes être lui-même Abel qui se souvenait, les poings serrés d'angoisse, toute la chair frémissante. Il valait mieux n'être que Lagrand, certes. Néanmoins, si Lagrand, qui n'avait rien fait, ne pouvait s'empêcher de voir en pensée avec la même douleur que s'il avait été présent sur les lieux (et il devenait l'autre aussi bien, l'inconnu, ce vieux type brutalisé là où il n'avait sans doute jamais pensé qu'une telle chose lui arriverait : au plus profond d'une végétation attentive), s'il pouvait endurer à la fois souffrance physique et honte en s'étant contenté d'écouter – pas même, d'entendre –, n'aurait-il pas été préférable d'être Abel, qu'il se représentait sans remords, lucide, prudent, ayant le sentiment que certains actes lui incombaient et déplorant seulement peut-être de ne s'être pas encore élevé aussi haut qu'il devait le souhaiter ?

Oui, pensa Lagrand, figé de malaise, était-il bien avantageux d'être lui s'il ne pouvait jouir de son innocence ?

Il était celui à qui on disait beaucoup. Ainsi, avant même de commencer, Lazare lui avait révélé ce dans quoi il allait se lancer avec Abel. Puisque avaient échoué la vente d'objets érotiques puis le travail de bureau chez Danisko (où Lazare, à plusieurs reprises, avait tenté de se faire payer en sous-main par des clients auxquels il promettait des services aussi vagues qu'improbables), Abel et lui avaient eu l'idée d'essayer de capturer, dans la grande forêt, certains petits animaux qu'on n'y trouvait plus guère. Abel, avait dit Lazare, connaissait un réseau où se négociaient illicitement les iguanes, les caméléons, les coléoptères géants, les pics noirs, même les jeunes racoons. Abel, avait dit Lazare, les yeux luisant de confiance, connaissait les sommes données parfois pour toutes ces bestioles protégées. C'était maintenant ce qu'ils voulaient faire, tous les deux.

Il n'y a rien à faire ici, disait Lazare, rien à faire pour nous en Guadeloupe dans la légalité.

Lazare disait encore : Je suis fatigué de ce pays qui ne peut rien pour un gars comme moi, mais, si je rentre, j'aurai l'impression d'avoir vieilli inutilement alors qu'ici, où il n'y a rien à faire, ma jeunesse s'étire sans se rompre – pas vrai, Lagrand ? demandait-il avec une sorte de sérieux inquiet tandis que Lagrand, silencieux, ouvert, considérait d'un air neutre le crâne dégarni de Lazare, sa maigreur anguleuse, ses vêtements tachés, usés, que ne voyait pas Lazare qui le regardait, lui, Lagrand, avec ses polos marqués aux manches d'un sévère pli de repassage, et pensait peut-être contempler son propre reflet, ses propres qualités morales, admirables.

Lagrand gagnait bien sa vie. Il savait que Lazare n'avait rien, qu'une médiocre allocation de chômage, et qu'Anita l'aidait un peu grâce à ce qu'elle touchait pour élever la petite Jade. Mais n'était-il pas profondément injuste, s'était déjà demandé Lagrand, que cette parfaite petite fille fût à Lazare, qui ne s'occupait pas d'elle, et non à lui ?

Abel et Lazare étaient partis pour leur première expédition sur Basse-Terre le jour où Rosie avait débarqué, après quoi Lagrand avait su qu'ils étaient rentrés bredouilles mais décidés à recommencer, ce qu'ils avaient fait, là, deux ou trois jours auparavant, équipés d'une besace militaire, d'une machette et de ficelle. Et Lagrand les imaginait descendant en stop de Pointe-à-Pitre à Goyave, tous deux sombres et maigres, désagréables, mais l'un plus bavard et plus facilement identifiable que l'autre qui laisserait au conducteur un souvenir si lâche qu'il se demanderait même, le cas échéant, s'il avait bien transporté deux hommes et non pas seulement un grand osseux au visage secoué de tics, à la voix un peu aiguë, – l'autre, s'il y avait eu un autre, laissant au premier les frais de la conversation, et presque de la respiration et de l'existence, en double parcimonieux, calculateur. Le visage lui-même, le pâle visage d'Abel, n'avait rien de menaçant, semblait-il à Lagrand – menaçante, plutôt, la simple présence incompréhensible de ce visage derrière celui de Lazare qui paraissait ne pas le voir, ou être empêché, incapable, d'une fois seulement se tourner pour le regarder. Puis Lagrand les voyait encore tous les deux monter dans une autre voiture après une attente morose au bord de la route, à l'entrée de Goyave, les pieds déjà blancs de poussière, guettant la voiture de location d'un couple de touristes qui les emmènerait jusqu'à l'orée de la grande forêt, en direction de la Cascade aux Ecrevisses. Etaient-ce les mêmes touristes ? Se pouvait-il que les deux vieux, impeccablement sportifs et marcheurs, peut-être vêtus du même ensemble de jogging blanc à capuche, qu'Abel et Lazare devaient croiser par la suite, aient été ceux qui les avaient très civilement pris en stop, nullement effrayés, sur cette terre de vacances et de soleil, par deux longues silhouettes au visage blanc comme le leur ? Au contraire, devinait Lagrand. Ayant à peine entamé leurs deux semaines au paradis, ils considéraient leurs frères dans les visages blancs, les allures familières, et se sentaient en sécurité, protégés, invulnérables dans une compagnie de ce genre, voyant le blanc et le rose du visage et ne voyant pas l'air louche, la pauvreté et la sournoiserie. En France, devinait Lagrand, ils se seraient méfiés, mais pas ici, plongés dans l'illusion d'une solidarité, d'une nécessaire entraide entre frères de peau, et pensant bien certainement et pour leur malheur que la bonté et les scrupules étaient du côté de la pâleur plus sûrement que de l'autre, que l'honnêteté, le respect du prochain, étaient du côté des anges de cet éden où ils passaient leurs vacances. Deux anges sur un trottoir poussiéreux – c'est ainsi, oui, oui, pensait Lagrand, qu'avaient dû apparaître aux yeux de ce vieux couple en route pour la forêt, dans leur petite voiture louée à Goyave, Abel et Lazare attendant d'un air maussade sous le soleil que quelqu'un, n'importe qui, voulût bien les conduire. Et peut-être l'homme et la femme idéalement équipés pour l'excursion projetée avaient-ils remarqué la chemisette crasseuse de Lazare, son pantalon kaki effrangé, les vêtements râpés d'Abel, trop chauds et trop lourds pour la saison, mais ils n'avaient pas vu la disgrâce, la détresse, l'impitoyable rapacité des deux visages qui depuis longtemps déjà avaient leur compte de soleil âpre et de débine. Ils n'avaient vu que les visages blancs.

Ah, oui, pensait Lagrand, punis, peut-être, pour avoir cru se reconnaître là, dans ces deux bienheureux au bord de la route – l'intégrité de leurs têtes blondes, songeait Lagrand, un demi-sourire aux lèvres.

Mais il n'était pas certain qu'il s'agissait des mêmes gens. En réalité, il n'avait aucun moyen de le savoir.

Sa nervosité augmentait à mesure qu'il imaginait Abel et Lazare s'enfonçant dans la tiède humidité de la forêt, une fois que les deux autres ou qui que ce fût d'autre avaient eu laissé leur voiture sur le parking le plus proche de la cascade. Il était possible, se dit Lagrand, que Lazare eût réussi à se faire offrir un biscuit au coco, de ceux qu'on vendait à cet endroit sur de petites tables de camping. Il se serait exclamé, à peine sorti de la voiture : Je n'ai aucune monnaie sur moi !, et la femme aurait pesé son propre plaisir à acheter puis à tendre un biscuit à ce jeune inconnu, dans une agréable pureté de sentiments, mais elle n'aurait pas vu avec quelle voracité il l'avalait, elle n'aurait pas vu à quel point il avait faim et comme ses yeux, pendant qu'il mangeait, étaient vides, regard tourné vers lui-même, indifférent à Abel qui n'était pas mieux nourri que lui. Elle n'aurait vu que son visage blanc, pensa Lagrand. Il se sentait si inquiet à la perspective de ce qui allait suivre qu'il posa un instant son front sur le volant. N'était-ce pas absurde ? se disait-il. Ce qui avait suivi était passé depuis deux jours et Lagrand le connaissait. Ne pouvant pas influer sur ce qui était arrivé et qui, du reste, ne l'avait concerné en rien, comment pouvait-il éprouver maintenant de l'inquiétude ? Le vieux allait mourir, le vieux était mort. Et après ? Lagrand n'avait fait que l'apprendre de la bouche de Lazare et le fait de l'avoir appris et de le savoir ne l'impliquait dans cette histoire pas davantage que s'il ne savait pas.

Mais, ayant relevé la tête, il tremblait encore tandis que son esprit logique les suivait méthodiquement, les deux garçons au dos rond, au cœur de la forêt, d'abord sur les sentiers indiqués et autorisés puis s'en écartant pour couper à travers les hautes fougères, silencieux et ennuyés, Lazare devant ouvrant le chemin à coups de sabre maladroits, Abel derrière chargé du sac, tous deux accablés muettement par la moiteur, par l'indéfinissable, douceâtre puanteur qui s'élevait parfois d'un enchevêtrement de lianes tombées à terre, qui était l'odeur même du ventre de la forêt et l'odeur pareillement, se souvenait Lagrand, des entrailles que sa grand-mère tirait du lapin fumant et jetait, toutes chaudes, d'un geste sec dans la poussière de la cour, mais c'était aussi l'odeur de la forêt, l'odeur d'une intimité végétale exhibée, abondante, qui leur rappelait peut-être, se dit Lagrand, combien ils étaient seuls, affamés, misérables.

Abel avait attrapé un petit rongeur. Ils ignoraient tous deux ce que pouvait être cette espèce de grosse souris à poil épais, mais Abel était sûr qu'il ne s'agissait pas d'un raton-laveur.

– Donne-moi ça, avait-il dit à Lazare, montrant le sabre.

Lazare avait dit à Lagrand qu'il n'avait pas aimé ce qu'avait fait alors Abel. Et Lagrand voyait ce garçon pour lui sans visage, Abel au corps noir, à la figure blanche dépourvue de traits, il le voyait très précisément jeter d'une main la bestiole et de l'autre la fendre en deux d'un coup de machette, en l'air, dans un geste d'une brutalité haineuse qui avait déconcerté Lazare. Le disque pâle du visage d'Abel, sans expression, sans regard, Lagrand le voyait avec netteté.

Le sang avait éclaboussé Lazare. Pas une goutte n'avait atteint Abel. Lagrand, là encore, d'un bref coup d'œil de l'esprit, embrassait parfaitement cette scène pénible et gênante (lui-même suant de malaise) où le visage aspergé de Lazare, avec son air interdit, son petit sourire dérouté, affrontait vainement la face glacée et intacte d'Abel qui maintenant attendait, sans un mot, que Lazare se remît à marcher. Lazare avait tiré de sa poche un mouchoir crasseux. Il s'était essuyé les joues, le front, chassant en même temps les mouches qui tournaient autour de lui. L'embarras qu'il éprouvait à ce moment-là était intense, ainsi que le ressentait Lagrand lui-même, mais plus profonde encore était la sensation d'échec et de solitude. Lazare, avait entendu Lagrand, sous le couvert silencieux des acomats-boucans, des gommiers, des châtai-gniers-pays, dans l'ombre marine des arbres géants, avait alors songé à certaine maison jaune de Brive-la-Gaillarde, à certain magnolia jamais revu dans la magnificence de Brive-la-Gail-larde, et il avait compris, avait-il dit à Lagrand, que rien de ce qu'il pourrait trouver en Guadeloupe ne le rendrait jamais aussi pleinement heureux que l'évocation d'un petit jardin planté d'un magnolia dans les faubourgs de Brive-la-Gaillarde.

« Que ne retournes-tu à Brive », s'était dit Lagrand, irrité.

Avait-il eu, lui, quoi que ce fût dont il pût avoir la nostalgie ?

Avait-il eu un magnolia superbe, une maison jaune dans un quartier paisible ? Il n'avait eu qu'une masure à Boissard, une seule pièce entre les murs de laquelle sa mère avait perdu la raison, il n'avait eu comme perspective au seuil de cette cabane qu'un bout de chemin malpropre, il n'avait eu qu'un grand chien pouilleux et suspect.

– Je garde la machette, avait marmonné Abel.

Lazare avait sans doute haussé les épaules avec indifférence, ne croyant plus au succès de leur battue. Il ne regardait pas Abel. Mais il pouvait sentir maintenant le poids de la présence d'Abel à ses côtés, alors qu'elle avait toujours été imperceptible, et il lui semblait que ce poids achevait de le noyer. Cela faisait des années, lui semblait-il maintenant, qu'une énergie furtive l'entraînait vers le fond, et cependant il ne s'était jamais rendu compte de son existence, croyant plutôt, lorsqu'il se ressouvenait d'Abel, qu'il lui devait de ne pas avoir commis plus d'erreurs encore, ne s'apercevant pas que c'était au contraire Abel qui le tirait par les pieds de toute la force de sa médiocrité et de son aigreur que révélait, croyait soudain comprendre Lazare, le coup de machette, avec ce gâchis de sang et d'amitié fraternelle. Abel l'avait obligé à ôter de son visage à lui, Lazare, un sang dégoûtant, et son pantalon, sa chemisette en étaient tachés. Il avait la légère odeur de ce sang au bord des narines, presque le goût de ce sang sur les lèvres.

Je ne lui pardonnerai pas ça, je ne lui pardonnerai pas, se répétait-il, à la fois consterné et anxieux, voyant le dos élimé d'Abel qui était passé devant lui, voyant la mince échine courbée d'Abel entre les branches cinglantes des palétuviers et découvrant, lui semblait-il, ce dos, cette silhouette, toute cette personne d'Abel qu'il avait crue si familière, que tout d'un coup il ne reconnaissait pas, qui lui était peut-être hostile.

Je ne lui pardonnerai pas, pensait-il, mais il suivait Abel, se sentant de plus en plus perdu. Il se disait alors, avait-il dit à Lagrand, qu'il se débarrasserait sitôt sorti de la forêt de cette chaîne à sa cheville qu'était Abel, qu'il emprunterait à Lagrand l'argent du billet puis qu'il rentrerait à Brive. Il pourrait même faire venir à Brive, pourquoi pas, Anita et la petite Jade. Oh, comme cette pensée de pensée était douloureuse, se dit Lagrand, comme elle lui pinçait le cœur, là, dans son pick-up. Etait-ce de jalousie ? Que Lazare ait eu même seulement la vague intention d'emmener sa fillette à Brive lui était insupportable, mais ce genre de jalousie qu'il éprouvait, lui, dans le même temps lui faisait horreur.

Il se retourna pour regarder Titi. L'enfant bavait, une épaisse salive jaunâtre qui formait déjà une croûte sur son menton.

— On est presque arrivés, lui dit Lagrand, tendant le bras pour lui caresser rapidement la tête.

Mais n'était-il pas singulier que lui qui était un homme correct, serviable, solide, n'eût aucun enfant à qui montrer ce dimanche l'endroit de Boissard où s'était trouvée sa maison (que le dernier ouragan avait emportée, savait-il par ses grands-parents), qu'il dût se contenter d'emmener à l'hôpital l'enfant d'un autre, lui qui jamais n'avait causé de tort à personne ?

Il roulait sans encombre maintenant sur le large boulevard de l'hôpital. Il songeait avec trouble que Rosie n'était pas loin, à quelques centaines de mètres seulement, dans la salle du Royal certainement pleine et très gaie, et il se disait qu'il y avait dans la présence de Rosie au cinéma, contre toute raison, une sorte d'ingénuité dont lui-même n'était pas enveloppé, comme si, s'occupant de Titi, il était responsable de tout ce qui arrivait de mauvais à l'enfant, comme s'il était infecté et corrompu par ce mal illicite qui tuait Titi. De la même façon qu'il se sentait coupable de ce qui allait se produire avec les deux vieux – de ce qui s'était déjà produit – simplement parce qu'il voyait si bien Abel et Lazare reprenant leur marche déso-lée sur la terre caillouteuse, glissante, Abel ayant gardé le sabre et Lazare, dès lors, ne portant plus rien, tous deux assaillis de moustiques et se disant peut-être que les moustiques étaient les seuls insectes qu'il allaient trouver (pas de sacarabée aux ailes d'or, pas de scieur de long, pas d'araignée gigantesque), avançant ainsi dans un calme désespéré, sans rencontrer qui que ce fût car ils allaient dans une zone interdite aux prome-neurs. Lagrand les voyait si bien que ses dents grinçaient – comme tout cela était lent, exact, torturant. Où était sa faute à lui ? Il ne savait plus, se voyant dans la forêt et se voyant à Boissard, se voyant au pied du gommier à Chazeau puis de nouveau dans la forêt, approchant des deux vieux. Le soleil perçait à peine la voûte compacte des hauts arbres chargés de lianes. L'air était sombre et vert. Pas un bruit, pas un cri d'oiseau. Lagrand connaissait cette sorte de paix prudente, le silence lui-même sur ses gardes, chaque plante, chaque feuille, chaque roche à l'affût, figée dans une tension inhospitalière. Il connaissait cette qualité de circonspection et se la représentait clairement. L'homme et la femme étaient brusquement apparus dans le lit d'un torrent, à sec mais encore boueux, et Lagrand imaginait leurs chaussures crottées, de belles chaussures de marche en cuir blanc achetées à bon prix dans un magasin de sport, en France, tout exprès pour cette expédition du dimanche six avril. Il voyait les deux vieux habillés pareillement et peut-être bien, alors, s'il s'agissait de ceux qui avaient transporté Abel et Lazare, portant ces ensembles blancs molletonnés, choisis en prévision de l'ombre. Chacun avait un sac à dos neuf, une casquette américaine, une gourde de métal à la ceinture. En réalité, pensait Lagrand, ils n'étaient pas si vieux que cela. Ils avaient à peu près l'âge des parents de Lazare, Francis et Danielle Carpe, et c'est probablement à cette femme-là qu'aurait dû ressembler la mère de Lazare, cette femme en bonne santé, un peu lourde, aux cheveux teints en brun et coupés court, elle aurait dû être exactement cette femme raisonnable qui explorait la forêt tropicale plutôt que la toute jeune personne enceinte et extrêmement blonde qu'elle était devenue. Etait-ce là ce qu'avait pensé Lazare également ? Il aurait été dans l'ordre des choses que les Carpe tels qu'ils avaient été vingt ans auparavant soient aujourd'hui semblables à ce couple d'âge mûr, aisé, voyageur et indépendant, et que, tout comme ces deux-là, ils se soient adressés à Lazare non en égaux, non en camarades, non en voisins indifférents et distants occupés à leurs propres affaires, à leur propre existence mouvementée, mais en parents aimables, un peu soucieux, conscients de leur devoir envers lui, à jamais responsables de lui. Ses parents ne souffraient jamais pour lui,

257

s'était peut-être dit Lazare, dans un frissonnement de révolte, en entendant la femme demander de sa voix nette, posée :

— Est-ce que tout va bien ?

Ses parents avaient dilapidé l'argent considérable qu'ils avaient gagné et dont une partie, un jour, serait revenue à Lazare, et ils avaient maintenant, pensait-il avec amertume, une vie sexuelle manifestement plus facile et copieuse que n'en avaient Abel et Lazare réunis, ce qu'ils ne méritaient, les Carpe, en aucune façon, eux qui ne s'inquiétaient ni de Lazare ni de Rosie, eux qui jamais, jamais, ne souffraient ni pour Lazare ni pour Rosie. Cette femme au visage doux aurait dû être sa mère. Elle leur souriait tandis que l'homme, agenouillé, renouait ses lacets.

— Est-ce que tout va bien ? répéta-t-elle.

— J'ai soif, dit Lazare.

— Il ne faut jamais partir sans eau.

Elle fronçait légèrement les sourcils en détachant sa gourde puis en la tendant, après une brève hésitation, vers Lazare. Il se sentait exalté, la tête comme libérée de son corps et voletant, flottant au-dessus de lui-même. Cette femme brune et sérieuse aurait dû être sa mère, songeait-il. Il était si agité qu'il cogna ses dents au goulot métallique. L'odeur du sang de la bestiole imprégnait encore sa peau.

— Personne n'a le droit de se balader par là, siffla Abel.

Lazare cessa de boire et regarda, stupéfait, sa bouche pincée, mauvaise, contractée en une expression de ressentiment si fielleux que toute la figure d'Abel en était déformée.

— Eh, ce n'est pas bien grave, mon vieux, dit lentement Lazare.

Pouvait-il lui avouer que tels étaient, à son avis, les parents que l'un et l'autre auraient dû avoir, qu'il se sentait déjà presque secouru et pris en pitié par ces deux inconnus mieux que les Carpe ne l'avaient jamais fait même quand ils pensaient vertueusement le faire ? Mais Lazare s'était trompé, se dit Lagrand. Car il comprenait, lui, que l'homme et la femme n'avaient pris en compte que les visages blancs, ne s'étaient fiés qu'à cela, n'avaient même éprouvé de sollicitude envers eux que pour cette raison, de sorte que cet intérêt n'avait rien de personnel, rien de durable ni d'affectueux, de sorte que, hors d'ici, il ne se serait même jamais éveillé. Voilà la vérité, pensait Lagrand, convaincu et cependant envieux d'une bizarre façon. Il voyait maintenant l'homme se redresser, un petit homme propre et frais, au crâne dégarni, au regard sérieux, qui fronçait ses sourcils blancs et disait, touchant le bras de la femme :

– Bien, continuons. Messieurs ... au revoir.

– Minute ! s'écria Abel.

Une rage démesurée le faisait sautiller sur place, avait dit Lazare. Il était là, maigre, pitoyable, voûté, et son piétinement furieux, le sabre qui pendait au bout de sa main, ses lèvres comme bleuies de colère, de rancœur, de frustration exacerbée (Cette femme est notre mère, se répétait fébrilement Lazare, se rappelant aussi, en même temps, qu'à sa connaissance Abel n'avait couché avec personne depuis des mois et des mois), cette espèce de dislocation du corps et du jugement d'Abel les tenait tous immobiles, éblouis, ne sachant comment se comporter pour que tout eût l'air, malgré tout, normal. Lazare avait conscience de sa propre et soudaine pesanteur engourdie – et il lui semblait maintenant que c'était lui qui alourdissait la chair légère d'Abel, lui qui entravait la volonté d'Abel, sèche, fulminante.

– Messieurs... Ah, ah. Messieurs... !

La voix d'Abel n'était plus qu'un jappement sarcastique. Au moment où l'homme et la femme reculaient pour repartir dans la direction opposée, Abel, d'un saut, leur coupa la route. Ils poussèrent ensemble un petit cri de surprise. La femme tourna instinctivement vers Lazare un regard d'incompréhension inquiète. Si celle-là pouvait avoir été ma mère, pensait Lazare, pétrifié, stupide. C'est comme ça que ma mère aurait dû... Oh, elle n'était encore malgré tout qu'inquiète, pensait Lagrand, elle voyait encore malgré tout deux anges dont le visage réfléchissait le sien. Le cœur de Lagrand battait à coups affolés. Le cœur de l'homme et le cœur de la femme étaient dans sa poitrine à lui, cognant contre ses côtes, cherchant une issue, sachant pourtant que c'était trop tard, que tout était fini depuis plusieurs jours déjà. Et cependant il avait peur pour eux et pour lui comme si leur chair était la sienne et qu'il avait à craindre une brusque et insupportable douleur physique.

Abel s'était avancé tout près de l'homme, traînant ses vieilles chaussures dans la boue. Lazare pouvait voir ses tempes, sa nuque, tachetées de piqûres de moustiques. Il voulut s'approcher d'Abel pour lui attraper l'épaule d'un geste ferme, il le voulut avec ardeur et se vit même en train de le faire mais il lui sembla pourtant qu'il ne bougeait pas, il lui sembla également que cette impression qu'il avait de ne pas bouger était plus proche de la réalité que cette image, pourtant si distincte, de lui-même bondissant vers Abel pour le retenir. Etourdi, fasciné, il entendait Abel aboyer vers le vieux, son visage à la fois maigre et bouffi par endroits penché vers le front chauve de l'autre :

– Donne-moi quelque chose ! Donne-moi... Oui, donne-moi ton fric... là... ton porte-feuille ou je ne sais quoi. Donne-moi tout ce que tu as !

Il saisit une des lanières du sac à dos auxquelles l'homme s'agrippait et tira de toutes ses forces. Le vieux trébucha, partit en avant et heurta Abel, puis se rétablit d'une jambe tremblante. Près de lui, la femme poussa une sorte de soupir rauque. Elle regardait, les yeux écarquillés, et Lazare pensa que, tout comme lui, elle s'acharnait encore à douter du sens de ce qu'elle voyait. Et moi, se disait Lazare, qu'est-ce que je ferais si cette femme-là était ma mère pour de bon ? Il gémit, plaintif :

– Abel...

– Je n'ai pas d'argent.. Pas de maison... rien. J'ai faim. Donne-moi tout ce qu'il y a là-dedans.. J'en ai assez ! cria Abel.

L'homme lança alors vers Abel un regard dont Lazare sut aussitôt qu'il allait le perdre, un regard que l'homme, vaillamment, voulait propre à ramener à la raison celui qu'une crise venait d'égarer, et Lazare admira brièvement son aplomb – mais sachant par ailleurs qu'un tel regard le perdrait, sachant, lui, qu'Abel n'avait jamais toléré qu'on le plaçât du côté du désordre, du déséquilibre, pour lui montrer qu'il se trompait et l'exhorter à changer d'attitude, connaissant du moins Abel quant à cela et le craignant même, parfois, précisément pour cela.

– Ecoutez... commença l'homme.

Abel le poussa violemment.

– Non, je... C'est fini, tout ça ! Je n'écoute plus rien, jamais ! Je... C'est fini ! s'écria-t-il.

L'homme glissa, tomba sur le dos. Lazare avait peut-être pensé alors que cette lourde chute dans la boue, quoi qu'il en advînt, signifiait déjà quelque chose d'irréparable, que rien ne pourrait plus excuser le vêtement maculé, les lunettes de travers, cette frayeur soudaine qui dilatait les pupilles de l'inconnu, lui faisant l'œil presque noir, et lui arrachait de la gorge un sanglot enfantin, un très faible gémissement de peur, d'angoisse, de supplication sans espoir, – Lazare, peut-être, se dit Lagrand, avait compris confusément qu'il ne pouvait plus

261

empêcher que ne se fût pas produit ce qui ne devait surtout pas se produire. Lazare, sans doute, se dit Lagrand (freinant devant l'hôpital, entrant lentement sur le parking brûlant, lui-même consumé d'une espèce de fièvre, au bord du malaise), Lazare, sans doute, avait eu le vague sentiment d'un : « Advienne que pourra ! » lorsque, encore raide, hébété, il avait obéi à l'ordre d'Abel, lancé d'une voix claire, d'une lumineuse voix d'oiseau carnivore, pensait Lazare, ou Lagrand, dans le silence, l'écoute réservée des grands arbres :

– Lazare !

Et Lazare avait entendu et s'était approché en s'efforçant d'oublier qu'il avait entendu, qu'il s'approchait.

– Lazare !

Il avait obtempéré, veillant à ne pas penser comme à ne pas regarder la femme qui aurait fait pour lui et pour Abel une mère parfaite, avec ses cheveux courts, son front soucieux, ses yeux confiants, dont il sentait la présence épouvantée, là, non loin, et à propos de qui il songeait, inerte, affligé : « Pourvu qu'elle ne s'approche pas... Pourvu qu'elle s'en aille, qu'elle se sauve... ».

– Toi... oui... Tiens-lui les bras ! Serre... comme ça ! disait Abel, au comble de l'excitation.

Le soleil vert, l'humidité, l'odeur ambiguë du paradis – Lagrand sentait tout cela, sentait son écœurement, sa nausée, les coups rapides de son cœur et du cœur terrifié de l'homme qui serait mort bientôt, qui était mort déjà, sentant au-dessus de lui l'immobile profusion d'une végétation hautaine, voyant deux visages ennemis inexplicablement, blancs, étroits, pareils à ceux, peut-être, se dit Lagrand, d'enfants qu'il avait en France, à cause de quoi ils s'étaient mépris, lui et sa femme, et avaient cru qu'étaient là leurs semblables, leurs proches en chair et en morale. Lagrand éprouvait la même détresse, le même sentiment d'abandon. Que pouvait-il faire pour cet homme-là ?

Comme tout me fait mal, murmura-t-il.

Cependant, de l'aveu de Lazare, la suite avait été plus confuse. Et bien que Lazare en eût conservé la certitude de sa culpabilité et même, curieusement, avait trouvé Lagrand, presque de l'innocence d'Abel, il n'avait pas été capable de montrer à Lagrand comment il se pouvait que, s'étant assis sur la tête de l'homme et lui ayant maintenu les bras tandis qu'Abel fouillait les poches, le sac, il eût causé la mort du vieux plus probablement qu'Abel qui avait, lui, après, déçu, furieux, levé la machette, puis qui l'avait abattue une fois sur le ventre de l'homme, en poussant une sorte de cri, de « han » appliqué et fourbu, avant de tomber à genoux, anéanti, un sourire fragile, tremblant, sur ses lèvres grises, si grises que c'est lui, Abel, qui semblait devoir mourir, avait dit Lazare, et non pas vraiment l'homme dont les yeux restaient grand ouverts derrière les lunettes penchées. Le coup de sabre, Lazare ne l'avait pas vu.

J'avais les yeux fermés, avait-il dit à Lagrand d'une voix suppliante, pensant que Lagrand n'allait pas le croire.

Pourquoi mentirais-tu, imbécile ? s'était dit Lagrand exaspéré. Pourquoi me mentirais-tu, à moi ?

Il n'avait pas vu le sabre tomber mais il avait senti une secousse terrible traverser le corps du vieux et il avait appuyé plus fort encore sur les bras, comprimant le cou, lui-même serrant ses paupières l'une contre l'autre à s'en donner le vertige. Abel lui dirait plus tard qu'il avait tué le vieux en l'étouffant. Il lui affirmerait que son propre coup de machette avait été porté après que Lazare eut réglé son compte au vieux sans s'en apercevoir. En ce qui me concerne, lui dirait Abel une fois qu'ils seraient tous deux rentrés à Pointe-

263

à-Pitre, il n'a jamais été question de tuer ce type. Eh, Lazare, pourquoi tu as fait ça ? demanderait Abel avec insistance, en fixant Lazare sans ciller, l'air navré mais détaché, ennuyé et distant, de telle manière que Lazare en viendrait à penser qu'il avait, lui, par sottise, méchanceté profonde, jeté Abel dans une vilaine histoire. Mais, par ailleurs, cela comptait peu au regard du soulagement qu'il avait éprouvé lorsqu'il avait ouvert les yeux et constaté que la femme n'était plus là. Il savait bien, s'était dit Lagrand dans un ricanement, qu'il n'aurait rien su faire pour la protéger d'Abel. Elle s'était enfuie et c'était, parmi les fougères bien droites, comme si elle n'avait jamais été là, si bien que Lazare avait eu l'impression l'espace d'un court moment que l'homme non plus n'avait jamais croisé leur route, qu'il n'y avait là que lui et Abel émergeant d'une sorte de songe halluciné provoqué par la chaleur et le manque de nourriture, puis ses yeux s'étaient posés sur l'abdomen de l'homme bouillonnant de sang, un sang qui passait à travers le tissu pelucheux du vêtement blanc et coulait sur les cailloux, dans la boue du torrent à sec, non loin d'Abel agenouillé. Abel, à cet instant, respirait avec bruit. Il souriait un peu, exténué, pantelant. L'unique coup de sabre asséné proprement avait presque séparé le tronc des hanches.

Comme c'est abominable, songeait Lagrand, frappé d'une souffrance telle qu'il s'agrippait au volant, cassé en deux, pour ne pas s'effondrer à bas de son siège.

Il avait réussi à se garer et, à présent, le moteur était coupé.

Lazare, lui, avait-il dit presque fièrement, n'avait pas vomi, ne s'était pas écroulé en voyant ce qu'il voyait, soutenu, avait-il assuré, par sa joie (oui, une espèce de joie déplacée qui l'enivrait et le faisait se sentir un saint) que cette scène eût été évitée à sa mère exemplaire. Il se sentait, de fait, un bon fils

– car elle avait fui dans la forêt, comme il l'en avait priée intérieurement.

Comme c'est abominable, se disait Lagrand.

Il n'avait aucune de ces facultés de griserie, d'oubli du véritable soi-même.

Il releva sa tête avec peine, déplia son long corps meurtri, ouvrit sa portière, descendit lentement sur le parking dont l'odeur de goudron chaud le prit à la gorge. Les yeux cachés derrière ses lunettes, il posa la main sur la poignée de la portière arrière. Puis il ne bougea plus, sa main s'accrochant à la poignée, lui-même apercevant faiblement la silhouette recroquevillée de Titi mais incapable de bouger, pensant à la forêt et se disant, les doigts gourds : Allons, vite – mais ne pouvant trouver la force ni la concentration nécessaires pour ouvrir, l'esprit perdu, happé par la forêt en une vision sombre et nette de feuillages foulés par la course d'Abel qui, respirant mal, bouche béante et hoquetant, galopait maladroitement dans ses grosses chaussures éculées de citadin en direction de la rivière Corrossol ou Bras-David dans laquelle il allait jeter la machette. Le sabre avait dû rebondir sur les pierres, pensait Lagrand. Dans l'eau peu profonde, il avait dû être possible de l'entrevoir. Mais Abel savait que cela n'avait guère d'importance. Et Lazare, dans le café, les yeux écarquillés d'effroi et de stupéfaction rétroactive, avait soufflé : « Abel pense qu'il aurait fallu rattraper la femme... éliminer le témoin, dit Abel. Nom de Dieu, tu te rends compte : la *tuer*, elle, volontairement ! »

Une colère inexprimable s'était saisie de Lagrand. Il avait bien compris que Lazare, même s'il se croyait techniquement responsable de la mort de cet homme-là, n'avait pas conscience (la conscience toute nue et sans pitié) d'avoir à jamais soustrait de la vie une âme qui en avait fait partie et qui l'avait su et qui s'était vue disparaître, et au-dessus de laquelle pas un instant Lazare ne se penchait. Il ne se sentait coupable, comprenait Lagrand, que d'un fait, d'un acte – pas d'une profanation, pas d'une abomination. Ceci est pour moi, se disait Lagrand, frémissant de colère. Pour moi, la souffrance crue, la compassion intolérable, pour eux les minables tactiques, les petits calculs, pour tenter d'échapper...

A travers la vitre, il aperçut Rosie assise auprès de Titi, caressant le front de l'enfant, Rosie qui souriait cependant que Titi se redressait, frottait ses yeux. Lagrand ouvrit la portière en tremblant. « Rosie ! » s'écria-t-il. Mais il n'y avait plus que Titi toujours étendu, émettant un râle léger, trempé de fièvre. Lagrand le prit dans ses bras, gauchement car il était peu ferme sur ses jambes, se disant : « Il vit encore bien que j'aie tant tardé », avec une sorte de tranquillité maintenant.

Il marcha sans se hâter vers la grande porte vitrée au milieu de laquelle il pouvait voir avancer son reflet et celui de Titi minuscule contre lui – un petit rat blanc, songea-t-il, se disant en même temps que sa mère à lui, si une telle pensée lui était venue, aurait froidement considéré que l'enfant n'était rien d'autre que cela, tout simplement et en toute vérité un jeune rat à figure de garçon. Comment, alors, garder intacte sa raison ? se demanda-t-il, empli de compréhension. Et son être entier était compréhension et sympathie à l'exclusion de toute autre chose, de Lagrand lui-même abandonné quelque part, il ne savait trop où, à Chazeau ou à Boissard ou encore dans la forêt de Basse-Terre.

Il pénétra dans le hall des urgences, à cet instant désert. Titi pesait si peu dans ses bras qu'il l'aurait presque oublié.

Comment garder sa raison ?

Ah, il savait pourquoi, *par ailleurs,* il venait à l'hôpital ce dimanche-là. Il eut un petit rire inquiet. Il le savait aussi bien que le reste, mais de le savoir ne le protégeait nullement d'une redoutable appréhension.

Un homme en blouse blanche s'approcha de lui en mâchant du chewing-gum. Il regarda Titi, fronça les sourcils, cessa de mâchonner.

– Il est très mal, murmura Lagrand.

L'autre lui prit l'enfant des bras avec douceur et le posa sur un chariot.

– Etes-vous le père ?

– Non, dit Lagrand.

Puis, se ravisant :

– Si, en quelque sorte. Le père...

Car n'était-il pas plus loyal envers Titi d'oublier pour cette fois sa répugnance, son peu de goût pour la chair et la personnalité de cet enfant-là – Titi n'avait-il pas, ainsi, plus de chances d'être sauvé ? Il ne pouvait lui être indifférent que Titi fût sauvé, quand bien même il s'opposait de cette façon au vœu de Rosie.

Plusieurs personnes vêtues de blanc avaient surgi et se pressaient autour du chariot, puis on le roula précipitamment vers un ascenseur. Lagrand se laissa tomber sur une chaise de plastique moulé.

– Rosie doit être en train de sortir du cinéma, dit-il à mi-voix.

Une jeune infirmière le questionna sévèrement :

– Etes-vous le père ?

– Oui, dit Lagrand.

Elle s'éloigna en faisant claquer durement ses sandales à semelles de bois. Lagrand ferma les yeux derrière ses lunettes sombres, posa un instant le front sur ses genoux. S'il avait pu, ayant sincèrement oublié, se demander : Quelle est cette chose que je dois encore faire ?, quel intense soulagement aurait éprouvé cette part de lui-même pusillanime et réfléchie qui ne souhaitait plus que rentrer au plus tôt chez lui, aux Abymes, pour y dormir jusqu'au lendemain ! Il lui sembla vaguement qu'on l'interrogeait encore :

– Etes-vous bien le père ?

Et qu'il répondait avec fermeté :

– Je suis le père et le seul père.

Mais comme, ensuite, une voix indéniablement réelle le tirait de la somnolence tourmentée qui l'avait saisi, il en conclut que personne n'avait dû lui demander quoi que ce fût pendant la petite heure qui venait de s'écouler.

Il se releva brutalement. La jeune infirmière de tout à l'heure était devant lui, des papiers à la main, l'air important et grave mais non pas inamical. Lagrand ôta ses lunettes. Puis il songea rapidement qu'il découvrait ainsi l'expression d'embarras coupable qu'il sentait voiler son propre regard aussi, sans regarder la jeune femme, il rechaussa ses lunettes, l'esprit embrouillé mais néanmoins sur ses gardes.

Je n'ai tué personne dans la forêt, se dit-il, pour s'assurer qu'il ne mélangeait pas tout.

Une fatigue écrasante rendait son front douloureux.

Je n'ai abattu aucune machette sous les côtes d'un pauvre type – je n'ai d'ailleurs jamais eu de machette, songea-t-il encore, content de se trouver lucide.

– Eh bien, monsieur, votre petit garçon, disait l'infirmière, son propre front barré d'un pli pensif, pouvez-vous me dire ce qu'il a mangé hier et aujourd'hui ?

– Mon petit garçon ?

– Ce n'est pas votre petit garçon ? L'enfant qu'on a amené... Ce n'est pas le vôtre ?

– Si, dit Lagrand. Oui, je suis son père.

268

Il eut un sourire contraint et ajouta :

– J'avais cru comprendre, excusez-moi : votre tendre petit garçon...

– Dites-moi ce qu'il a mangé.

– Il s'est bourré de goyaves fraîches. Pas de poisson à la tomate, pas de frites, rien. Que des goyaves parfois tout juste tombées de l'arbre, parfois tombées depuis longtemps et à moitié pourries. C'est incroyable, murmura Lagrand, la bouche pincée, le cœur battant.

L'infirmière le regarda en silence, songeuse. Puis elle demanda :

– Est-ce qu'il y a des rats, chez vous ?

– Là où vit le garçon, il y a plein de rats.

Les mots se pressaient sur les lèvres de Lagrand.

– C'est pour cette raison que... Enfin, il y a des rats par dizaines, là-bas, alors précisément je suis venu ce matin avec du poison. Je savais que...

Il eut l'impression que la trappe fermée dans un coin de son esprit s'ouvrait brusquement, manquant l'engloutir. Ses cuisses tremblèrent.

– Oh, je le savais, gémit-il à voix basse. Ce que vous allez me dire, je le savais, je savais que je le savais et j'aurais pu... j'aurais pu m'en souvenir.

– Quoi donc ?

– Pendant tout ce temps, marmotta-t-il, j'ai su que par un certain effort de mémoire, de volonté, je pourrais retrouver ce que j'avais oublié sur les rats, je savais qu'il était essentiel que je me le rappelle, mais c'est comme si j'avais fait exprès de refuser cet effort, justement parce qu'il s'agissait de quelque chose de vital. J'ai acheté le grain, oui, mais je savais... jamais cette sorte de rats ne l'auraient mangé... je savais que ce n'était pas à cela que j'aurais dû penser, je savais qu'il fallait que je

269

me concentre sur un autre aspect de ce problème des rats qui faisaient du bruit la nuit...

– Vous savez donc de quoi souffre votre petit garçon ?

– S'il vous plaît, ne l'appelez pas comme cela, supplia-t-il, dans un souffle.

Il s'écroula de nouveau sur le siège, profondément découragé, se sentant humide, lourd, vil, sentant sa peau mouillée d'une dégoûtante sueur de crainte pour lui-même et non pour Titi, se disant : « Je ne vaux pas mieux que Rosie. » Il tira machinalement sur son maillot pour l'éloigner de sa poitrine. Les yeux baissés, il devinait posé sur lui, sur le haut de son crâne aux cheveux ras et nets, le regard aigu, méditatif, de l'infirmière, et tout à coup il l'imagina, avec son jeune visage décidé, levant un sabre de ses deux mains puis le laissant tomber posément, sans un cri mais avec une force surprenante, sur ce crâne bien dessiné qu'elle regardait, son crâne à lui, Lagrand. De quelle nature serait la douleur ? se demanda-t-il. Et il se rendit compte qu'il l'attendait, respiration bloquée, dents serrées, tout en sachant pourtant que cela ne se produirait pas. Il ravala sa salive, dans un petit bruit d'angoisse qui lui parut dérisoire.

– Il se pourrait que votre enfant ait attrapé la leptospirose, dit l'infirmière.

– Oui, c'est cela, bredouilla-t-il. Oui, je le sais... depuis longtemps. Je savais que je devais les avertir et je savais que je ne voulais pas le faire. Laver les fruits, être attentif... Pour moi, je l'aurais fait. Je le savais, mais... Je ne sais pas pourquoi...

– Moi, je vous le dis, reprit-elle.

Il fut alors certain qu'elle s'apprêtait à lui fendre le crâne. Pendant une seconde d'illumination atroce, il vit son propre sang gicler sur le carrelage, il eut même le temps de s'entendre tenter de hurler, ne pas y parvenir, hurler alors à l'intérieur de lui-même, suffoqué de sentir son crâne broyé et de se sentir vivre encore, de voir si bien son sang jaillir et de se voir vivre encore et deux fois vivant dans le verre noir miroitant de ses lunettes tombées entre ses pieds. Et néanmoins nul sabre ne s'abattait et il n'en était pas surpris, quoique l'attendant. Très précautionneusement, presque sournois, il avança la main pour reprendre ses lunettes. Puis, hésitant, il leva la tête. Les bras de l'infirmière étaient croisés. Il lui trouva un air soupçonneux, distant.

— C'est une répugnante maladie, n'est-ce pas ? murmura-t-il. Je n'y pensais pas en apportant le grain mais...

— Les symptômes sont ceux d'une grippe très grave, dit-elle, sur un ton prudent.

— Oui, enfin, c'est, tout de même, la maladie des rats... L'urine des rats est sur les fruits et Titi a mangé ces fruits. Oh, tout de même, s'exclama-t-il sourdement. C'est que, vous comprenez, je n'ai rien dit à la maman alors que je savais devoir le dire — je le savais presque, pas tout à fait assez clairement pour m'empêcher de feindre de ne pas le savoir, mais suffisamment pour me rappeler, tout le temps, que je devais dire quelque chose d'important !

— Peu de gens connaissent cette maladie.

Elle lui souriait maintenant, apaisante, lointaine, réservée. Plus il la sentait se méfier, éviter le rapprochement de leurs deux esprits, l'un atterré, l'autre compréhensif, plus il devenait nerveux et bavard, bien que souhaitant surtout se taire. Le dessus de son crâne lui faisait extrêmement mal.

Mon sang ne coule pas, pas encore, songea-t-il. Pourquoi cela ?

— Oui, mais, moi, je connaissais très bien ce... ce danger, expliqua-t-il, je savais qu'il y avait tous ces arbres fruitiers chez Lazare, là où vit l'enfant, je savais qu'il y avait et les goyaves et les rats... et les rats et les goyaves contaminées par la pisse des rats. Tout de même, mon dieu ! C'est difficile à supporter, de se représenter cela, ces fruits souillés... puis mangés, dévorés avec cette gloutonnerie d'enfant qui par ailleurs ne mange rien, n'aime rien... Mon dieu, j'ai tellement mal au crâne !

Mais il n'osait lever la main pour toucher sa tête, craignant de rencontrer les lèvres d'une plaie.

— Je vais vous donner quelque chose, dit l'infirmière.

— Vous ne me demandez pas où est la maman ? interrogea Lagrand d'une voix douce.

Elle le regarda sans répondre, éloignée d'un pas, avec neutralité.

— Elle est allée au cinéma cet après-midi, voir Astérix et Obélix au Royal. Il me semble, continua-t-il sur le même ton de bienveillance exagérée, qu'on ne devrait pas aller voir ce genre de films puérils en laissant à la maison son enfant malade, gardé par une idiote. Vous qui êtes infirmière... N'est-ce pas ?

Elle s'en alla et Lagrand fut soulagé. Tais-toi un peu, s'ordonna-t-il à lui-même. Elle revint aussitôt après, portant un verre d'eau et un comprimé.

— Vous pourrez voir votre petit garçon dans un moment. En attendant, avalez ça. Restez donc ici, détendez-vous. Ensuite, vous pourrez monter.

— Merci, dit Lagrand, prenant le verre d'eau, le médicament, puis, dans un murmure :

— Il m'est tellement pénible, vous comprenez, de vous entendre dire : votre petit garçon...

Il n'avala pas le comprimé. Il le garda sous sa langue, ensuite le glissa dans la poche de son jean une fois que l'infirmière fut partie.

Si j'avais pu oublier ce que je dois faire maintenant, se dit-il vaguement.

Mais était-il bien certain qu'il ne trouverait aucune sorte de plaisir dans ce qu'il ne pouvait pas, à présent, se dispenser d'accomplir, puisqu'il s'en souvenait ? Pourquoi tout ne se passerait-il pas enfin au mieux ?

Il marcha un peu dans le hall avec une liberté d'allure étudiée, mais l'une ou l'autre de ses jambes avait parfois un tressautement convulsif qui le déséquilibrait. Cependant personne ne paraissait l'observer.

Calme-toi, se dit-il, qu'est-ce que tu vas faire d'interdit ou de honteux ? Rien du tout. Eh, tout le monde s'en moque.

Il pivota brusquement vers la porte vitrée qui venait de s'ouvrir. Un couple entrait, une femme en courte robe blanche tachée de sang, au nez écrasé, sanguinolent, et, derrière, l'homme titubant, ivre. La femme avait une sorte de dignité dédaigneuse et fière, satisfaite.

– C'est ce couillon qui m'a fait ça, dit-elle à Lagrand qui se glissait par l'ouverture.

Du coup, il frotta son crâne d'un mouvement vif, par surprise, le trouva intact et le caressa de nouveau, vivement soulagé. Pourquoi tout n'irait-il pas enfin très bien ? se dit-il, encore frissonnant mais ragaillardi.

Il était dehors, dans la chaleur insensiblement déclinante. Il sentait revenir la puissance, la plénitude de son corps sain et sobre, son mince corps soigné de lévrier par lui-même entretenu avec un luxe simple. Il leva les bras puis les abaissa lentement en effleurant ses hanches – il retrouvait ses membres légers, vigoureux, sous contrôle de ses désirs et volontés. Il était un homme grand, droit, fin, aux épaules carrées. Ne serait-elle pas étonnée de le revoir ainsi ? Mais il commençait à avoir peur, maintenant.

273

Il contourna le bâtiment principal de l'hôpital, coupa à travers une pelouse sèche, arriva devant un bâtiment plus petit. Il hésita avant de monter l'escalier, se demandant encore s'il n'allait pas tourner les talons. Puis il monta, sonna, et un infirmier vint lui ouvrir. Lagrand respira une odeur d'eau de Javel et de pièce close, mal aérée. Derrière lui, il put entendre, tout près, décoller un avion, il lui sembla même entendre le ronflement qu'il connaissait si bien de son Toyota, comme si le pick-up s'était mis à rouler tout seul pour venir le chercher avant qu'il pénétrât dans cet endroit, sorte de vestibule meublé de chaises vissées dans le sol. Tête basse, il entra. L'infirmier referma la porte à clé, salua Lagrand d'un hochement de tête, puis disparut. Un homme passa, pieds nus, en short, s'arrêta devant Lagrand, le contempla quelques secondes. Il éclata de rire et lui tapota l'épaule. L'odeur de renfermé et de peaux moites était telle que Lagrand inspirait à peine, soudain révulsé, presque furieux. A présent, son corps s'indignait d'être là et la révolte dégoûtée de son corps gagnait son esprit qui, mécontent, oubliait un peu sa crainte, son trouble, sa timidité. Il s'approcha d'un box vitré, au fond du vestibule, depuis lequel une femme le regardait d'un air interrogatif.

– Oui, je m'appelle Lagrand, dit-il.

– Allez donc voir à la salle de télévision. C'est une bonne chose, ajouta-t-elle rêveusement, que vous soyez venu. Personne ne vient jamais.

– Qui me le reprochera ? lança-t-il, plus agressif qu'il ne voulait le paraître.

– Je ne sais pas, je ne sais pas. Mais, tout ce que je peux dire, c'est que c'est une bonne chose. Je ne vous reproche rien, moi.

Elle détourna son regard et fixa un mystérieux point de l'espace, juste au-dessus de l'oreille de Lagrand. Sans trop savoir où diriger ses pas, il sortit du vestibule, longea un couloir empli d'une lumière aveuglante qui tombait de larges vitres donnant sur le parking. Quelques jeunes gens en short et torse nu étaient assis à terre, dos au mur, inondés de soleil et de chaleur, tranquilles, un peu hagards, luisants de sueur. Est-ce la thérapie ? se demanda Lagrand, de plus en plus anxieux et mal à l'aise à mesure qu'il avançait vers une porte qu'il n'avait pu éviter de repérer de loin, marquée de deux lettres énormes au trait tremblé : TV. Il s'arrêta devant, regarda autour de lui, enleva à regret ses lunettes qu'il accrocha au col de son polo. Puis il poussa doucement la porte, sentant sous ses doigts le bois graisseux.

– Ouvre pas ! hurla quelqu'un.

– Reste calme, allons, dit une voix de femme dont la froide bienveillance ressemblait, pour Lagrand lui-même, à celle de sa propre voix – et le ton, le timbre : une gentillesse un peu hautaine, un accent métallique mais singulièrement bas et doux – tout cela lui appartenant et qu'il reconnaissait, qu'il sentait sien tout comme il aurait identifié sa propre odeur.

Comme c'est étrange, songea-t-il, avec lenteur.

Il avança dans la pièce meublée de fauteuils et d'un gros poste fixé au mur, sous le regard exaspéré d'un tout jeune homme coiffé à la rasta. Lagrand avançait, d'un pas incertain. Il lui semblait que ses pensées étaient à la fois claires et lentes, qu'il était lui-même à découvert, sans défense, son être ancien et palpitant mis à nu.

– T'as pas r'fermé ! cria le jeune homme.

Lagrand recula et claqua la porte d'un coup de pied. Il n'y avait là que le garçon aux dreadlocks et, près de lui, la femme qui avait parlé avec la voix de Lagrand.

Pas en robe jaune, nota Lagrand, pas en jaune.

– Bonjour, mon fils, lui dit-elle alors, paisible et grave.

275

Elle le regardait avec ses yeux à lui – mais le regardait-elle vraiment ? Son regard était vague, vitreux, flottant. Un flot de larmes monta aux yeux de Lagrand.

– C'est mon fils, dit-elle au jeune homme.

Mon dieu, que dois-je faire maintenant ? Il essuya ses yeux de sa main. Ce qui restait de lucide dans son esprit en déroute remarquait le crâne rasé, sillonné de cicatrices et d'éraflures, le visage gonflé, les traits flous. Sa mère avait eu une belle chevelure serrée, brillante. Elle ne l'avait plus. Ma mère ? se demandait-il, n'en doutant pas mais sentant que c'était là juste un peu plus qu'il ne pouvait supporter. Cependant il était debout, immobile, les bras raides le long de ses flancs, pensant : ma mère, et supportant de le penser, se demandant que faire, reconnaissant ses yeux et sa voix (les siens) mais pas la figure molle, le corps large et lourd dans le tissu pareil à une toile de sac qui l'emballait grossièrement, et, dessous, les chevilles énormes, les pieds enflés dans les savates. Ma mère est folle, c'est pourquoi on lui a rasé la tête. Oh, mon dieu, songeait-il, en larmes.

– Avant, ton fils, c'était moi, dit le garçon.

– Toi aussi tu es mon fils. Il y a de la place pour tous les fils, n'est-ce pas ?

– Ton fils, c'était moi, répéta-t-il, indigné et dépité, paraissant même, constata Lagrand, sur le point de pleurer.

La mère eut un ricanement malin. Son regard vaste, sans objet, traversait Lagrand avec une sorte d'aimable indifférence. Il avait vécu auprès d'elle, à Boissard, dans une telle communion qu'il avait cru parfois tout naturellement n'être qu'un morceau de sa chair à elle, qu'une partie d'elle un petit peu moins vivante détachée de son corps qui était la vie même, qui le couvrait de son ombre immense, qui aspirait l'air de la petite maison sans penser toujours à lui en laisser, de sorte

276

qu'il cessait de respirer, accroupi dans un coin, et attendait que sa mère colossale, illimitée, imprévisible, eût rejeté l'air de ses poumons, pour en prendre sa part. Ils avaient dormi dans le même lit étroit, lui niché contre son ventre, entendant son cœur à elle, n'entendant jamais le sien, se figurant alors que le cœur de sa mère battait pour elle et pour lui pareillement. Cela s'était passé ainsi, des années durant. Qu'avait-on fait de ses cheveux ? Sa mère le regardait sans le voir, courtoise, légèrement fourbe. Lagrand s'assit dans un fauteuil en face d'elle, se disant qu'il aurait dû l'embrasser, lui presser les épaules, mais répugnant à le faire, craignant également qu'elle le repoussât avec impatience ou déplaisir. Il avait la gorge tellement serrée qu'il ne pouvait imaginer prononcer le moindre mot. A cet instant, la porte s'ouvrit et un homme entra, traînant ses pieds nus.

— Bonjour, mon fils, dit la mère, de la douce voix tranquille de Lagrand.

— Bonjour, répondit l'homme.

— Tous les fils m'appartiennent, lança-t-elle, triomphante, vers le garçon aux nattes. Pourquoi il ne serait pas mon fils aussi, celui-là ?

— Avant, ton fils, c'était moi !

— C'est toi et tous les autres, mon petit.

— Et moi ? s'entendit murmurer Lagrand.

Mais était-il possible qu'il eût dit cela ? Ma mère est folle et je le savais, se répétait-il. Pourquoi, dans ce cas, un emportement outré, un sentiment de scandale, mais désarmé, désespéré, semblable à celui qu'éprouvait le garçon assis auprès d'elle (pauvre jeune dément ! se disait Lagrand), pourquoi, alors, avait-il, lui, une impression d'injustice profonde ? Pourquoi (Elle est folle et je ne l'ignorais pas !) se sentait-il soudain spolié, bafoué ? Oh, ma mère est bien folle, se dit-il, transporté

277

de honte. La peau de ses joues le démangeait. Quelle sorte de droit pouvait-il, ici, faire valoir ? Elle le regardait de son regard errant, obscur, feignant une attention respectueuse, comme s'il avait été son invité, mais Lagrand comprit qu'elle n'avait aucune idée de qui il pouvait être. Il en fut atteint si violemment que ses dents claquèrent les unes contre les autres.

– Je suis ton véritable fils, ton fils unique, chuchota-t-il, espérant que le garçon n'entendrait pas.

– Tous les hommes sont les fils d'une femme. Cette femme, c'est moi, oui, c'est moi, répondit-elle, et elle était patiente, réfléchie, parfaitement et indiscutablement dans la raison.

Ma mère est folle et ne sait pas qu'elle est devant son fils – mais, cela même, il s'y était attendu. Qu'avait-il escompté ? se demanda-t-il.

– Tu avais un fils, un petit garçon, et c'est moi, souffla-t-il. Il n'y en avait qu'un !

– Tous les hommes de cette grande maison sont mes enfants.

– Tu es partie, tu te rappelles ? implora-t-il. Tu es partie en me laissant, à Boissard, parce que... enfin, c'était moi, cet enfant-là, que tu as laissé...

– Je ne laisserai jamais mes enfants, dit-elle fermement, secouant sa tête inégale, bosselée. Je ne quitterai jamais cette maison. Mes fils sont là. Je ne les laisserai pas.

Elle s'écarta très légèrement de lui.

– Pourquoi il dit ça ? cria tout d'un coup le garçon aux dreadlocks. Il dit : Je suis ton fils unique. Pourquoi ? Pourquoi pas moi, le fils unique ?

– J'ai assez de bras pour tous mes enfants, murmura-t-elle.

– Il dit des bêtises ! hurla le garçon.

Ma mère est folle et ne peut rien entendre, et voilà que je lui fais peur, pensa Lagrand. Une détresse humiliante l'envahit.

Il s'était attendu au pire mais le pire était là et le confondait. Le garçon, à demi levé, dressa le poing. Je ne vais pas... Lagrand eut un hoquet de rire nerveux. Je ne vais pas me battre à l'asile, devant ma mère. Ma mère ! Où sont, se demanda-t-il, ses cheveux, ses bras fins, où sont ses mains pareilles aux miennes ? Elle avait maintenant les doigts boursouflés, si bien qu'ils ne se touchaient plus qu'à la base – des doigts d'autruche, songea Lagrand. Il semblait qu'il n'y eût pas de contact entre les mains et les cuisses sur lesquelles les mains reposaient, énormes, inertes mais comme remplies d'air, stagnant, en suspension, dans une complète inutilité exhibée. Ces mains, autrefois, l'avaient... Lagrand se leva et recula de quelques pas. Le garçon s'était rassis, vibrant de haine mais manquant de résolution.

– Ce type dit des bêtises, fit-il d'une toute petite voix.

– Oui, va, mon petit, ne t'occupe pas de lui.

– Je voudrais qu'il s'en aille.

– Il va partir, il va partir...

Puis elle adressa à Lagrand un sourire d'une politesse exquise, navrée, qui le plongea un peu plus loin encore dans l'abattement. Il faisait chaud et lourd. La pièce était imprégnée de l'odeur des vieux fauteuils, du lino. L'homme qui venait d'entrer alluma la télévision.

– Est-ce que tu te souviens de la maison de Boissard ? demanda Lagrand.

– Notre maison est bien confortable. On a tout ce qu'il faut, dit la mère, on mange bien, merci.

– Elle n'existe plus, paraît-il. Détruite par l'ouragan.

Sa voix s'altéra. Il déglutit, puis reprit, à peine audible, voyant cependant qu'elle feignait de l'écouter, par bienséance, mais en réalité concentrait son attention sur les clameurs et les hurlements de freins qui arrivaient de la télévision :

279

– Tu ne voulais pas me voir, tu te rappelles ? C'est pour ça que je ne suis jamais venu. Au début, Grand-mère te rendait visite et tu lui disais de ne pas m'amener, surtout pas, alors, finalement, je ne suis jamais venu jusqu'à aujourd'hui. Je l'aurais fait si tu avais bien voulu, mais tu ne voulais pas, tu te rappelles ? Si tu avais dit oui, je serais venu te voir chaque jour. Chaque jour de ces vingt ans, j'aurais pu venir te voir, si j'avais pensé que tu le voulais bien.

– Parfaitement, parfaitement, dit-elle, hochant la tête.

Ma mère est folle et je l'ennuie car je l'empêche de regarder l'émission. Il tourna sur ses talons, ouvrit la porte et entendit derrière lui :

– Au revoir, mon fils.

Et aussi :

– Fous le camp ! Ferme la porte !

Tout en tirant le battant il entendit encore, venant de la pièce qu'il quittait, de cette voix suave et raisonnable qu'il avait lui-même ordinairement –, il entendit encore sa mère qui disait au jeune garçon :

– Reste calme, mon fils. Il est parti, tu vois.

Il s'adossa à la porte. Il remit ses lunettes noires en tremblant et serra ses paupières l'une contre l'autre. Son corps entier tremblait. Mon dieu, mon dieu, mon dieu, criait muettement quelqu'un qui n'était sans doute pas lui (car il n'utilisait jamais une expression à ce point dépourvue de sens en ce qui le concernait) mais qu'il savait pourtant habiter son esprit, sa poitrine, et qu'il était seul à entendre. Mon dieu, mon dieu, répétait stupidement cet autre lui-même. Et Lagrand répondit, dans un murmure rauque, humide, sentant des pleurs acides affluer de nouveau contre ses paupières : Oh, mon dieu ! Une chaleur mouillée descendit brusquement le long de ses jambes. Il ouvrit les yeux et vit une flaque d'urine autour de chacune de ses chaussures, il toucha son jean trempé, referma les yeux, incapable de faire un geste, pensant absurdement : C'est la tremblante du mouton, pensant : Une telle humiliation, tout à l'heure, devant ma mère, mais je n'avais pas touché le fond. Mon dieu, mon dieu, mon dieu.

– Ça y est, vous l'avez vue ? demanda la femme avec laquelle il avait échangé quelques mots, dans l'entrée.

Elle avait quitté son box et Lagrand reconnut sa voix avant de rouvrir les yeux. Elle avançait à sa rencontre dans le couloir, l'air plein de curiosité.

– J'ai besoin d'aide, dit-il tout bas.

– Vous êtes sa première visite depuis une bonne quinzaine d'années, vous savez. Personne ne vient jamais la voir. J'ai su tout de suite en entendant votre nom que vous étiez son fils, vous lui ressemblez tellement, mais ce n'est pas bien de l'avoir abandonnée pendant tout ce temps, non, ce n'est pas bien. Mais... vous avez un problème ! s'écria-t-elle, sur un ton de surprise outrée.

– Je me sens si misérable, chuchota Lagrand.

Il ne pouvait s'arrêter de trembler et il lui semblait que les mots dans sa bouche vacillaient également.

– Si misérable... répéta-t-il.

Et les larmes coulèrent sous ses lunettes, ruisselèrent jusque dans son cou, aigres, ne lui procurant nul bien.

– Bon, venez, venez avec moi, dit la femme.

– Je dois aller voir mon... mon fils, dit Lagrand.

Pourquoi l'avait-il dit ? Je n'ai pas du tout envie de voir Titi, pensa-t-il. Il se laissa conduire dans une petite pièce sur-chauffée, ne pouvant pas plus empêcher ses membres de tres-saillir que les larmes de rouler sur ses joues, bien qu'il eût l'impression de ne plus ressentir aucune peine, aucun chagrin, mais une sorte d'affliction globale et inconsolable qui prenait pour elle le malheur de Titi comme celui des jeunes gens assis dans le couloir ou marchant, frappés d'hébétude, d'un pas indifférent vers la salle de TV – une désolation si générale qu'il ne sentait plus sa propre peine, son propre irréparable chagrin.

Lorsque Rosie et Anita quittèrent le cinéma, il faisait encore si chaud dans la rue qu'elles en eurent un instant le souffle coupé. La petite Jade pleurnichait. Elles étaient là, debout sur le trottoir dans l'ombre d'un auvent, gênant le passage, et la foule qui sortait du Royal butait sur elles trois, les poussait et les bousculait. Mais Rosie ne s'en rendait pas compte. La joie énergique, considérable, qui l'enfiévrait légèrement depuis deux ou trois jours, l'élevait d'elle-même au-dessus de toute contrariété. Jamais auparavant elle n'avait éprouvé un tel ravissement. Elle le constatait, objective, n'ignorant rien de ce qui le provoquait. Cette joie avait été entamée. Cette joie prodigieuse avait même manqué se dissoudre pour ne plus trouver jamais la force de renaître, quand les parents Carpe avaient surgi devant Rosie, là-bas, dans le jardin de Chazeau. Rosie savait qu'elle avait alors perdu pied. Elle savait clairement qu'elle avait failli sombrer dans le doute, dans le dégoût épouvanté de Rosie Carpe. Elle s'était dit : Ils m'enfoncent le visage dans la boue. Sa bouche, son nez, ses yeux s'étaient remplis de boue jaunâtre. Elle s'était dit : Lagrand est un traître. C'est elle qu'elle avait vu mourir, sans secours. Elle s'était dit : Les voilà qui pèsent de toutes leurs forces sur l'arrière de mon crâne pour s'assurer que je ne me relèverai pas. Puis la poigne des Carpe s'était desserrée. Miraculeusement la joie avait reparu. C'était maintenant une joie délirante. C'était une joie fanatique, sur laquelle Rosie acceptait de ne plus avoir de prise. La joie avait cédé un temps et s'était redressée plus féroce et cynique. Elle la consumait sans que Rosie en fût blessée, brûlait sa poitrine, son front, d'une chaleur permanente.

– Lagrand n'est pas là, dit Anita.

Son mince visage était tout plissé d'ennui. L'enfant geignait, accrochée à la jambe d'Anita.

– Il ne viendra plus, dit Rosie.

Elle parlait avec légèreté, heureuse à la folie. Elle savait qu'elle ne serait pas retournée à Chazeau. Elle aurait laissé Anita et Jade monter dans la voiture de Lagrand mais n'y serait pas montée elle-même. Elle ne retournerait jamais à Chazeau, dans la maison de son frère Lazare. Elle se dit : Personne n'a plus besoin de moi là-bas. Tout ce qu'il y avait eu de mauvais dans son existence était resté aux Grands-Fonds. Son bonheur frénétique le lui demandait : qu'elle n'eût plus rien à faire avec ce qu'elle avait laissé là-bas. Elle dit :

– C'était vraiment un bon film, pas vrai ?

Des nuages gris et bas assombrissaient le ciel. Sombre aussi, observa Rosie, l'humeur d'Anita qui s'inquiétait maintenant de savoir où aller, si Lagrand n'arrivait pas. Rosie tourna la tête pour se voir dans la vitrine. Et elle vit une grande silhouette rouge aux épaules droites, au ventre tendu, au visage hâlé tout éclairé de jubilation triomphante. Et elle se dit sans hésitation que c'était là Rosie Carpe, c'est-à-dire, assurément, elle-même. Une flambée d'euphorie, de confiance, colora encore ses joues. Elle avait fait exactement ce qu'elle devait faire. Jamais elle n'avait eu un tel sentiment de victoire.

– Et Titi ? dit Anita.

Rosie la regarda en silence, droit dans les yeux. Anita finit par détourner les siens.

– Tu ne me parles plus de Titi, dit Rosie.

Puis elle sourit à demi, sentant que sa joie n'était pas atteinte, sentant que le prénom du garçon pouvait être prononcé sans que sa joie en fût atteinte.

Une pluie brutale se mit à tomber. Anita et Jade reculèrent vers la partie du trottoir la mieux abritée, leurs deux petites figures pareillement froncées de déception enfantine. Rosie resta au bord de l'auvent. La pluie frappait ses pieds chaussés de sandales de plastique rouge. Elle regardait ses pieds mouillés, la peau de ses pieds dorée et lumineuse entre les lanières luisantes, et il lui semblait qu'elle n'avait jamais rien vu de plus beau que ses propres pieds fouettés de pluie tiède, violente, à l'image, se disait-elle, de la vie qui l'attendait maintenant et qu'elle voyait comme une succession de tableaux tous plus beaux les uns que les autres, à tel point que cela en serait peut-être trop même pour sa joie remarquable, infinie. Sa poitrine se faisait trop étroite. Elle inspira profondément. Elle croisa les mains sous son ventre et se dit qu'il était bon que cet enfant-là fût baigné d'une telle joie. Puis elle pensa, avec une calme répugnance, au ventre de sa mère Carpe qu'elle avait vu gonflé sous la petite robe jaune dont la Carpe s'était vêtue pour aller la voir, elle, Rosie, comme si, se dit-elle, elle avait deviné et calculé que d'apparaître en jaune devant Rosie après tant d'années d'absence était bien ce qui risquait de la déconcerter dangereusement. Rosie fit un pas et présenta son front à la pluie. Il lui fallait s'apaiser car, certes, la joie et le bonheur étaient là, démesurés, mais il n'était pas exclu qu'ils se transforment soudain en leur parfait contraire démesuré.

L'eau cinglait les toits de tôle avec fracas, coulait en grondant le long des hauts trottoirs. Rosie se dit : Un sacré bon film.

Ses parents Carpe et Foret les avaient accompagnées jusqu'à la porte du cinéma puis ils étaient rentrés chez eux, à Bas-du-Fort, en taxi. Ils avaient dit : Viens nous voir quand tu le veux. Rosie, la tête trempée, éclata de rire. Elle n'irait pas davantage à Bas-du-Fort qu'elle ne retournerait à Chazeau. Avaient-ils sincèrement imaginé qu'elle aurait la moindre envie de leur rendre visite, de côtoyer tant soit peu leur existence déplorable, bizarre, à présent qu'elle se sentait si propre et nette ? Elle avait compris que l'autre homme, Foret, était le père de l'enfant que portait avec arrogance sa mère Carpe. A elle, maintenant, Rosie, de repousser tant de confusion, à elle de souhaiter tranquillement le pire à ce que la Carpe cachait sous sa robe jaune et qui ne pouvait être qu'exécrable. Elle avait compris que son père Carpe était l'amant de la jeune fille qui était restée aux Grands-Fonds, la fille de Foret. Elle s'était dit : Voilà qui est monstrueux. La pensée qu'ils voulaient la revoir, ou le prétendaient, l'indignait presque. Elle se dit : Tout cela s'oppose si atrocement à la morale la plus indulgente. Elle se dit encore, avec véhémence : Je ne retournerai jamais à Chazeau. Sa bouche entrouverte s'emplissait de pluie. Elle se dit, avidement : Pas question que je revoie Titi, de toute ma vie. Puis : Il n'y a plus de Titi, dorénavant, pour Rosie Carpe. Je ne retournerai jamais chez Lazare.

Elle pouvait voir maintenant s'approcher Lazare lui-même, courbé sous la pluie. C'était bien Lazare, son frère Lazare, qui s'approchait d'elles trois, le dos arrondi. Il ne se pressait pas. Elle pouvait voir que c'était Lazare et, cependant, elle ne pouvait le reconnaître. Elle crut tout d'abord que la pluie avait si bien aplati les cheveux de Lazare qu'ils ne se distinguaient plus de son crâne, après quoi elle constata que le crâne de

Lazare était bien nu, ou presque nu, offert sans protection à l'implacable virulence de la pluie. Mais elle ne se décidait pas à reconnaître son frère Lazare, bien qu'elle pût voir que c'était lui et qu'elle se dît : C'est Lazare – que fait-il ici ? Elle ne pouvait le reconnaître absolument comme Lazare, son frère, c'est pourquoi, sans doute, se dit-elle, elle demeurait insensible et froide à le regarder s'approcher, cassé en deux mais lent, hésitant, comme s'il avait à la fois désiré et redouté d'aller jusqu'à elles, désiré et redouté, se dit Rosie, de se montrer tel qu'il était devenu, à demi-chauve, boitillant, vêtu de loques roussâtres. Où sont passés les cheveux de mon frère ? se demanda-t-elle. Mais elle sentait son cœur froid, indifférent. Elle savourait son impassibilité, se réjouissait de ne sentir vibrer en elle que sa joie ardente et sans bornes. Cette joie ne concernait en rien son frère Lazare. Cette joie lui venait de Titi, lui venait de la certitude qu'elle ne verrait plus jamais Titi et de la force d'âme qu'il lui avait fallu pour en décider ainsi. Il lui semblait que sa joie se contemplait elle-même, se nourrissait d'elle-même. Elle avait déposé sur le dos maigre du garçon toute l'affreuse faiblesse de sa propre vie, puis elle avait poussé le garçon loin d'elle et s'était enfuie.

Que vient faire Lazare ici ? se demanda-t-elle.

Sa tête était bien haute, ses jambes hardiment plantées sur le sol, le pied gauche perpendiculaire au pied droit. Elle se dit qu'elle revoyait Lazare pour la première fois depuis cinq ans et que tout son corps était de bois. Elle ne souriait pas. Elle le regardait, sèche, sans rancœur ni intérêt. Elle se dit qu'elle n'aurait pu atteindre une aussi parfaite tenue d'elle-même en présence de Lazare si elle ne s'était pas délivrée de Titi, si elle n'avait pas contraint Titi à se charger de tout ce qui l'avait empêchée, elle, de se mouvoir avec souplesse. Elle savait que le garçon n'y résisterait pas. Elle regardait Lazare et se disait :

Je n'ai plus besoin de lui non plus. Enfin il se trouva à l'abri de l'auvent, dégoulinant, l'air hagard.

– Mon papa ! cria la petite Jade.

– Eh, salut, dit Anita.

Et Rosie se dit : Il est ivre mort. Le plaisir et le soulagement agrandissaient les yeux sombres d'Anita tandis que le corps de Rosie demeurait immobile, raide et hautain. Elle se disait, pleine de mépris : Il s'est soûlé avant de venir. Mais les yeux d'Anita luisaient. Lazare lui effleura la joue d'un baiser imprécis, puis, avec peine, il souleva Jade et la serra contre sa poitrine mouillée. Rosie se dit : Je peux même sentir, de ma place, sa bouche qui pue le rhum. Elle ne put s'empêcher de se dire également : Titi est perdu – cependant sans regret, sans le moindre reste de tendresse navrée. Elle regardait, de son œil inflexible, son frère Lazare qu'il lui était indifférent de reconnaître si mal, et elle le voyait qui semblait maintenant non pas tant porter la petite fille que s'accrocher à elle pour éviter de trébucher. Elle se dit : Lazare est chauve, maigre et vieux, ses vêtements sont en guenilles et il lui a fallu se cuiter pour être capable de me revoir. Elle en éprouvait une sorte de satisfaction lointaine, comme si la vie lui avait, au bout du compte, donné raison. Lazare tourna son regard vers elle et Rosie en fut gênée. La pluie avait cessé brutalement. Un flot soudain de lumière rougeâtre frappait l'auvent, le trottoir miroitant, les balcons de fer forgé. Il n'était pas loin de six heures. Rosie se dit, presque affolée : Le soleil se couche. Mais le regard de Lazare l'embarrassait.

– Tiens, Lazare, lança-t-elle.

– Oh, Rosie. Bonjour.

Il ne s'approcha pas. Il parlait avec difficulté et son haleine était amère. Elle vit que son pantalon crasseux tenait sur ses hanches grâce à une ceinture de robe de chambre et elle se

287

rappela tout d'un coup qu'elle lui avait, autrefois, acheté des vêtements, que cela lui avait coûté cher et n'avait pas servi. Et pourtant ce n'était ni l'odeur d'alcool ni la pauvreté immonde des habits, ni même les cheveux disparus, ce n'était pas tout ce qui faisait de Lazare un être pitoyable, repoussant, ce n'était pas cela qui l'incommodait et la surprenait au point de lui enlever un peu de son aplomb, de son fier détachement. Elle avait vu la maison de Lazare et s'était attendue à le retrouver tombé au plus bas. Elle avait passé de longues heures assise sur le banc de parpaings, devant la case de son frère Lazare qui n'avait ni terrasse ni galerie, et lorsque ses yeux s'étaient posés à droite et à gauche, de chaque côté de la maison minus-cule, elle n'avait vu que des constructions abandonnées, des fondations de béton envahies de fougères entre des clôtures rouillées. Tel avait été, aux Grands-Fonds, l'environnement de Lazare et Rosie s'y était habituée et avait même eu parfois l'impression que cette maison était la sienne, et sien le banc de ciment à la tiédeur rapeuse.

Lazare ne s'approchait pas. Rosie comprit qu'il n'avait pas l'intention de la toucher (pas de baiser, pas d'embrassade for-melle). Elle en fut rassurée. Elle ne fit pas un mouvement vers lui. La déroute, la panique qu'elle lisait dans son regard, der-rière l'espèce de voile trouble de l'ivresse, la démontaient et, malgré sa joie tournée vers elle-même, malgré son retrait, l'inquiétaient. Elle en était vaguement effrayée comme d'une menace d'orage qui n'aurait dû être, dans ces circonstances, qu'impossible. Elle se dit : Ce sont les gémissements des bœufs dans la ravine qui me manqueront peut-être, pas les plaintes de mon garçon. Sa joie triomphait de pouvoir entendre ainsi : mon garçon, et de n'en pas fléchir. Elle se dit : Lui, c'est certain, ne pourra s'en relever. Rien en elle, à ce sujet, ne ployait. Une odeur de terre s'élevait du trottoir.

– Tu attends un bébé, Rosie, dit Lazare.

Il articulait si difficilement qu'elle le devina plus qu'elle ne le comprit.

– Eh, eh, ajouta-t-il.

– Le bébé de Rosie n'a pas de père, dit Anita.

– Eh, eh, dit Lazare.

– Aucun homme ne peut prétendre être le père de mon bébé, dit Rosie.

– C'est encore ce qu'il y a de mieux, dit Lazare.

– Qu'est-ce qui t'a fait perdre tous tes cheveux ? demanda Rosie.

Elle parlait à Lazare sans le regarder en face et sa glorieuse assurance revenait. Son frère Lazare et elle-même avaient, certes, des yeux semblables, mais ceux de Lazare étaient ternis par la défaite et la disgrâce tandis que ses yeux à elle, dont elle voyait le reflet doré dans la vitrine, avaient un flamboiement qui lui rappelait l'éclat général et flagrant de la chair de Mme Carpe, à peine couverte de jaune, la si jeune chair de sa mère étincelante, expérimentée, toute en reflets et chatoiements. Mais elle était, elle-même, Rosie Carpe, et elle n'aurait désormais pas plus à faire avec Mme Carpe qu'avec Titi. Lazare reposa Jade un peu brusquement, entraîné par le poids de l'enfant.

– J'ai eu des ennuis, dit-il, sur un ton pleurard. J'ai de gros ennuis.

De petites bulles de salive se formaient entre ses lèvres puis s'allongeaient lorsqu'il les entrouvrait. Il entoura d'un bras les épaules d'Anita. Rosie se dit : Voilà son joli, son frais soutien. Lazare se mit à larmoyer.

– J'ai un sale goût dans la bouche, gémit-il. Rien à faire pour m'enlever de la bouche ce goût infect. Anita !

La jeune fille eut un ricanement bref. Elle se dégagea, manquant faire tomber Lazare. La petite Jade éclata de rire. Rosie se dit : La vérité, c'est que Titi est un agneau. Il a le sort qu'on réserve aux agneaux. Elle voyait l'enfant pieds et mains liés par de la ficelle, blanc, l'œil vide.

— Bon, partons d'ici, dit Anita, en colère.

— La fille qui est chez moi, à Chazeau, m'a dit que vous étiez allées voir Astérix et Obélix au Royal, dit Lazare. Je suis revenu en stop.

— On ne peut plus rentrer, dit Anita. Tu n'as pas de voiture, Lagrand n'est pas venu et il n'y a plus de car.

— Je peux vous emmener chez Lagrand, dit Lazare. Il se trouve que j'ai une clé de chez lui, en ce moment. J'ai dormi chez lui.

Il bafouillait. Il resserra la ceinture en éponge bleue pâle qui fermait son pantalon. Rosie se dit : Ce sont des taches de sang qu'il a sur lui. Elle se disait encore, évasive : Qui fera couler le sang de mon agneau ? A présent, Lazare fourrageait dans ses poches avec une application d'ivrogne. Les cheveux longs et fins qui ceignaient son crâne gouttaient dans son cou. Il se tenait voûté, la poitrine creuse, les épaules saillantes. Rosie se dit : C'est mon frère Lazare — mais tout son être était de bois. Enfin Lazare tira la clé d'une de ses poches. Il la brandit et Jade cria joyeusement :

— Bravo, mon papa !

Puis elle applaudit, trépignante. Lazare bredouilla :

— Je t'emmènerai à Brive, ma petite chérie... Un jour, à Brive-la-Gaillarde, avec ta maman.

— Je veux aller à Brive ! hurla Jade.

Elle fut saisie d'un tel fou rire qu'elle s'écroula à terre, dans sa robe blanche un peu sale. Anita la releva, riant elle aussi, quoique encore fâchée. Jade brailla :

— Veux aller à Brive-la-Gaillarde !

Et de nouveau elle se jeta sur le trottoir. Elle riait tellement que ses membres en étaient secoués d'une manière curieuse. Anita la regarda se rouler dans la poussière détrempée, puis elle haussa les épaules, se détourna et s'occupa d'allumer une cigarette, la peau de ses bras, de sa nuque fragile, hérissée d'exaspération. Mais, à l'instant où Jade cria une nouvelle fois, d'une voix suraiguë qui ne lui était pas habituelle : Brive-la-Gaillarde ! Avec mon papa !, Anita ne put s'empêcher de rire et Rosie vit trembloter son dos menu, penché vers la cigarette. Lazare eut l'air blessé. Il se força à sourire un peu, tendit les bras pour essayer de soulever Jade. Il y renonça, semblant avoir oublié ce qu'il s'apprêtait à faire. Il dit :

– Il y a un magnolia... épatant, à Brive-la-Gaillarde. Vous verrez ça, mes petites chéries. J'ai tellement hâte de rentrer !

Il leva les yeux vers le ciel maintenant obscur, la froide lumière blanche des révèrbères, les toits d'où s'écoulait l'eau noire. Toute sa figure se plissa et se chiffonna dans une puérile manifestation de refus indigné. Pourquoi ce qui est arrivé reste-t-il aussi inexorablement réel lorsque je me réveille ? semblait-il se demander, et Rosie fut touchée d'une très fugace compassion, inoffensive pour elle-même. Elle se demanda : Qu'est-ce qui lui est arrivé ? – ne sachant plus si elle pensait à son frère Lazare ou à l'agneau ligoté, blanc, délicat, qui pressentait le coup de couteau et tournait vers elle les yeux terrorisés et suppliants de Titi.

– Rosie, je suis dans une sale situation, souffla Lazare.

Cela aussi, il parut l'avoir oublié à peine prononcé. Il ne la regardait pas. Il lui montrait son profil sec, arqué, le grand front osseux et pelé au-dessus du nez en forme de bec. Il ne faisait pas de doute pour Rosie qu'on eût pris Lazare tel qu'il était maintenant pour le père ou le très vieux frère de leur mère Carpe à tous deux. Elle pensa alors machinalement et rapidement qu'il était venu jusqu'au cinéma pour leur annoncer, peut-être, qu'il était malade, qu'il allait mourir.

— Allons chez Lagrand, dit Lazare.

— Il faut trouver un taxi, dit Anita.

Elle prit la clé des mains de Lazare et la glissa dans la poche ventrale de sa salopette. Rosie se rappela une autre clé, dans une main glacée et cependant amicale tendue vers elle en un mouvement de sympathie et de sollicitude auquel elle n'avait encore pas rendu justice. Ses jambes devinrent toutes molles. Il lui sembla même que ses jambes s'étaient soudain transformées en deux longues et minces tiges, qu'elle-même allait s'affaisser comme une pivoine avantageuse, épanouie, déclinante. Qu'est-ce qui a bien pu arriver à Lazare ? se demandat-elle. Mais elle ne pensait pas à Lazare. Allait-il leur dire : Je vais bientôt mourir – ? Peut-être, pensa-t-elle, submergée de pitié. Cependant elle ne pensait pas à Lazare ni à Titi, son misérable agneau qu'elle avait laissé aux Grands-Fonds pour qu'il y subisse le sort qui est celui des agneaux. Elle se dit : Il y a encore une chose que je dois faire.

Elle suivit Anita, Jade et Lazare qui s'étaient mis en marche. Ils atteignirent la place de la Victoire et arrêtèrent un taxi.

— Aux Abymes, dit Lazare.

Jade cria :

— A Brive-la-Gaillarde !

Lazare lui donna une tape sur la tête et la fillette se tut aussitôt.

— Brive-la-Gaillarde ? demanda le chauffeur.

— Non, dit Lazare, rue Flory, aux Abymes.

— Si tu la frappes encore une fois, je te démolis, dit tranquillement Anita.

— Vous pourrez payer ? demanda le chauffeur.

— Je ne l'ai pas frappée, dit Lazare, suppliant. Je l'ai juste...

– Montons, ordonna Rosie.

Pareille à certain gros lapin de peluche bleue que le père de Titi avait offert à celui-ci bien longtemps auparavant et qui, vite détraqué, couinait et chantait sans plus pouvoir s'arrêter, si bien que Rosie avait pris l'habitude, pour le faire taire, de lui donner quelques claques sur l'oreille, pareille au lapin qu'elle avait giflé, Rosie s'en souvenait, tant et tant de fois, Jade ne bougeait plus, bloquée net, l'œil pétrifié.

– Vous pourrez payer ?

– Pas de problème, grommela Lazare.

Mais, quand le taxi s'arrêta en bas de chez Lagrand, il se rua hors de la voiture et trotta pesamment jusqu'à l'immeuble. Il avait un grand pas lourd, une maigreur extrême et privée d'aisance.

– Mon papa ! cria Jade.

– Vous restez là, toutes les trois, menaça le chauffeur.

– C'est bon, il est parti chercher l'argent, dit calmement Anita.

Lazare apparut alors sur le balcon du premier étage au côté d'une femme en chemise de nuit qui fronçait les sourcils en regardant vers eux, penchée pour mieux voir dans la pénombre. Puis ils quittèrent le balcon et, un instant après, Lazare était de retour. Il marchait légèrement en oblique, l'air vide, épuisé. Il n'alla pas droit sur le taxi, mais de biais, comme s'il avait redouté une approche frontale de la voiture. Le chauffeur sortit et se planta devant lui.

– Cinquante francs, dit-il.

Lazare feignit de réfléchir, les yeux dans le vague. Rosie se dit : Il a oublié ce qu'il fait là. Il attrapa brusquement la main du chauffeur et lui fourra un billet dedans.

– Allez, allez, allez ! piailla le chauffeur en ouvrant la portière arrière et agitant les bras. Ouste ! Tout le monde descend !

Quand le taxi fut reparti, la femme en chemise de nuit se montra de nouveau sur son balcon. Elle scruta l'obscurité d'un air méfiant. La lumière crue qui l'éclairait par-derrière, depuis son salon, soulignait les contours anguleux de son corps long, jeune.

– C'est Renée, la voisine, dit Lazare.
– Elle t'a prêté l'argent ? demanda Anita.
– Lagrand lui rendra ça dès que possible.
– Tu n'as rien ? Rien du tout ?
– Rien, dit Lazare.

Rosie pensa : On est en avril et Pâques arrive bientôt – jour terrible et heureux du sacrifice de l'agneau ! Elle pensait encore : Il attend, aux Grands-Fonds, le sifflement froid de la lame aiguisée. Sa joie l'étouffait. Elle respirait mal. Elle leva les yeux, dans la rue paisible, vers l'immeuble de Lagrand, bas et cossu, tout en balcons et terrasses abondamment fleuries, et rencontra le dur regard de Renée fixé sur elle. En vérité, la jeune femme semblait ne pouvoir détourner son attention hostile et soupçonneuse du ventre de Rosie. Rosie se dit, mal à l'aise : Que voit-elle donc ? Renée fit le signe de la croix. Elle touchait chaque point de sa poitrine, de son front, avec une vertueuse insistance, sans quitter des yeux le ventre de Rosie, ostensiblement. Rosie se dit : Pourquoi aurais-je peur de cette mauvaise fée ? Mais elle sentit à quel point l'effroi précipitait son pas lorsqu'elle avança pour rejoindre Anita et Lazare qui pénétraient dans l'immeuble. Elle avait remarqué que Renée avait les yeux très rapprochés l'un de l'autre. Etait-ce le signe que cette jeune femme en chemise de coton blanc était réellement, efficacement mauvaise ? Alors elle heurta Lazare de l'épaule et s'aperçut qu'il dégageait une odeur écœurante, une

294

puanteur encore faible d'animal crevé depuis peu ou, au contraire, de carcasse rongée et lavée par les pluies. A cet instant, Lazare disait à Anita :

– Je crois que Lagrand a eu une histoire avec cette Renée, la voisine. C'est pour ça qu'elle rend service.

Lagrand habitait de l'autre côté du palier, en face de l'appartement de Renée dont la porte s'entrebâilla au moment où Anita déverrouillait celle de Lagrand. Par la fente, Rosie entrevit deux yeux noirs puis une petite main rapide qui signait à tout va, en l'air, bénissant ou protégeant la porte, le sol, l'atmosphère, avec une espèce de célérité ardente, convaincue.

A peine entré, Lazare se jeta sur le canapé. Il se recroquevilla, enfouit sa tête entre ses genoux et ne bougea plus, peut-être endormi, se dit Rosie, l'esprit absent.

Lagrand avait un bel appartement impartial et clair qui lui rappelait péniblement la villa d'Antony que ses parents Carpe avaient louée de nombreuses années auparavant : semblable mobilier blanc, cuir blanc, bois laqué blanc, ferrures dorées, tableaux presque blancs sur les murs blancs, tout juste matérialisés par la ligne dorée d'un cadre fin. Rosie embrassa d'un coup d'œil pressé cet excès triste, cette surabondance de blanc, elle laissa la traverser le souvenir déplaisant de la maison Carpe à Antony, puis ne pensa plus ni aux Carpe ni à Lagrand, sinon pour observer fugitivement, voyant Lazare sur le canapé, qu'il ne pourrait éviter d'imprégner le tissu de sa répugnante odeur de putréfaction. Elle se dit : C'est ennuyeux pour Lagrand. Mais ses pensées n'allaient pas à lui profondément. Elle lui avait toujours de la rancune d'avoir conduit les Carpe aux Grands-Fonds. De l'avoir vu, lui, en compagnie des Carpe, les voiturant et les guidant, même si elle n'avait rien remarqué de plus compromettant, faisait de lui leur allié. Ce que dégageaient les Carpe et qu'elle haïssait et craignait, avait infecté

295

Lagrand, se disait-elle – se disant par ailleurs qu'il ne le savait probablement pas, qu'il ne le saurait certainement jamais. Elle se dit : Cette Renée est très bien. Elle revoyait les yeux serrés mais baignés d'un vaste iris noir, l'ombre d'un corps nu sous le coton, de cuisses harmonieuses. Tandis qu'Anita s'occupait de la toilette de Jade, Rosie s'installa près du téléphone, dans un coin du salon, et feuilleta l'annuaire à la recherche du nom de Marcus Calmette. Elle le laissa tomber plusieurs fois, à sa propre surprise. Elle regarda ses doigts et crut voir dix brins d'une herbe sans vigueur. Elle se dit, la tête faible : Voilà pourquoi le bottin m'échappe. Elle trouva un Marcus Calmette à Saint-Claude, sur Basse-Terre, et forma le numéro immédiatement, bien que ses doigts eussent de la peine à enfoncer les touches.

– Oui ? dit la voix sourde de Calmette à l'autre bout du fil.

Rosie se figura alors qu'elle parlait, gaie, assurée, presque en femme légitime et désirée qui rentrait enfin à la maison, mais elle voyait dans le même temps ses doigts d'herbe frémissante, son ventre de pivoine grasse, et elle comprenait bien que cette Rosie-là n'avait encore rien dit. Mais il ne servait à rien de se hâter, pensait-elle. Elle avait autrefois gravement manqué à Calmette, voilà qu'elle allait se racheter. Oh, elle l'était déjà, se disait-elle, presque paisible. Sa joie chauffait l'intérieur de son ventre d'un feu doux, tendre.

– Oui ? répéta Calmette sans impatience.

Elle murmura :

– Je suis Rosie Carpe.

Il ne répondit pas. Rosie leva les yeux et vit alors entrer Renée dans l'appartement. Elle se dit vaguement, éblouie de bonheur : Cette Renée est très bien. La jeune femme avait refermé derrière elle la porte donnant sur le palier. Elle s'arrêta près du canapé où dormait Lazare et se signa d'un geste large, appuyant sur son ventre et ses seins brutalement. Elle portait la même longue chemise de nuit de coton fin qui tombait jusqu'à ses pieds chaussés de mules. Son regard étroit, fixe, méritant, s'accrochait à Rosie sans honte, attendant son dû.

– Renée ? demanda Calmette.

– Non, je suis Rosie Carpe.

Avait-elle évoqué Renée à voix haute ? Avait-elle dit dans le combiné : Cette Renée est très bien, au lieu de se contenter de le penser ? Elle eut un petit rire. Elle avait fait surgir de nouveau, après cinq ans, la voix de Calmette, et se sentait lavée, exaucée. Elle murmura sur un ton véhément et cependant enjoué :

– Il faut vous rappeler la Croix-de-Berny... Le froid... Moi, Rosie, au comptoir de l'hôtel.

– Oui, je vois, dit Calmette après un bref silence.

Que voulait donc Renée ? se demanda Rosie. Renée s'était approchée tout près d'elle et se tenait bien droite, les bras ballants mais assurée, infaillible, inamicale, dans une sorte de dignité bourgeoise, de confiance en sa décence malgré sa nudité visible et un peu osseuse sous la chemise blanche. Elle regardait le ventre de Rosie – son œil l'ouvrait, le pénétrait, fouillait dedans, pensait Rosie, gênée.

– Je suis venue jusqu'en Guadeloupe pour vous voir, chuchota Rosie. Je n'ai plus mon garçon avec moi. Il est mort.

Sa joie s'enfla, lui donnant la nausée.

– Oh, fit Calmette.

Renée porta la main à sa bouche, suçota ses doigts, puis de nouveau se signa, à toute vitesse. Rosie se pinça le nez pour s'empêcher de vomir. Il lui semblait que sa joie n'était plus contenue, qu'elle s'acharnait à vouloir déborder par tous les trous de son corps.

– Je n'ai pas fait ce que j'aurais dû faire, il y a cinq ans, dit

297

Rosie, mais, si vous me permettez de venir vous voir, ce sera comme si rien ne s'était passé, ce sera comme si j'avais fait tout de même ce que j'aurais dû à ce moment-là !

Renée tourna les talons et Rosie vit qu'elle avait dans le dos une longue tresse noire, bienséante. Sa peau était brune et marquée de nombreuses petites cicatrices.

— Mon garçon est mort, souffla Rosie. Je vous en prie, dites-moi que je peux venir.

Elle eut un violent haut-le-cœur mais ne lâcha pas le téléphone, regardant Renée quitter l'appartement de sa démarche ondoyante.

— Eh bien, dit Calmette, passez un de ces jours, si vous le souhaitez.

Rosie eut un bruit de gorge. La gratitude et le plaisir mouillèrent ses yeux.

— Je vous aime depuis cinq ans, monsieur Calmette, dit-elle d'une voix basse, légèrement excitée et saccadée. Seulement, je l'ignorais. Maintenant je le sais. Je n'ai jamais aimé personne, monsieur Calmette, de toute ma vie, à part vous, d'une certaine façon.

Il raccrocha, sans répondre. A ce moment Renée entra de nouveau, portant une serviette et une trousse de toilette, et elle dit à Rosie en passant devant elle avec une certaine hauteur :

— Lagrand a toujours été d'accord pour que je me serve de sa salle de bains. La mienne est inutilisable.

— Ce n'est pas la peine de tout bénir comme vous le faites, dit Rosie doucement.

Renée ricana. Rosie distinguait si nettement la forme de ses seins, ronds et plats avec une pointe sèchement dressée, qu'elle ne savait où poser son regard — voulant éviter l'œil méchant et fouisseur de Renée mais aussi la vue de ses cuisses, de ses hanches. Elle se dit : Cette Renée est très bien quoiqu'elle n'ait pas de culotte sous sa chemise.

– Comment savez-vous que ce n'est pas la peine ? demanda Renée, sarcastique.

– Je m'en vais dès demain, en ce qui me concerne.

– Ce n'est pas pour vous que je fais ça. C'est contre vous, martela Renée.

– Je le sais bien, dit Rosie.

– Et je prie également. Où est Lagrand ? C'est-à-dire : qu'est-ce que vous avez fait de lui ?

Rosie ne put éviter plus longtemps de regarder le visage de Renée. Elle eut l'impression que les deux yeux si peu espacés de Renée s'étaient fondus en un unique œil qui la condamnait avec une probité cruelle, satisfaite. Renée attendait quelque chose. La justice, la sagesse, même la valeur, pensait Rosie, étaient du côté de Renée, pas du sien, et celle-ci le savait.

– Je n'ai aucune idée de ce que fait Lagrand en ce moment, dit Rosie, apaisante. Je pars demain pour Saint-Claude. Je vais rejoindre monsieur Calmette.

– Connais pas, dit Renée.

Rosie lança alors, sans réfléchir et ne comprenant ce qu'elle disait qu'une fois que ce fut dit :

– Il est le père de mon bébé.

Puis elle sourit largement. Chaque parcelle de sa chair s'ouvrait et se déployait depuis le noyau bouillonnant, chaud, de son ventre, en une éclosion sans limites, une floraison effrénée – sa chair était immense, rouge, hors d'elle. Rosie souriait, ravie. Elle souriait au point que sa mâchoire en devenait douloureuse, mais c'était un sourire furieux, qui ne lui obéissait plus. Elle se disait qu'elle n'aurait pour rien au monde échangé la moralité, la rectitude, la justesse d'esprit de Renée contre son propre rayonnement forcené. Renée attendit encore un peu, après quoi elle se signa, lécha ses doigts l'un après l'autre, longuement et soigneusement, chaque doigt enfoncé complètement dans sa bouche, elle se signa encore, mouillant sa chemise de nuit de salive à chaque fois qu'elle la touchait, puis elle recula vers la salle de bains où se trouvaient encore Anita et Jade. Juste au-dessus de son nez, son grand œil noir singulier s'obstinait à viser alternativement la figure et le ventre de Rosie, la tenant en respect. Rosie souriait, toutes ses dents bien découvertes. Sa lèvre supérieure, retroussée jusqu'en haut des gencives, lui faisait mal – sa joie, son plaisir, sa chance, tout cela lui faisait mal maintenant, dans son outrance. Renée buta contre la porte de la salle de bains, l'ouvrit en tâtonnant derrière elle, entra à reculons, puis referma. Rosie entendit Jade s'exclamer :

– Mon papa !

Elle entendit peu après des chuchotements, des rires réprimés, des soupirs joyeux et la petite voix haute et contente de Jade, puis le bruit d'une baignoire qu'on remplit. Elle se dit, souriant toujours, les yeux gonflés de larmes : Anita et Renée ne se connaissaient pas mais Renée n'a pas peur d'Anita.

Lazare ronflait. Rosie se leva, mal assurée dans la folle expansion de sa chair et, sur ses jambes d'herbe, marcha prudemment jusqu'au canapé. Elle ne souriait plus. Elle piqua l'épaule de Lazare du bout de son index. Ensuite elle se pencha et, soudain fâchée, lui cria dans l'oreille :

– Debout ! Tu as fini de cuver ? Debout maintenant !

Il grogna. Rosie s'assit, aussi loin de lui que possible. Il lui semblait que la conscience de Rosie Carpe n'était plus qu'un point minuscule, qu'une goutte de sang prête à se dissoudre dans l'épanchement de triomphe féroce qui dilatait son corps. Elle gémit faiblement. Elle se dit : Est-ce que ce n'est pas trop de joie ? Elle se dit encore, les poings serrés sur ses genoux :

Quel agneau aura la gorge tranchée ? Elle craignait de devoir se remettre à sourire et que, cette fois, même refermées, ses lèvres ne parviennent plus à recouvrir ses dents, de sorte que Marcus Calmette la verrait ainsi, les gencives dénudées. Elle approcha son visage de la table basse au plateau de verre jaune, se regarda dedans et ne reconnut pas Rosie Carpe. Elle vit une tête de brebis aux yeux foncés, aux petites oreilles aplaties, au regard effaré et implorant. Elle rit un peu, gênée, puis recula dans un mouvement sournois et s'adossa au canapé. Je peux dormir ici, pensa-t-elle.

Lorsqu'elle ouvrit les yeux, elle put deviner que c'était la lumière du jour qui l'avait réveillée, barrant la pièce de rais de poussière, exacerbant l'incandescence immobile des murs, du plafond, des fauteuils comme chauffés à blanc. Elle referma les yeux. Elle n'avait pas besoin de bouger pour sentir que Lazare était toujours là sur le canapé, non loin d'elle, endormi, mais elle sentait également que ce n'était pas la présence de Lazare qui emplissait l'air d'un frémissement particulier, à la fois réprimé et tendu. Quelque chose se cache, songea-t-elle. Elle avait l'impression que la chose attendait pour bondir sur elle de la voir ouvrir les yeux une seconde fois. Elle serra les paupières. Elle était calme, vigilante. Elle était sûre que la chose savait qu'elle ne dormait plus et pareillement sûre que son salut était dans l'affectation du sommeil. La clarté l'éblouissait malgré tout. Elle se rappela soudain quel reflet menaçant lui avait renvoyé le verre jaune de la petite table, la veille au soir, et elle ouvrit les yeux dans un sursaut, en même temps qu'elle levait les bras devant son visage pour se protéger de l'attaque. Lagrand surgit alors de derrière le canapé. Il ne prononça pas un mot et la regarda fixement, debout devant elle à une distance étudiée. Rosie baissa lentement les bras.

– Lagrand, c'est vous... Bonjour.

301

Elle pensait, surprise : Comme son polo est sale et froissé.

– Vous venez d'arriver, Lagrand ? demanda-t-elle.

Se disant qu'elle n'avait jamais cru possible que le polo blanc de Lagrand pût porter les traces d'un aussi complet égarement.

Il ne prononça pas un mot. Il la regardait comme si, se dit Rosie, certaine puissance de ses yeux à elle l'avait pétrifié, et cependant avec un reste de volonté suffisant pour se tenir éloigné et savoir qu'il ne s'approcherait pas même si elle lui avait, à cet instant, simplement tendu la main pour serrer la sienne. Il est décidé à ne même pas faire cela, se dit-elle, très étonnée. Elle pensa au reflet dans le verre de la petite table et se sentit rougir. S'il la voyait comme elle s'était vue elle-même dans cette espèce de miroir jaune, cela expliquait peut-être qu'il eût l'air si déterminé à ne pas la toucher. Embarrassée, elle porta les mains à ses joues. Elle put sentir qu'elle souriait, quoiqu'elle n'eût aucun désir de sourire – la lèvre haut retroussée, l'écartèlement de la bouche, toute la peau du visage péniblement distendue. Aussitôt Lagrand fit un pas de côté, puis il pivota et sortit de la pièce rapidement. Elle l'entendit, plus loin dans l'appartement, fermer une porte à clé. Elle eut une sorte de regret ou de remords, une honte brève. Le visage de Lagrand était net, ferme, incorruptible. Elle n'avait jamais souhaité auparavant que Lagrand la touchât et n'avait jamais pensé qu'elle pourrait avoir un jour le désir douloureux d'être touchée par Lagrand, le jour où, précisément, elle comprenait qu'elle lui faisait horreur, qu'il ne poserait pas la main dans la sienne, qu'il n'effleurerait pas le dessus de sa tête. Il la voyait comme si elle était captive du verre jaune, prise dans cette surface réfléchissante mais perfide, il l'avait observée comme si ce reflet était exact et il en avait éprouvé tout naturellement de la répugnance. Je lui dirai qu'il se trompe, que ce n'est pas moi, se dit Rosie, peinée.

Elle caressa d'une main légère son front, ses paupières, son cou. Sa peau était lisse, chaude, à l'apogée de son épanouissement. Cependant Rosie prit soin de ne pas se regarder de nouveau, même par inadvertance, dans le plateau de verre de la petite table. Elle se dressa et secoua Lazare par la ceinture de peignoir qui retenait son pantalon, pensant : Que Lagrand aille au diable !

— Oui, elle m'a dit que l'enfant était de lui, affirma Lazare. Pas le premier, celui qu'elle avait dans le ventre à ce moment-là.

— Vous l'avez crue ?

— Je n'avais pas de raison...

Il fronça les sourcils avec agacement.

— Je n'avais aucune raison de soupçonner que ce n'était peut-être pas vrai. Qu'est-ce que je savais, moi ? Je ne connaissais ni le gars ni rien de ce qu'elle avait vécu pendant tout ce temps. Qui vous dit que ce n'est pas vrai, d'ailleurs ?

Il s'efforça de ricaner. Mais ses lèvres et son menton tremblaient. Il était assis sur une chaise métallique, jambes écartées, les mains pendant entre ses genoux. Il n'avait eu encore ni le temps ni l'occasion, ni même, pensait-il, le droit, de se laver. Ses mains étaient collantes, nauséabondes. Il ne pouvait s'empêcher de les lever jusqu'à son nez pour les renifler chaque fois qu'il pensait qu'on ne le remarquait pas. Il portait un jean et un polo blanc appartenant à Lagrand, pareillement souillés, et, dessous, un slip qu'il avait pris dans les affaires de Lagrand également, le matin même. Seules les chaussures étaient à lui, de vieilles tennis grises dont la semelle partait en lambeaux, montrant ses orteils crottés.

— Le monsieur en question est certain qu'elle ne pouvait pas être enceinte de lui. Pas eu de rapports, vous voyez. Rien du tout.

— Oui, eh bien, s'il le dit... Il le sait mieux que moi, hein ? fit Lazare dans une sorte de jappement. Je n'ai pas de raison de le croire moins qu'elle. Et puis, qu'est-ce que ça fait ? Ce n'est pas ça, le crime.

— Où est le crime ?

— J'ai déjà tout raconté, dit-il d'une voix butée, atone, les yeux baissés sur ses mains qu'il pressait l'une contre l'autre pour mieux sentir comme elles étaient gluantes.

— Racontez encore. Il manque des détails.

Il répéta, renfrogné, le récit de ce qu'il s'était passé dans la forêt entre Abel et les deux touristes, et ce qu'il croyait lui-même avoir fait, bien qu'il n'en fût pas certain. Tout en parlant, il était conscient de décrire aussi exactement que possible les scènes dont son esprit avait gardé le souvenir et non pas de tenter d'atténuer sa propre responsabilité dans ce qui était arrivé et que, disait-il avec un reste d'étonnement révolté, il aurait pu empêcher certainement. Il se trompait parfois, comme emporté par une rage de fidélité. Le gendarme le reprenait posément. Il était assis de l'autre côté du bureau sur une chaise de métal identique à celle de Lazare, les bras posés à plat, en chemisette bleu clair. Lazare avait été obscurément soulagé de constater que c'était un Blanc. Il lui semblait que l'autre allait, de ce fait, le comprendre et l'excuser. Il s'appelait Foulque, avait-il dit. Ses bras étendus étaient rouges, gonflés par la chaleur, couverts de poils roux et raides. Il reprenait Lazare avec une patience d'instituteur bienveillant.

– Non, il ne s'agissait pas du tout de votre mère, n'est-ce pas ?

– Pas de ma mère, non, répondit Lazare avec gêne. Je confonds, pardonnez-moi, c'est qu'elle aurait pu être ma mère si ma mère avait été capable d'être ce qu'elle aurait dû. Mais ce n'était pas ma mère... là, dans la forêt... bien sûr. C'était... Je n'en sais rien, je ne la connaissais pas.

Ils étaient dans un petit bureau de la gendarmerie de Basse-Terre, aux murs beigeâtres et craquelés. Il n'y avait ni ventilateur ni climatisation, rien qu'un médiocre effet de courant d'air provoqué par deux fenêtres ouvertes et se faisant face. Foulque avait la figure bouffie, souffrante. Il s'était plaint de la chaleur à Lazare, plissant ses yeux pâles, minuscules, au point que Lazare n'en voyait plus que deux traits brefs au milieu de la chair enflée. Il tirait parfois sur la peau de son cou comme pour en desserrer le nœud qui l'étouffait.

– D'où êtes-vous ? avait-il demandé.

– De Brive-la-Gaillarde.

– Oh, et moi, de Moult.

Il avait grimacé fugitivement et, se penchant par-dessus le bureau, avait dit à Lazare :

– Je ne suis là que depuis six mois mais j'ai envie de rentrer. Tellement envie que c'est à devenir fou.

– A Brive, j'avais une maison vraiment très bien, avec, devant, un magnolia extraordinaire ! cria Lazare.

Il eut une crise de sanglots aigus. Il se rendait compte que ses hoquets ressemblaient à des aboiements stridents de méchant petit chien mais, devant Foulque, il n'en éprouvait pas d'embarras. Il regarda vers l'une des fenêtres et vit que la nuit était tombée. Un néon faiblissant les éclairait tous deux, moucheté de crottes, grésillant.

305

– Et puis ? Que s'est-il passé, aujourd'hui ? demanda Foulque.

Ses yeux disparurent, noyés dans la chair. Il s'essuya le visage avec un mouchoir en papier. Lazare pouvait voir sous le bureau ses mollets énormes aux veines saillantes et, au-dessus, le bermuda bleu de petit garçon, un peu court, comprimant les cuisses. Il renifla ses mains dans une longue inspiration. Comme Foulque le regardait, il murmura :

– C'est son sang à elle.

– Votre sœur Rose-Marie ?

– Oui, dit Lazare.

– Dès qu'on aura fini, vous pourrez aller vous laver les mains.

Peu m'importe, pensa Lazare. Comme peu lui importait maintenant de montrer au gendarme Foulque, ou au maréchal des logis-chef Foulque, sa figure barbouillée de crasse et de larmes, son crâne dégarni, sa maigreur flottante dans les vêtements de Lagrand, comme peu lui importait également d'avouer qu'il n'avait qu'une trentaine d'années, sentant que l'incrédulité de Foulque, qui l'avait cru beaucoup plus vieux, le laissait indifférent à présent.

– Ce Lagrand, demanda Foulque, c'est un Noir ?

– Oui, dit Lazare après une seconde d'hésitation.

– Le Toyota est à lui ?

– Oui.

– Il vous l'avait prêté ?

– Non, dit Lazare.

Mais n'était-il pas vrai que jamais Lagrand ne lui avait refusé quoi que ce fût ? Et cependant, quelle qu'ait été auparavant la complaisance de Lagrand, sa docilité aimable et sans chaleur, presque son esprit de sacrifice, secret et froid, il avait paru évident à Lazare, ce matin-là, que, s'il voulait utiliser le véhicule, il ne devait surtout pas demander à Lagrand la permission de l'emprunter, et cela bien que Lagrand eût déjà fait davantage pour lui dans le passé que de lui prêter sa voiture pour descendre sur Basse-Terre. Lazare savait que Lagrand aurait refusé – en vérité, se dit-il, il avait redouté bien moins le refus de Lagrand que sa colère s'il avait, lui Lazare, seulement osé lui demander cela. Il lui semblait avoir de Lagrand une connaissance animale, instinctive, sensuelle. Oh non, certes, pensait-il, il ne comprenait rien à cet homme glacial et prévenant qu'était Lagrand mais il avait envers lui la peur prudente d'un chien envers son maître.

– Et les vêtements, reprit Foulque dans un long soupir d'épuisement, vous avez dérobé les vêtements aussi ?

– Oui, dit Lazare.

– Pourquoi ?

– Je n'avais plus rien.

– Vous ne pouviez pas lui demander de vous les prêter ?

– Le chien ne demande pas, murmura Lazare. Le chien se sert et puis attend, caché dans un coin, la punition. Il dormait, je suis entré dans sa chambre sans faire de bruit, j'ai ouvert son armoire et j'ai pris ce qu'il me fallait. Je me suis habillé et j'ai dit à ma sœur que nous pouvions y aller.

– Est-ce qu'elle savait que le Noir, Lagrand, ne vous avait jamais autorisé à prendre son véhicule ?

– Elle se moquait de le savoir ou non, dit Lazare. Elle ne pensait pas à ça. Elle ne pensait qu'à descendre au plus vite voir ce Calmette, le père.

– Il dit qu'il n'est pas le père, dit Foulque avec sévérité.

Lazare haussa les épaules. Rosie ne lui avait pas posé de question au sujet du pick-up ni de Lagrand. Il lui suffisait à ce moment-là que Lazare fût capable de l'emmener à Saint-Claude. Comme Foulque se frottait les yeux, du pouce et de l'index, avec un air de souffrance extrême, Lazare se passa un coup de langue rapide sur la paume, puis, gêné, la bouche emplie d'un goût de fer, coinça ses deux mains entre ses genoux serrés. Il pouvait voir sous la table les grosses jambes nues de Foulque secouées de trépidations nerveuses.

– Vous êtes montés tous les deux, votre sœur et vous, dans le Toyota de M. Lagrand, dit Foulque d'une voix lente. Et ensuite ?

– Nous avons pris la route de la Traversée.

Lazare sentait sa propre réticence à présent. Il se voûta sur sa chaise, arrondit ses épaules et son dos comme si, ainsi, les questions de Foulque avaient pu perdre toute capacité de l'atteindre.

– La route de la Traversée pour aller à Saint-Claude ? demanda Foulque.

– J'ai passé quelques années à Moult quand j'étais enfant, dit Lazare brutalement.

Il eut un petit rire sec et s'écria :

– A Moult ! Moult !

Foulque se pinça le cou à trois reprises en regardant fixement Lazare d'un œil sans expression.

– Alors ? dit-il avec calme. Pourquoi cette route qui ne va pas du tout où vous vouliez aller ?

Lazare se mit à trembler si fort que ses lèvres claquèrent. Il bégaya :

– Je voulais simplement essayer... si c'était possible... mais je savais que ce n'était pas possible... essayer de retrouver la femme... comme elle s'était sauvée, car je me suis dit qu'elle avait pu se perdre ou tomber quelque part ou...

– Quelle femme ?

– Celle que... que je confonds parfois avec ma mère, dit

Lazare, celle dont nous avons laissé le mari éventré dans le torrent...

Il se pencha et vomit de la bile entre ses pieds. Foulque ne bougea pas, ne regarda même pas vers le sol, là où Lazare avait vomi. Toutes sortes d'insectes entraient par l'une ou l'autre des fenêtres, attirés par le néon. Lazare sentait que des bestioles se collaient parfois à son crâne trempé de sueur mais il ne faisait pas un geste pour les chasser, gardant les mains solidement jointes entre ses genoux.

— Votre sœur Rose-Marie, continua Foulque, est-ce qu'elle était au courant de cette histoire ?

— Non, non. Je ne l'avais dit qu'à Lagrand.

— Pourquoi à lui ?

— Le chien espère toujours une solution de son maître, dit Lazare d'une voix aiguë.

— Et puis ? Vous vous êtes arrêtés du côté de la Cascade aux Ecrevisses ?

— Non, plus loin. J'ai quitté la route, j'ai engagé le Toyota dans un chemin. Alors la pluie a commencé, tout de suite si forte, si serrée, que j'ai pensé que je ne pourrais bientôt plus avancer. Rosie m'a demandé pourquoi je l'emmenais dans la forêt. Elle était fâchée. Je dois aller voir le père de mon enfant — voilà ce qu'elle répétait. Elle m'a bien dit que ce type de Saint-Claude l'avait mise enceinte et qu'elle devait maintenant le rejoindre. Et moi je lui ai demandé : Et l'autre gosse, le premier que tu as eu, où est-il ? Sa colère s'est envolée d'un seul coup et elle m'a dit : Il est mort. J'ai été surpris et un peu secoué, pas triste, non, mais, simplement, je ne m'y attendais pas. Il est mort ? Mais comment ? je lui ai demandé. Et elle m'a dit, d'un air grave, pas affectée, avec même une espèce de drôle de sourire sinistre : Titi était un agneau, pas vraiment un petit garçon. Qu'est-ce que ça veut dire ? je lui ai demandé en même temps que j'évitais de regarder sa figure qui avait un air étrange, une espèce de gaieté sans joie, si vous voyez ce que je veux dire, mais tout à fait inappropriée, excessive, et en tout cas un air qui n'allait pas avec les mots qu'elle prononçait, de sorte que j'ai pensé que l'une des deux mentait.

– L'une des deux ?

– L'expression mentait ou la bouche mentait. Quelque chose n'allait pas, vous voyez. Mais à ce moment-là je ne la regardais plus vraiment, j'avais du mal à admettre que c'était ma sœur, Rosie, là devant moi, et pas une inconnue, car, d'une certaine façon, je ne la reconnaissais pas. Aussi, je n'avais plus envie d'en apprendre davantage sur l'autre gamin, celui dont elle disait qu'il était mort, mais elle a dit : A Pâques, Lazare, on égorge les agneaux, pas les petits garçons. Et cette phrase m'a écœuré et déplu, alors je suis descendu du Toyota, sous la pluie qui devenait de plus en plus dense, pour marcher un peu, regarder à droite et à gauche, entre les arbres – enfin, je ne savais plus trop ce que je cherchais. Je me sentais mal. J'avais envie de m'enfuir, moi aussi, vous voyez. Je me sentais atrocement mal. Je me suis rappelé qu'autrefois, à Brive, je dénichais les œufs dans le jardin, à Pâques, sous le magnolia. Je cherchais les œufs en chocolat avec ma sœur Rosie qui sautillait derrière moi. Eh, Rosie, j'ai murmuré. Mais, d'une certaine façon, il n'y avait plus de Rosie, vous voyez. C'était fini, tout ça. J'ai marché un bon moment sous la pluie qui m'empêchait de voir quoi que ce soit, puis, sans savoir pourquoi, j'ai rebroussé chemin et je l'ai entendue crier. C'était le genre de cris qui vous fait vous sauver plutôt qu'approcher, vous voyez, mais je me suis approché tout de même car j'avais peur de ne plus pouvoir dégager le Toyota avec la pluie qui risquait de transformer le chemin en torrent, alors je me suis approché, aussi vite que je le pouvais, mais plus j'avançais et plus j'avais envie de fuir. J'entendais bien que c'était Rosie qui hurlait, j'entendais bien que c'était des cris de douleur, mais je ne pensais à rien, je me fouettais seulement intérieurement pour continuer d'approcher au lieu de tourner les talons et de me mettre à courir comme j'avais tellement envie de le faire. J'ai trouvé Rosie à moitié sortie de la camionnette.

– A moitié ? murmura Foulque.

Il retient son souffle comme pour ne pas m'effaroucher, pensa Lazare.

– La portière était ouverte. Rosie était assise sur le bord du siège, presque allongée, reprit-il d'une voix si basse que Foulque bascula son buste en avant pour l'entendre – avec les jambes qui pendaient au-dehors, à la pluie. Elle avait un pantalon rouge et un tee-shirt rouge. Je l'ai remarqué pour la première fois, ce n'était pas les couleurs que je lui avais connues, vous voyez. Elle gémissait et soufflait d'une manière bizarre. Alors j'ai vu qu'il y avait du sang partout. Son ventre et ses jambes étaient couverts de sang. Il y en avait sur les sièges, sur la portière. Bon dieu, Rosie, qu'est-ce qui se passe ? j'ai demandé. Mais, vous voyez, je ne voulais pas vraiment le savoir. Même, dans un sens, je ne voulais qu'une chose, c'était ne pas le savoir et m'en aller, ne pas être lié à ça non plus. Et puis, comment dire, c'était bien ma sœur Rosie mais il me déplaisait d'avoir le moindre contact avec elle. Je voulais bien lui venir en aide, mais à distance, si bien que je restais debout sous la pluie sans savoir quoi faire au juste. Je me sentais terriblement mal. Je me sentais si mal que j'étais presque furieux. J'ai regardé sa figure et j'ai vu qu'elle avait peur. Elle a eu cette espèce de sourire répugnant qu'elle ne contrôlait pas et qui lui découvrait la bouche entière. Elle avait l'air d'un loup, la patte prise, en train de crever. Elle avait peur. Elle a râlé et elle m'a dit qu'elle était en train de perdre son bébé.

311

J'avais compris que c'était ça alors je n'ai rien dit. J'ai haussé les épaules. Je crois que j'ai pensé que ce n'était peut-être pas une mauvaise chose. Seulement je ne voulais pas en voir davantage et je lui ai tourné le dos. Le sang coulait avec la pluie dans le chemin. Je ne voulais pas toucher ma sœur. Je l'entendais, derrière moi, se plaindre, haleter, mais elle ne m'appelait pas, elle ne me demandait rien. Malgré la pluie il faisait chaud. Le sang, la chaleur, la terre : tout me déplaisait. Ma sœur, je ne l'aurais touchée pour rien au monde.

— Pourquoi ? demanda Foulque, suffoquant, dans un souffle.

— Je ne sais pas, dit Lazare. C'était quelque chose d'indescriptible dont elle était pénétrée maintenant et qui était cause, peut-être, que je ne la reconnaissais pas, mais quelque chose qui interdisait qu'on soit, avec elle, au plus près.

— Vous êtes quand même remonté dans la voiture ?

— Je lui ai dit de rentrer ses jambes, elle l'a fait et j'ai fermé sa portière, et puis je suis remonté et je l'ai emmenée à Saint-Claude. Elle voulait que je la conduise directement chez ce Calmette malgré la situation, alors je lui dit que, en tout état de cause, il n'était plus le père de grand-chose. Elle s'est mise à pleurer et je l'ai emmenée à l'hôpital. Elle pleurait sans bruit, toujours avec les lèvres écartées et ses dents qu'on voyait et qui avaient l'air de vouloir sauter de la bouche. Je pensais à ma sœur Rosie qui courait derrière moi dans le jardin de Brive, mais ce souvenir n'avait plus aucun rapport avec ce que nous étions devenus l'un et l'autre.

— Oui, oui, dit Foulque en se passant la main sur le visage.

— Je l'ai laissée à l'hôpital et je suis parti aussitôt, je me suis dit que j'allais faire en sorte de ne plus jamais croiser le chemin de Rosie. Je me suis dirigé vers le Toyota, et puis j'ai changé d'avis et je suis allé vers la ville, à pied. Je préférais encore marcher sous la pluie. Je ne voulais pas remonter dans le pick-up et que mes yeux tombent sur ce qu'elle avait expulsé – dans cette espèce de cercueil, je me suis dit, pas question. Ce pauvre type peut dormir tranquille, je me suis dit encore, il n'est plus le père de quoi que ce soit.

Lazare eut un rire nerveux. Il frotta ses mains l'une contre l'autre. Foulque le regardait, les yeux à demi clos, ses jambes de boy-scout, à la peau très rose, continuant presque machinalement de tressauter sous la table.

– J'ai une fille, dit Lazare, elle s'appelle Jade et sa mère va encore au lycée. J'aimerais rentrer à Brive avec la fille et laisser la mère en Guadeloupe, vous comprenez. Une petite maison jaune à Brive, un jardin, ma fille – voilà.

– Vous n'êtes pas prêt de revoir Brive, chuchota Foulque.

Lazare émit un long sifflement.

– Vous n'êtes pas prêt de revoir Moult non plus, dit-il d'une voix mauvaise.

Sentant son menton trembler de nouveau, il se mordit les lèvres. Il dit encore :

– Je peux vous aider à trouver Abel.

IV

Ayant entendu qu'une manifestation d'enseignants devait interdire à la circulation toutes les rues du centre-ville, il gara sa voiture dans les faubourgs de Pointe-à-Pitre puis marcha pour retrouver Renée qui l'attendait devant un café, place de la Victoire.

Avant même de l'avoir vue, avant même qu'elle pût le voir, à cette distance et dans la foule, il sentait peser sur lui, l'engourdir et le subjuguer, la fixité exigeante du regard de Renée qui, où qu'il se trouvât, le délogeait et le sommait de ne pas l'oublier, de penser à ses devoirs multiples, de craindre qui devait être craint, d'être en tout point meilleur qu'il était possible de l'être, même pour elle. Avant même qu'elle fût en mesure de l'apercevoir, il se sentait coupable et obscuré-ment poisseux, dès lors qu'il pénétrait dans l'orbite de sa présence intraitable. Avant même que cela fût possible, il voyait les yeux de Renée, trop proches l'un de l'autre, et il se sentait faible et lourd, asservi et mou, ligoté. Renée ne disait rien. Elle parlait en général très peu, et pour exprimer des banalités pratiques. Mais il ne faisait de doute ni pour elle ni pour lui qu'elle connaissait depuis toujours ce qui était bien et convenable, et non pas ce qui était bien au point de vue du jugement bourgeois ou commun mais ce qui était bien absolument. Elle le savait pour lui, Lagrand, et pour le reste de l'humanité.

Il l'aperçut devant le café, tranquille et raide, qui le regardait alors même que ses yeux n'étaient pas dirigés vers lui, qui le voyait cependant, il en était certain, sans avoir besoin de porter son regard vers lui. Elle avait une robe fleurie serrée sur son corps plat, des sandales à talons, une componction invariable. Cela faisait maintenant dix-neuf ans qu'il était marié à Renée. Il lui semblait que pas un seul jour de ces dix-neuf années qu'ils avaient passées ensemble, elle et lui, toujours deux depuis le début, dans une double solitude extrême et taciturne, que pas un seul instant elle n'avait détourné de son visage à lui la dureté de son œil noir qui, constamment, jugeait, gardait, rappelait à l'ordre, ramenait vers elle, accaparait et protégeait.

La chair de Renée l'intimidait, sèche, impubère. Il s'était laissé épouser par Renée dix-neuf ans plus tôt et, à cette occasion, il avait fait sortir sa mère de l'asile pour une journée afin qu'elle puisse assister à son mariage. Elle l'avait appelé « monsieur » et n'avait pu se départir de son air terrorisé, de sorte que personne, dans la maigre assistance des amis et des quelques parents de Renée, n'avait cru réellement qu'elle était sa mère, à lui, Lagrand, et il s'en était trouvé consterné, honteux. Il n'avait jamais réussi, malgré ses efforts, à caresser la chair de Renée. Il la voyait comme une sorte d'enfant rigoriste, un peu méchante à force d'être juste, et il n'avait jamais pu faire davantage que de l'embrasser sur les joues. Il se disait parfois encore, glacé de tristesse : Où sont mes enfants ? Où est ma famille ? Mais l'œil de Renée voyait tout, en permanence posé sur lui dans une pureté de desseins implacable, le suivait partout, savait tout de lui. L'œil de Renée, depuis dix-neuf ans, lui signifiait : Je connais le bourbier d'émotions dans lequel tu t'es enfoncé, je te surveille et je prie pour toi, où que tu sois, quoi que tu fasses, je te surveille, mon pauvre garçon. Il vivait ainsi, farouchement observé. Il visitait sa mère de temps en temps, sans espoir, et l'œil de Renée le plaignait. Il couchait parfois, froidement, avec l'une ou l'autre de ses collègues de bureau, et l'œil de Renée se plissait de réprobation. Il savait que Renée avait un amant, un assez vieil homme qui lui téléphonait régulièrement et qui, lorsque Lagrand décrochait, s'adressait toujours à lui avec une politesse déférente, et l'œil de Renée le regardait répondre avec courtoisie et neutralité, cependant qu'il pensait, lui, écoutant les ennuyeuses et pompeuses formules du vieux : Où sont mes enfants, ma famille ? Tout ce que faisait Renée, et jusqu'à ses rendez-vous jamais dissimulés avec son retraité, confirmait toujours l'innocence de Renée, alors que ce qu'il faisait, lui, même de parfaitement innocent, sous l'œil omniscient de Renée devenait équivoque et fade. Il visitait sa mère et sa mère à présent impotente se tassait très légèrement dans son fauteuil, en le voyant entrer, sous l'effet de la peur et du malaise. Elle l'appelait « monsieur », puis se reprenait et mumurait : « mon fils », avec une hâte obéissante, espérant par là, voyait-il, qu'il s'en irait plus vite. Il voyait, dans le regard fuyant de sa mère, la ruse venir au secours de la peur. Feignons d'accepter les règles du jeu de cet inconnu qui nous importune, calculait-elle, feignons de savoir qu'il est notre fils, et il partira, il nous laissera en paix.

Il allait atteindre Renée, de l'autre côté d'une rue qui partait de la place, quand la longue cohorte des manifestants surgit dans cette rue et l'empêcha de traverser. Il regarda d'un air morne défiler instituteurs et professeurs qui beuglaient, dans une jubilation de groupe incompréhensible pour lui, des bouts de chansons dont la niaiserie lui taraudait le crâne. En face, Renée l'épiait, il le sentait, bien qu'il ne pût la voir. C'était un dimanche d'avril, lourd, poussiéreux. Soudain un écart se creusa entre deux grappes de manifestants et Lagrand s'apprêtait à traverser lorsque, juste devant lui, il reconnut Titi. En réalité ses yeux se posèrent sur un jeune homme de petite taille, menu, à la peau et aux cheveux blanchâtres, dont l'aspect, l'allure, le remuèrent violemment et, parce qu'il sentit son estomac se contracter brusquement devant cet homme quelconque, il comprit, un peu après que son corps l'avait su, qu'il le connaissait et que ce ne pouvait être que Titi. Il descendit sur la chaussée et l'autre le regarda avec une vague surprise.

— Titi ? Je suis Lagrand, dit-il nerveusement.

L'œil immense et menaçant de Renée, là-bas, lui faisait honte. Il regardait le visage mince de Titi, ces paupières larges, roses, fines qu'il se rappelait bien au-dessus de l'iris d'une pâleur effarée, mais il voyait en même temps, dans le front de Titi, l'œil de Renée, et cet œil qui savait tout et n'avait pourtant rien vu lui reprochait le comportement qu'il avait eu avec ce même Titi autrefois.

— Ah, oui, Lagrand, dit le jeune homme, souriant.

Il portait l'un des deux bâtons d'une banderole. Une femme soutenait l'autre et s'était arrêtée près de Titi en sautillant impatiemment. Lagrand avait lu l'inscription : DES SOUS ! DES SOUS !

Il avait fini, certes, par emmener Titi à l'hôpital, mais par la suite il n'avait jamais cherché à prendre de ses nouvelles, à savoir même si on avait pu le guérir. L'œil de Renée le savait et ne le lui pardonnait pas.

Lagrand s'était demandé confusément : Dessous quoi ?

Cependant Titi lui souriait, avec un certain air d'intérêt et de plaisir, ignorant de ce qui, au milieu de son front, obligeait maintenant Lagrand à baisser la tête, les yeux, humilié et furieux contre Renée.

— Je te dois des excuses, Titi, murmura-t-il.

Le groupe poussait Titi, le contraignant à se remettre en

marche. Lagrand l'entendit s'exclamer sur un ton de joyeuse incrédulité :

– Des excuses ?

Puis il vit que, de l'autre côté de la rue, Renée n'était plus là. Il lui sembla distinguer encore le contour poudreux de sa silhouette, le souvenir apparent, fixé dans l'air dense, de sa robe à fleurs jaunes, de son visage assuré, de ses yeux brillants et durs comme des boutons, mais ce n'était pas Renée, seulement la pensée pleine de crainte et d'irritation qu'il avait de Renée, et il soupira un peu, quoique la sentant encore, à une sorte de brûlure sur sa nuque, qui le regardait, où qu'elle se trouvât.

Deux jours plus tard Lagrand était assis dans la voiture de Titi, à côté de celui-ci qui conduisait en direction de Morne-à-l'Eau. Titi donnait régulièrement de petits coups de poing au centre de son volant.

– Les professeurs se sont laissés mener par le bout du nez sans même avoir besoin d'une quelconque carotte au bout de la canne, tu comprends, ils n'éprouvaient même pas le besoin d'apercevoir l'ombre de la carotte ! Mais c'est bien fini, tu sais.

Il avait parfois des ricanements d'intelligence frustrée, sardoniques, et une vivacité d'esprit, une éloquence de syndicaliste qui déroutaient Lagrand. Quand Titi tournait vers lui sa figure incolore, son grand front aplati, il était encore possible à Lagrand de discerner l'espèce d'épouvante sans cause qui auréolait ses pupilles, fondue dans la pâleur énigmatique de l'œil, et il se souvenait alors si bien de Titi enfant, du garçon qu'il n'avait pas aimé, que la présence à son côté de cet homme enjoué lui devenait inexplicable. Lui-même, Lagrand, qui était-il à présent ? Il lui sembla vivre soudain un moment du futur, comme une proposition de ce qui pourrait être, ou de ce qui aurait pu être, mais sans conséquences ni réalité. Titi cessa de parler pour se concentrer sur la route. Lagrand, d'une voix précautionneuse, avança :

— Je te dois des excuses au moins pour une raison, Titi.

Les lèvres étroites de Titi rentrèrent dans sa bouche. Il conduisait penché en avant, sa voiture était récente, confortable.

— D'une certaine façon, murmura Lagrand, je t'ai considéré autrefois comme... crois-moi si tu peux : une méduse. Je pensais même au fond de moi ou inconsciemment que c'est cela que tu étais réellement.

Titi ne répondit pas. Son visage n'exprima aucune surprise. Le ciel était gris, immobile. Lagrand croisa les bras, regarda devant lui et demanda :

— Et ta mère, Titi ?

Comprenant aussitôt qu'il n'avait accepté de monter dans la voiture de Titi que pour pouvoir lui poser cette question, le comprenant et songeant alors à Renée dont l'œil le laissait en paix momentanément, comme si, songea-t-il stupéfait, il ne pouvait être question de Rosie Carpe sous le regard de Renée, comme si, songea-t-il, Rosie Carpe et Renée avaient été une seule et même personne en des formes différentes. Il toussa pour dissimuler à quel point il était ébranlé. Faites que je vous revoie, Rosie, balbutia-t-il muettement. Etait-ce pour cette raison, se demanda-t-il, qu'il n'avait jamais pu s'accoutumer ni au corps ni à la nature de Renée ? Etait-ce, se demanda-t-il, parce qu'il s'agissait de Rosie avec l'apparence de Renée ? Oh, Rosie, faites que je vous revoie telle qu'en vous-même. La voix un peu docte et raisonneuse de Titi lui parut venir d'une autre saison, d'une époque qu'il ne pouvait être déjà, lui Lagrand, en train de vivre actuellement. Mais ce n'est pas cela, la vérité est ailleurs, se dit-il. Il le voyait bien : que Titi ne fût pas mort alors que Rosie avait souhaité sa mort si profondément, qu'il fût devenu professeur de mathématiques au collège, propriétaire d'une voiture et d'une maison à Morne-à-l'Eau, une obscure réticence dans la volonté de Lagrand l'empêchait d'y croire, en dépit du fait qu'il le constatait et, même, s'en réjouissait.

– Et ta mère, Titi ? répéta-t-il doucement, car il lui semblait que Titi avait parlé d'autre chose, sans lui répondre.

– Ma mère va bien.

Etait-ce de l'indifférence ou faisait-il semblant ? Lagrand l'observait de côté, prudemment, ne sachant que penser.

– Ma mère ne m'a pas beaucoup élevé, tu sais, reprit Titi de sa voix pragmatique et dénuée d'émotions. Ce sont surtout mes grands-parents qui se sont occupés de moi.

– Quels grands-parents ?

– Tu ne les connais pas ?

Titi lui lança un coup d'œil appréciateur, patient, comme pour tâcher d'évaluer la faculté de compréhension de Lagrand. Lagrand savait que, ici et là sur sa tête rase, poussaient quelques cheveux blancs. Et il reconnaissait dans le regard de Titi ces vestiges intimes d'horreur devant l'existence, demeurés peut-être à son insu chez le professeur de collège qui souriait maintenant avec un rien de condescendance. Je ne suis plus tout jeune, pensa Lagrand, mal à l'aise.

– Mami et Papi Carpe, dit Titi gaiement. Mais il me semble bien que tu les as rencontrés. Diane et Francis. C'est surtout avec eux que j'ai vécu, à Bas-du-Fort, ainsi qu'avec Alex Foret et Lisbeth.

Il se tut un instant. Puis il reprit, posé, lointain, anodin :

– Papi est mort et je me suis marié avec Lisbeth. Nous avons une sacrée bonne petite vie à Morne-à-l'Eau.

– Carpe est mort ? murmura Lagrand, démonté.

Pensant encore : Il est impossible que je sois aussi jeune que j'ai l'impression de l'être. Mais il sentait ses cuisses fermes et puissantes, sa poitrine lisse sous le maillot blanc. Il éprouva une soudaine aversion pour les paupières roses de Titi et ses doigts fins et blêmes sur le volant.

— Il était vieux, plus vieux qu'il n'aurait dû, à bout. Je n'ai pas le cœur sec, dit Titi. Mais que peut-on y faire ? Lisbeth s'est retrouvée seule, on s'est plu, mariés, installés. On a même des gosses. Mami Carpe, enfin Diane, m'avait encouragé à prendre Lisbeth malgré la différence d'âge. J'étais très jeune et Mami Carpe m'a presque forcé à le faire – épouser Lisbeth. Mais je ne le regrette pas. Nous sommes heureux, heureux, heureux.

— Je m'excuse encore, vraiment, d'avoir pensé à toi comme à une méduse et d'avoir été dégoûté à cause de cela, dit Lagrand d'une voix froide.

Il se serra contre sa portière, s'écartant de Titi. Titi se mit à siffloter très doucement, puis il se gara, un peu avant Morne-à-l'Eau, devant une vaste maison de béton blanc, à deux étages, ceinte de galeries à colonnades de béton dans le goût antique. Dans la lumière sans éclat, l'atmosphère terne et menaçante, des enfants couraient, trois, ou peut-être même quatre ou cinq – Lagrand ne put le déterminer. D'énormes rosiers chargés d'une profusion de fleurs rouges au stade extrême de l'épanouissement s'écroulaient par-dessus la clôture et Lagrand perçut tout de suite l'odeur des roses épuisées, en même temps qu'il se disait, entendant le galop des enfants dont il ne voulait connaître le nombre exact : Où est ma famille, où sont ... ? Son haleine lui semblait âcre, envieuse. Je ne suis plus tout jeune, pensa-t-il, irrité de son propre dépit.

Titi ouvrit le portillon et les enfants accoururent vers lui.

Pour éviter de les regarder, Lagrand avança dans le jardin, et c'est alors qu'il vit, sur le seuil de la maison, Lisbeth toute droite entre deux colonnes, la bouche entrouverte, l'air aimable et absent. Il la reconnut au nez effilé de Foret, mais à présent ses joues étaient creuses, comme enfoncées à coups de poing entre les dents.

– Salut, Lisbeth, dit Lagrand, se forçant à sourire.

Elle lui répondit d'un vague signe de tête. Elle ne le reconnaissait pas. Il leva les yeux vers la maison, surpris de son ampleur.

– Il y a une piscine, derrière, cria Titi.

Il s'approcha de Lagrand avec, sur sa figure livide, un air modeste plaqué comme un postiche.

– Lisbeth nettoie la piscine tous les jours, dit-il. N'est-ce pas, Lisbeth ? Elle se lève le matin, elle emmène les gosses à l'école, puis elle se dépêche de rentrer pour nettoyer la piscine avec l'épuisette. Elle passe sa journée à cela, n'est-ce pas, Lisbeth ? Debout au bord de la piscine, à filtrer l'eau, des heures durant, en plein soleil, et sans même en profiter car elle ne se baigne jamais. N'est-ce pas Lisbeth ? Tu peux dire à Lagrand comme je suis parfois contrarié que tu ne fasses rien d'autre. Dis-le-lui.

– C'est bon, murmura Lagrand.

La voix de Titi s'était faite stridente et légèrement haletante. Lisbeth haussa les épaules, disparut dans la maison, laissant derrière elle un parfum d'œillet. Le front de Titi était couvert d'une sueur soudaine.

– Tu peux piquer une tête, si tu veux, dit-il à Lagrand. L'eau est bonne, parfaitement propre. Je vais te prêter un maillot. Baigne-toi, je t'en prie.

– Non, merci, dit Lagrand précipitamment.

Titi regarda autour de lui et baissa le ton.

– Tu as peur ? Toujours peur que je sois une méduse ? D'attraper de l'urticaire ?

Il sourit à demi mais Lagrand voyait s'agrandir, dans son œil malin, rapide, l'onde concentrique de l'inquiétude. Comme il était curieux, se dit-il avec une sorte de peine, que Titi, encore aujourd'hui, parût toujours tout près d'être exagérément, injustement détesté. Il pensa alors aux enfants de Titi et sa gorge se noua.

– Ce n'est pas moi, c'est toi qui as peur, siffla-t-il.

Puis Titi passa devant lui et Lagrand le suivit à l'intérieur de la maison, bien que Titi ne l'eût pas invité à le faire. Il m'a amené ici uniquement pour que je voie sa piscine, sa maison et ses enfants, pensa Lagrand.

– Allez, va donc faire trempette, s'exclama Titi en se retournant brusquement. Il faut tout de même bien que quelqu'un se baigne de temps en temps. Pourquoi pas toi ?

Lagrand feignit de n'avoir pas entendu. Il esquiva la main de Titi qui s'était dressée comme pour lui prendre le coude. Dans la grande pièce claire, marquée au sol par les ombres distendues des colonnes de la galerie, il vit, au milieu, une table immense, et dans un coin, près de la fenêtre, une autre table, toute petite, à laquelle Rosie était en train de manger.

– S'il te plaît, reprit Titi avec une insistance suppliante, fais usage de... de ma piscine, de mon eau, chez moi. Maman peut te confirmer que Lisbeth passe son temps, tout son temps, à la purifier, cette eau.

Les assiettes étaient mises à la grande table mais le déjeuner pas encore servi. Rosie eut un mouvement de surprise, puis elle finit soigneusement son plat de haricots et de patate douce coupée en gros dés, après quoi elle se leva, un peu lourdement, se dégagea de la table minuscule qui faillit basculer (une table de camping, nota Lagrand, bouleversé), et elle marcha vers

Lagrand, souriante, d'un pas emprunté, peu naturel, paraissant, se dit Lagrand, vouloir éviter absolument d'écraser les ombres sur le carrelage. Elle s'arrêta à bonne distance de Lagrand et de Titi et salua avec raideur. Elle avait les cheveux très longs et presque entièrement gris, le visage plein, à peine ridé, de la même teinte que les cheveux – mais comment, se demanda Lagrand, pouvait-elle avoir la peau aussi grise ? Il répondit dans un souffle, une expiration inaudible. Rosie portait des vêtements sans forme, bleus, et sa chevelure elle-même était sans forme, longue parce qu'elle se trouvait avoir poussé ainsi.

– Je vis chez mon fils, mon cher Lagrand, dit Rosie d'une voix un peu rauque, les bras ballants.

Elle avait beaucoup grossi. Lagrand pensa au corps plat de Renée mais il se sentait toujours à couvert de son regard et Renée lui apparaissait de plus en plus étrangère, et douteuse la réalité de ces dix-neuf années pendant lesquelles il avait censément côtoyé Renée et non Rosie exactement.

– C'est Maman qui fait tout, ici, dit Titi avec, de nouveau, son faux air de modestie.

Cependant Lagrand remarquait qu'une entrave radicale quoique invisible interdisait à Rosie tout geste vers eux, vers lui, tout abord même aussi formel qu'une poignée de main. Il avança légèrement et Rosie aussitôt recula. Titi avait tendu la main vers lui comme pour l'arrêter.

– Tu ne dois pas toucher Maman, murmura Titi.

Lagrand sentit la gêne et le trouble chauffer ses propres joues. Son haleine était amère, celle de Rosie avait l'odeur de la nourriture qu'elle venait de prendre, mais il souhaitait, tout d'un coup, que la vie lui permît, à lui, de ne plus jamais quitter la maison de Titi.

– Pourquoi donc ?

– C'est comme ça, dit Titi, le regard flou. Personne ne s'approche de Maman. C'est la règle. Je ne veux pas que les gosses la touchent et je ne veux pas qu'elle mange à notre table. C'est comme ça depuis longtemps. N'est-ce pas, Maman ?

– Oui, mon fils, depuis longtemps, dit Rosie avec grâce.

– Mais... pourquoi ? répéta Lagrand.

– Je ne sais pas, dit Titi. Il se peut même que Maman ne le sache plus. N'est-ce pas, Maman ? Mais il doit en être ainsi, peu importe pourquoi.

– Ce n'est pas une question d'amour, précisa Rosie.

– Oh, non, l'amour n'a rien à voir avec ça ! s'écria Titi.

Il se renversa dans un rire grêle.

Peu après, Lisbeth, Titi et leurs quatre ou cinq enfants déjeunèrent au centre de la pièce, à la grande table, de poulet rôti et de frites. Lagrand avait décliné l'invitation à s'asseoir en leur compagnie, bien qu'il eût très faim. Il rejoignit Rosie dans son coin, près de la petite table pliante qu'elle avait débarrassée, essuyée, et à côté de laquelle elle s'était rassise, désœuvrée mais vigilante, comme l'obscure gardienne de sa table. Les enfants mangeaient dans un fracas de couverts et de plats, hurlant et vociférant, ou braillant des rires qui ressemblaient à des cris de douleur tandis que les parents demeuraient muets, Lisbeth indifférente, Titi comme assommé par le vacarme.

– Vraiment, Lagrand, je t'assure qu'il n'y a rien à reprocher à notre piscine, lança-t-il soudain.

Il souriait avec une gentillesse implorante, presque désespérée, qui atteignit Lagrand plus qu'il ne désirait l'être. Il s'assit sur une chaise en face de Rosie et Titi cria encore, le visage grave, les sourcils froncés :

– Attention ! Ne t'approche pas trop de Maman !

Mais Lagrand voyait bien, lui, que les yeux de Rosie luisaient du plaisir de le regarder. Je ne suis plus jeune, songea-t-il de nouveau, machinalement, sans amertume.

— Alors, Lagrand ? demanda Rosie. Avez-vous des nouvelles de mon frère ?

Comme elle paraissait ne rien savoir, il lui raconta qu'il était allé voir Lazare chaque semaine en prison pendant les quelques années que Lazare y avait passées, puis que Lazare était, depuis, rentré à Brive-la-Gaillarde.

— Chaque semaine ?

— Cela me faisait du bien, dit Lagrand tranquillement, d'aller voir votre frère.

— Mon fils Titi a su mener sa barque et il s'occupe de moi comme si j'étais déjà vieille et fragile, dit Rosie avec une petite grimace d'excuse. Et l'autre ? Abel ?

— Ils n'ont jamais pu mettre la main sur Abel. Volatilisé...

Elle vérifia que Titi ne regardait pas dans sa direction, puis elle s'inclina vers Lagrand et lui murmura qu'elle n'était pas sortie de la maison de Lisbeth et Titi depuis des années, tellement qu'elle avait cessé d'en faire le compte.

— Mais Titi se comporte avec moi comme si j'avais été une bonne mère pour lui. Il me flatte, il me fait des compliments, il me dit, devant les enfants, que je suis une meilleure personne que Lisbeth. Nous savons tous que c'est faux, sauf Lisbeth.

Elle était au bord des larmes.

— Et je savais, Lagrand, que nous ne devions pas prendre votre Toyota.

— Pas grave, bredouilla-t-il.

— Parfois Lisbeth se fâche, et alors ils se battent, tous les deux, mais mon fils est moins fort qu'elle. Il n'a jamais été costaud. Les enfants ont peur et je ne peux même pas les prendre dans mes bras, je ne peux même pas leur tenir les mains. C'est désolant, dit Rosie. Pas que je ne puisse pas les toucher mais qu'ils soient obligés de voir ces deux-là se taper dessus, se rouler par terre en se donnant des coups de griffes. Mon fils est professeur, Lagrand.

– Oui.

– J'en ai assez de cette maison.

– Je sais bien.

– C'est Titi qui m'interdit de sortir, mon propre fils, Lagrand.

Du bout de la grande table, la voix anxieuse de Titi s'éleva :

– Ne faites pas pleurer Maman, Lagrand !

Lagrand ferma les yeux un bref instant, effrayé, pensant : Il ne faut plus que je la quitte ne serait-ce qu'une heure à présent que je l'ai retrouvée, pensant aussi : mais comment est-ce possible, ça, que j'aie cette impression qu'il ne faut plus que je la quitte ? Il ouvrit les yeux et vit la face grise et ronde de Rosie, ce visage qui semblait s'appuyer sur lui, s'en remettre à lui, naturellement, sans gratitude, sans crainte de le voir échapper, lui, Lagrand, qui avait été absent près de vingt ans mais qui paraissait fait pour revenir toujours, pareil à lui-même : pantalon repassé, polo blanc et net, sobriété des traits, obligeance inépuisable mais retenue, presque dissimulée, facilement oubliable – Lagrand le savait : rien qui, en lui, suscitât la convoitise de la main, le désir de caresser sa peau pourtant fine, douce. Je ne suis pas jeune, songea-t-il, mais personne, jamais, depuis que j'ai dépassé l'âge de dix ans, n'a eu envie de ne faire qu'un avec l'homme que je suis, personne n'a éprouvé d'amour intense, jamais...

A travers la vitre, au-delà de Rosie, il aperçut la ligne jaune d'une décapotable qui se garait derrière la voiture de Titi. Il eut l'impression que ses narines s'emplissaient de l'odeur exté-nuée des roses moribondes, pléthoriques, qui semblaient vouloir fuir le jardin de Titi dans une lourde culbute par-dessus la clôture, après quoi cette odeur envahit la pièce à l'instant où la porte s'ouvrit. Un colibri entra en frémissant, puis ce qui apparut tout d'abord à Lagrand comme une longue flamme échappée du jardin. Les enfants de Titi se ruèrent vers cette forme lumineuse, vibrante, dont Lagrand crut percevoir le chaud parfum qu'elle dégageait, qui déjà faiblissait, devenait tièdeur profonde de terre ou de sable au soleil, qui diminuait maintenant que la porte s'était refermée, que cette incandescence en mouvement, comme ayant cessé d'être attisée par l'air du dehors, s'arrêtait, réduite mais vigoureuse, allègre, féconde.

C'était une toute jeune fille.

Les enfants l'entourèrent, hurlant de joie. Lisbeth elle-même s'animait et Lagrand, pour la première fois, l'entendit rire d'un rire présent et logique.

– C'est Rose-Marie Carpe, dit Rosie avec satisfaction.

Après un court silence, pendant lequel elle parut réchauffer sa peau et ses os au contact de ce qu'elle voyait, elle se tourna vers Lagrand, souriante, et dit :

– C'est la fille de ma mère et de Foret. Ma mère avait une Rosie bien fanée, voilà une Rose-Marie toute fraîche. Vous savez bien, Lagrand ? Ma mère vit avec Foret depuis tout ce temps-là, mais, comme ma mère et mon père n'avaient pas divorcé, Rose-Marie porte le nom de Carpe... On vous l'a dit ? Mon père est mort il y a neuf ans. Il était si vieux, si fatigué, si...vidé de toute énergie. Du coup, Lagrand, mon fils a récupéré Lisbeth, mais Lisbeth est incomparablement plus humaine que je ne le suis.

Elle eut un petit geste du menton.

– Allez lui dire bonjour, Lagrand. Moi, je ne peux pas l'approcher. Mais allez, vous, allez la voir de près.

Elle chuchota sur un ton de confidence humble et de docilité que Lagrand ne pouvait interpréter :

— Rose-Marie est la jeune fille la plus parfaitement réussie que nous ayons vue, tous autant que nous sommes. Regardez-la bien !

Il se contenta, sans bouger, de jeter un coup d'œil sur le côté. Réticent, il entrevit l'éclat d'une robe jaune vif sur des bras et des jambes noircies, une couleur de cheveux proche de celle de la robe, il entendit une voix lente, extrêmement enjouée, attirante et, même, si désirable, si dangereusement tentante, qu'il fit glisser sa chaise sur le carrelage afin de lui tourner le dos. Rosie regardait toujours, fascinée et contente, la lèvre supérieure retroussée. Les innombrables enfants de Titi et Lisbeth s'accrochaient à Rose-Marie Carpe en pépiant. Alors Lagrand avança la main, il attrapa, un peu tremblant, le poignet de Rosie qui sursauta comme s'il l'avait aiguillonnée.

— Venez, Rosie. Sortons de là.

— C'est la maison de Titi, Lagrand, de mon fils ! Je ne peux pas, fit-elle, abasourdie.

— Il l'a touchée ! cria Titi.

Et l'incrédulité tempérait encore un peu la révolte, la honte, l'indignation impuissante, mais Titi s'approcha d'un bond pour constater que la main de Lagrand tenait fermement le poignet de Rosie, il posa sur Lagrand ses yeux maintenant livrés sans frein à la déroute, il cria de nouveau, la voix brisée :

— Il a touché Maman !

Les enfants se mirent à couiner d'effroi.

— Allez-vous-en, tous les deux ! Ne revenez pas ! Non, il ne faut plus jamais venir ici ! Jamais, jamais, jamais !

Il sembla à Lagrand que Titi allait ajouter quelque chose mais la bouche de Titi remua sans que le moindre son en sortît, puis se ferma, se pinça, blême et gercée. Lagrand se leva en tirant un peu Rosie vers lui. Elle était chancelante, hésitante. Cependant elle le suivit jusqu'à la porte, ensuite dans le jardin. Lagrand avait senti, en passant devant elle, la douce chaleur jaune, tentatrice, de Rose-Marie Carpe, et il s'était dit, pressant le pas, un peu hébété : Où sont mes enfants ? Où est ma... ? Mais, dehors, dans la lumière éteinte, grisâtre, le visage de Rosie eut une expression de soulagement puis de compassion. Elle lui caressa la joue d'un geste vif et dit :

– Nous avons usé et abusé de vous, n'est-ce pas, Lagrand ?

Il roulait maintenant vers la côte dans un pick-up récemment acheté, blanc, version modernisée de celui qu'il avait tant aimé et que Lazare, bien longtemps auparavant, lui avait volé, que Lazare Carpe avait vicié, corrompu, au point qu'il avait été impossible à Lagrand d'y monter pour se rendre compte précisément de ce que le pick-up avait subi.

Il roulait maintenant vers Bas-du-Fort, par une matinée très blanche et odorante, brillante, légère, dans un état de bonheur intense. Ses mains se contentaient d'effleurer le volant, le levier de vitesse, formées à la précision et à la dextérité par cette sensation de bonheur même qui le rendait, lui, Lagrand, il le savait, immortel. Le bonheur et une toute nouvelle et étourdissante fierté sexuelle conduisaient à sa place, et mieux encore que ne l'avait fait son seul cerveau. C'est pourquoi il se permettait, ce matin-là clair et brillant, de rouler à vive allure sur l'étroite route tortillonnante, bien qu'il ne lui fût pas nécessaire de se hâter.

C'était dimanche. Il pouvait entendre, lointains, sans effet sur lui, les carillons de la messe – il les entendait à peine, délivré de tout souvenir pénible à propos des cloches pressantes, des petites églises décrépites et vaillantes, des dames à la morale impitoyable et au dur regard toujours pareil à celui de sa très pieuse grand-mère qui était morte depuis longtemps, enterrée avec son chapeau mauve des dimanches, enfin morte, songeait Lagrand, pour le laisser en paix, pour ne plus l'obliger à entendre quelque appel, quelque reproche ou quelque avertissement que ce fût dans les volées de cloches des matins enjoués, prometteurs, où lui-même, Lagrand, pouvait laisser conduire en toute confiance sa joie et sa sensation d'assouvissement.

Il se gara devant la Perle des Iles que tout d'abord il n'avait pas reconnue : bâtiment fraîchement repeint de rose, tennis nettoyés, clôtures neuves.

Renée avait disparu avec une telle discrétion, un sentiment si vite acquis de l'ordre naturel des choses que Lagrand en était arrivé à se demander si elle n'avait pas joué dans son existence le rôle mineur d'un mystérieux mais nécessaire retardement, afin de laisser venir au moment propice celle qui devait : Rosie Carpe. Renée avait retiré son regard, en avait libéré Lagrand et s'était éclipsée, et c'était maintenant Rosie qu'il retrouvait dans son appartement des Abymes, qu'il serrait dans ses bras, toujours surpris, ravi, la serrant plus fort encore pour éprouver son ravissement, tendrement satisfait de l'entendre gémir et protester sur un ton étouffé. Rosie ne lui commandait rien, ne le maltraitait d'aucune façon, esquivait son regard. Elle lui semblait avoir atteint le point le plus extrême de la passivité et de l'indifférence. Elle ne s'était animée, depuis ces quelques mois, qu'une fois, se rappelait Lagrand, avec une vigueur incongrue et outragée, pour lui raconter qu'un certain Calmette de Saint-Claude lui avait fait perdre l'enfant qu'elle portait, autrefois, en la frappant durement au ventre. Ce n'était pas là ce que Lazare lui avait décrit, aussi Lagrand était-il resté silencieux, regardant fixement le visage de Rosie que l'apathie n'avait pas tardé à éteindre de nouveau.

Il ne faut pas toucher Maman ! songea-t-il, se souvenant de Titi, avec un petit rire comblé.

Il avançait d'un pas sautillant sur ses grandes jambes minces qui s'étaient arquées légèrement. Il entra tout droit dans le bureau d'accueil de l'hôtel-résidence, au rez-de-chaussée, et se dit : Quoi de plus naturel que de rendre visite à celle qui est maintenant ma belle-mère ? Il attendit un peu dans la pièce déserte, puis il avança jusqu'au fond, jusqu'à une porte entrebâillée qu'il poussa doucement. Là, au milieu d'un petit salon, il aperçut Diane qui se tenait debout derrière Foret, penchée en avant, et lui enfonçait dans le crâne le contenu d'une seringue qu'elle tenait presque verticalement, d'un air froid et concentré. Foret geignait. Il vit alors Lagrand et se tut aussitôt. Diane leva les yeux vers lui, rapidement, s'appliqua à vider la seringue puis à tamponner le crâne de Foret d'un bout de coton, et ce n'est que lorsqu'elle eut fini qu'elle sourit à Lagrand, de son large sourire féroce, malin, sagace.

– Regarde qui est là ! Cher monsieur Lagrand !

Elle essuya l'aiguille, rangea le tout dans une trousse de toilette dont Lagrand remarqua qu'elle était imprimée de personnages de Mickey et de Minnie Mouse en train de copuler. Foret frottait doucement son crâne douloureux.

– Mon pauvre Alex perd ses cheveux par poignées, expliqua Diane sur un ton important. Vous voyez, je fais venir ce produit tout spécialement des Etats-Unis pour essayer d'empêcher qu'il devienne complètement chauve.

– Ce que ça fait mal, murmura Foret.

335

– Oui, ça fait mal, mon pauvre petit, dit-elle, sentencieuse. Les hommes sont bien à plaindre avec leurs cheveux. N'est-ce pas, monsieur Lagrand ? En ce qui vous concerne, tout a l'air d'aller très bien. Mais, n'est-ce pas, les hommes souffrent !

Elle était jeune, blonde, chevelue, moulée dans un pantalon blanc sur lequel bouffait avec apprêt et une certaine raideur un chemisier doré. Sa longue figure mince et brune parut un peu rigide à Lagrand – mais, se dit-il, ébahi bien qu'il se fût attendu à cela, embarrassé et déconcerté tout de même, mais la peau lisse, le grain fin, délicat, de l'épiderme uni, foncé, avec, là-dedans, profondément enfoncés, les tout petits yeux presque blancs, mobiles, avisés.

Ma belle-mère, songea-t-il, se rappelant, dans le même temps, le cri de Titi :

– Il l'a touchée !

Foret s'était discrètement empâté. Il était rouge, fatigué, usé d'une façon naturelle et, se dit Lagrand, de bon aloi. Toutes sortes de bijoux dorés sonnaillaient aux bras et au cou de Diane. Une grosse chaîne d'or pendait sur la poitrine de Foret, parmi les poils blancs qu'il avait là, épais. Un collier de chien, se dit Lagrand avec amusement.

– Venez, allons boire un coup sur la terrasse, dit Diane.

La terrasse carrelée de neuf surplombait la petite plage de l'hôtel. Foret apporta une bouteille de rhum, du sucre et des quartiers de citron vert, tandis que Diane allongeait sur un transat sa grande silhouette athlétique qui avait rattrapé puis dépassé depuis longtemps, pensa Lagrand, en jeunesse, en santé, en souplesse des membres, son propre corps sec et juvénile d'aspect. Il se sentit intimidé soudain. Pourquoi était-il venu ?

– Savez-vous que j'ai épousé Rosie ? demanda-t-il à mi-voix, posément, la tête renversée sur le siège et ne regardant ni Diane ni Foret.

Il entendait le murmure paisible de la plage, une rumeur lente, de très légers bruits d'eau.

– Rosie ? fit Diane, comme tâchant de se remettre en mémoire une vieille et peu intéressante histoire. Ah !

Elle ajouta, dans un rire bref :

– Cher monsieur Lagrand ! Malheureux ! Il fallait plutôt prendre ma fille.

Lagrand ne répondit pas. Il attendait, les yeux à demi clos.

– Vous auriez dû prendre ma fille Rose-Marie, reprit Diane. Elle est toute jeune et magnifique. Je vous l'aurais donnée, à vous, je vous connais – vous êtes beau et vous avez une bonne situation, et tout ce qu'il faut. Je vous aurais préféré comme fils à la place de mon petit Lazare.

– Lazare est retourné à Brive-la-Gaillarde, tout seul, dit Lagrand prudemment.

– Quel échec, fit-elle, glaciale. Brive-la-Gaillarde : j'ai honte pour lui et presque de lui, monsieur Lagrand. Il ne m'a pas écrit et cela vaut mieux. Mon petit Lazare a tout raté.

Foret grogna gentiment. Il caressa la main de Diane. Lagrand entendit des pas derrière eux, venant du salon, et, se retournant sur son siège, il vit s'approcher un homme aux cheveux gris, au ventre gras, qui soufflait en traînant ses savates roses d'estivant. Diane laissa tomber sur lui un regard sévère.

– Est-ce qu'elle est libre ? demanda l'homme avec nervosité.

Il ne s'adressait qu'à Diane, paraissant n'avoir pas même remarqué qu'elle n'était pas seule.

– Il se pourrait qu'elle soit libre, mais vous n'aurez rien avant d'avoir payé vos dettes, dit-elle, sauvagement.

Puis :

– Il doit combien, Alex ?

– Cinq cents, dit Foret.

– Je sais, dit l'autre.

Il ouvrit son poing et montra un billet soigneusement plié au creux de sa paume. Foret s'empara tranquillement du billet, le déplia et le lissa sur sa cuisse, puis sortit un porte-feuilles et rangea le billet. Diane avait suivi toute l'opération d'un œil un peu dédaigneux.

– Bon, fit-elle. Montez au studio dix-sept.

– Elle est libre ?

– Elle y sera dans cinq minutes.

Lagrand ferma les yeux. Il entendit s'éloigner les halète-ments de l'homme et les claquements des savates sur ses talons. Il entendit ensuite que Diane se levait, dans un petit soupir, il l'entendit crier, sans doute en direction de la plage :

– Rose-Marie !

Une fois, sèchement, un fouet qui cingle, pensa-t-il – après quoi elle se rassit et murmura, satisfaite :

– Rose-Marie est née fille alors que j'avais espéré un garçon, monsieur Lagrand. Mais je ne le regrette plus. C'est une pure merveille, et qui vaut de l'or.

Elle ajouta, languissante, généreuse :

– Penchez-vous un peu et vous pourrez la voir – sur la plage, là, elle rentre vers l'hôtel. Je lui demande de se mettre au soleil autant que possible, de passer sa vie au soleil. C'est comme cela qu'elle resplendit, monsieur Lagrand. Regardez-la.

Mais il garda les yeux fermés, sans bouger, feignant de ne pas entendre. Il sentit les doigts de Diane sur son bras – une petite tape dépitée.

– Vous, mon pauvre chéri, avec votre Rosie ! Vous me faites pitié. Et vous ne voulez même pas regarder ma fille !

338

Il demeura immobile, sans ouvrir les yeux, jusqu'à la tombée de la nuit. Il accepta ensuite de partager leur repas, celui de Diane et de Foret, car Rose-Marie Carpe ne se montra pas.

– Nous sommes votre nouvelle famille, lui dit Diane, au dessert, avec une sorte de bonté et de simplicité qui le troubla.

Au moment où il s'en allait, elle lui confia brusquement qu'elle redoutait la pénombre. Elle voyait alors, lui dit-elle en le retenant par son polo, derrière chaque fenêtre obscure, la tête décollée de Francis Carpe, son premier mari, qui la regardait d'un air plein de rancune.

DU MÊME AUTEUR

QUANT AU RICHE AVENIR, *roman,* 1985
LA FEMME CHANGÉE EN BÛCHE, *roman,* 1989
EN FAMILLE, *roman,* 1991
UN TEMPS DE SAISON, *roman,* 1994
LA SORCIÈRE, *roman,* 1996
HILDA, 1999

Aux éditions P.O.L

COMÉDIE CLASSIQUE, *roman,* 1987

CET OUVRAGE A ÉTÉ ACHEVÉ D'IMPRIMER
LE VINGT-NEUF OCTOBRE DEUX MILLE UN
DANS LES ATELIERS DE NORMANDIE ROTO
IMPRESSION S.A. À LONRAI (61250) (FRANCE)
SUR DU BOUFFANT ALIZÉ OR
DES PAPETERIES DE VIZILLE

N° D'ÉDITEUR : 3656
N° D'IMPRIMEUR : 012809

Dépôt légal : novembre 2001